U0664575

东莞历史文化专辑

东莞市政协 编

王匡 著

長明齋 诗文集

南方出版传媒
广东人民出版社
·广州·

图书在版编目（CIP）数据

长明斋诗文集 / 王匡著. —广州：广东人民出版社，2020.1
ISBN 978-7-218-12256-4

Ⅰ．①长… Ⅱ．①王… Ⅲ．①诗集—中国—当代 ②散文集—中国—当代 Ⅳ．①I217.2

中国版本图书馆CIP数据核字（2017）第272959号

CHANGMINGZHAI SHIWEN JI
长 明 斋 诗 文 集

王匡 著

版权所有 翻印必究

出 版 人：肖风华

出版策划：王俊辉
责任编辑：胡扬文 李 响
责任技编：周 杰 吴彦斌

出版发行：广东人民出版社
地　　址：广东省广州市海珠区新港西路204号2号楼（邮政编码：510300）
电　　话：（020）85716809（总编室）
传　　真：（020）85716872
网　　址：http://www.gdpph.com
印　　刷：广州市浩诚印刷有限公司
开　　本：787毫米×1092毫米　1/16
印　　张：27　插页：31　字数：450千
版　　次：2020年1月第1版　2020年1月第1次印刷
定　　价：120.00元

如发现印装质量问题，影响阅读，请与出版社（020-85716849）联系调换。

东莞历史文化专辑
编委会

顾　问：蒋小莺　邓流文　邓浩全　罗军文
　　　　李光霞　梁佳沂　程发良　陈树良

主　编：安连天

编　委：（按姓氏笔画为序）
　　　　卢学兵　李炳球　连希波　张小聪　赵国营
　　　　胡荏光　董　红　蔡建勋　翟　强　黎树根

编委办公室

主　任：李炳球

成　员：卢学兵　林　钊　梁妙婵

总　序

　　东莞，古称东官，历史悠久，宋元以来，人才辈出，乃粤中文化重镇。

　　东莞历代著作如林，流风远近。秋晓《覆瓿》，荣列《四库》；梅村《花笺》，名传英德；子砺《县志》，誉满神州；豫泉《诗录》，独步岭南。迨夫民国，希白金文，素痴史学，尔雅篆刻，直勉书法，国人传颂。尤可贵者，每每世运相交之际，先贤节士们仗剑而出。熊飞抗元，袁崇焕抗金，张家玉抗清，蒋光鼐、王作尧抗日，爱国爱乡之精神至今仍为世人乐道。

　　文章之盛，赖载籍以延之；精神之续，赖时贤相授以传之。虽历劫不灭，东莞独特之文化实先贤所呵护之。所谓"维桑与梓，必恭敬止"也。

　　弘扬潜德之幽光，力大者举一邑之力，力小者举一人之功。人民政协团结各方，以文会友，致力于文史资料整理，力所能及，为乡邦文献延一线之脉。借建设文化名城之春风，乃搜集莞籍知名学人、艺术家著作，以为"三亲"史料之延伸。

　　是为序。

《东莞历史文化专辑》编委会

二〇一二年六月一日

目 录

卷三 长明斋散文

卷四 长明斋通讯

序

　　王匡同志多年诗文著作的结集得以与读者见面了。这是一件很有意义的事。东莞的同志要我为王匡同志这本文集作序，我欣然应允。

　　王匡同志1917年出生于东莞虎门，1937年奔赴延安抗日根据地参加革命。几十年来从事新闻文化工作，以新华社前线特派记者的名义，发表了《南征散记》《跃进大别山》等著作。解放后历任新华通讯社华南总分社社长，南方日报社社长，广东省委宣传部长、候补书记，中共中央中南局宣传部长等职。"文革"中受到"四人帮"迫害，历尽艰辛。打倒"四人帮"后复出，任国家出版事业管理局局长，新华通讯社香港分社第一社长等职。

　　我认识王匡同志是在50年代，当时他陪同陶铸同志到东莞视察，给我留下了深刻的印象。他平易近人，十分讲求实际，从不夸夸其谈。他对党忠诚，无私无畏，襟怀坦白，光明磊落，艰苦朴素。他数十年如一日为党工作，呕心沥血，在宣传、新闻、文化工作方面作出了重大贡献，是党内一位不可多得的文化战线上的领导干部，是正直的老一代的共产党员。

王匡同志曾长期担任我省文化、宣传方面的领导工作，他经常亲自动手著文，作为宣传党的方针政策、团结群众、教育群众的一种有力武器。在战争年代他写下了许多有关解放军胜利进军的新闻著作就不说了。他在广东工作期间，参与创办了《羊城晚报》，把《羊城晚报》办成了国内第一家既能体现党的方针政策、指导工作，又能保持生动活泼，具有独特风格并和读者有密切联系的报纸。它至今仍然是一张"移风易俗，指导生活"的为群众所喜闻乐见的报纸。

他在复出担任国家出版事业管理局局长期间，尽管当时极左思潮依然存在，但他仍坚持并主办出版了35种中外名著，给广大读者带来了莫大的欢欣与喜悦，打破了市面上"十年书荒"的荒唐局面，受到广大读者的赞扬。

王匡同志的诗，我过去从未读过，看了他的老师邓白同志为他所作的《序》之后，大为感叹，原来王老还精于诗词。他的诗作有很大的艺术魅力，读后使人回味无穷，感触至深。在王老的文集出版之际，我写下这些话，将这本书推荐给广大读者。

林　若

1999年1月20日

卷一

长明斋影蜕

遵王匡前輩囑書

長明齋

葉選平

一九九一年一月

王匡1936年在东莞中学

王匡1936年在东莞中学

王匡1937年9月1日在延安宝
塔山窑洞抗大时（张学思摄）

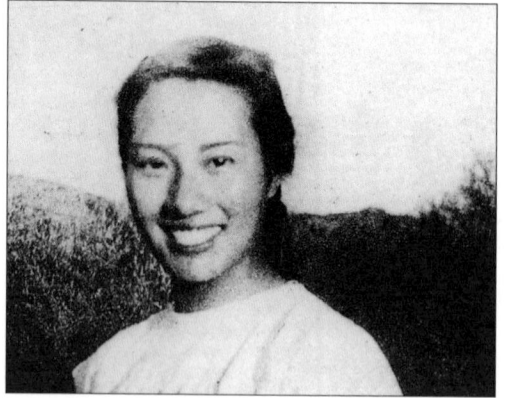

田蔚1939年在延安

王匡1945年在南京梅园新村

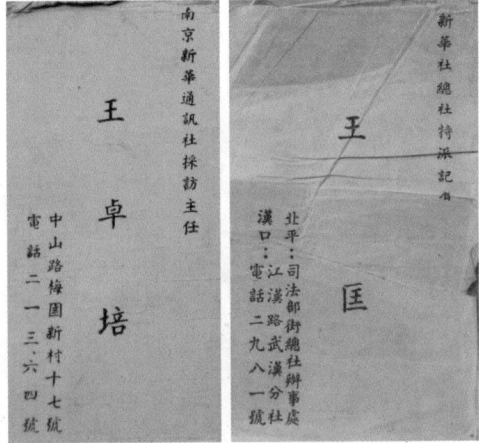

王匡名片

1950年摄于新华社武汉分社
（左起王匡、华青禾、陈笑雨、谢冰岩、李
普、张铁夫）

王匡1949年9月于郑州

摄于1950年（左海棱，中王匡，右穆欣）

王匡1951年在惠州

1951年全家福

王匡1954年与儿子晓培

1955年王匡、杜国庠在华南分局宣传部工作时摄

王匡1954年10月在广州

1955年王匡与郭小川、李季合影

王匡1956年在广州

1956年夏天王匡与田蔚在杭州

1956年田蔚与三个孩子于中山大学校园内

1962年在广州画家余本寓所（左起余本、王晓吟、王匡、田蔚、洪文开）

1963年王匡摄于摩洛哥

王匡、田蔚摄于1977年夏

王匡1977年60岁时与田蔚摄于长城

王匡1978年在暨南大学作报告

1978年于香港（左起林风眠、黎雄才、赵乃光、王匡）

1978年9月王匡与邓白老师合影于北京三里河南沙沟寓所

王匡1979年于香港（陈复礼摄）

王匡与田蔚摄于夏威夷

1981年1月王匡与吴冷西合影

1988年王匡与关山月在一起

1989年春节，王匡与家人合影于广州东山区美华北路寓所

1989年王匡在家乡虎门林则
徐纪念馆

1989年夏天王匡与儿
子、媳妇、小孙子在
虎门林则徐纪念馆

王匡1989年10月8日于中山温泉宾馆（这里是霍英东在祖国内地建的第一个宾馆）

摄于广州番禺莲花山（左起李普、姚锡华、许士杰、王匡）

王匡，摄于1992年7月，时75岁。

1992年摄于羊城晚报社（左王匡，右陈越平）

王匡和夫人田蔚与美国作家赫曼·沃克（著有《战争风云》）合影

王匡与东莞市委市政府领导合影

王匡与邓白（左）、黄发（右）合影

王匡与郑锦滔合影

圭峰巨变

一九五八年与西民光上耕会圭峰山
口占一绝

几上圭峰敢赋诗

几番下笔德迟疑

岂因佳句难寻觅

意到诗成又逐时

王匡手迹《圭峰巨变》

象機雲葬出意山
兑鬼功迄百年當將
平早著安邦策
未許朦朧入海寰

甲子烈林公則徐纪念馆
王匡

王匡甲子年题诗一首赠林则徐纪念馆

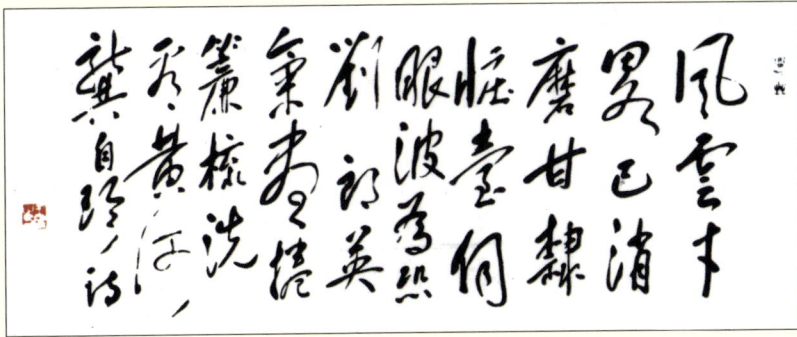

王匡书龚自珍诗："风云才略已消磨，甘隶妆台伺眼波。为恐刘郎英气尽，卷帘梳洗望黄河。"

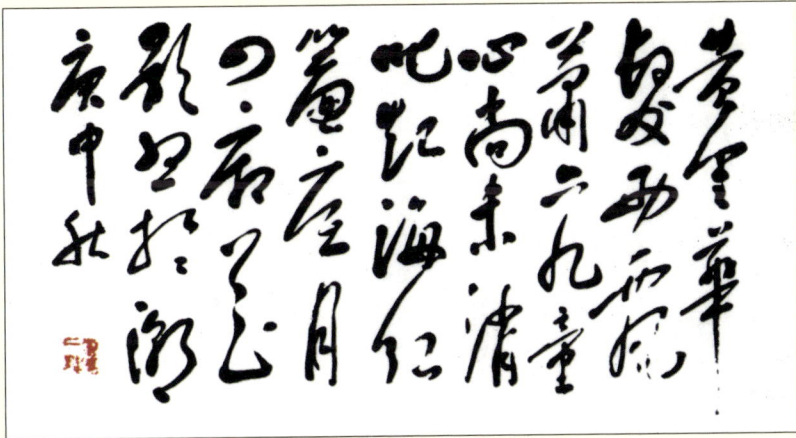

王匡书龚自珍诗："黄金华发两飘萧，六九童心尚未消。叱起海红帘底月，四厢花影怒于潮。"

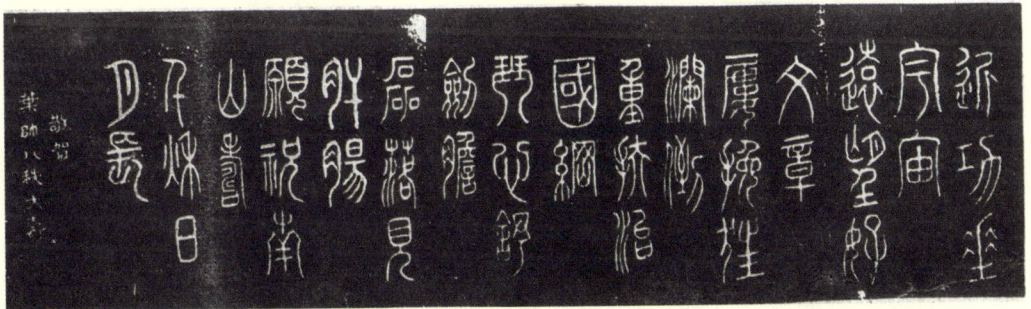

王匡贺叶帅八十寿辰诗一首

東北日報

中華民國三十六年十一月二十三日 （第四版）

皖西一瞬

王匡

人民解放軍自九月以來，解放皖西大部地區，迄今皖西人民已建立了組織了三百付擔架和數千民工到戰場上去。霍山、桐城、六安的老百姓，幾乎和桐（城）、六（安）、岳西、霍城、舒城、舒（城）、廬（江）、潛山、潛（山）、太湖、宿松、望江、霍邱、懷（寧）等民主政府，解放軍已控制望江至燕湖數百里長的江岸線與皖南人民武裝隔江呼應，解放軍在遭裡已獲得了南下九江東叩京燕的前進基地。

西北殲滅六十旅時，岳西人民自動組織了三百付擔架和數千民工到戰場上去。霍山、桐城、六安的老百姓，幾乎和極設法掩護傷員，查崗放哨，靠北老解放區的情形一樣。土豪劣紳的浮財糧食分配以後，群眾紛紛自動槍舉隱藏的蔣匪特務偵探，送交民主政府。蔣匪軍於十月一日在皖西『清剿』搶糧，各地群眾即將惡霸土劣先行逮捕帶走，然後到處開展游擊戰，群眾普遍提出：『先分糧食錢，有好比日寇還壞』！現在已有近百萬十六師陷霍山時，城內外不及逃走的人民開始捲入分田的浪潮中，不論老幼全被姦污了。

皖西位於大別山的東南端。霍山、岳西等地會是蘇維埃時期紅軍的根據地，抗日戰中，新四軍在皖西堅持抗日。皖南事變後，任憑蔣匪軍如何摧殘蹂躪，但皖西人民仍堅持鬥爭。當蔣匪『游剿』鬥爭。任憑蔣匪軍到達後，群眾情緒更為高漲。據此在太行區做群眾工作多年的一川同志稱：皖西在開始時的鬥爭情緒，勢比在太行區的鬆勢和規模大得多。常解放軍在蠶山

是地主豪紳。一是縣鄉保甲；三是蔣幹！

皖西大部地區，都是山地，山脈縱橫，群巒重疊，形勢十分險要。但和北方的山地大不相同。山間盆地甚多，如岳西境內且有寬達數十里的平原，山野間綠竹成林，盛產穀棉，有二三百斤的大肥豬，漫江潺潺，其是山清水秀，別具風緻。望江、太湖米市的主要來源地，他如茶、紙、米、油、桑等，寫皖西一帶山地的大宗碰品。

據皖西地方負責人之一的桂柄同志稱：目前他們最迫切需要的是辦報校和辦報紙，他認寫報紙將是有力的推動農民翻身運動，波動皖西四百萬人民的工具。據說一個對用印刷機和紙張，都已準備好了，只要來一批辦報的人，創刊號很快的就可以和皖西的人民見面。

（新華社鄂豫皖前綫廿日電）

王匡作品《皖西一瞬》

中国记者丛书

王匡

通讯选

TONGXUNXUAN

新华出版社

王匡所著《通讯选》

卷二

长明斋散论

康有为的大同社会主义

大同社会主义之产生

鸦片战争以后，中国已开始了资本主义的萌芽和发展时代。当时在整个政治与经济生活中，产生了两种不同的趋势：一方面清政府在帝国主义的压力下屈服投降并逐渐依靠列强来支持其统治；另一方面就是广大的民众在内外双重压迫下，开展着广大的反对清朝统治的群众运动。在这期间（1842—1886）掀起了延绵15年的太平天国战争；中国的原有藩属琉球、安南等更相继沦为帝国主义的殖民地。

康有为的大同社会主义，就在其"感国难、哀民生"的社会环境中，在"耳闻皆勃谿之声，目睹皆困苦之形"的景况下形成。

大同社会主义的产生是在1887年。就时间上说，差不多在一世纪以前，西欧各国已流行着各种空想社会主义了，而且在19世纪初期，科学社会主义的巨影已踯躅全欧，那么大同社会主义有无受西欧这个先进思想所影响？梁启超说，《大同书》——康氏大同社会主义的中心著作——是康氏个人所作，无依傍、剿袭。又说："其时西学初入中国，学者莫或过问，先生（康氏）僻处乡邑，亦未获从事也。"（梁著《康有为传》）而且康氏屏居独学于乡里著《大同书》前后（著

《大同书》时才27岁），还受其师朱九江的强烈影响。据此看来，康氏的大同思想，显然未涉猎西欧这种进步思潮了。然而，那时正是"洋务运动"兴起的时候，而康氏所居又是与外国发生关系最早的广东，耳闻目染，亦多少要受些外来思想影响。这在《大同书》内论及中"外"古今的史述中，略可以看到一些零碎的片断。

此外，康有为大同社会主义的产生，最重要的是受这古老的中国几千年来陈旧典籍的熏染，是从经学的空气中陶冶出来的。这可以从他幼年的经历中看到："……其先代为粤名族，世以理学传家。祖父赞修，专以程朱之学提倡后进……成童之时，便有志于圣贤之学，乡里俗子笑之，戏号曰'圣人为'，盖以其开口辄曰圣人圣人也……其理学之基础，皆得诸九江……"（梁著康氏传）。他自己称："为士人者十三世，盖积中国羲农黄帝尧舜禹汤文王周公孔子及汉唐宋明五千年文明而尽吸饮之。"（《大同书》）经过这样的门第、学历的康有为，其演绎和牵托古"圣贤"的思想当然不是偶然的事了。康氏弟子钱安定氏曾给《大同书》下过这样一个定义："大同书者，先师康有为先生，本不忍之心，究天人之际，原春秋三世之说，演礼运天下为公之义，为众生除苦恼，为万世开太平致极乐之作也。"在说明康氏"原""演"古人的东西这点上，是丝毫没有说错的。

惟此之故，"大同"社会的理想，本来是中国古代的思想家意想着未来的共产主义社会的一种伟大梦想。在孔门学说中则力图使其适应封建制度的理想国，到康氏手上，则和其他的经学家一样，企图使它适应着封建制度逐渐变到资本主义的新经济基础。所不同的，只是在新的经济基础上给予某些新的发展而已。

康氏的哲学思想

在说到大同社会主义的思想内容之前，我们先来介绍一下康有为的哲学思想，因为他的哲学思想是和他改造社会的思想密切联系着的。

康氏的哲学思想，主要渊源于今文派的春秋公羊传，由孔门派的"性善说"与"天人合一说"等宗教化的唯心论，和王阳明的"致良知说"等唯心论演绎而来，所以说他是一个主观唯心者是大致不错的。比如他说："夫浩浩元气，造起天地，天者，一物之魂质也，人者，亦一物之魂质也，虽形有大小，而其分浩气于太元，挹涓滴于大海，无以异也。"（《大同书》）就是一个标本的好例。又如什么是作为康氏哲学理论之唯一宗旨的"仁"呢？"仁者何仁？吾神之胄，先圣孔子教非之欤？"（上海强学会序）孔子的教义，就是"仁"的精义。然则孔子的教义又是什么呢？只就孔子的哲学思想中的"仁"来说，无非就是"己所不欲，勿施于人""己欲立而立人，己欲达而达人"的推己及人的忠恕之道的思想，在哲学上说来，就是内心决定外界的唯心论思想。所以康氏这位"天禀哲学家"（梁启超称语）的宇宙观，与孔子的唯心宇宙观，并无二致。至于康氏还把孔子神化，把他奉承为中国的上帝，其徒梁启超曾说："先生者，孔教之马丁路德也。"此言已道出康氏对孔教是何等颂扬推崇。

其次，说到康氏的所谓"考证"的方法论，也是和他的宇宙观相一致的。钱穆曾说："长素之治经，皆先立一见，然后扰乱群书以就我，不啻六经皆我注脚矣，此可谓考证学中之陆王。"（《中国近三百年学术史》）梁启超又说："有为以好异好博之故，往往不惜抹杀证据或曲解证据。"（《清代学术概论》）这些话都说得极明白，康氏自己"先立一见"，然后"扰乱""曲解"客观的东西，以适应他自己纯主观的拟想，这种主观唯心论的表现，可谓臻于极点！

再说到康氏的人生观。他说："故普天之下，有生之徒，皆以求乐免苦而已，虽人之性有不同乎，而可断言之日，人道无求苦去乐者也。"但是不幸这"千劫皆烦恼"的世界里，"人之生也与忧俱来"（《大同书》）：在这样的社会环境底下，他觉得只有倡"大同"以拯救这苦难的世界。如果是以不满现实和现实斗争与改造现实的命题出发，这是很对的。但是严格地去分析一下康氏这种人生观，就可以看出：在说到改造社会的愿望时，他只想用个人的苦乐的愿望去冲破与解除这人生的烦恼的羁绊，似乎有点近于虚无主义的思想。但在说到人生为什么会产生这种苦恼的原因呢？他却说是由于人类投胎的结果。比如他说："……上立帝王，下设虏奴，贫为乞丐，富为陶朱，尊男卑女，贵人贱狙，华族寒门，别若鸟鱼。蛮獠都士，绝出智愚，灿然列级，天渊之殊，呜乎命哉，投胎之异也。"又说："天地固多困苦，原投胎之误，实为苦恼之万原。"（同上）这种把封建社会内的身份关系严密固定化的观察的结果，又似乎有些近于定命论的看法。更加上他那促使他改造社会的"不忍之心"的主观动机，几种思想夹杂在一起，显得他个人的思想是异常混乱的。

最后，还说到康氏的历史观。他说："……人道进化，皆有定位。自族制而为部落而成国家，由国家而成大统，由独人而渐立酋长，由酋长而渐正君臣，由君臣而渐为立宪，由立宪而渐为共和。自据乱进为升平，升平进为太平。进化有渐，因革有由，验之万国，莫不同风。观婴儿可以知壮夫及老人，观萌芽可知合抱至参天，观夏殷周三统之损益，亦可推百世之外夷狄，太平世则远近大小若一。"（《论语注》）在康氏看来，社会的更替，一定是按部就班的。中外古今以至将来，都不能超过了他所预定所设想的范围，当然，像美国能不经过"君臣"的封建主义，和他的所谓"立宪"而直接跳到"共和"，在他是不可以想象的；正如他以为中国之由"君臣"到"共和"可以不经过他设想的"君主立宪"而会成功，是不可想象的一样。

康氏的历史观，很显然带着庸俗进化论的观点。不过康氏这个观点，在当时已是离经叛道的思想了。因当时的士大夫都相信过去胜过现在，是"退化论"者。这观点在当时确有它的进步作用。

由于康氏以上的哲学思想，便不可能了解客观社会的一般与特殊的发展规律，而不能不只从主观的"理想"出发，去"创造"和实行他的华而不实的大同社会主义。

什么是大同社会主义

虽然如此，但康有为的大同社会主义，确可以说是中国空想社会主义的最高发展。他有许多独创的见解，他非常尖刻地批评了当时社会的痛苦情形，和凭他那优超的想象力去臆造那将来的大同社会。

大同的本意是由《礼运》而来的，《礼运》说："大道之行也，天下为公，选贤与能，讲信修睦，故人不独亲其亲，不独子其子，使老有所归，壮有所用，幼有所长，鳏寡孤独废疾者，皆有所养。男有分，女有归，货恶其弃于地也，不必藏于己，力恶其不出于身也，不必为己……是为大同。"康氏的大同社会，概括说来就是：大同世界，天下为公，没有阶级，一切平等；没有专制君主和民选总统，也没有国界和政府，人民都自由平等，没有官职；男女平等独立，以情好相合，立和约，定期限，不叫"夫妇"；三年怀抱，二十年教养，均有公共的人本院、育婴院、慈幼院、小学、中学、大学院以教养他们；对父母无所谓"孝道"，老了有公共的养老院，疾病有公共的医病院，死了有公共的考终院；对子女无所谓"慈义",人民受公共的教养,公家给以职业;至于懒惰成性的,罚入贫恤院做苦工,这样便永远没有失业者;无家室,私有财产没有用,私产制废除,资本主义也没有了。那时候,人类安居乐业,思想进步,便会出一种代替肉类的食品,人们就可以不吃兽鸟鱼以至其他生物,达到人物平等。

这就是康有为的大同社会主义。

对阶级的意见

康氏在这许多社会问题上的意见,研究起来是颇饶兴趣的。我们先看看他对阶级的意见,他描写劳苦大众的生活道:"农者胼手胝足,涂泥厥身,以锄以耘……日出而作,日入乃归,无少时得息焉。彼采矿者……煤矿尤甚,炭气重灼,身手漆黑,触鼻作恶……洞穴或裂,压死不觉。……深山樵人,负薪百斤,百里崖阻,烈日艰辛。……其他曳舆扛轿,负担行舟,喘息大呼,终日不休,缩肩挽背,贴地而吼,或挟疾行,僵仆道周。……其他百工,劳力苦作,朝起而动,中夜阁阁,无复日之休息。……孺子弱女,饥驱同缚,面体黄瘠,废疾以死。……"(《大同书》)

他描写社会贫穷悬殊的情形道:"甲愿八珍,而乙不得藜藿焉;丙处数十层之琼楼,数千里之阆苑,而丁不得蓬荜焉;戊珠衣钻石玉襦,而己不得带索焉;庚接目皆文章五彩,辛处黑暗若囚焉;壬杂陈百国音乐,癸不能鼓缶焉;子花草香气薰寒,丑居溷厕焉;寅高坐于汽舟、电车、汽球、飞船,卯涂泥步而胫涉焉;辰左右百器,皆机巧若鬼神,已则皆桔梀之物焉;午之博极群书,富面百城,未不识一丁挟一册而吟焉;申园林台沼甲天下,酉不得一花竹徘徊焉;戌身体强健,毕生无病,亥有废疾或多病奄焉……"(《大同书》)

当时中国社会还没有大工业生产,所以像近代资本主义的惨无人道的压榨和剥削,还没有明白显露出来,而半封建半殖民地性的残酷的奴役才开始,不过就当时的社会情形来说,康氏这种尖刻的指陈,也可以说是一针见血了。

康氏坚决反对阶级的存在,他说:"……一故阶级之制,与平世之义,至相碍者也,万义之戾,无有阶级为害之甚者,阶级之制,不尽涤荡而泛除之,是下级人之苦恼无穷,而人道终无由至极乐也。"(《大同书》)然而可惜的是,他对阶级的划分却是非常含糊,他不是从社会的生产关系上去分别阶级,而只从政治制的形式上去分别阶级。如他说："孔子曾首扫阶级之制，讥世卿，立大夫，不世爵，士无世官职之义……至唐世以科举取士，人人可以登高科而膺朊仕，有才者则白屋之子可至公卿，非才则公卿之孙，流为皂隶，自非乐丐肤之贱，无人不可以登，遂至全国绝无阶级。"

同时他又说过："王族贵族之分愈甚，大抵愈野蛮，则阶级愈多，愈文明则阶级愈少。"（《大同书》）康氏以为愈文明则阶级愈少这是对的。因为这是社会生产力发展阶级分化的必然结果。但由此以为阶级问题的纠纷也会随之而愈少而渐趋"文明"而至"大同"，便是抹煞阶级分化愈明显斗争愈尖锐愈激烈的社会发展规律，这却是由于不了解阶级的实质的缘故。

特别要指出的，康氏对社会的批判（其他问题也是一样）却是从"人世皆苦"的命题出发的，所以他说："富者之忧苦，又与贫者无异矣。"其他又如视荣华富贵的人也苦，帝王也苦，甚至神仙圣佛亦无不苦等等，都在无形中否认了人和人的关系，尤其是含糊了人和人间的阶级关系。

对国家问题的意见

再看看康氏描述国家问题的意见。康氏描述国家存在的害处道："及有国，则争地争城，而调民为兵也。一战而死者千万，稍遇矢石锋镝枪炮毒烟，即刳肠断头，血溅原野，肢挂林木，或投河相压，或全城被焚……夫以父母生育抚养之艰难如彼，国争之惨酷祸毒如此，呜呼！以自私相争之故而殃民至此，岂非曰有国之故哉？！"（《大同书》）

可是，国家是什么呢？科学社会主义回答说：国家是社会形成敌对阶级所必然产生的权力组织，这种组织形式上似乎是超阶级的，实际上只是代表一个阶级或阶级集体以压迫其他阶级的工具。然而康氏对国家的了解，和他对"阶级"的了解一样，只从法律的形式上去了解："国者，人民团体之最高级也。"只把国家当作整个"人民"的最高权力组织。

因此，要想消灭国家，就不是先消灭阶级社会，而是先"弭兵"和"破国界"，也就是说，不是用斗争的方式解决问题，而是用和平联合的方式去解决问题。

康氏以为国家的分裂到联合（吞并）有这样的三种组织形式：（一）在据乱

世有各国平等联盟之体（如俄法同盟、德奥意同盟）；（二）在升平世有各联邦自行内治，而大统一于大政府之体（如德国联邦）；（三）在大同世有削除邦国之域，各自建立三十郡而统一于公政府之体（即去国界而世界合一之体，如瑞士、美国）。要达到以上三种形式，每一"世"要经过以下的一种过程，即："先自弭兵会倡之，次以联盟国纬之，继以公议会导之。"康氏这种想用"弭兵""联合"等方法去消灭国家的和平发展论，显然是一种梦想，因为作为统治阶级的工具的"国家"，"弭兵"是无从谈起的。所以康氏对国家问题上的见解，还未及西欧15世纪时汤麦司摩尔、柏拉图（纪元前3世纪）等人能够判别出国家的阶级性，虽然有某些（仅仅是某些）近似于近百年三大空想家之一的圣西门之处（圣西门主张新社会的组织形式是：首先联合许多家庭为城市，其次联合许多国家为联盟，在他们中间存立共同的信仰，作为联系的因素），但毕竟还是一种幻想。

至于后来康氏竟把1920年成立的"国际联盟"当作"大同之行也"（见《大同书》康氏题辞），更是滑稽绝顶！

对妇女和家族的意见

其次，我们再来看康氏对妇女问题和家族问题的意见。

他首先是把中国受尽几千年来压迫的妇女所受的灾难，畅论无遗，列举了很多压迫妇女的事实，认为："同为人之形体，同为人之聪明，且人人皆有至亲至爱之人，而忍心害理，抑之，愚之，闭之，囚之，击之，使不得自立，不得任公事，不得为仕官，不得为国民，不得预议会，甚且不得事学问，不得发言论，不得达名字，不得通交接，不得预享宴，不得出观游，不得出室门，甚且斫束其腰，蒙盖其面，刖削其足，雕刻其身，遍屈无辜，遍刑无罪，斯尤无道之甚至！"（《大同书》）

妇女之所以沦于这样的地位，是因为男子"以强力役女，以男性传宗"之故，因此康氏以为首先应当禁止卖奴，其次给女子以社交自由，再其次给女子以选举参政等权。同时又提出了十六条"科条"，具体规定妇女在社会上的地位，如规定政治地位平等、婚姻自由等，都是些很宝贵的意见。

不过，如说妇女的各种自由须待二十岁以后，二十九岁以前仍需父母约束。

又机械地规定："婚姻期限久者，不许过一年，短者必须满一月，欢好者许其续约。"把男女婚姻关系，只看成为一种"条约"关系，忽视了个人间的感情结合。此外，还存在许多封建的保守观点，这都是不大正确的。而且康氏对妇女解放问题，不曾提出任何有效的方法，只是从生理上去了解男女"强""弱"而定男女分级的原由，而不从社会经济所有权之谁属为基点，这当然无法解决妇女解放问题。

至于说到康氏对家族问题的意见，他认为"有家则有私""有家则害性害种"和"大阻于太平"。并列举了许多"人各私其家"的害处，所以"欲至大同，必在去家"。

怎样去家呢？那就是"天下为公"。在天下为公的公政府下，一切生育、教养、老、病、苦、死等，皆由公政府负责，于是"父母之与子女，无鞠养顾后之劬，无教养靡费之事，且子女与父母隔绝不多见，其迁徙远方也并辗转不相识，是不待出家而自然无家"了。又"……男女自由后，则私生子必多，即合天下为计之，亦贫贱不能教养者多，从多取决之，盖必愿归公者多，故天下必为公"了。

科学社会主义早就指出：在社会主义社会里，所有这些把妻子看成"工具""玩偶"，和男子所操有其妻的"生杀卖鬻笞骂詈"之权，必须扫除净尽。新的家庭形式、新的妇女地位及新的教育方式等就可以建立起来，这当然也可以说是在"天下为公"的社会制度下实行的。不过这社会的到来，却不像康氏所说的以"私生子"和"贫贱不能教养"的孩子，以多胜少的"表决"得来的那么离奇罢了。

对社会生产问题的意见

康氏对社会生产问题的意见又怎样呢？

他把这个问题毫不重视地放在他全部学说的后面，这正表明他对社会发展的物质基础无大重视。虽然他知道了今后的人事之争，"不在强弱之国而在贫富之群矣，从此百年，全地注目者必在于此"。又知道了"太平之世，无所尚，所最尚者，工而已"等劳资纠纷和劳动阶级的重要性。

康氏曾率直地指出：大同社会没有到来之前，农民、工人、商人要想免除痛苦是不可能的。在"独农、独商、独工"的社会里，生产的供求不等；"所储蓄者，人未必求，人所求者，未必储蓄，不独甲店有余而乙店不足，抑且人人皆在有余不足之中"。同时他又认为"工人各自为谋"的手工业，是比不上机器工厂的大生产，但这种机械大生产在"独工"的社会里，"大作厂机场之各自为谋，亦不能统算者也，不能统算矣，则各自制物，期必至甲物多而有余，乙物少而不足，或应更新而仍守旧，或已见弃而仍力作，其有余而见弃者则价必贱，不足而更新者价必昂……"显然的，这是生产手段私有无计划生产的必然结果。因此要达到生产和分配的合理化，就必须实行"公农、分工、公商"等生产和分配方法。

康氏的生产手段公有、使生产分配合理化等主张，和其他对生产组织计划所申述的许多意见，基本上都是正确的。可算是有锐利眼光的见解。

然而又可惜的，和西欧许多空想社会主义者一样，康氏不曾摸索到社会生产方式的发展道路，而竟谓："去民私业，此事甚易，即自去人之家始也。"就是说，要废除私有财产，必先去家。但再往下问，怎样去家呢？除前面介绍过的方法以外，他更明确地说："欲去家乎？但使大明天赋人权之义……"又说："全世界人，欲去家之累乎？在明男女平等，各有独立之权始矣，此天予人之权也。全世界人，欲告私产之害乎？在明男女平等，各自独立始矣，此天予人之权也。全世界人，欲告国之争乎？在明男女平等，各自独立始矣，此天予人之权也。全世界人，欲去种界之争乎？在明男女各自独立始矣，此天予人之权也。全世界人，欲至大同之世，太平之境乎？在明男女平等，各自独立始矣，此天予人之权也。全世界人，欲去极乐之世，长生之道乎？在明男女平等，各自独立始矣，此天予人之权也…"（《大同书》）。

总而言之，要想走向大同社会，或甚至把人类化为"仙境"，就全凭这个万应的法宝——在"明"（或"大明"）天赋人权之义——这，是何等虚玄的幻想啊！

除以上谈到的问题外，康氏还有其他许多如政治制度问题、种族问题等等，不过这些意见也可从上面所提出讨论的问题中略见梗概，无非也和上面许多问题一样，只是在语言的形式上有相当的意义而已。

结　语

总的来说，康有为的大同社会主义，虽然有许多独到的见解，如对"去级界""去形界""去产界"等许多超见卓识，已清楚指明当时（封建社会转向资本主义社会）的不合理，特别是重工农，废兵、刑（"刑措"），普及教育（"学校"），禁懒惰，禁独尊（独裁，见"四禁"）等等许多见解，确是我国思想界的创见！但由于当时社会条件及其本身的限制，他这种独特的见解不能不是一种乌托邦的理想。

第一，由于当时的中国社会，资本主义生产方式以及与之相联系的资产阶级与无产阶级间的对立，还不过在开始萌芽。无产阶级还未从一般被压迫群众中分离出来，明朗的阶级情况，还在不发达的阶级关系中隐藏着，康氏虽然目睹过那15年的残酷的农民战争（太平天国战争），但无法也不可能在它的经历中寻出创造这个社会的真正的伟大动力，却只图用"明天赋人权大义"去始行一切。所以他的一切详细计划，就只能是一种空想。

第二，大同社会主义思想的产生，显然是站在新兴自由资产阶级的立场上的，大同思想表面上虽是表现为超阶级的思想，好像说："穷人，富人，皇帝，神仙……一切阶级的人啊！你们都苦，你们起来改造这痛苦的世界吧！"但实质上却是代表当时自由资产阶级的一种愿望，企图缓和贫富的斗争。使它们和平相处，同心协力地"和平"地"转变"到新社会去。

这又可从康氏对社会制度的了解看出来：他把社会分为据乱、升平、太平三个范畴，在《大同书》中一般是指据乱世为封建主义社会，升平世是资本主义社会，太平世是社会主义社会。但同时也说当时美国、瑞士等典型的资本主义国家为"太平之制也"，最明白不过的，这太平世的实质，原来就是一个"理想化了的资产阶级王国"（恩格斯语），是新兴的自由资产阶级要建立的。

最后，由于康氏的大同社会主义的思想来源，是出自中国数千年封建制度的支柱——孔子的思想的染缸中（梁启超说缘于佛学，也很重要）。又由于康氏出身封建贵族，青出于蓝，这些都造成了他的思想的两重性。至于他个人后来的行动，在戊戌政变时站在自由资产阶级的立场上（或者恰当些说，是站在开明的地主买办阶级立场上），说中国的社会是在由"升平"到"太平"的过程中，但在戊戌政变以后又说中国的社会是在由"据乱"到"升平"的过程中，把中国的社会发展过程自由伸缩，乃是他从自由资产阶级的立场，退回到原来的贵族的保守的立场上，是康氏思想的两重性的具体表现。

中国的无产阶级，随着中国资本主义的滋长，开始登上了历史舞台，在中国第一次资产阶级民主革命（辛亥革命）中，已经稍露锋芒了，而大同社会主义者的康有为，和许多其他空想社会主义者一样，竟与当时的革命民主派（孙中山）相抗衡，走上反动的保守的保皇党的没落道路上去。又随着无产阶级的日趋壮大及科学社会主义思想的排山倒海似的冲击，所谓大同社会主义者，遂奄奄无闻了。

（本文载 1942 年 1 月 19 日延安《解放日报》）

附：此文是我在延安中央研究院研究"康梁思想"的习作之一。写于1941年，翌年1月19日在延安《解放日报》上发表。由于那时我的思想水平很低，各种资料又奇缺，因而文章存在不少错误和显得十分幼稚。

作者

1983 年 8 月重读后感言

根本的问题

　　我到报社已整整一个月，看了一个月的稿件，有一些意见。这些意见牵涉本报的根本问题。我现在把它们提出来，希望同志们都来研究，提出自己的意见，然后经编委会讨论，作出结论。

　　我对本报第一个意见是出得不及时。最明显的就是报纸出得迟，常常9点多钟后才出报，12点钟以后才看到报。此外，新华社电讯也发表得不及时，有时一条电讯压了12天才见报。地方新闻的报道也不及时，老是跟在运动的后面。关于出迟报问题，我了解了一下，这是由很多因素造成的。要解决好像很容易，实际上有困难。其他问题的困难，也还不少。

　　我对本报的第二个意见是没有特色。我们的报纸既不像省报，又不像大行政区报纸。样样都有，但样样都不突出。只有广告很特殊，放在两版的中缝地位，好像是头条新闻。经研究后现在已取消了一半，但二、三版中缝广告还须保留，这有客观的困难。总之，我们的报纸内容很复杂，但无特色。

　　我对本报的第三个意见是内容贫乏。这不是说我们的报上没有好文章，而是说看不出我们的报纸是一张内容丰富的报纸。最明显的是一版往往找不到头条新闻。一张报纸没有头条，那是很糟糕的。我们时常用一条新闻放在头条前挡住（叫做"头条前"），使头条不显著，这是偷巧的办法。头条新闻是要我们自己去组织，去计划的，但现在我们还做不到这一点。其次，带指导性的稿件太少。像《新湖南报》在农村发现了李四喜思想，组织了讨论，影响及于全国。这是报纸的功劳。我们还没有发现过像这样的问题。这就是说我们和实际工作结合得不够。办报的人有两种心理：一种是完全依靠领导，一种是完全不依靠领导。这两种心理都不能使报纸和实际工作密切结合，当然也不可能指导实际工作。

为什么会这样呢？问题不在于同志们没有本事。问题是在于：

一，本报的性质、任务、对象长期以来不明确。我们的报纸在广东，但要面向华南，就是说要面向广东广西。我们的报纸要面向农村，但又要面向广州市，面向海外。这些特点是其他报纸所没有的。《长江日报》不必用大力管武汉市。《新湖南报》也没有像我们一样的什么对敌斗争，只搞农村。我们的报纸要面面俱到，这就难办。我们的报纸对象究竟是哪些人，不明确。来什么就搞什么。看到别人有什么栏目，我们也搞它一个栏目，不管对实际有什么指导意义。因为对象不明确，就不知照顾谁是好。辟一栏"思想与工作"，到底谈什么人的思想呢，这就很难确定。报纸的性质、任务、对象不明确，这是个根本问题。

二，工作同志的政策水平还不够高，选稿抓不到中心，不敢毅然地丢掉一批，抓住一批。这具体表现在新华社稿件的选用上。选用新华社稿，说起来似乎很容易，办起来却很难。选稿要能抓住中心，我们不仅要了解当地群众需要什么，而且要了解全国需要宣传什么。我们要有全国水平、世界水平。这是很难的。我们对这些问题弄不清楚，往往就迷失了方向，抓不住要点。当然，这一点和报纸的性质、任务、对象明确与否是有直接关系的。

三，与实际工作关系不密切。当前实际工作中的问题，必须使大家都知道。我们要比读者知道得早得多才行。我们要指导广东的实际工作，那就一定要了解广东实际工作的情况。但是现在我们还做不到这一点。因此，我们还不能从实际工作中发现问题。广东财经工作很乱，那就要从中研究出一个所以然，不要等人家作了结论才来报道。光报道人家的结论，那我们的报纸就成了记录簿了。但是我们常是等人家作了结论之后才报道的。

我们发觉了这么一些问题，今后怎么搞呢？

首先要确定报纸的任务和对象。市委准备接办联合报，这样就和我们有了分工。联合报不能再像现在那个样子，像市委的报，又像民主党派的，又像工商界的，结果是"四不像"。分局宣传部希望市委办通俗报纸，主要用来教育工人和知识分子。市委正考虑中。我们的报就面向农村，兼顾城市和对敌斗争、华侨等问题。广西"土改"比我们先走一步，我们的报纸对广西作用不大。现在正考虑，如分局同意，我们就把广西通讯站撤回来。广西任务交由《广西日报》去做，《南方日报》只管广东就行了。

其次，报纸出得要早，报道要快。要做到这一点，必须彻底动员，全力以赴。最近打算先从改变编辑部的工作时间做起，编辑部同志大部分改为白天上班。改为白天上班，除主要为了出早报外，同时还为了避免少犯错误——稿件有问题，白天容易找人查问；为了加强同志们的学习；也为了增进大家的健康。这件事要赶快办。编排上要做到妥善迅速地处理新华社的电讯。

再次，各版要把篇幅紧缩一些，多发点消息。要做到这一点，就要减少标题。现在我们各版的标题太多太大，除了眉题、主题外，还有两三行的副题。标题多，在以前是有道理的。一面可以使内容更明确，一面可以使不看内文的读者看了标题就知道是怎么一回事。但今天不同了，今天我们要有新的看报观点，不能只从标题上来满足读者。标题多反而容易片面，迁就读者更是不必要（我们不是经常批评人家，看报只翻翻标题吗）。以后我们的标题要精简扼要，省下篇幅多登消息（省去多余的标题，可多登几千字）。

第四，加强政策思想的学习。改变工作时间以后，我们有更多时间来学习。什么人学习什么，学习的方法怎样，以后再定。不要多学那些如何写新闻之类的东西，写作的技术问题容易解决。我们应该做到搞哪一行就学哪一行，学习和业务结合。当然，马列主义的基本知识也是人人要学的。整党建党以后，要大规模地、有计划地搞。

（本文是 1952 年 8 月 13 日对《南方日报》编辑部的讲话）

再谈《南方日报》

　　两个月以前，我曾向同志们讲过一次话。现在，我们的报纸已经和两个月以前不同了。两个月来，我们做了一些工作，有了一些进步。我们报道了"土改"高潮、国庆、亚洲及太平洋区域和平会议等几项大事，没有出大乱子，一般的还过得去。在报纸内部，我们调整了薪水，进行了"三反"复查，清查了资财，调查了发行情况。同时，我们的新机器也开工了，印出的报纸，还算合标准。出早报问题，搞了一下，虽然失败了，但得到了一些经验。我们的报纸已经变了样。报纸的版面已是长形的了，不像先前那样给一个方框框围住似的。广告减少了一大半，报眼上的广告根本取消了，这可不是一件容易的事情。因为这必须要在这样的条件下，才能这样做：第一，要有适当的内容补充它；第二，要我们报纸的发行数量和广告收入同时增加。这些我们都大致上解决了。9月份以来，随着我们逐渐改版，发行数量笔直上升，现已开始突破十万份。

　　两个月以前，我就自己接触到的一些问题，提了一些不很成熟的意见。在过去两个月工作的基础上，今天我可以谈得更具体一些了。

　　第一，关于《南方日报》的方针。

　　《南方日报》的对象，就是面向全省广大人民；因此报纸的方针总的来说要向活泼的、通俗的地方性报纸的方向发展。但是我们的报纸具有大行政区报纸的特点。首先，我们的报纸是在全国四大城市之一的广州出版的，一定要照顾广州市。其次，我们离大行政区报纸很远，离《人民日报》更远，重大的全国性的新闻要靠我们报道。我们不可能像《山西日报》《新湖南报》那样，《人民日报》或《长江日报》当天可到，可以关起门来搞地方化通俗化。这些特点就决定了我们的版面内容。我们要登地方性的稿件，也要登全国性的稿件；要登小文章，也要登大文章；要登通俗文章，也要登高级的文章。既要"下里巴人"，也要"阳春白雪"。因此，我们就必须采取分版分栏的办法，"分而治之"，有些是专登通俗文章的，有些是专登大块文章的。将来如果《人民日报》《长江日报》用飞机派送报纸，我们就可以放弃大的，专搞地方性的东西。但这是后话了。

目前我们的方针就是这样。这个方针是经分局同意了的。

第二，关于调整版面问题。

根据上面说的方针，我们的版面就要稍稍调整一下。原则上没有大的变动（大致和《长江日报》相仿）。第一页是综合版，什么重要就把它放在第一页。不仅是新闻，就是读者来信，文艺作品，只要认真写得好，都有资格上一版。第一页的两个报眼，分登图画和农村黑板报，图画在左，黑板报在右。第二页包括农业生产、农民运动、农村政权建设、工业生产、工人运动、财政经济等，还有读者来信。读者来信不一定老放在下面两条，内容好可以适当扩大篇幅，可以直起来排一个大辟栏。第三页是文化教育、党的生活、马列主义和毛泽东思想的宣传、文艺、部队、青妇工作、少数民族和科学等等；第四页是国内国际要闻和"今日读报"。

分栏问题，除已经有的几个专栏以外，还准备增加几个。一共有这么一些："农村黑板报""每日图画""今日读报""思想笔谈""文学与艺术""图书评介""影评""理论教育""党的生活""画刊""读者来信"和"言论"。各栏的内容和对各栏的要求大致是这样的：

（一）"农村黑板报"：标明"农村"，旗帜鲜明，目的就是为广大农村服务。现在已经有不少地方用我们的黑板报，搞得好，人家是一定用的。这是合乎广大读者要求的。黑板报主报道新闻，进行时事教育。地方性的东西可以由采用的人自己补上去（我们应该写一篇专文，说明怎样运用黑板报）。黑板报的文字，要简单扼要，抓到中心。为了不致遗漏重大的新闻，各组同志都应该协助把这一栏办好。

（二）"每日图画"：现在还是一个尝试。事先考虑了好久，筹备了一个月。事实证明用图画比用照片好。在今日的报张条件下，用照片印不清楚，而且材料来源有问题。用图画，印得清楚，虽然不很"真实"，但也可以表达照片所表达不出来的东西。我们已得到美术界的支持，他们都表示要坚持下去。第一天印出来的时候，陶铸同志打电话来说很好。通过这一栏还可以组织文艺界人士。这栏是一定要坚持下去的，内容就是新人新事。现在技术还不高，内容还不丰富，今后要改进。画的题词，要写得生动一些。同志们应该注意反映读者意见，帮助改进。到一定时候，要总结经验。

（三）"今日读报"：很多读者反映读不懂、听不懂我们的报纸，长文章太多。为了满足读者的需要，决定办这一栏。据说这一栏还受读者欢迎。李心清同志指示"今日读报"的文章应该夹叙夹议。这栏要用普通话写，形式要通俗，现在还不够通俗。对象以小学毕业程度的读者为宜。

（四）"思想笔谈"：这一栏的名称还未定，现在还没有想出来。短文章，最多千字，作者的名字也要固定，便利联系读者。几个人合写，文风比较易统一。虽然外来稿件也欢迎，但我们自己也要有一个基本队伍。内容主要是谈每个运动中的思想问题。系统地谈一谈"个性""人生观""为人民服务"等问题，也还是必要的。这样可以避免杂乱。对象是学生、教师、知识分子，这是肯定了的。口吻要温和一些，"文艺"一些，流利一些，火气不要太大。现在这一栏能不能办起来还是个问号，关键在于组织工作做得怎样。基本队伍能组织起来，就不成问题了。

（五）"文学与艺术"：这一栏的名称也还未定。自从副刊取消以后，我们和文艺界的关系已经割断了。但读者需要文学艺术，事实上我们也不应该撇开文学艺术不管。因此办这一栏是必要的。这一栏的中心内容先搞粤剧改革。华南文艺界整风也是以剧改为主。这是一个关系广大人民的问题，不论哪个报纸，如能把粤剧的方针方向讨论出一个头绪来，真是"功德无量"，而这个报纸就会受到人们的注意。我们应该组织一些稿件来讨论一下。有批评，有讨论，才有声音。此外，还应该经常刊登一些作家检讨、音乐介绍、图画述评之类的文章；举行笔谈、座谈，讨论专门问题。文艺运动的总结也可以登。现在还有一个组织问题，要组织人来写稿才行。我们自己要善于出题目，订计划。这类稿一个月可以登五篇。

（六）"图书评介"：图书评介是报纸进行思想领导的重要方法之一，全国重要刊物，应该有计划地介绍给读者，过去没有做，是错误的。今后我们要搞，怎样搞呢？先要把全国重要刊物的性质、内容、特点作一简略的介绍，然后再一种一种地来评介。当地出版的书刊也一样要评介，不能谈远不谈近。扼要地介绍好的读物，是必要的，免得读者乱花钱读不到好书。我们也是对出版物的舆论监督的一分子，应起其应有的作用，大家要想办法组织这一类稿件，及时表扬好的，批评坏的，帮助出版界搞好工作，帮助读者读书。对象仍以知识分子为主。一个月也要有五篇。

（七）"影评"：现在这一栏还不错，可以继续下去。以后在述评时要把电影故事写清楚，不要光是个人感想。说人家好也要说出个所以然，要正确帮助读者了解影片的主题思想。最好能每篇插一图片。这一栏的对象以知识分子、学生、工人、店员为主。一个月也要有五篇。

（八）"新闻述评"：农运组以后要抽出一个人专门看地方报纸，看它是否合乎一个地方报纸的标准，是否合乎分局的要求，定期加以述评。一个月应该有一两篇这样的文章。

（九）"党的生活"：现在人手不够，稿很少，一下子恐怕还搞不好。搞起来是有很多困难，但这一栏非搞不行。这是党报的党性问题。分局直属机关党代表会时登过几篇文章，毛病很多。今后一定要取得党委的帮助，把它办成，办好。我们党内的生活是很丰富的，认真搞，不愁没有东西。今后几个月要把整党建党工作报道好，要有计划，有表扬，也有批评。正请求组织部给我们调一个组长来。

（十）"理论教育"：这一栏要登大文章。介绍学习马列主义的经验，刊登学习、阐述马列主义和毛泽东思想的理论文章。这一栏办起来也并不很难。学习高潮一来，这类文章就多了。

（十一）"画刊"：我们的画刊长期以来以翻印新华社照片为满足，地方性的东西太少了，年年都是"海珠桥""玉带濠"。画刊办得要有特色，要会借题发挥，搞它一整套。例如报道香蕉生产，就把香蕉从生产到被吃的过程，统统照下来。其他如内河物资交流、沿海渔业等，都可以出专刊。比如广东船的种类最多，那就出一个船的专号，也是很出色的。要办这样的画刊，摄影的同志就不应该老坐在家里，要到下面去。土地改革内容很丰富，可以出很多期画刊，但我们的画刊完全没有把土改运动表现出来！办画刊要有计划，要想办法，数量不必多，但要好。

（十二）"读者来信"：陶铸同志要我们读者来信多一些批评，尖锐一些。这指示非常正确。要多反映群众的呼声，同时要有插画。《人民日报》的读者来信很突出，我们应向它学习。要办好读者来信版，要依靠群众；要和党委联系；要靠我们自己的判断能力；还要与检查机关取得密切的联系。现在我们有些读者来信大部分是"歌功颂德""表示拥护"（当然都要），而且是公式化了的，十分平淡无味。这种现象要纠正。

（十三）"言论"：社论、短评、编者按都是我们的言论。这些言论是代表报纸的、代表党委的。分局指示要控制一下言论，做到每发必中。这是必要的。但目前我们报上的社论、短评，最好是又精又多。以后要有意识地组织社外的同志写言论。

此外，我们还要搞一些通俗讲话之类。

上面十三种专栏，有些还要我们努力进行组织工作，认真办起来；有些现在已经有了，但要加强计划性。这都是根据我们当前的实际情况拟定出来的计划。当然，我们不能要求一下子把所有的专栏都办好，能先搞好一两个，我们的报纸就有特色了。应该说每一栏都有条件办好。怎样才能办好呢？首先我们自己要有创造精神，要有事业精神，肯用思想，专心把它们办好，不要人云亦云。其次要有计划，善于出题目，经编委会批准后，组织人来写。最后要提高我们自己的水平，一方面要向书本文件学习，另一方面要学习其他报纸的经验。

现在我们只希望这些专栏都能办起来，不犯大的错误，有稿源就行。

第三，业务上要注意的问题。

总的说来，我们在批评与自我批评、联系实际、联系群众三方面都还做得很不够。批评少，而且不尖锐，不深刻。原因首先是和实际工作太隔膜。过去我们常怨自己理论、政策水平低，这是对的，但问题还不单在这里，问题还在于我们一方面实际经验不足，看问题分不清先后缓急，分不清主要次要，抓不到主要矛盾；而另一方面我们和群众的关系也不密切，不善于"有事和群众商量"，我们不太重视群众工作。即拿我们的通讯工作来说，通讯工作好不好对报纸内容有很大的影响，但我们做得很不够，通讯员都集中在广州市，各地通讯员太少。现在还没有力量来解决这个问题，以后一定要把全社做群众工作的方针贯彻下去。

还有，大家对业务工作关心不够，运动占去了太多的时间，不能很好配合。运动是要搞好的，不搞好要犯错误。但业务要求我们走前一步，不注意业务也是不行的。这是一个党性的问题，分局要我们在这里，不是为了什么，就是为了全心全意办好南方日报，一切离开报纸办得好的，都不算"好"，除了报纸办得好，便没有其他更"好"的了。全社人员的阶级性、党性，都应该集中地表现在报纸上。"三反"结束到现在，报社研究业务的空气还很不浓厚。有些同志仍然是得过且过地混日子，对个人问题比对工作问题更关心。墙报"自由谈"谈来谈去都是些琐事，而对讨论业务问题，似乎还没有多大兴趣。

下面我谈一谈在最近一个多月来看大样时发现的一些业务上的问题：

（一）掌握政策问题：同志们写的新闻，很多时候掌握不住政策，左右摇摆。政策与策略分不清楚。譬如关于"五反"后安定资产阶级情绪问题，我们鼓励老板做生意，宣传工人团结老板经营企业。但在稿子上，却公开鼓动说××厂工人积极想办法替老板赚了十二亿。这就不必要了。这会引起其他未赚钱的工厂的工人的不满。在这一问题上，我们可以一般地宣传资产阶级守法经营，有正当利益可得，但不能保证资本家发财。再如关于中间剥削问题，现在还是容许有中间剥削的，不能老是批评中间剥削，目前广东还有三分之二多的土产，要靠私商收购，怎能不让他们"中间剥削"呢？这是"左"的论调，对目前情况是有害的。宣传工资改革后工人纷纷要求入党，也是不妥的。好像工人入党就是为了钱。大学思想改造的稿件中说要彻底肃清一切非无产阶级思想，也是错误的，中央指示以共同纲领为标准去进行思想改造。还有，追余粮稿件中，说地主缴出余粮即不加管制，这根本是违反政策。和地主女儿结婚，也不能在报上老是说不行，土改法上没有这项规定。司法改革稿件中，写控诉场面，完全用镇反的方法，也是不妥的……

其次是党内党外不分。这类错误，农村稿件较多。譬如建党训练班稿件中说某某人"政治面目不清"；说发展了一个党员，但"他的叔父是特务""政治上不可靠"等等。这些都是党内讲的话，不应该在报纸上公开讲的。

还有是党政不分。譬如青年学生给送到××大学学习，说是共产党送的，而不说是人民政府送的。什么事都是在共产党领导下，连打球都是在共产党领导下。实在不必要。为什么不说在人民政府领导下呢？这不一样是在党的领导下吗？

　　我们的稿件中常常乱用"政治任务"这四个字，如说开好华南物资交流会是个政治任务。这明明是个经济任务，为什么一定要说成政治任务？一般说来很多重大任务，都是与政治任务有关的，但也不要没有区别地或习以为常地应用。这里用得尤其不当，因为这就给香港英政府压迫回国参加交流大会的代表，和鼓励他们回国参加大会的报纸（大公、文汇）以根据，说他们回来参加"政治活动"。

　　（二）敌情观念问题：我们写的新闻往往缺乏敌情观念，为敌人提供了许多污蔑我们的材料。譬如司法改革稿件中，把一些有问题的人骂政府、骂共产党的话很具体地原原本本地写出来。这会得到什么结果呢？这会给敌人很方便地利用来骂我们了。又如台山的追退果实中，详细开列清单，其中有项美金一万元，难道这样不会被人歪曲为"勒索华侨"的口实吗？像这样的东西要注意。

　　（三）片面性的问题：我们的稿件有时为了强调一面，便忽视了另一面。譬如强调一个人艰苦朴素，就忘记了合情合理。一谈到艰苦就是"吐血数次仍然坚持工作"，写一个荣誉军人只剩一只胳膊，还要一拐一拐地参加劳动；说没有两手的烈属叶莲辛辛苦苦养了一口猪，也捐献出来了。这些固然足以表现荣誉军人和叶莲的觉悟高，爱劳动爱祖国，但会起副作用，使人觉得共产党真是不近情理，连这样的人也不照顾。再如为了表现工人解放后生活改善，注意写工人把钱存入银行，也是不必要的，因为现在还有很多人失业。最明显的是思想改造的文章，都是讲坏不讲好。一个教授检讨缺点，说得坏到极点，好处一点也没有，这是不合乎真实的，如果只有反动的一面，那他今天几乎连改造的余地也没有了。我们应该在全面的基础上强调一面，不要完全抹煞了另一面。

　　此外，有闻必录的毛病还很大。例如报道商品推销有成绩，说海南岛的分公司做得最好，表现在积存的"保济丸"都推销掉了。这有什么好呢？这能说明什么问题呢？对于当前的物资交流工作，推销"保济丸"，是没有什么意义的。这类例子，可说是不胜枚举。

　　（四）语文问题：农村新闻在这方面问题较大，但现在还想不出有效办法来改正。有一条消息说"某某是第一单元重点乡人"，这真弄得人莫名其妙。我们的新闻中陈腔滥调还很多，"记忆犹新""不能容忍"之类，常常碰到。还有的滥用"大张旗鼓"四个字，不论搞什么都是"大张旗鼓"。读者来信版有些小孩子的来信，完全是大人的口吻，一看就知是假的。新华书店登广告开除人，也说是"纯洁革命队伍"。一些封建性的、殖民地性的词汇还出现在我们报纸上，如"续弦""洋房""唛头"等等。希望这些词赶快在我们报上绝迹才好。

有些稿件，依然带有小资产阶级的情调。如来宾县妇女自杀事件，感情不对头，痛楚之处，还来描写一番，好像我们党报对这样的事件感不到切肤之痛似的。"党的生活"栏有一篇稿说一群久经锻炼的党员干部到了招待所，招待所招待得很好，作者说："就像到了家里一样温暖。"一个革命者应该从革命队伍得到温暖，从革命事业上得到温暖，是不容易想到家庭上去的，有些人就是因为家庭不温暖才出来革命的。这显然不是他们的感情。再如台山六区开检讨会，我们新闻中说大家都"痛哭流涕"，试想想看，这会成个什么样子？

语文上的毛病，是很多的，希望同志们切实注意，连我在内，咱们都是半路出家的，不妨从头学起。如果严格检查我们每天的报纸，不通半通之处，随处可见。一想到我们报纸的发行数量一天天增加，也真使我们出身冷汗了。

第四，出早报和发行问题。

出早报不是个简单事情。过去把这问题看得很容易，说是只要编委下决心，就可以解决。事实证明，这不只是编委的问题，也不只是编辑部或字房、机房的问题。出早报牵涉一连串的问题，关系到好多方面，必须全盘改进，才有办法。中央已有指示来，规定五时半印完。现在我们已有了一些条件。首先从两个月的试验中得到了一些经验；其次新机器已经开工了；还有我们的技术已经提高了。但是，还必须掀起一个全社性的出早报运动，使人人关心，大家动手，才能搞得好。

发行方面，也还有一些问题。过去计划年内要达到十万份，还需要努一把力把指标固定下来（现在已超过十万份）。这主要决定于报纸的内容。发行工作也必须克服目前不深入的毛病。有关发行工作的一连串问题，要认真注意解决。应该认识到发行工作也是群众工作。

第五，与《广州日报》的关系问题。

《广州日报》就要出版了。多一个报纸，对我们帮助很大。我们现在还不能满足市的要求。有了《广州日报》，这就好了。以后对广州的报道，我们专作批发生意，《广州日报》零卖，互相呼应支援，彼此分工合作。此外，有了《广州日报》，也可以使我们头脑清醒些。人家也是党报，要和我们竞赛的。我们不能再像过去那样"老爷"了。

但是否有问题呢？有的。一个是通讯员问题；一个是发行问题；一个是稿源问题。

这些问题都是可以解决的。谁也不能强迫任何人当自己的通讯员。通讯员自己有选择的权利，我们报纸办得好，对他们帮助又大，他们自然到我们这里来。同时我们以后要向各地发展，和《广州日报》冲突不起来。但现有的，我们还是要，而且要巩固。这是因为我们要对我们的通讯员负责到底，他们是我们组织、培养起来的，还要负责培养下去。发行方面，我们固然要深入下去，但在广州却要适当地控制。稿源不成问题，省归省，市归市，就解决了。像过去那样打两份稿分送两家报纸的事，当然是不行的。

其实，问题不在于通讯员、发行、稿源上，问题在于我们怎样把《南方日报》办得好，在报纸的思想性方面提高一步。我们现在只怕在这方面做得比不上人家。

有人提到，《广州日报》的人手众多，市委注意领导，采访又方便；我们人手天天减少，有些"看淡"，缺乏勇气，其实这大可不必。《广州日报》的出版，对我们应是一个考验，看我们过去的几年，是否真的只靠招牌吃饭，如果不是，就应继续保持"老大哥"的地位。人手不够，固然困难，但可争取增加，增加以前，要发挥现有的潜力。告诉大家，分局对我们是很关心的，过去的不说，单是最近的一次改版，在报纸出版的两小时以后，陶铸同志便亲自打电报来鼓励我们。我搞新闻工作多年，党委负责人这样抓得紧，这样关怀党报，还是第一次的体验。我们的新社长，不久便可来了，那时我们还要在各方面展开一些调整工作呢。

（本文系 1952 年 11 月 5 日对《南方日报》编辑部的讲话）

通讯员与报纸

关于通讯员与报纸、记者的关系

通讯员数目的多少，以及它和报纸关系的好坏，应是工人阶级报纸的好坏的标志之一。我们的报纸，并不是像资产阶级报纸那样，是属于少数人的、是由几个人来办的报纸，而是属于多数人的、由多数人来办的报纸，这样的报纸，要有很多通讯员，才能达到群众办报的目的。离开了广大的通讯员，报纸要谈联系实际、批评与自我批评、改进工作、提高工作效率等都是不可能的。报纸的通讯员好像人的感觉神经，动物的触角，人的舌头上的"味蕾"一样，是最敏感的一部分。我们常说，通讯员是报社的眼睛、耳朵，报社要掌握情况，就要依靠广大的深入到各阶层群众的生活中去的通讯员同志，把各种情况反映上来。如果没有了你们，报社就会变成瞎子和聋子。通讯员和报社的关系，又好像是一棵大树的根和干的关系一样，整棵树能枝繁叶茂，首先是依靠那无数细微的树根在土壤里吸收了水分、养料。通讯员就像树根，是报社的根本。

通讯员与记者的关系呢？就好比战斗时主力军与民兵的关系。主力军能取得胜利的因素很多，其中民兵协助搜集材料、站岗放哨、侦察、有事情就报告等各方面的配合也是不可缺少的因素。民兵是不脱离生产的，但在必要时，民兵是可以提升作为主力军的。所以有的通讯员问，是不是可以提些通讯员到报社来工作呢？当然可以。是不是可以派记者和通讯员一起采访呢？我们说，在必要的时候是可以，也是应该的。办报要有广大的通讯员为基础，列宁说过："认为只有从事文学的人（在这个字的专门意义上来说），并且只有他们胜任于顺利地参加报纸的工作，是一种误解。相反的，一个报纸能够存在与活跃，只有五个领导的和经常的撰述人之外，还需要有五千、五百个不从事文学的撰述人。"假如《南方日报》有五十个专事写稿工作的人员，那么就应该有五千人、五万人和他合作。目前报社只有两三千个通讯员，这实在是很不够的。列宁是非常重视通讯员的稿件的，譬如他发现了有通讯员的重要稿件，他会用电话约那位通讯员谈话。毛主席也是一样，他在延安的时候，很注意通讯员的文章，在他写的一部关于财政经济问题的书中，就引用了许多通讯员同志所写的文章。的确，通讯员对党报说来是很重要的，最近，我们有一位铁路上的通讯员同志反映了一些材料，我们把它一直反映到北京去了，因为这材料对推动工作很有参考价值。反过来说，报社对于通讯员也是很重要的，因为如果没有报社，通讯员也就不成其为通讯员了。而且，通讯员还是需要报社的帮助、培养的。

关于通讯员的任务

通讯员的任务说起来也很简单，但做起来却并不容易。简单地说，通讯员的任务只有一个，就是正确地反映现实。反映现实就是反映人民的生活、思想和工作。我们要反映正确与不正确的东西，反映新与旧的东西，反映先进与落后的东西……

对于一些重要工作，政府常会发出指示。这些指示怎样贯彻执行？贯彻执行的程度如何？群众是不是满意，拥护？指示颁布后有没有涌现出大批的积极分子，有些什么新的经验？执行中还存在着什么问题……这些都要靠大家反映。

如果每一个号召，每一个政策法令发出后，在群众中的反响都有了反映，那么，对工作是有很大的推动和监督作用的，我们能通过它来教育群众、监督工作人员。用列宁的话说，这叫做群众监督——从下而上的监督，而不是从上而下的官僚主义的监督。因此，反映情况是一种重要的监督，这一监督主要是靠谁呢？——主要是靠有高度责任心的通讯员。

反映情况的方式是多种多样的，可以写成报道或论文，可以通过谈话（面谈或打电话）及来信。

要能正确地反映现实，必须注意下面的一些问题：

第一，要了解周围的事物，注意周围群众的生活、思想情况。

通讯员有自己固定的工作岗位，他要善于掌握周围的情况。好比说，在本单位哪些是积极分子，哪些是模范，当前有哪些主要的工作，总应该大致知道。正像一个交通警察熟悉周围的情况一样，他能告诉问路的人，哪条街在哪里，怎样走，多少号门牌，在什么地方。

第二，我们不但要注意周围群众的生活，还要抓住生活的最主要之点。

生活很复杂，现象很多，但是在一定的时间、空间里总只有一件事是最主要的。譬如，今天是星期日，我的事情很多，休息、看电影、会客、看书……但现在最主要的事情就是讲课，而大家最主要的事情就是听课。写新闻就要抓住最主要的东西来写。

"最主要的东西"应以什么为标准？——应该以人民的利益、公共的利益为标准。要常常考虑到：这件事情在人民的利益上占个什么样的地位，要从社会观点、公共利益出发，来估计和观察周围的事物；绝不是从个人的利益出发。

一个事物的发生、发展，总是有先有后，有快有慢，由于人们都喜欢报喜不报忧，所以坏的东西多不易看到、听到，通讯员在这方面就要多花些力量，把它揭露出来，其目的就是为了推动工作向前进，消除落后的现象，但遇到好的东西，也不要忘记及时的表扬。介绍新的经验、新的创造很重要。哪怕是点滴的经验，综合起来，便会变成完整的经验，推广出去，对于建设就能够有大的帮助。比如郝建秀的工作方法，最初没有多少人知道它的，经新华社报道、推广，影响就很大，节省棉花以多少万担计算。又如，在"三反"运动时，新华社发过一篇通讯《一寸铁丝》，说明了打一个包节省一寸铁丝，在全国说来，一年就省下很多铁丝。因此，有时虽然看起来是很小的经验、很小的创造，只要是新的、好的，经过分析、选择就可以报道，而且应该及时报道。好比爱国卫生运动中，某某人想出了一种打老鼠的好方法，一晚就能打十几个。把这个方法写来报社一公布，大家都来学，就会打死很多老鼠。但是，如果我们放过了不反映上来，就等于放走了成千成百的老鼠。在报道时，还要把时间、人物、地点等调查清楚，要缜密认真地加以对证，特别是属于批评性质的稿件，如果不调查研究，报道不确实，就不但不能解决问题，而且使问题更多了。

第三，要注意细小的事情。

要从细小的事情里看出大的问题、大的事情。事物是时时刻刻在变化的。但是我们不一定经常觉察这一点。所以中国古代的哲学家、思想家提醒我们，要"见微知著"。又说要"见霜知冰"，意谓要从小的事情里看出大问题。为什么我们常常会看不见这种变化？为什么我们会忽视日常生活中的小事情呢？主要是我们对于日常生活往往觉得习惯了，看了很多，反而看不见，也就是所谓"熟视"了，就会"无睹"。这种情形一点也不奇怪。好比，我们身上戴着的证章，我们自己戴惯了，不感觉到它的存在，但是，如果我们抱起一个小孩子，他就会注意到这个证章，玩弄它，撕扯它，这就是因为，证章对于他还是一个新鲜的东西。但是，一个通讯员就要善于从平凡中看出问题来。例如，我们每个人天天与商品接触，觉得很平凡，可是马克思对这一个"平凡"的问题就做了终身的研究，结果研究出"剩余价值"这个东西，指出资本主义社会一定要灭亡，研究出革命的大道理。列宁在芬兰的时候，听见两个老婆婆在谈话，说现在不怕带枪的人（士兵）了，从前带枪的人抢走她们的两捆柴火，现在反而会送两捆来，列宁就从这样的一件小事情看出了革命一定要胜利。列宁在工人组织的"共产主义义务星期六"的劳动中，看到了社会主义革命的"伟大的创举"，称之为共产主义的幼芽。由此可见，所谓平常的事情，往往就是很重要的事情。

当然，大事情我们更应该注意。不过我们不要忽视在小事情中所存在着的大事罢了。

关于通讯员的修养问题

这是一个老问题，还是这么几点老意见：

第一，通讯员首先要有正确的、坚定的立场，要有高度的责任感，对国家的事情，要以主人翁的态度，事事都"与我有关"，只要与人民的利益有关的事，就要加以注意。一个通讯员，看见有违背政策法令、不负责任，或损害人民利益的事情，就应该提出批评、揭露，不能沉默。立场问题，是一个根本问题，站稳立场，就不会动摇，眼睛也亮了许多，看问题也会清楚。我们许多通讯员同志，不是都能站稳立场的，比如有人对一些坏现象，为了情面的关系，为了某些个人的顾虑，便把它放过去了，而不能站在维护人民利益的立场上和这些不良现象作坚决的斗争。我们出身都不一样，家庭成分也各不同，要学会站在工人阶级的立场上来看问题，要经常注意克服一些旧的不正确的看问题的方法。

第二，通讯员要坚持真理，要有热情。坚持真理在我们是很重要的。因为我们今天的社会，是从过去几千年来的封建压迫下解放过来的。民主作风还不是一下可以养成，所以压制民主、压制批评的事情也常有发生，但是为了坚持真理，我们将不怕一切，即使一时受了委屈，也不要退缩，这也可以说是一个民主斗争。为了发扬民主，中共中央委员会曾经公布了关于在报纸刊物上展开批评和自我批评的决定，这个决定就是给我们以最大的支持。

第三，要经常学习马克思列宁主义和毛泽东思想。学会用马克思列宁主义的观点方法去看问题。一提起马列主义、毛泽东思想，有些人便感到莫大的困难，想起这样多的一本本厚厚的书，便觉得比翻大山还要苦。当然，世界上本来就没有一件事情是容易的，比如扫地，大概是容易的，但大家都会，用不着我们来开学习班，如果复杂一些的劳动——写出一条好新闻，就不见得容易了。但是，马列主义、毛泽东思想，也不是难到不可捉摸的程度，问题在我们的决心和耐心，经常学，经常用，慢慢地就会体会到这些学问的精神实质，并且把它发挥。这三年来，你们其实已经学到了不少马列主义、毛泽东思想了，比如你们今天为什么要做《南方日报》的通讯员呢？这是因为你们想更好地"为人民服务"，这个"为人民服务"就是毛泽东思想，就是中国的马列主义，这在过去是没有的，过去旧社会旧思想的想法是"人民为我服务"。可见，掌握马列主义、毛泽东思想，并非一件难事。中国有句话叫做"行行出状元"，意谓哪一种工作都会有模范，这大概是对的，但必须加上一句：必须"行行懂马列"。一个好的通讯员绝不能离开这一门学问。

第四，要不断提高写作水平。有些同志问，新闻有没有一定的格式，我说，写新闻没有一定的格式，事情适合于怎样写就怎样写，不要老一套。关于怎样写作，如何写得集中、生动、简练有力等等，别人谈得很多了，大家也可以买些有关语文的书来看，我这里不必再讲。如果还要问我，作为一个编者，对报上的稿子，有些什么意见呢？意见是很多的，很多人都说我们的报纸不够生动、活泼，这可以说是一个集中的正确的意见，比如形容词的用法问题，就是比较突出的，我们很多同志，喜欢套用各种不适当的形容词，如"伟大的""光荣的"随便乱用，什么事情都说"大张旗鼓"，说到"天空"，一定是"蔚蓝色的"，一"感动"必定是"流出泪来"……很多不合实际情况的、不妥当的词句，都被硬用上去了，这个必须注意，写新闻要就事论事，要真实恰当地表现才好。有本《苏联地理》，上面写着苏联很多沙漠已经变成了树林，平原也种上了防护林，"一望无际""遥远的天边"这些词句已经要变成历史的东西了。可见一个词儿也不能滥用乱用。要好好学习。

我们要多学习人民的语言，这是很要紧的，苏联有位教育家加里宁说："要用母亲的语言去写作。"因为那是活的语言，要比我们的许多"学生腔"好得多。大家都是深入群众中，生活在群众中，和群众保持密切联系的，这一点要比我们报社内的许多编辑、记者都强，大家的语言应该比我们都要丰富，消息要比我们写得生动。

怎样才叫做写得好呢？如果从技术上说，加里宁不止一次地说，要写得像一幅美丽的图画一样。即是写出一件事情的真实面貌，使人一看，如同感到它的声、色、香、味。好比中国的旧小说里，描写一个人下楼，往往写得好像可以听见下楼的脚步声音一样，这样也就真能把真实的情况反映出来了——扯得太远了，这还是让大家一面做一面学吧。

做一个通讯员，如果真的是积极努力的，又与报社密切联系，政治敏感性、写作能力，都会提高得很快。通讯工作是困难的，但也是极为重要的。希望同志们努力。

（本文系 1952 年 12 月某日在《南方日报》通讯员学习班上的讲话）

《实践论》与新闻报道

　　新闻是事实的报道，新闻报道的任务是真实地反映客观事物，依照它的本来面目去解释它，而不作任何增减或曲解，揭明它的发展规律，引导人们向正确的方向努力。毛泽东同志的《实践论》，正是教导我们认识客观世界和改造客观世界的根本方法，是我们每个新闻工作者所必须熟习的。

　　《实践论》开头首先指出了实践在认识论中的作用："只有人们的社会实践，才是人们对于外界认识的真理性的标准。"这个社会实践的具体内容最主要的就是生产活动的实践和阶级社会的各种形式的阶级斗争的实践，其中，生产活动又是"最基本的实践活动"。新闻工作的社会实践的具体内容是些什么呢？列宁在《从何着手？》一文中规定得很明白："报纸的作用还不仅限于传布思想，限于政治教育和吸收政治上的同盟者，报纸不仅是集体的宣传员和集体的鼓动员，而且还是集体的组织者。"列宁后来在《做什么？》一书中，又把这个定义加以发挥，他说："这个报纸，就会成为鼓风炉的一部分，把阶级斗争和人民怒潮的每个火星吹成大火。那时在这个本来还很平常，还很细微，但是经常进行的真正共同的事业周围，就会有系统地挑选和训练出一支老练的战斗员常备军队……"这是列宁给《火星报》在革命斗争中的作用的估计，但对我们的一般的革命新闻工作，应是适用的。有人说新闻工作不是"实际工作"——不是一种

"社会实践"，得不到"专门知识"，就是由于没有真正了解革命的新闻工作在生产活动和阶级斗争中的地位和作用。今天在苏联，新闻报道是建设新生活、为共产主义的胜利而斗争的锐利武器，在我们中国，是鼓舞全国人民为抗美援朝保家卫国斗争和建设新民主主义的新中国的有力工具，新闻报道是与生产劳动和社会的各种形式的阶级斗争是密切关联着的，是不可分的，这是革命的新闻工作的特点，也是我们新闻工作者获得知识、求得进步的切实保证。另外有一种理论，是主张新闻工作与劳动生活和阶级斗争分离的，这就是资产阶级的"新闻是独立的第三者"的新闻理论（其实它们也同样打上了阶级的烙印）。

怎样认识客观的事物呢？"认识的过程"，毛泽东同志说，"第一步，是开始接触外界事情，属于感觉的阶段。第二步，是综合感觉的材料加以整顿和改造，属于概念、判断与推理的阶段"。毛泽东同志举出了一个非常浅显的例子。"例如有些外面的人们到延安来考察，头一二天，他们看到了延安的地形、街道、屋宇，接触了许多的人，参加了宴会、晚会与群众大会，听到了各种说话，看了各种文件，这些就是事物的现象，事物的各个片面以及这些事物的外部联系。这叫做认识的感性阶段，就是感觉与印象的阶段。""外来的考察团先生们在他们集合了各种材料，加上他们'想了一想'之后，他们就能够作出'共产党的抗日民族统一战线的政策是彻底的、诚恳的、与真实的'这样一个判断了。在他们作出这个判断之后，如果他们对于团结救国也是真实的话，那么他们就能够进一步作出这样的结论：'抗日民族统一战线是能够成功的。'这个概念、判断与推理的阶段，在人们对于一个事物的整个认识过程中是更重要的阶段，也就是理性认识的阶段。"——这个例子，就好像是我们作为一个新闻记者的人所时常经历过的故事一样。这个由浅入深的辩证唯物论的关于认识发展过程的理论，对我们是熟悉的，易于理解的。

在新闻报道上，如何掌握应用这个关于认识发展过程的理论呢？

首先新闻记者必须要深入实际生活。生活，是新闻报道的主要来源，是认识客观事物的基础。伟大的革命家思想家加里宁不只一次地强调过：一个布尔什维克的新闻记者，必须要有"在生活中的体现"。列宁也要求我们"用生活各方面的生动的具体的榜样和模范，去教育群众"。（《论我们的报纸的性质》）这只有深入到实际生活中去，经过记者的亲眼看到，亲耳听到，才能做到。华山的一篇成功的军事通讯——《英雄的十月》前面是这样写的："'现在完全翻过来了哪！'四保临江的一个英雄连长对我说，'铁路是咱们的，大炮是咱们的，汽车也是咱们的；咱们打到哪里，哈尔滨的火车也跟到哪里了。'整整半个月，满载人马的进军列车疾飞南下，而车窗外的原野依然尘土飞扬，马达轰响，伪装着绿丛的炮队，像一行行飞跑着的林荫。从步兵纵队旁边掠过，在大凌河边，这道锦州北面的屏障，耀眼的灯炬，如同夜市的大街，望不到头，亮彻着原野。……"这些充满了思想和力量的美丽的描述，就是列宁所极其重视的用事实的逻辑和生活的逻辑来说服读者的范例，但也正是这些句句感人的报道，离开了亲身的感觉和深入的生活体验，是写不出来的！

新闻记者的深入生活中的体验，最要紧的是他们到实际斗争中去领会生活的时候，不是一个"袖手旁观者"，不是一个只用冷淡的眼光去回视生活的"观察者"，而是一个伟大的共同事业的参与者，一切工作、生活、斗争上的成败利钝，都与自己休戚相关。只有这样，记者才能反映事实的真貌。这就是《实践论》上所说的："如果要直接地认识某种或某些事物，便只有亲身参加于变革现实、变革某种或某些事物的实践的斗争中，才能触到那种或那些事物的现象，也只有在亲身参加变革现实的实践的斗争中，才能暴露那种或那些事物的本质而理解它们。"当然，参加变革现实，不等于必须要成为一定部门的"专门家"——如同有些人所提出过的那样，不是军事家同样可以写军事报道，不是水利专家同样可以写治淮的报道，记者可以在直接、间接（吸收别人的"直接经验"）的学习中解决这个问题。正如同文学工作者不是军事家同样可以写伟大的战争一样（我们和文学所不同的是最迅速地、简练地、尖锐地利用各种形式——不单是形象——反映事物）。但这丝毫也没有减轻一个新闻记者必须有深入的生活体验的意义，减轻深入到实际斗争中去敏锐地、细密地和关切地观察生活的重要意义。事实上很多即使是良好的总结、报告和专门计划，记者不经过一定程度的实际观察和体验，是不容易理会和表达的。《实践论》着重指明："任何知识的来源，在于人的肉体感官对客观外界的感觉，否认了这个感觉，否认了直接经验，否认亲自参加变革现实的实践，他就不是唯物论者。"联共党的决议中也曾有"指定最负责最有经验的党的工作人员去担任编辑"的具体规定，这也表明实际生活经验对新闻工作者不可缺少的重要意义。

目前新闻报道普遍存在的缺点，是与人民群众和实际斗争联系得不够密切；对人民群众在革命斗争和建设工作中的活动、创造和经验没有及时地、有系统地、充分地发掘和介绍；有明确目的性、思想性的好的报道还不多。最重要的也可以说是唯一的补救办法，就是深入实际生活中去。只有这样，才能获得新闻报道的十分丰富与合乎实际的感觉材料，"才能根据这样的材料，造出正确的概念与理论"——写出真正能反映群众生活的有思想的，带有声、色、香、味的，和使人"呼之欲出"的新闻报道来。

但是，要从生活中所感觉到的十分丰富与合乎实际的材料的基础上，写出良好的合乎实际的新闻报道，还有一个不可缺少的认识阶段。这就是认识过程的第二步——"加以整顿和改造，属于概念、判断与推理的阶段"。《实践论》上说："要完全地反映整个的事物，反映事物的本质，反映事物的内部规律性，就必须经过思考作用，将丰富的感觉材料加以去粗取精、去伪存真、由此及彼、由表及里的改造制作工夫，造成概念及理论的系统，就必须从感性认识跃进到理性认识。这种改造过的认识，不是更空虚了更不可靠了的认识，相反，只要是在认识过程中根据实践基础而科学地改造过的东西，正如列宁所说乃是更深刻、更正确、更完全地反映客观事物的东西。"

新闻报道为什么缺乏思想性？一方面是不深入生活，感觉不到真实的、主要的东西；另一方面就是只把片面的、现象的、外部联系的东西写出来。通常我们说新闻的"现象罗列""孤立片断""有闻必录"，都是这么个意思。这是没有把耳濡目染的东西，去粗取精，去伪存真，由此及彼，由表及里地予以改造制作，经过了思想上反复多次的"突变"。由概念、判断而推理地使获得的材料或印象成为全体的、本质的、内部联系的东西，没有"把认识运动推进一步"。我们报道一件事物，所必须考虑到的是它的本质是什么，然后又要考虑到它在事物发展运动中是处于什么样的地位，考虑到报道了它，是为了什么？在社会生活斗争中说明了什么样的问题（赞成什么，反对什么）。以上的问题都认识清楚了，才可以显现新闻的思想性。把片面的、现象的、外部联系的事物写出来，就是新闻报道上的经验主义，就是只见树木不见森林，只见个别不见一般，任随分散零碎的经验之支配，而不能予以概括，使之上升到理论。这是不能告诉我们关于任何广大范围内任何重要问题的全盘动向、动态，运动的进度，运动中的矛盾（一方面是成绩和正确的东西，另一方面是困难和错误的东西），产生这些矛盾的症结和解决他们的关键的。

为什么找不到典型？典型不是凭主观可以创造的，必须经过实际的采访、调查和察看。然而今天我们许多新闻记者所深感的是，走遍了农村、城镇和工厂，以至积累了大批材料，仍然喊找不到典型，这原因，就是没有把综合成感觉的材料，加以反复分析比较，撇开一切无意义的表面现象，找出其代表一般同类的事物。即从各种复杂的情况中，"众里寻他千百遍"，把它们中带有普遍性和本质性的东西——典型寻找出来。也就是缺少思考工夫，需要"把认识运动推进一步"。

要能很好地把认识运动推进一步，必须"认真读书"——学习马列主义的理论，学习哲学（辩证唯物论、历史唯物论）和政治经济学，必须认真研究党的政府的纲领、路线和政策。

"理性认识依赖于感性认识，感性认识有待于发展到理性认识，这就是辩证唯物的认识论"的结论。这是"对于一个小的认识过程（例如对一个事物或一件工作的认识）是如此，对于一个大的认识过程（例如对于一个社会或一个革命的认识）也是如此"。对新闻报道工作说来，自然也莫不如此。前面举出了华山的军事通讯，就是由于作者的深刻体验之后，再经过苦思钻研，才成功地反映了当时整个东北战场上的人民解放军的英雄气概。

如何证明我们的思想和认识是合乎客观事物的真实性呢？毛泽东同志按照马克思主义的原则明确指出："通过实践。""只有人们的社会实践，才是人们对于外界认识的真理性的标准。""只有在社会实践过程中（物质生产过程中，阶级斗争过程中，科学实验过程中），人们达到了思想中所预想的结果时，人们的认识才被证实了。人们要想得到工作的胜利即得到预想的结果，一定要使自己的思想合于客观外界的规律性，如果不合，就会在实践中失败。""判定认识或理论之是否真理，不是依主观上觉得如何而定，而是依客观上社会实践的结果如何而定。真理的标准只能是社会的实践。"

与这个真理完全一致，要证明新闻报道的真实性现实性，就要看它在革命斗争和实际工作中所起的推动作用（不是阻碍作用或防止斗争发展的"副作用"）。什么是新闻的指导性？就是揭明事物的发展规律，从而指导其发展，在认识中求得预见。新闻报道的任务，不单是发现问题，提出问题，而更重要的是在于解决问题。尽管在新闻报道的形式上，有时是只做了前半截，如报道了一个工厂、一个机关的官僚作风或形式主义。但在正确提出问题的过程中，在选择主题的过程中（为什么报道这个而不报道那个），含有解决问题的因素的，如唤起了领导机关（很多领导机关）工厂（很多工厂）的注意从而有所改进，又如发扬了好的情况，也同样地引起了它们间的相互学习和进步。我们的新闻报道工作是否解决了问题呢？——"通过实践"。

"一切客观世界的辩证法的运动，都或先或后地能够反映到人的认识中来。社会实践中的发生、发展与消灭的过程是无穷的，人的认识的发生、发展与消灭的过程也是无穷的。"新闻记者自己不断地努力去认识世界，也帮助别人去认识世界，我们一刻不停地在注意着，追逐着新鲜事物的发生、发展和消灭的规律，由新鲜事物——新鲜事物，在这真理的长河中，我们不断地跟着它"一次又一次地向前"。

（约作于 1953 年 3 月 1 日，原载《南方日报》）

论农村文化工作

　　我们的国家，正处在从新民主主义社会到社会主义社会的过渡时期，这个时期，党在农村的基本任务，就是要通过合作化的道路来实现对农业的社会主义改造。为了实现这个任务，我们要做很多工作，并使一切的农村工作，都为农业合作化运动服务。当然农村的文化工作更不能例外。

　　列宁在《论合作制》一文中说过："农民中的文化工作，如果将它当作经济目的看待，那就正是要实行合作化。在居民完全合作化的条件下，我们也就会安安稳稳地站在社会主义的基础上。但这完全合作化的条件，是包含有农民（正是广大农民群众）的高度文化水准在内，即如果没有整个的文化革命，那么，完全合作化便是不可能实现的。"列宁说的这段话是什么意思呢？这就是说，农民的文化工作，就其经济的意义来说，不是为了别的，而是为了帮助解决工人阶级在取得政权以后所面对的一个最困难的任务——如何把落后的、分散的小农经济引上社会主义的正轨。农民文化工作所追求的目的，应当是农业的合作化；而农民经济的合作化，又大大有赖于农民文化程度的提高。列宁在这里已经把农村的文化工作的性质、方向的问题说得十分明白：农村的文化工作就是农业合作化的工作，完全的合作化必须有高度的文化。

　　列宁对于文化工作与农业合作化运动的关系问题的教导，是完全适用于我们当前的情况的。高度文化水平既然是完全合作化的必备条件，我们的文化工作者就应这样来理解：目前我们的工作，就是农村合作化的工作。我们党的干部也应这样来理解：没有农村的文化工作，想要使人人都参加合作化是不可能的。因此，我们就可以这样说，任何把文化工作和合作化运动截然分开的想法都是不对的。

现在，在我们的某些干部中是不是有这种想法呢？这是有的。有些文化工作干部不愿意下去参加办理农业生产合作社的工作，把文化工作当成与农业生产合作社无关的"独立"的工作；有些党的干部则为了动员文化工作干部参加办社，把许多文化馆、文化站关门。这些想法和做法，都说明这些干部还没有正确地、全面地理解文化工作与合作化运动的关系，其结果就会影响农村文化工作的开展，也就同时影响农业合作化运动的开展，必须加以纠正。

那么，农村的文化工作如何为农业合作化运动服务呢？

第一，必须深入农村，深入农业生产合作社，掌握为合作化服务的知识和业务。这就是要把最大的力量投入建社工作中，并做好巩固社的工作。我们已经明确了文化工作要为合作化运动服务，但如果我们的文化工作干部不去参加建社和巩固社的工作，这岂不变成了一句空话？农业生产合作是农业社会主义改造中的重要一环，也是一种复杂的斗争。文化工作者要为合作化服务，就必须先懂得怎样为它服务。在土地改革运动中，我们文化工作者曾经为了锻炼阶级立场、为土地改革斗争服务而大批下乡，今天为了更好地学习农业生产和合作化的知识，以便有效地为合作化服务，当然也必须深入农村，深入农业生产合作社。特别是从我们广东农村文化工作干部的实际情况来说，我们大部分干部现在还不很懂得合作化运动的方针、政策和具体步骤、做法，如果不在实践中解决这些问题，怎么能为合作化运动服务呢？因此，不要害怕参加合作社的工作会放弃或取消了文化工作，而应该认识，只有参加农业生产合作社的工作，才有可能做好文化工作。当然，我们要求文化工作者主动地深入农村，深入农业生产合作社，并不是说要停止所有的文化部门的日常工作，在同一时期把全体干部都派下乡去，而是有计划地分批轮流下乡，使得在深入农村的同时，也有人坚持文化部门的日常工作。

第二，必须运用各种形式进行农业的社会主义改造，即农业合作化的宣传：（一）要继续宣传总路线，进行对比两条道路，服从国家计划的教育；（二）要继续宣传工业与农业的关系，进行支援国家工业化和巩固工农联盟的教育；

（三）要继续宣传农业生产合作社的优越性和办社的经验；（四）宣传和解释社章的内容和精神，进行遵守社章、遵守劳动纪律的教育。通过具体生动的各种形式的宣传，使合作化的道理深入人心。

第三，必须建立和健全各种文化组织。目前，全省（不包括广州市）已建立了103个文化馆，34个文化站，51个农村俱乐部。这些文化组织近年来在当地党委领导下，运用各种文化宣传工具，配合农业增产运动和农业生产合作社的建立和巩固工作，开展宣传活动，已经有了初步的成绩。但还有许多文化馆和文化站的干部仍未配齐，或还缺乏工作经验。农村俱乐部的组织，还处在试建阶段，在具体做法上还不明确。这就在一定程度上限制了农村文化活动的辅导工作的开展。因此，建立和健全文化馆、文化站和农村俱乐部的组织问题，是当前应该设法解决的重要问题。不要以为现在正是要大力搞合作化运动，各种文化组织倒可以不搞了，上面已经说过，正是因为要做好合作化运动，必须要使各种文化组织建立和健全起来。

现在，我着重谈一谈建立农村俱乐部的工作问题。

农村俱乐部是农村文化工作的基层组织，是党领导下的群众性的文化队伍，是党在农村对群众进行文化宣传的重要阵地。农村俱乐部的活动目的，是在农余时间及农闲季节内，经常运用群众喜闻乐见的各种文化艺术活动形式，向农业生产合作社的社员和广大农民群众宣传党的政策和政府法令，组织他们学习时事、政治和文化，传播和交流农业生产技术、科学知识和卫生常识，开展正当的文娱活动，以普遍提高社员和农民群众的社会主义觉悟和文化水平，鼓舞劳动热情，推动农业合作化和农业生产的发展。农村俱乐部应组成自己的领导机构（如俱乐部委员会），在业务上接受文化馆、文化站的辅导。

农村俱乐部的工作虽然以农业生产合作社为重点（以社为基本阵地进行活动），但从目前情形看，仍应建立在乡。理由如下：

第一，领导问题。俱乐部一定要有领导，在目前很多社还没有建立党支部的情况下，如果建立在农业生产合作社，领导问题上确有困难。如果把农村俱乐部建立在乡，就可由乡的党支部（副书记或宣传委员）领导。解决领导问题，是农村俱乐部的建立和巩固的关键问题。过去农村中有的文化组织（如读报组、剧团等）建立不起来，或不能巩固，不起作用，主要是因为没有取得党的领导。应该吸取这个教训，把农村俱乐部建立在乡，由乡的党支部直接领导。

第二，活动范围问题。农村俱乐部既然是群众性的组织，它的活动范围就应该包括农业生产合作社的社员与社外的农民群众；如果把农村俱乐部建立在社，其活动范围就一定要受到限制，也不容易取得广大农民群众的支持，在目前广东农业生产合作社大多是小社的情况下，活动范围就更小了。农村俱乐部建立在乡，而以农业生产合作社为活动的基本阵地，这样就使得农村俱乐部的活动既有重点，又能吸引互助组和单干户参加，便于联系广大农民群众。这会有很大好处。

第三，数量与经费问题。目前广东农业生产合作社已有很大的发展，如果到1957年全省有8万个社，只要有一半的社建立俱乐部，就会有4万个。如果提出以社为单位建立俱乐部，就会出现每个社有一个俱乐部的情况；如果一个乡有几个社就又会出现一个乡有几个俱乐部的情况。这种情况不但不符合目前的实际需要，而且会产生很多困难。特别是经费问题怎么办呢？有人认为社有公共财产可以解决，但初办的农业生产合作社还不能拿多少的公益金来作为文化工作的开支。这些困难，目前还是没有办法解决的，所以，还是要把俱乐部建立在乡为宜。

以乡为单位建立农村俱乐部，并不是所有的乡都要建立农村俱乐部。建立农村俱乐部的基本条件应该是：该乡已经有党的支部和农业生产合作社。此外还要照顾到有一定的文化宣传工作基础，并能自行解决俱乐部的经费（经费以群众自筹或从乡行政费中拨出若干为原则，但必须注意节省）等。目前粤东、粤中有不少俱乐部建立在社，这说明社是支持俱乐部的，是活动的良好基础。已在社建立俱乐部的暂时可以不必改变，但须考虑逐步转至乡，面向乡的广大农民群众开展工作。还未建立俱乐部的乡，今后应在乡建立俱乐部。开始建立农村俱乐部时，不应要求过高，要从当地实际情况出发，脱离实际情况，要求过高是不对的，同样，不顾是否具备基本的条件，急于建立俱乐部或建立起来之后不注意巩固和逐步提高也是不对的。

全省已建成的51个农村俱乐部的事实证明，农村俱乐部的作用是显著的。这些已有初步成绩的俱乐部，不但加强了所在乡的文化活动，使原有文化活动组织得到巩固和扩大，并推动了互助合作运动，鼓舞了群众的生产热情，在一定程度上满足了群众对文化娱乐生活的要求。群众反映"进到俱乐部，心花哇哇开，又能听到许多新道理"，当然，这些成绩还仅仅是初步的，但从这一点，也可以看到"农村俱乐部"这一新的工作是大有发展前途的。

要把农村俱乐部建立并巩固起来，保持经常的活动，关键在于区委的重视和支部的直接领导。脱离支部领导，单独搞俱乐部，是搞不起来的，即使搞起来，也是不起作用的，而且是不巩固的；同样，支部不积极领导，放任自流，不把领导俱乐部工作当成支部日常工作之一来进行也是不对的。因此，我们以为，建立农村俱乐部的问题，应该引起各级党委及其宣传部门的重视，指导和帮助文化部门去进行工作。

（1955 年 3 月在广东省首次文化工作会议上的讲话，原载该年 4 月 6 日《南方日报》）

抓住最主要的

今天找个机会，把我近几个月来对晚报的意见谈一谈。这意见很早就想到了，但还不是很成熟。现在提出来供大家参考。

晚报一直是向上发展的。近大半年来，每天发行数都能够稳定在20万份左右，说明办得生动活泼，是受到群众欢迎的。而且能体现出党的方针，以马克思列宁主义来教育群众。但是，发行份数只能说明一张报纸与群众一定程度的联系，并不能完全包括它的政治水平。因为一张报纸可以联系先进的群众，也可以联系落后的群众；而且也还存在着用先进的思想来适应群众需要，教育群众，抑或用落后的思想来适应群众需要的问题。我们的目标当然只有一个：那就是要用最先进的思想水平，通过各种方式来联系群众，教育群众。所以不能说一张报纸与广大群众有联系，它的政治水平就是高的。晚报在宣传党的方针政策，用先进的思想来教育群众等方面，当然做了不少工作，但是做得还不够，或者说在这一带根本性的问题方面，还存在着比较重大的缺点。从现在起，必须急起直追，迎头赶上，迅速克服这一缺点。

晚报思想水平不高，主要表现在没有抓住每一个时期的最主要的问题和问题的主要方面。所以尽管这个报纸每天发行20万份左右，但从整个文教战线的领导工作角度来看，总感到帮助不大。晚报的任务是帮助党委反映和指导文教战线的工作的。它的对象是城市的广大人民群众，特别是知识分子。它的具体方针是移风易俗，指导生活。它的形式是多种多样，文情并茂。这一点大家都是很清楚的。从它担任任务的角色来看，有点像上海的《文汇报》、北京的《光明日报》。不过对象比它们更广泛，形式上比它们要更活泼、多样、通俗。

要检查晚报执行这一任务的情况如何，首先就要弄清楚文教战线的工作重心是什么，晚报有没有抓到它，有没有很好地为它服务。

自从各种大的运动结束后，文教工作的重心已转到文化的基本建设方面来，其中最重要的是教育工作。教育工作在五个革命中牵扯到两个，即：文化革命、技术革命。中央提出了要提前实现农业纲要四十条，各方面都要支援农业。文教工作要支援农业，就是要做好文化革命、技术革命、扫盲工作等等。现在文教工作所有问题的焦点都集中在教育工作这一方面。但近几个月来，晚报对这一方面反映得却非常不够。看来，晚报并没有在这方面放下最大的、最主要的力量。当然，这并不是说晚报在这方面一点工作也没有做。工作还是做了一些的，但做得不够，不突出。多是从表面上着眼，浮光掠影，影响不大，作用不大，不论从量或质来看，都是做得很差的。

教育工作分为三个方面：全日制的小、中、大、专和半日制的学校，业余教育、农业中学、扫盲等，高等教育和科学研究工作（其中又分正规的和业余的两方面）。这三方面就是文教工作的基本建设，是社会主义建设的组成部分，是文化革命、技术革命的根本问题所在。现在这三方面广东都存在着严重的问题。广东的教育工作可以说是全国最差的，所以它更是我省文教战线工作的重心。作为帮助党委反映和指导文教战线工作的晚报，对这样一个重要的问题，并没有及时着重报道，反映情况，更谈不到起到党委的助手的作用了。晚报在这一工作上没有反映过重要的问题，没有提出过重要的问题和解决的办法，因此，也未能在这方面给人以印象和影响。我省教育工作落后了，并不是突然间产生的事情，像"打摆子"、伤寒病一样，是有它的潜伏期的。但是与知识分子群众联系最多的晚报，为什么不能及时地发现这一问题呢？我们的政治敏感性到哪里去了呢？例如毕业班学生成绩不好；全日制学生水平很低；扫盲工作报大数，成绩不巩固等等，都是长期以来就已存在的问题。但是对这些问题，无论从版面上或是内部材料上，我们都得不到什么反映，更谈不到提出问题，想出办法了。相反地，报纸上却是天天造成声势，空空洞洞地敲锣打鼓。在一个运动的开始时，敲敲锣鼓，造一点声势当然也是需要的，但是，我们不能天天这样搞，搞多了不但对实际工作无补，而且反会把人迷惑住，给工作带来损害。我们要求晚报目前能抓住教育工作问题，抓住狠狠不放，找出典型，提出问题，找出办法。例如省教育工作会议以后，怎样提高教学质量就存在着不少问题。有的学校和教师，不是从改进教材、教学方法，提高教师水平来想办法提高教学质量，而是从不放假、增加时间、昼夜加班加点来想办法。结果教学质量不但未提高，反而把教师和学生都累坏了。还有的教师拼命多给学生打分数，以显示教学质量已经"提高"。这自然是不行的。这就需要报纸赶紧找出教学方法对头、教学质量迅速提高的好典型来加以报道，以帮助党委解决这方面的问题。又例如，听说汕头有三个业余高中毕业生考大学，有两个考上了，比正规学校教出来的学生质量还高。假如晚报把他们的学习情况以及他们学校的教学情况报道出来，不但对业余教育有很大作用，就是对于全日制的学校也会有很大作用。像这样一些问题，都是直接关系到文化基本建设的问题，是万众瞩目的大问题，本来是晚报应该狠狠抓住不放大显身手的时候，但是晚报却并没有抓住这个问题，因而也就未起到它所应起的作用。正是因为这一思想不明确，所以有些时候发表的一些东西，反而起了反作用。例如对群众写简化字未遵从简化字表的过多指责就是。简化字运动以来，因为原来简化字方案不能适应群众需要，因此群众走到前面去了，创作了不少他们认为应该简化的字（这些字看来大部分是应该简化的，只是个别字简化得不对头，简化后更繁难了，不叫"简化"，我们当然应该指出），我们的任务就是支持群众这一革命性的创作，从群众的创作中给领导上提供简化文字的更好方案，而不应该指手画脚，说群众乱来，做保守派起促退作用。而晚报发表的一些文章却往往是起了促退作用的。须知简体字问题，关系到群众脱盲的速度问题，如果能从群众的创造中，提炼出一套既简易而又合理的方案，那么扫盲的时间就会大大缩短。

陆定一同志在人代会上有个《教学必须改革》的发言，这个发言非常重要，我们应该好好学习，以便使我们的教育工作迅速扭转落后局面。但是有一点我们也要注意到，就是这个发言所引证的事例中，没有一项提到广东。是教育部门没有做好工作呢？还是领导上没有抓到给以及时总结呢？还是报纸没有发现加以报道呢？我看可能三方面的原因都是有的。但作为晚报这样性质的一份报纸，对自己未能抓住主要工作说来，是应该很好地检查一下的。大家可以翻一下1月份的晚报，教育方面的报道确实少得可怜。为什么？大概是没有把主要力量放在这方面吧。相反地，对一些次要的、从属性的东西却抓得不少。陶铸同志曾两次说过，晚报近来很像文艺报、戏剧报。这话我们应该深思。我现在提出每一个时期都要抓住最主要的问题来，希望大家能好好研究解决。

另一点意见，近几个月来晚报也抓到了一些问题，但没有抓到问题的主要方面。譬如卫生工作，抓住重点加以报道这本来是好的，但抓卫生工作怎样才能与生产结合，怎样才能做到多快好省这些主要的方面，却抓得不够。相反地，我感到我们有些报道倒是离开了生产来谈卫生的。如报道花香，报道漂亮，报道美观等等，这恐怕不是我们着眼的地方。周总理说过，我们的建设首先要求经济、适用，然后才是美观。否则花了很多人力、物力，光是花香与美丽，那有什么普遍意义呢？没有普遍意义的东西就不能成为典型。又如关于戏剧的报道及文章，主要方面，应该是提高戏剧工作的思想水平和艺术水平。而要达到这个目的，就必须要有鼓励，也有批评，鼓励它好的方面，批评它坏的方面，及时地提出一些改进戏剧工作的积极性意见，反对戏剧工作中的不良倾向。这样才能提高戏剧的创作与演出水平，才能提高群众的思想水平与艺术欣赏水平。但是晚报却倾向于单纯地鼓励，几乎没有什么批评。鼓励当然是对的，但是鼓励到什么都好，鼓励到捧场的地步，那就会走到事情的反面，就会叫人家对你的鼓励发生怀疑。而且也会因此降低报纸的水平，因此我们的报道与文章，应该是根据每一出戏、每一部影片的思想水平与艺术水平，恰如其分地来评介它，而不能变为广告。为什么会有这种现象？怕没人看？怕得罪人？怕影响关系？这都是共产主义风格不高的具体表现。当然，我们主张有鼓励有批评，并不等于叫大家多讲缺点，而是说要善于在适当的时机，以正确的观点和态度，提出一些对工作有利的积极性的批评意见。有鼓励，有批评，才能对我们戏剧工作的提高起指导作用。

另外，我们对戏曲的要求，既要满足文娱的需求，又要照顾和支援生产。但有些戏却演得时间长得很，一演四五个钟头，如果一连几晚，就会使人晚上看戏白天瞌睡，这就会影响白天的生产。我们对这种演得过长的戏，总不能评为是最好的戏。剧改要改戏，改戏除思想艺术的条件外，还应该加上一个紧凑、精简，一全本戏，能够改为两至两小时半就好了，这样县委书记就不会把剧团赶走了。剧团就会既受群众欢迎，又受到干部欢迎了。剧评工作，应把洗练、短作为一个标准，对那些很好但很长的戏，应把长作为一个缺点指出来。像这样的问题，不知你们注意到没有？

　　比较长期以来，总感到晚报没有发挥它应有的力量，看起来不带劲，对领导上帮助不大，主要原因就是没有抓住每个时期的主要问题，没有抓到问题的主要方面。毛主席的《矛盾论》已经告诉我们："在事物的复杂发展过程中，在许多矛盾中，其中必定有主要矛盾，它规定或影响其他矛盾的存在和发展。"所以，我们如果能找出工作中每个时期的主要矛盾加以解决，一切别的问题也就会迎刃而解。这也就是我们常说的"纲举目张"。我们要求报纸也是如此。一张报纸，如果它能帮助领导解决每一时期的主要矛盾，那它的任务就算基本上完成了。如果不是这样，其他方面再好也不算好。当然我们还得注意，主要矛盾是会起变化的，目前主要矛盾是教育工作问题，过一个时期就可能不是教育问题而是其他问题。主要矛盾中的主要方面也是如此。所以有人担心，我这样提出问题，会不会使晚报成了一个专业性的报纸——"教育报"了呢？我既然不赞成把它变成为"文艺报"或"戏剧报"，当然也不会赞成把它变为"教育报"，但是每一个时期，一定有它的突出的中心，我想这无论如何是要有的。至于矛盾的主要方面，既是问题的主要方面，也是毛主席在《矛盾论》上说过的。要解决矛盾，必须抓住它的主要方面，带决定性方面。在这里，需要提起的是大胆的引起论争，要多论争，要真正做到"议论纷纷"，要有领导的去贯彻"百家争鸣、百花齐放"的方针，经过"百家争鸣、百花齐放"，经过"议论纷纷"，问题就会解决得彻底、深入和突出了。

　　不错，晚报有它的多样性。要从各方面来满足读者的需要，这一点是用不着怀疑的。我们今天还不是品种、式样繁多，而是还嫌过窄、过少，但是我今天讲抓住最主要的，决不意味着要抹煞晚报的多样性。正相反，正因为我们是一张多样性的报纸，就更容易忘记抓住最主要的东西，所以这个问题更需要我们大家来经常注意。不能把抓最主要的问题与多样性对立起来，更不能只抓多样性而不抓最主要的问题。如果只讲多样性，不抓主要的，那么，这个"多样性"也就不会抓得好。比如说，在过去我们的部队中，需要广大的民兵，但也必须要有主力部队。没有主力部队，要解决任何一个大的战役都是不可能的。如果大家都来查查路条，放放哨，那么靠谁来打运动战，歼灭战？靠谁来攻城夺池呢？而这些查路条、放哨工作还有什么意义呢？

　　"移风易俗，指导生活"，这自然是晚报应该担负起来的任务。但是，要把这一任务完成得好，就首先要解决移什么风，易什么俗，指导哪方面的生活的问题。当然，从总的方面来讲，移掉旧风旧俗，移资本主义、封建主义思想的风，移"人不为己，天诛地灭"的个人主义之风，移愚昧无知生产落后之风，易之以新思想新作风，易之以社会主义、共产主义，我为人人、人人为我之俗，易之以科学进步之俗，这大家是明确的。但是，每一个时期的主要的、具体的任务又是什么？怕大家就不大清楚。目前摆在我们文教战线上最大的问题，就像前面所讲的，是教育、扫盲、卫生等问题，这是执行技术革命、文化革命的基础，也是我们能否提前完成四十条纲要的关键。所谓"移风易俗，指导生活"就要以这为重点。然而晚报对这些方面却没有抓得很紧。虽然我们也常常谈要为提前完成四十条而奋斗，但是怎样奋斗法？抓住它了没有？没有。举最近一件事为例：我省有300多万人脱盲要升业余高小、业余初中，需要600万册教科书，但我们只有30万册，而这30万册运到下边的只有四分之一。要解决这个问题，发行、运输、纸张、印刷各方面都有问题。后来省委下了命令，也还没有得到解决。多么严重的问题呵！假如我们能抓住这件事，把发行、运输、印刷、纸张各方面做得好的单位加以报道，那就会对我们的工作起很大作用，那就会对我们的事业有很大好处。但是，晚报对这样的一些事情却一无所知，因而也就一声也不响。这怎么能说是为四十条而奋斗呢！怎能说是抓住了主要的东西呢！对"人在晚上要矮半截""皮肤的奇妙功能"等使人能增长知识的东西是应该多讲的，但和前面说的扫盲工作、业余教育、文化革命等关系着成百成千万人的事比较起来，就只能是很次要的了。在这个时候，怎么样才能扫盲，怎么样才能提高群众文化水平，怎么样才能搞好文化革命，就要成为我们"移风易俗、指导生活"的主要内容，而对这一内容报道得好坏，就应该成为晚报办得好坏的主要标准了。

关于报道英雄的事迹问题，也要从全面来考虑。向秀丽、"马口事件"，这些只有在我们社会里才能出现的充满共产主义风格的事件，当然是应该报道的。而且这些英雄事迹也大大教育了读者，提高了读者的思想。但是，这只是事情的一个方面。那些埋头苦干，艰苦工作，不计较个人利益与得失，一点一滴地，成年累月地替人民做了很多工作的英雄们，我们也同样应该注意报道，同样应该予以表扬。他们的事迹虽不是"轰轰烈烈"的，也是同样可以教育读者，提高读者的思想的。如果只报道"马口事件"、向秀丽这一方面的英雄事迹，就会给人一个印象：只有牺牲掉的才是英雄。这当然是不对的。城市人民公社当然要报道，但要抓住主要问题，不能只是一般的大轰大播。周总理印缅之行，是重大的政治事件，全国人民在关注着这件事，可以抓住这一重大问题，连续组织几次版面。讲了这么多，总之一个意见，就是希望晚报要抓住每个时期的最主要的问题。

在我们的新闻界中，有一种论调："你没有做好这方面的工作，我怎样来报道呢？"这话只有一部分道理，因为意识总是落在事实后面的，工作未做当然就写不出来；但是，意识也能对客观事物起推动作用，可以改造世界，促进客观事物的发展。正确的思想是可以而且应该用来指导工作的。正因为工作没有做好，矛盾很尖锐，很大，才需要你来帮助指导把它做好，帮助找出矛盾的根源和解决的道路和办法。难道说"新闻是用事实说话的"仅仅是指新闻工作像一本流水账目一样吗？而且，一件事已经成为党委要抓的中心，问题一定是很突出地存在着。这其中，有很好地大加报道的一方面，有不好的需加必要批评的一方面；也很可能是大多数是不好需加改进而不能公开报道的一方面；同样也一定有少数好的值得发扬的一方面。有工作已全面轰轰烈烈搞起来的情况，也有全面是平静的，但在局部、个别部门却有创造性的经验的情况。我们的新闻工作者，要随时掌握住这两方面的情况，才能知道有无可报道的，才能决定抑扬褒贬，才能决定什么该讲，什么该反映到内部，才能起到报纸的指导工作的助手作用。这些同志把主观能动性，把理论的指导作用忘记了。当然，这些人实际上是不会同意在一定时期，必须紧紧抓住一个或几个主要问题的，实际上是不会同意发挥报纸的指导作用的。他们的看法是有什么报什么，来什么登什么。这是最没有出息，最没有志气的新闻工作者的论调。这表明他们放弃自己的职责，不愿深入掌握情况，不愿意也不善于在生活中把带本质性的，最有希望或是萌芽状态的东西寻找出来。就拿上面解决业余学校的教科书问题而言，总是有的党委、支部、厂矿部门解决得好的，问题是我们有没有深入去了解。所以说，主要的是我们没有发挥主观能动性的问题。

我说要抓住最主要的问题，不是说大家过去一点也没有抓到，更不是说大家工作不努力。现在提出这个问题来，是希望能够引起大家更大的注意，以求得大家朝这个方面努力，把晚报办得更好。因为明确、彻底解决了这个问题，就可以发现许多过去从未发现过的新问题，提高报纸的质量，就可以体现人民群众和党委的要求，更好地发挥报纸的指导性的作用。这是一个很重要的问题。你们常常问我，晚报怎样提高？我现在的回答，就是要抓住每一个时期的主要问题和问题的主要方面。

解决这个问题，要从三个方面来努力。

一，学习理论，打基础。这是个很重要的问题。现在，马列主义、毛泽东著作、政治经济学、哲学、社会主义等等，都是到了非学不可的时候了。我觉得再也没有像今天这样，使我们觉得理论对指导实践的重大意义。我们如果不认真学习，要想分清主次，抓住最主要的东西等等，都是不可能的。我们究竟对哲学、政治经济学、社会发展史、党的建设等等，有多少了解呢？怕是了解得很少吧。比如，纪念列宁九十周年诞辰，发表了一连串的大块文章，大家是否都看完了呢？我觉得，一些基本理论不懂不通，是不能写好文章的。不用说文章写不好，就是糨糊剪刀也用不好，因为你没有把握贴哪些，剪哪些。不要以为晚报出了这些日子，没有理论也还可以过得去。要知道，现在就要到了没有理论就过不去的时候了。《上游》编辑部就深有此感。因此，我建议你们拿出一个月的时间来（具体安排可以再研究），先把理论学一学。学完之后，你们就会觉得思想焕然一新。晚报工作可以让它再拖一个月，基本理论必须过关。那时可能会把晚报的水平推进到一个新阶段。

二，联系实际。只有联系实际，才能发现问题，提出问题，这个道理用不着再多讲。一个报纸不能解决这一问题，只能空喊，是不会对领导上有什么帮助的。但是一提到联系实际问题，你们一定会提出一大堆问题，比如，如何把采访面铺开呀，如何发展通讯员呀，如何搞群众路线呀，最后是如何配备加强干部呀，等等。这些问题都是该提的，但是我的原意却不在这些方面，我的意思是如何在现有的人力和工作基础上加以改进。把思想方法与工作方法加以改进。比如理论学习，不是从现有的人的头脑中开始的吗？这是不能发动通讯员替你们学的。又比如关于教育工作问题，你们是《羊城晚报》，应多报道广州市的，难道广州市不是存在着许许多多关于教学改革好的和坏的事例吗？你们在广州市就不能把本市的情况掌握住，并把它作为典型来带动全省吗？省的教育厅也在广州，其他地区如汕头、江门等地的情况，不是也可以从这里得到一些线索吗？所以讲到联系实际，能够全面铺开，固然很好，一下不能办到，就在现有基础上，也可以解决我所提出的问题的。

三，与领导机关的联系应该加强。这一点晚报是注意到了的。我离开新闻岗位很久，但我感到往来最多的是晚报，这主要是晚报的同志常常抓我。所以说，如果联系不够，责任在我们，但你们今后仍要主动地从各方面去争取领导。

最后，再重复一遍，现在要求晚报抓最主要的，并不是否认晚报过去抓多样性。过去晚报在抓多样性方面是抓得对的，有成绩的。问题是晚报既然是党办的报纸，党委就要要求得心应手，帮助党委解决问题。提出的要求可能高了一些，但这一要求必须要达到。一张报纸的思想性高不高，就是看它能不能根据每个时期的主要问题，用马克思列宁主义、毛泽东思想水平去教育群众。要使群众的水平适合我们的需要，而不能使我们的思想迁就落后的群众水平。多样性是指可以通过各种形式来教育群众，思想水平是不能降低的。这是个原则性问题，也是马克思列宁主义与非马克思主义的分水岭。做报纸工作的同志更应该紧紧地掌握住这一点。

（本文系 1960 年 4 月 22 日在《羊城晚报》编委扩大会上的讲话）

面向群众

　　《羊城晚报》和《广州日报》合并，日报停刊，晚报继续出版。此后《羊城晚报》就要成为市委领导下的一个报纸了。陶铸同志希望，这个报纸交由市委接办以后，既能体现市委领导的方针、政策，指导工作，又能保持报纸过去的生动活泼、多种多样的独特风格，使它能够真正成为一张和广大读者有密切联系，在群众中起"移风易俗、指导生活"作用的报纸。

　　有人觉得，晚报的花样多，副刊多，和通常所见的日报很不一样，因而怀疑它是否能够体现党的思想、政策，即是：新鲜活泼、多种多样的风格和党的思想、政策是否可以结合得起来？这种怀疑是多余的。因为这两者不但是必须结合起来，而且过去的《羊城晚报》就是这样做了的。只不过大家脑子里有个框框：晚报不是"党报"，而且又多种多样，就以为它不能体现党的政策。其实按一般常识说来，一张报纸是否能体现党的思想和政策，并不决定于它以什么样的形式表现出来，不能说只有某一个样式的报纸才是马克思列宁主义的，而别的样式的报纸就不可能是马克思列宁主义的。正相反，富有伟大生命力的马克思列宁主义，它应该和能够通过各种各样的形式表现出来。"政治倾向的一致性和艺术风格的多样性"，不正是马克思列宁主义吗？也不能说被称为党报的只有日报这一种，而晚报或其他什么报纸都不可以称其为党报。只要它确实能够真正和群众保持密切的联系，能够体现党的思想，指导工作、生活，它在实际上就起着党的报纸的作用。反之，做不到这点，名为"党报"，也不过徒具虚名而已。

有人认为：晚报不能"指导工作"，理由是晚报不能多登一些长篇报告、指示、决议之类的文件。我觉得这一理解也是片面的。第一，报告、指示、决议之类的文件，只不过是新闻报道中的一部分，它不应该也不能包括新闻报道工作的全部；第二，这一部分报告、指示、决议之类的东西，未必是愈详细、愈占篇幅多，其效果就愈好的。从其效果上看，应当愈简短，愈扼要，愈明了为好。所以，过去的《羊城晚报》登载的报告、指示、决议之类的东西虽然还不多（重要的还是登了的），但它依然可以从这方面以及从其他方面起指导工作的作用；在今后的《羊城晚报》中，它同样可以简单扼要地刊登市委负责同志的报告、谈话和市委的指示、决议之类，而并不会因而就失去它原来简短、多样的风格。

一、报纸不是内部刊物

从这些同志所提出的问题中，我想到了一个比较大的问题：报纸是给谁看的？

现在我们办报纸的人，有一个比较突出的缺点，就是用办党内刊物的办法办报。因此在报纸上，工作部署、工作计划、工作经验、工作方法以及负责同志的讲话、文章，党的指示、决议等等，往往长篇大论，原原本本，内外不分，一律照登。也许有人以为这样就是"党报"了。其实效果未必很好。因为这些东西，充其量只能照顾到一部分负责领导实际工作的同志的需要，却没有照顾到广大群众读者的需要。而且，报纸应该有报纸的特点，比如精练、鲜明、突出、有文采、时间性强等等。有了这些特点，人家才看得下去。如果一张报纸大部分版面，都充塞着长篇大论的工作计划、工作经验、工作方法和报告、决议、指示之类的东西，就很难引起人们的兴趣。我们为什么不可以把广大读者所最关心、最需要的东西多登一些？为什么不可以把只为一部分人所关心的东西少登一些？为什么不可以把这些认为是必须刊登的报告、指示、工作经验、方法之类的东西，经过一番选择、整理、修饰然后才让它发表出来呢？我想除了是因为把办报纸跟办内部刊物一样，把给广大群众看的东西当作只给一小部分干部看的糊涂观点以外，就没有更为合理的解释了。当然，还有一个原因，就是因为我们的新闻工作者害了懒病。他们不愿意动脑筋去研究这些报告、指示、决议的主要之点，不愿把许多重复了不知多少遍的工作经验、工作方法之类的东西整理、修饰一下。也有一些单位，对报纸的特点和作用不大了解，总要求多发一些其所属部门的工作指示、工作计划之类，以便于指导该单位的工作，而可以"不另行文"；但是如果办报的人，思想上认识清楚报纸和内部刊物有别，报纸应有报纸的特点，指导工作应该通过新闻报道的特点去实现，那他就应当很快地想办法克服这种懒散现象，那他就会对这一类文件性质的东西，有所选择和节制。

用办党内刊物的办法去办报的另一个表现，就是我们的报纸对有关人民生活方面的事情，报道得实在太少。在我们这个社会里，"不劳动不得食"是我们的一个社会原则，工作，自然是很重要的。但作为保证工作的前提条件的生活，也是绝不可少的。所以陶铸同志提出报纸除了"指导工作"以外，还要"指导生活"。生活是什么呢？生活的范围很广，所有人们日常的衣、食、住、行，打球、看戏、旅行、休息等等，都属于这应予指导的生活之列。如果说工作方法、工作经验之类的东西，对群众说来，还有它的需要性的话；那么，生活上的事情，对干部说来，则更是十分需要的了。《羊城晚报》自从陶铸同志明确指出"移风易俗，指导生活"的报道方针以后，对有关群众的思想改造和群众生活方面的报道是大为改进了的，新闻的报道面因而也扩大了许多。但是不够的地方，就是这些报道大都还限于文化生活方面，其他方面特别是经济生活方面却报道得太少。比如最近由于下雨太多，京汉线上塌坡，火车十几天不通了，我们的报纸却一句未提，加上车站问讯处的电话又等同虚设，以致每天都有成千的人拥到车站上来，到火车站去的公共汽车也因而拥挤不堪！像这样关系人民生活的重大事情，只要报上发个把消息，就可以节省人们多少时间和精力啊！但我们却根本不去理会。又如，也是由于雨水太多，四郊的菜地，都给洪水冲坏淹掉了，看来在一两个月内蔬菜供应大有困难，但是报纸在大雨过后，却一字不提，等到蔬菜供应不上时，便引起人们的怀疑和不满。我们的报纸为什么这样珍惜自己的篇幅呢？这里有个什么思想在束缚着大家呢？根本的原因，就是由于我们忽视对人民生活问题的报道。我们只记得报纸是"指导工作"的，而"指导工作"又被狭隘地理解为只是一些工作经验、工作方法、指示、决议、文件之类。我们还没有深刻理解陶铸同志所指出的"移风易俗，指导生活"的报道方针的重要意义。

报纸与内部刊物的不同，就是报纸的新闻报道有强烈的时间性。它要给人一种"新"的感觉。怎样叫做新？从没有到有，如新人新事，创造发明，这是新；也有些东西从有到没有，也是新，如苍蝇、蚊子消灭了，文盲被扫除了，就是一种新现象。辨别新与不新，应从群众的切身利益出发，尊重群众的需要和群众的看法，不能主观主义地决定。比如同是一件事，广州益丰搪瓷厂生产了一批搪瓷新产品，当市面上搪瓷饭盒子奇缺，而厂矿工人又极其需要的情况下，你只要说益丰厂现在正大量生产这些东西，在什么时候，什么地方可以买到，我想就是一条好消息了。但是你们却从另一个方面去写，说益丰厂的生产怎样搞法，如何鼓足干劲，改进方法，增加产品。这种谈法当然可以，有时候也很可以成为"新"闻。但这是报上不知重复了多少遍的事情，比较起来，无论如何不及前一种报道那样吸引人。其实，作为内部刊物，也不能老是重复人家都已知道了的"真理"，更何况是报纸。

　　大家都觉得头条新闻不容易找，不容易写得好。事实上的确如此。哪里能够天天找到这么多的"新"经验、"新"方法和"新"计划呢？就拿头条标题来说吧，不少是些空空洞洞的口号，教人"应该"这样做或声言"将要"这样做，而不是事实上已经是这样做的。当然"应该"和"将要"在开始时也是可以成为引人注目的新闻标题的，但是老是重复着一个口号，比如天天是"鼓起冲天干劲""坚决贯彻政策"，就很难引起人们的兴趣。《羊城晚报》2月20日头条新闻的主题是"挖掘原料潜力，增加花色品种"，老实说，像这样的标题，在这个部门可以用，在那个部门也可以用，在前一个月可以用，过后一个月也可以用，甚至隔上一年半载也是可以的。这样空洞、一般的"新闻"，试问有谁愿意读呢？现在广州这个地方，很多人看报都是先看第四版（国际新闻版）的，也就是说，读者把第四版改为第一版了。这是很值得我们办报纸的人想想的。

二、新闻记者不是资料员

　　既然一张报纸和一个内部刊物分不清，既然我们的新闻报道给工作方法、经验、计划之类的文件占去了大部分篇幅，既然认为只有这样做才算是起"指导作用"，那么新闻记者的任务是什么呢？就是搜集大量的文件，搜集大量的书面材料，而不是去采访新闻。采访新闻的方法是什么呢？打电话，参加会议，找首长，伸手要材料，要下面的工作报告、工作总结、工作计划……而不是亲自观察问题，动脑筋，判断问题，提出问题，亲自动手写文章。现在我们有些新闻工作者，习惯成自然，甚至认为前者是最好的方法、唯一的方法，而把记者应当具有的一些"机能"——观察、思考、判断、写作——都忘记了；或者说，久久不用，这些机能开始退化了。一些原来还会写文章的人，慢慢也不大会写了。近几年来，我留意了一下，进步最快的算是跑文艺战线的记者。为什么呢？因为他采访的对象，比如一个戏的演出，他愿意亲自去看看。看完戏就得写新闻，或对这个戏有所评价，要评价就要有自己的观点。戏是许多观众一同观看的，记者对戏的评价就不能乱来，否则众目睽睽，人家就会提出意见。这样就逼着记者一定要到现场采访，一定要钻研有关的业务，还要动脑筋去观察、分析、判断问题。而那些跑工、农业和财经战线的记者就不同了。他们的条件比较优越，总结材料、工作报告等比较容易拿到手，"塞翁得马，安知非祸"，反而进步得慢，耳、目、手、脑慢慢地都不大灵光了，这真危险！

记者不动脑筋，光靠伸手拿材料进行工作，自己会逐渐失去判断问题的能力和习惯，这还是小事；如果对事情不负责任，传播了不应传播的经验和方法，那危害就更大。

总结、报告、汇报之类的材料，对记者来说是必要，但这只是第二手第三手材料。一个记者如果只有第二手第三手材料，而没有第一手材料，那就不能算是真正的新闻记者，不能起党的助手作用。我看过一些新闻报道，内容是从各种汇报中摘录下来的，因此写得比较抽象，不具体，不生动，不新鲜。

为了充分发挥新闻报道的指导作用，记者同志需要有巩固的群众观点。这就是说，必须认识到报纸和内部刊物不同，报纸是给广大群众看的，必须面向群众。我们除了通过新闻报道把领导意图传达下去之外，还必须由下而上地把群众的意见和需要，把党的方针政策在群众中贯彻执行的情况，通过新闻报道反映出来。报纸是体现领导意图的，但是我们在考虑新闻报道的时候，不能孤立地、静止地考虑怎样传达领导意图，而要同时考虑报纸的特点，考虑群众的需要。必须善于通过新闻的特点去传达党的意图。我们要把"给群众什么"和"群众需要什么"两者很好地结合起来。这两者本质上是一致的，因为党的方针政策，是反映群众的利益的；而群众的利益，又是党的方针政策的依据。但是体现这种一致性，要做许多工作：这首先要面向群众，要眼睛向下，深入地了解群众的需要，才能把自上而下传播政策和自下而上反映群众的实践结合起来。

三、文风问题

《羊城晚报》的文字，本来是比较活泼的。但是两报合并后八股味道却浓厚起来了。拿支援农业的报道来看，内容和导语大都是从"以农业为基础""大办农业大办粮食"说起，然后是"采取"什么，"组织"什么，"大抓"什么……内容单调，词汇也实在过于贫乏。在我们这里的日报上，常常有许多词儿、用语，只有我们的干部才能够看懂的，群众却未必能够明白。如"大搞"什么，"大抓"什么，"坚持""追赶""贯彻""二百方针""培养组织骨干""组织耕畜市场""制定质量标准""坚决做到超包"等等，不大好懂，也很乏味。我们不要以为干部懂得，群众便会懂得，群众便喜欢看；也不要以为干部习惯了，就一定是"约定俗成"。我觉得，这些干巴巴的语言愈少愈好。但是为什么这一类名词、术语、动词（搞、抓、闹、办）、形容动词（坚决、贯彻、认真）、形容词（意见一定是"宝贵的"，教育一定是"深刻的"，会议闭幕一定是"胜利的"……）等等都是这么个样子而老是不能改进呢？这和我们对报纸的看法有关：既然我们把报纸看成为一个和内部刊物没有多大区别的东西，既然报上的东西主要地是工作经验、工作总结、工作方法、工作计划、工作文件之类；而记者的采访方法上，又多在干部的会议、办公室、总结报告、汇报材料……之间，因此顺手抄来，连语言文字，都是总结、报告文件上的东西了。这些东西，在少数干部看来是事出寻常，而在广大群众读来，就不免是半懂不懂，或是"丈二金刚——摸不着头脑了"。前几天，《南方日报》登了一篇小文章，叫做《"八股"不足取》，很有分量地批评了那些不合逻辑，胡乱凑起来的一、二、三、四、五，如什么"三无""两缺""七个并举""五大措施"……其实这也不能怪下面的工作干部胡凑，应当怪我们的记者胡听与胡抄。我们必须从那些总结、汇报、文件之类的东西里走脱出来。我们长了一个脑袋，是为了思考问题的；我们长了一个嘴巴，除了吃饭之外，是为了说话的，为什么要"弃权"了呢？晚清有个学者王国维，他在评价我国古代文学家时，把一些人分为"感自己之感，言自己之言"、"感他人之感，言自己之言"和"感他人之所感，言他人之所言"三等。这样评价古人是否适当，我不大清楚。不过把它用到我们新闻记者身上，倒是十分恰当的。"感他人之所感，言他人之所言"就是躺在别人的结论上，并用这些结论（总结、报告、汇报）的话表达出来。从内容到形式，一点创造性也没有，这确不能算是一个好的新闻记者。我们要求的，当然是"感自己之感，言自己之言"的记者。如果做不到，也至少要"感他人之感，言自己之言"，把文章写得生动活泼，具有自己的风格。

报纸是人民的教科书，但它是一本和广大人民群众自己的工作与生活息息相关的教科书，它是一本日新月异、文采斑斓、有新鲜知识的好教科书；而不是一本脱离群众，一本八股味道很重的教科书，更不是一本粗糙的文件汇编，使人读报像看许多没有经过整理的冗长、粗糙的文件一样。

（本文系 1961 年 2 月 22 日和 9 月 18 日与《羊城晚报》编委们的两次谈话）

写在《杜国庠文集》后面

杜国庠同志逝世将近一年了，我们怀着深深的悼念之情，把他的遗著编成了这部纪念文集。

杜老的著译，包括范围很广，有哲学思想方面的，有政治、经济方面的，也有关于美学方面的。但是，他致力最勤、功绩最著的毕竟是关于哲学思想史方面的著述，因为杜老的本色就是一位哲学史家。这部文集为了体系的一贯，辑录的都是杜老关于这方面的著作。它是以《先秦诸子思想概要》《先秦诸子的若干研究》《便桥集》三部书为骨干，再加上《中国思想通史》中杜老执笔的部分，以及其他零散的篇章汇编而成的。总计搜集得四十三篇，根据是否重复决定取舍，按照内容排定次序，共分成五个部分。总的来说，除校正了一些极其个别的字句外，完全保留着这些著述原来分别刊行时的风貌。

一

杜老文集的出版，它的意义，并不仅仅在于让读者从最主要的方面看到这位朴素严谨的革命学者在哲学思想史研究上的成果，而且，从这里我们还可以看到近四十年来，我国哲学史研究工作者在运用马克思主义的观点、方法进行研究工作所取得的有价值的成就。因为杜老正是在进行这样的研究中成为劳绩卓著、具有自己独到见解的诸家中的一家。

自从五四新文化运动以后，研究中国哲学思想史，特别是研究先秦诸子思想的风气十分浓厚。因为新文化运动的发展，必然是要对历史文化来一番批判地继承。各个阶级的哲学家也都想以本阶级的观点来解释哲学思想史，为自己的哲学观点占据阵地，扩大阶级影响。而在这种研究中间，从孔子到韩非子，即从春秋末叶到战国末叶，儒、墨、道、法、名等先秦诸子之学的研究、整理、解释和批判，被放在一个十分重要的位置上，也是自然不过的事。另一个方面，从那个时代以后，一直到五四新文化运动以前，先秦诸子的思想学说虽然经过"尊崇儒学""罢黜百家"的历史阶段，而且几乎每一个王朝都在尊孔祀孔，然而两千余年之间，诸子之学却一直影响着历代的思想家。差不多一部中国思想史，各方面的代表人物，都或多或少地沾染上先秦诸子的色彩，在各个程度上受到他们的影响。居于支配地位的儒家的势力不消去说它了，道家思想，不也是一向被那些道学家以及"外儒内道""神道设教""安于天命"的人们所服膺么？就是法家的法术思想，不也为某些讲究"治道"、讲究权谋术数的人物所倾心，或者在其他招牌下被肢解搬用着吗？其他诸子之学，我们也尽可在历代各方面的思想家的学说里面，不断看到它们的影子。正因为先秦诸子的思想对于中国两千多年来的思想史发生这么深远的影响，研究、整理这一段时期的诸子学说，被放到如此重要的位置上，是理所当然的。

这种研究、整理工作自然是相当艰巨的。两千多年前的语言文字，和今天已经有了很大的差异。而且当时各家的思想又大抵无所不包，正是"从哲学到政治，从修养到教育；并没有专门化，也不可能专门化的"[①]。在研究工作上，要真正做到入乎其中的探求，才能够谈得上出乎其外的概括。加上"秦火煨烬之末，孔壁剥蚀之余"，历史的浩劫，使得许多书籍散佚了，脱略了。好些伪书又乘时而兴；留下来的，在长时期辗转刊印中，由于各种各样的历史原因，又免不了有许多文字讹误。所以，做这门工作的，文字学、训诂、考证、校勘之类的学问功底如何，自然对于工作的成果起着相当重要的影响。五四运动之后不久，好些资产阶级学者在这方面是下了一些功夫的。他们之中比较勤奋笃学的，或者依

---

① 杜国庠《先秦诸子思想概要》，北京：三联书店，1955，第4页。

靠着一些"家学渊源"，或者依靠着"广师求教"，在积累了一定的古籍知识之后，又研习了西洋哲学史之类的学问，就从西方资产阶级的哲学著作中取得了一条线索，来从事中国哲学思想史的整理。应该说，这些资产阶级专家在这方面是作出了一些贡献的，而且在《中国哲学史大纲》《先秦政治思想史》一类的书籍刚刚问世的时候，也的确有使人耳目一新之感。但是，资产阶级学者的唯心观点及其形而上学的研究方法，终不免使他们这一类著作的内容陷于零碎散乱；或者，整个地表现了资产阶级的唯心史观。随着时间的推移，思想斗争的展开，马克思主义学者不断地扩大占领了文化思想的阵地，资产阶级学者的著作就显得相形失色了。充其量他们只是部分地完成了原始资料的整理工作而已，对先秦各家学说的内部联系和它们产生的历史社会根源，他们是无力作出科学的阐释和论断的。

三十余年来，在马克思主义学者、专家的努力下，从先秦诸子思想而至两千多年来中国哲学思想史的研究工作已经获得了不少成果。现在，有些这方面的专家的著作给那浩如烟海的历史典籍整理出一个清楚的眉目，让许多研习者可以比较提纲挈领、有条不紊地认识诸家学说的本来面貌。从事这方面研究工作的不是几个人，而正在逐步形成一支队伍。这里面，有些学者"卓然自成一家"。运用马克思主义的观点方法进行这方面的研究，而会形成"诸家"，是一点也不奇怪的。因为，由于研究的着力之处不同，由于掌握材料的未必完全一致和一些尚有争论的问题的存在，也由于研究者各方面的素养和治学风格的差别，自然会在学术研究中出现这种"同中之异"。可以说，杜老就是研究中国哲学思想史的马克思主义学者中间卓然成家的一位，如果我们把杜老的著述和其他进步学者的同类著作稍加比较，就可以看到杜老著作的鲜明特色。例如对于先秦那一个历史阶段的划分，直到今天，还不能够说是争论已定。杜老认为西周是奴隶制社会，而从春秋末叶到战国末叶，则是"中国奴隶社会到封建社会的变革时代"。这个观点和西周封建说迥不相同。又如对孔墨的是非，我国学术界向来各有所持，各言其是，杜老也有他个人的看法。

杜老的著作，有很多值得我们分外注意之处，特别是他的唯物史观的表述方法和对于荀子、墨家、公孙龙子的深刻研究，尤其焕发着光彩。

杜老的著述，表明了每一家的思想，都有它的社会根源。例如他分析孔子作为没落贵族的后裔，一方面在提倡着"爱人"的"仁"，另一方面在其"为仁"

的方法上，却又强调着"君子而不仁者，有矣夫，未有小人而仁者也"的守旧的言论；墨子出身"卑贱"，常和下层社会打交道，虽然学儒者之业，然而与孔子"俱道尧舜、而取舍不同"，墨家厌恶儒家礼仪的繁文缛节，主张节用节葬，尚贤尚同，兼爱非攻而不要尊天事鬼……那种来龙去脉，是十分清楚的。杜老把先秦诸子思想的内在联系，深刻揭示出来，正因为这样，才整理出了一个比较清楚的端绪，使人读起来有穷本溯源、鸟瞰全局的快感。《先秦诸子思想概要》一书，对于诸家思想学说的兴起、影响、衍变、递嬗，叙述得那样清楚，正如杜老在该书绪言中所说的："整个的先秦诸子的思想，在客观上现出了一种好像有机的组织的样子——互相制约、互相依存，家和家之间，派与派之际，有着某些斩不断的葛藤。研究诸子的思想，必须'知人论世'地从这些葛藤中间去找出他们的来龙去脉，才能正确地把握一家、一派、一人的思想的真面目。"杜老相当成功地做到了这一步。因此，《先秦诸子思想概要》，可以说是杜老对先秦思想发展史的研究成果的一个完整的系统的小结，该书中的《名辩》一篇，又可以说是相当简洁扼要的古代逻辑思想发展史。

杜老用心运用唯物史观去研究哲学思想史，这种特色贯穿于所有他的这一类著作中。每个时代的思想的发生与发展，有其时代的社会根源，但就思想的本身，也有其继承递嬗的关系。杜老在这一方面也付出了不少心力，在阐述魏晋清谈风习的时候，他一直溯本探源，注意到在儒学盛行的汉代，"从经学到玄学的过程中间的一位契机人物"马融。马融"喜鼓琴、好吹笛，达生任性，不拘儒者之节……施绛纱帐，前授生徒，后列女乐……"马融起初拒绝大将军邓骘之召，后来因为饥困，又悔而应召，便以"今以曲俗咫尺之羞，灭无赀之躯，殆非老庄所谓也"等语为自己的行为辩解。杜老从这一类人物就看到在儒学盛行的时代，老庄思想的力量和"后来清谈人物风流生活的雏形"了。同样的道理，杜老在论述明清之际，朴学兴起，使宋明五百余年的谈理论气、说虚务玄的理学陷于终结的一段历史的时候，也不是把眼光仅仅集中于明清之交的黄、顾、王、颜之学，而是首先注意到：在理学盛行的宋、明时代，就已经有反理学力量的涌现了。这也就是杜老在阐释清初朴学的时候，首先要论述杨诚斋、陈同甫等宋人学说的原因。从杜老这一类的论述看来，可见每一种思想学说成为一种潮流，都是"其来有自""其渐久矣"，具有深远的历史社会根源的。而分裂的社会一定要产生不同的思想，也可以从一种思想学说处于支配地位的时候，另一种相反的思想学说已经在潜流滋长的情况见其梗概。当然，正是由于运用辩证唯物主义思想和唯物史观的观点来从事学术研究，杜老在论列这些复杂事象的时候，让人清楚地看到各种思想学说的来龙去脉和它们所由产生的深刻的社会阶级根源。

二

从这本文集所辑录的所有论著看来，杜老的研究涉及中国哲学思想史上的各个阶段，而以先秦时代为重点。在先秦诸子的研究中，又以对荀子、墨家、公孙龙子的研究，为重点中之重点。《先秦诸子的若干研究》一书，可以说就是这方面研究的专集。

杜老不是为治学而治学，他要在探索中国哲学史当中阐释古代唯物主义思想的产生和发展，宣扬逻辑的学习和运用；而这些，都是和传播实事求是、经世致用的精神相关联的。正像人们在讲西洋哲学史，谈到古代的唯物主义和朴素的辩证法的时候，总要提到德谟克利特、赫拉克利特等人名字的道理一样，讲到中国先秦时代的唯物主义思想和逻辑思想，又怎能够不特别着重讲求"制天命而用之"，把"心"当作一种自然的现象来研究的卓越的唯物主义思想家荀子和集名家大成、内容几乎全属于科学和逻辑范围的墨家学说呢？至于对公孙龙子的着重研究，一来，是由于公孙龙的学说，在逻辑上很致力于概念的分析研究，构成了古代名辩发展史中值得重视的一环；二来，也由于那种诡辩方法，在局部和整体的关系之间玩弄玄虚的把戏，一直为历代的诡辩之徒所师承。击中这种以偏概全的诡辩方法的要害，不仅有其逻辑思想上的意义，同时，也具有现实斗争的意义。

在这几方面的研究中，对于荀子的研究，杜老尤其有他独到之处。这方面，可以说他下的功夫最多。他着实提出了许多同时代的学者所没有说过的创见。对并不为同时代许多哲学史家所充分注意的荀子的《成相篇》，杜老却予以高度的重视。他钻研这篇两千多年前留下来的模仿民间劳动歌谣而写成的作品，印证荀子的所有著作，完全断定了这出自荀子手笔。他确认：《成相篇》的内容不但符合荀子生平身世，而且概括地表达出荀子全部的思想学说。杜老的这一论断，不但丰富了先秦的哲学思想史，而且也丰富了通俗文学史。因为中国古代第一个卓越的唯物主义思想家，也就是较突出地重视运用民间文学形式来传播思想的人物，这一点，对于治思想史或者文学史的人，意义都是十分重大的。杜老在深入钻研荀子学说之后，确认荀子在《解蔽篇》中对于那个时代诸子学说批评的恰当中肯，给予这位"广泛地研究而且批判了战国时代百家之学，吸收了各家的积极因素"的大思想家以崇高的评价，并对荀子的天道观、社会观、认识论、性恶论以及法术思想作了全面的介绍，使中国历史上最先涌现的这位卓越的唯物主义学者的学说焕发出异彩。杜老如此着重荀子的研究，根据上面所说的原因看来，真是用意深长，是完全可以理解的。

杜老对于墨家的研究，着重介绍墨子的社会主张和分析《墨经》所阐述的认识过程；对于公孙龙的研究，着重在分析他的"离坚白"的理论所体现的多元客观唯心主义的思想本质。并从这种提纲挈领的分析中去印证他们全部学说思想的实质。这就使得他对这诸家的分析不致流于琐碎，而能使人既见树木又见森林；对于墨家、名家的思想，能够从它们的关键所在去理解它们的整个体系。

三

杜老的学术著作，是充满着革命战斗精神的。这种精神，表现在他对历代唯物主义思想的阐释介绍上，表现在他对实事求是、经世致用思想的传播上，也表现在他对一切"经虚涉旷"的阔论玄谈的批判上。这实际上就体现了在哲学领域上的思想斗争。在这个领域里，唯物主义和唯心主义之争，实事求是的科学思想和回避现实的玄学思想的冲突，在长期的历史当中，是一直贯穿着的。颂扬前一种思想，打击后一种思想，也就是加强了人民文化的力量。这在任何时候都有它的极其现实的意义。任何反动统治阶级都喜爱玄学，因为心性命理之说，迂阔虚旷之谈，以至于一切架空抽象的道德说教，都不会有损于反动统治。相反的，越是在动乱纷扰的时候，"玄之又玄"的一切说教，都有助于麻醉人民和维护反动统治。唯其如此，历代腐朽荒唐的反动统治者，何以对于宗教迷信和道学玄谈会感到那样大的兴趣，道理自然不难索解。杜老在他的著述中，立场鲜明地介绍和推荐了墨家的逻辑、荀子的唯物主义思想、范缜的神灭论，以至于清初黄、顾、王、颜的充满民主主义精神的学说，都可以想见他的用心。另一方面，他批判庄子、批判公孙龙，抨击理学，嘲笑道统，又可以见到他那种"入其垒，袭其辎，暴其恃，而见其瑕"（王船山语）的气概。整个看起来，这种学术活动是充满了战斗精神的，它表现了一个共产党人学者的革命本色。

1943—1944年，是杜老写作最勤的时期。当时，正是国民党统治区民不聊生，反动派残害人民和投降主义逆流汹涌的时候，和这种逆流相呼应，作为它在哲学领域的反映，冯友兰的"新理学"、熊十力的"唯识论"以及其他好些人所提倡的制礼作乐的"理论"出现了，这些充满了反动复古倾向的思想学说，在国民党政权的支撑下曾经在其统治区中猖獗一时，就像五四运动之后，为了抵抗革命思想，资产阶级的玄学曾经一度抬头一样；在那个历史时期，反动统治阶级为了抵抗人民的革命民主主义的思想浪潮，劝人"经虚涉旷"，企图导人"尽废天下之实"的那种玄学又再度抬头了。这个时期，杜老写了好些严正锐利的批判玄学的文章，发挥了很大的战斗作用。这就是收在《便桥集》中的《论"理学"的终结》《玄虚不是中国哲学的精神》《玄虚不是人生的道路》，以及收在《先秦诸子的若干研究》中的《略论礼乐起源及中国礼学的发展》等论著。如果说杜老对于先秦诸子和中国哲学思想史的著述，清除了许多唯心主义历史学家所造成的阴影和混乱，正确发扬了我国的文化遗产，捍卫了马克思主义（对于那些假马克思主义和对马克思主义有意歪曲的资产阶级史学家来说），发挥了革命斗争的作用；而对于抗战末期反动的玄学思想的批判，更可以说是正面的交锋了。从这些方面，我们都可以见到这位老哲学家旺盛的斗志和勤奋的精神。这种思想斗争，由于它是在哲学领域进行的，采取了它的独特的形式；然而，就其性质而论，和一切文化部门的革命思想和反动思想的斗争，却是同样的尖锐和猛烈的。

四

在杜老的著作中，我们还可以领略到他的值得称道的治学方法。

首先，是可贵的实事求是的精神。杜老在他的著作中颂扬了这种精神，他自己，也正是本着这种精神来治学和任事的。

杜老常常谦逊地说他对中国哲学思想史开始研究的时候，对《说文》训诂之学，没有足够的根底。其实，经过早年在日本东京留学和后来在上海居留的时期，他已经开始和完成他的准备工作了。从他的著作中我们可以充分体会到这一点。尤其是作为一个掌握了辩证唯物主义的革命学者，他既有锐利的眼光，又有科学的方法，这就使得他很快地掌握了材料，并且切中肯綮地处理了一切研究对象。在他的著作中，我们到处看到他的实事求是的精神，他对于一字一句，下笔时都从不苟且，为了获得一个小小的论断，他经常花费了大量的心血。什么哗众取宠、"立异鸣高"、偏爱偏恶，都是杜老所不屑为的。为了要保持引文的真实面貌，他总是谨慎地引录，从不以随便的概述代替原文，这虽然使得在引文过多的场合，显得稍为艰涩一些，影响了他自己原来行文平易明白的本色，但是杜老之所以这样做，我们却很可以体会他的苦心。正是由于杜老本着实事求是的精神，我们看到他是尽可能这样地做了。他批评了孔子的守旧、藐视庶人的贵族态度，但是对于孔子的在若干程度上反映了群众的仁政要求的"仁"的学说，仍然肯定它是孔子进步的一面。他颂扬了荀子的唯物主义思想，推许他为战国末叶的一代大师，但是他却肯定地指出，由于《墨经》作者的实践精神，他们对于名实问题的理解，要比荀子深刻得多。又如对于公孙龙的名辩，他说过"都是诡辩和形而上学的臭味极重的"这样的话，然而对于公孙龙致力于概念的分析研究，以及他的学说在古代逻辑发展史上的意义，杜老却仍然给予相当高的评价。从这些事例中，都可以见到杜老实事求是精神在学术研究上的运用。

其次，杜老善于批判地吸收前人以至于资产阶级学者的研究成果，这也是很值得我们注意的。杜老真正了解恩格斯说的："即令只要在一个单独的历史实例上发挥唯物主义观点，也是一种需要多年静心研究的科学工作，因为很明显，在这里讲空话是无济于事的，这样的任务只有依靠大量的、经过批判审查了的、完全领会了的历史材料才可解决。"杜老勤奋谨慎地进行研究，并且表现了唯物主义者应有的虚心，他很尊重明清以来汉学家的研究成果，对于梁启超、王国维等人著述中的有用材料，不轻易摈弃。这种严肃虚心的态度，使他能够真正地对古籍进行"爬罗剔抉、刮垢磨光"的工作，因而较为深入地阐发了各家学说的思想实质。

从杜老的著述中，我们又可以见到他的是非分明和爱憎强烈的态度。对于大倡齐物之论，讲求保身全生之道，"不谴是非""任其两行"的庄子学说，杜老是十分反对的。为了揭露这一类"乡愿"哲学的真正内容，杜老在著作中时常提到这一段小故事：庄子带着学生在山里游逛，看见一株"不材"的大树没有被樵夫砍倒，就赞美它"以不材得终其天年"。后来他和弟子投宿在故友家里，故友吩咐小厮宰掉那只不能鸣的雁来款待他们，而留下一只能鸣的雁。弟子因此问庄子说："昨日山中之木以不材得终其天年，今主人之雁以不材死，先生将何处？"庄子的回答是："周将处乎材与不材之间。"杜老在《先秦诸子思想概要》和《便桥集》中有好几处都引用了这段故事，指出了庄子怎样不敢正视矛盾，辛辣地击中了这种圆滑处世方法的要害，指出了庄子的"知其不可奈何而安之若命"的避世偷生思想的本质。从这些地方，充分显示了杜老对于乡愿主义、调和主义的鄙夷和愤慨。又如对于道学家们抢夺"道统"的分析和嘲笑，对于资产阶级学者复活"理学"的抨击，文笔更具有鲜明的政论色彩。凡此种种，都是杜老强烈是非观念的流露。唯其是非分明，虽说写的是哲学论文，我们仍处处看到一位革命学者战斗的气魄。在那里面并没有丝毫不冷不热的旧书斋产物的味道。

最后，还得谈谈杜老"由博返约"的治学方法。在叙述各家各派学说的时候，杜老常常以十分简洁扼要的词句指出了各种学说的最主要的特征，然后分析它们的体系。这种论断是归纳了丰富材料而后获得的。它"由博返约""以约驭博"，使人有主次清楚、简练明白的印象。这种治学方法，也是很值得我们学习的。

这本文集，在若干程度上记录了杜老学术活动的历程。然而严格说来，它只是杜老全部著作中的一部分罢了。而他的著作，又只是他的全部社会活动的一部分罢了。特别是解放以来，杜老以相当大量的时间，从事党要他从事的各方面的工作。不论对任何革命任务，他都是本着实事求是、勤勤恳恳的态度来承担。但是，虽说这种学术活动仅仅是杜老以生命中的一部分创造出来的业绩，抚书思人，仍然使我们景仰这位老学者一生的辛勤。朴实严谨，是贯穿于杜老为人、治学、任事、生活各方面的崇高的风格。杜老毕生不断追求进步，从一个王阳明学说的信奉者发展成为一个共产党员。被敌人监禁的时候，他藐视反动派的威胁，坚贞不屈；在贫困的岁月中，他朴素自持，不沾尘垢；在工作的时候，他全力以赴，废寝忘餐；就是临近逝世的时候，他在病榻上也时常感念党的关怀，殷切表示希望能为革命作出更多的贡献。这样一位值得尊敬的革命学者辞世了。这里印出来的是一本辑录他的学术论著的纪念文集。这数十万字的著述，不但能够帮助人们研习中国的哲学思想史，它中间响着的那个经世致用、实事求是的嘹亮的声音，也将激励更多的人把勇猛奋斗的气概和科学分析的精神结合起来。发着这个声音的革命学者，他那朴素谨严的风度，也将鲜明地长留在接触过他、受他教育影响、读他的著作的人的记忆中。杜老生前常常说他的某些著作，只是一些起着过渡作用的"便桥",并且说:"便桥者,一来,别于自珍的'敝帚';二来,一俟更好的钢骨水泥乃至全钢结构的桥梁建造出来的时候,便可毫不惋惜地弃置或拉杂摧毁了它。"因此,他的著作中有一本就索性叫做《便桥集》。这自然是杜老谦逊的说话。但是,就算退一步说,在学术工作中真有"便桥"这么一回事吧,能够起着这样作用的桥也就是完成了历史使命的桥。在我们这个进行着翻天覆地的变革,无产阶级文化从萌芽到蓬勃成长的时代,起着这样作用的桥更是伟大的桥。历史的长河滔滔不绝地流着,一切真正起过先进作用的事物都将在这条长河中不断地闪闪发光。我想杜老的这些著作也自有它的历久不磨的光辉。在《杜国庠文集》行将出版的时候,我写下这些,抒发自己读完他的著作之后的感想,也表达我们大家的纪念,我们大家的敬仰。

1961 年 12 月

论高校政治课教学

政治理论课很重要，是必修科。十二年来，这门课很有成绩，但也存在很多问题，有些可以说是相当严重。现在有些学生对这门课的兴趣不大，甚至害怕，不愿听；有些教师也怕教这门课。严重的程度可想而知。怎么办？出路有两条：一是干脆取消它，省得大家都怕；一是想办法把它搞好。我是主张后一条出路，把它保留，并且把它搞好。

为了要把这门课程搞好，省委宣传部、文教部召开了会议。会议虽仅三天，但主要的问题都谈到了。会议开得很好，需要解决的问题许多都解决了。有些问题需要提交省委最后肯定下来的；也有些问题需要学校党委负责同志表示一下态度的。现在我利用这个机会向大家谈谈，主要是谈自己的意见。

记得1957年9月，我在政治课教师学习会上讲过一次话。那次讲话有积极的一面，讲到要作好思想准备，过好社会主义关，现在看来，这还是必要的；但也有缺点或消极的一面，就是过分强调了政治课教师做教学工作以外的实际工作，过分强调了实际思想教育，而对基础理论的教育则强调得不够。当时强调实际思想教育是全国性的要求，停开四门课是必要的。但以后很长时间内没有再提它，没有强调四门课程，在客观上就起了不好的作用。这些方面的问题，应该由我来负责。

今后怎样办呢？根据会议的情况，我想谈下面几个问题。

第一，对政治理论课的认识问题。

首先要把它当作一门课程固定下来，就像自然科学和其他社会科学课程一样。四门政治理论课不能视作可有可无，不能因为它的学时不多就认为是不重要。它不应比其他课程低，应该有教材，有教师，有一定的教学程序。其他课程有的，政治理论课也要有，不能让它"打游击"；当然，也不能认为它比其他课程高出一等。比方哲学，就不能说它是"领导"其他学科的一门课程。能不能"领导"，主要看你能不能帮助别的学科解决问题，如对自然科学，看能否帮助它总结出经验，起了相互促进的作用，不能一般地说要挂别人的帅，哲学课要高一等。

这门课的目的是什么？是给学生讲授马克思主义基本理论知识，而不是要他们一下子就成为"理论家"。要成"家"需要很长的时间，不仅要懂得理论，能应用，还要会在实践过程中创造发展。读几本书就叫做理论家，这是讽刺。就像看小说，能够说会看小说就是小说家吗？刚开始学写文章就能说都成了文学家了吗？显然地，学生不可能，老师也没有这个意思。

谈到要帮助学生树立辩证唯物主义世界观，从长远来说是对的。我们对学生讲授四门政治理论课，就是使他们便于改造自己的世界观，但是从四门课程本身来说，不等于学了这四门课，学生的世界观就改造好了。世界观的改造是各个方面促成的，是长时期的事，不可能一周听两节课就解决问题。实事求是地说，学校的政治课只是教给学生马列主义的一些基本知识。什么是基本知识呢？比方哲学上什么是唯物主义，什么是唯心主义、一元论、多元论、唯物史观、生产关系、经济基础、上层建筑等等。哲学上的这些概念就是基本知识。能够把这些基本知识、基本原理弄清楚，我看就很好了，而实际上，许多人对这些东西还是搞不清的。例如经济学上什么叫按劳分配、平均主义，很多人就不懂，不懂就会产生许多糊涂观念。又如政治经济学的一大堆概念：商品、价值、价值法则、等价交换、简单再生产、扩大再生产；政治学上的国家、革命、和平过渡等等，都应该向学生进行启蒙工作。比如国家这个概念，就曾经有过多种解释。政治理论课的目的，就是使学生正确地掌握这些基本的知识。把基本知识教好了，教师就算完成了任务。过去我们学社会科学也是这样开始的。基本概念、基本原理弄不清，就无法判断问题，考虑问题，正如不知道武器的种类和性能，就不会使用武器来打仗一样。基础知识也可以说是常识，我们对学生是做政治理论的启蒙工作，不要要求太高；而且要特别记住：我们的对象不是干部，而是青年学生。

以上这个说法，会不会违背了理论联系实际的方针呢？我看不会。不仅不会，而且完全符合这个方针。什么叫理论联系实际？就是毛主席说的学与用的一致。学是为了用，这就是联系实际。相反的就是脱离实际。我们教给学生一些基本知识，帮助他们认清社会，认清客观形势，认识个人在社会主义建设中的地位，明确自己对社会应负的责任；用这些基本知识去认识问题、分析问题，从而改造主观世界和客观世界。这就是学用一致。只要我们坚持这一原则，就不怕别人说"脱离实际"了。

这样做又是否符合为政治服务这一原则呢？完全符合。这门课程的目的，既然在于给学生以马列主义的基本知识，以帮助他们提高自己的政治觉悟和政治认识，怎能说他脱离政治，不为政治服务呢？

第二，政治理论课的教学方法问题。

政治理论课在教学方法上应作怎样的要求呢？要求教师正确地、清楚地、通俗易懂地讲授教材中的基本知识。能够做到这样，就是一个好老师。拿学算术打比方，2+2=4，教师的任务就在于以各种各样的方法，使学生明白这个2+2=4，而不是等于3或等于5。用例子来说清概念是一种好的教学方法。通常许多人把这种举例，说成"联系实际"，其实这和我们说的"理论联系实际"的理解，是有所不同的。因为这种"联系"的目的，只不过在于把某一概念或原则说清楚，加深学生的认识；而我们说的理论联系实际的"联系"，却是指理论在实际工作中的应用。当然，举例说明问题也可以说是"应用"，但只不过是举例应用，目的在说明概念或原则，而不是我们指的在实际工作、实际生活中的应用，这样的应用，应该说，是学会了一些基本知识以后的事情。

理论联系实际，包括掌握、应用和发展。过去要求教师一边教学，一边联系实际，这种要求是不实际的。至于要求学生学了理论立刻就去运用就更不实际了，这需要一个消化的过程。例如学了矛盾的普遍性，学生可以在自己的生活实践中加深对这个概念的认识，而不可能要求他们立刻到社会中去到处"联系实际"，从而去发现什么新的矛盾法则。

对青年学生，首先是要求他们学会这些概念和原理，至于运用，则是以后的事情。当然也不是机械地把学用划分为两个阶段，但总不能要求他们学一点就马上用一点，我想相对地划分是可以的、必要的，学武艺和用武艺也可以分为两个阶段，《杨门女将》中的杨文广就是这样，武艺学得不错，穆桂英才"批准"他上战场。学习理论也可以这样。

在教学中，可以举各种各样的例子来启发学生（即所谓可以"联系"各种各样的"实际"去启发学生），比方用教师自己切身的经验，用学生自己的经验，用历史的经验或用当前的社会现象、自然现象等等，联系当前情况来举例，是一种比较好的方法。如过去小学生的课本是从人、手、足、刀、尺、山、水、田、狗、牛、羊开始的。恩格斯为了说明否定之否定这一定律，就是用众人皆知的麦子为例。当然，无论举什么为例，都要举得恰当，不然，效果就不好。如有的教师看见某个学生多打了一勺饭，就拿他作为"个人主义"的实例，这就会引起学生的反感，而基本知识当然也就学不进去了。

只把理论基本知识讲清楚，这样的理论教师会不会被指为教条主义呢？可能的，但大可以不管它。在两千年以前，有个"理论教员"，名叫孟子，他大概不是一个教条主义者（"尽信书不如无书"就是他说的，他是反教条主义的呢！）关于教与学的问题他说过这样的话："羿之教人射，必志于彀（拉弓），学者亦必志于彀""大匠教人，必以规矩，学者亦必以规矩。"好的老师教人射箭，首先是教人拉弓，学生学射箭，也首先在于学拉弓；了不起的工程师，开始教人的时候，一定教人怎样用规用矩，学习的人，也必须从用规用矩学起。可见从古以来，教与学，都应该重视基本训练，循序渐进，不能好高骛远。好比学绣花一样，首先得学会用针，然后再把这用针的本领去绣各种花卉翎毛，描龙绣凤。试问教师教人以基本知识，学生学习首先学基本知识，这有什么不对？这位"理论教员"又说："梓匠轮舆，能与人规矩，不能使人巧。"木匠师傅，可以把制造车轮的方法告诉他的徒弟，但没办法使他的徒弟灵巧。这用我们现在的语言来说，就是：我们教人家马列主义，也只能把基本理论、原理、观点、方法教给别人，至于如何运用这些东西，那主要是学生自己的事情了。

我看，孟子这位"理论教员"对教与学的观点是对的，那些认为只讲理论基本知识就会是教条主义的意见是不对的。

有人问，用整风精神来学理论，这提法是否正确？我想在这里可以不要这样提。整风是个好方法，是总结经验和自我学习马列主义的好方法，但这仅仅是学习马列主义的一种方法，而不是全部。而且对于有一定理论水平和实际工作经验的干部来说才易于见效，对青年学生来说，就不一定合适。曾经有人以为整风一定"四大"，仿佛整风就是大鸣大放、大字报、大辩论、检查思想等一连串的运动。这是一种误解。这些做法本身跟整风的"和风细雨""与人为善"的方法，没有什么共同之处，我们现在要恢复整风的名誉。但是，即使是好的整风经验也罢，在目前的学校里也不一定是适用的。这几年，一提起学习，人家就害怕，因为学习就是搞批评、检讨、写自传、作典型，搞得精神十分紧张。学习理论，不是看书，而是挨整，这怎么行？就算是在党校，这样的学习方法也得改变一下。何况同学们平时的学习任务已经很重，还要加上这许多额外的负担，为什么要这样呢？

理论问题的探讨，是很细致的事情，一张大字报怎能讲得清？看来大字报有点"不讲道理"，我就没见过有几张大字报是讲清道理的，简直不由分说。不仅学生怕，老师也怕，我们都怕。我讲话最怕别人乱记笔记，有时没头没脑地记上一句，这里谈不上什么"理论"问题，比如你只抓住这么一句，可以把我说成是"不要用整风方法"，说我"反对整风"。须知大学不同于党校，学生不同于干部。学生要学的东西很多，要帮助他们弄清基本知识已经是不容易的了。当然，有的学生为了深刻理解理论，可以联系思想，进行自我批判，但不能强求一律，不能老要别人作检讨。否则，学政治理论课就不能不是一件痛苦的事情了。

关于"二百"方针问题。我认为不要拿这个方针到处套。在政治理论的研究上、教学方法上，是应该贯彻"二百"方针的，但教学内容只能一条，我们讲的只能是正确的，即马克思列宁主义毛泽东思想，而不能是修正主义或其他什么。在研究工作上，对一些新的问题，教师可以发表自己不同的见解。在教学方法上可以多种多样，可以根据自己的经验、别人的经验、历史的经验等等，可以举这样的例子、那样的例子，可以先教这样，后教那样，可以这样教，可以那样教，但内容只能是马列主义的。正确的传授马列主义毛泽东思想是我们每一个理论教师的责任（这里，我们不排斥唯心主义的课程，但我们排斥把唯物主义讲成唯心主义或把唯心主义当唯物主义的课程来讲）。

第三，政治理论课教师的学习和修养问题。

政治理论课教师要学习。目前教师们要求学习，我完全同意。要学习经典著作，要学习毛泽东著作，要学习历史、文学知识，要死读书（要坚持），读死书（所有的书都是死的，哪有活的书？），读书死（读到老）。读书有两种压力，或者说两顶帽子：教条主义和脱离实际。这些压力是不对的，不要怕。可能有人会说你是"书呆子"呢，这也不要紧。既不开除，又不处分，也不降职，让他们说吧，反正书是读了，批评几句，戴戴帽子，没关系。我觉得，你埋头读书，学到了东西，人家讲几句闲话是正常的，不讲话才不正常。真正读书的人，不管别人说什么他也要读书的。难道要别人来拥护你，说你很好、很乖，你才去读书吗？现在和过去不同了，过去很不容易找到一本进步书籍，"夜半关门读禁书"，读进步书甚至是要给杀头的，可是现在根本不同了。谈到戴帽子，其实哪一行都有帽子可戴的，做实际工作的人有两顶：事务主义、经验主义。做领导工作的人有两顶：官僚主义、主观主义。反正是读书的有，不读书的也有，既然如此，那还有什么关系呢？这当然有点阿Q的味道，但真正的用意：读书是为了把书教好，读是为了用，为了工作，这样去读书就会问心无愧，心情愉快了。年轻时精力充沛，记忆力好，千万不要错过时间，不要等人家喊你"万岁"，给你半斤油才去读书，等你戴上个老花眼镜，记忆力衰退的时候，才想起要读书，那就有点懊悔了。

大家不能很好读书，我觉得问题不在于领导，而在于自己。但话也要分两头说，领导也要负些责任。如有的领导人，对读书有不正确的看法，认为读书就是脱离实际，不给人以读书的时间等等，我希望今后各级党委的领导同志，都要鼓励别人读书。不要因自己没时间读、不愿读而反对别人读，要开明一些，讲讲道理，给人家时间和条件，也不要给读书的人乱戴帽子。当然提醒他们一下"不要脱离实际"也是可以的，是善意的。总之，领导上要保证教师读书的时间。目前我们读书的环境很好，因此每个教师都要主动，认清读书是做好工作的事，不放过任何机会去读书。

读书的同时，大家还可以进行一些研究工作，从研究工作中提高自己。此外是进修、设讲座、听报告，还可以学点外文，要不断扩大和加深自己的知识。教师的主要工作是教课，教学相长，这与增长知识是一致的，要把教与学结合起来。也要做些思想工作，如和学生交交朋友，了解一下他们的生活、思想状况等，不能光教书不教人，有些实际工作也应做做，如参加劳动、调查研究等等。时事报告、方针政策问题的传达，可以由党委书记、宣传部门来做。理论教员不负此责。各级党委要明确，教师的主要任务是教学，不得已时不要动员他们去做别的事情，额外的工作应在不妨碍他们教学工作的情况下去做，要让他们有时间来充实自己，提高自己，把课教好。希望党委、教研组、教师在这个问题上都求得一致的看法。

"政治理论课教师是党委思想工作的助手"，能否这样提呢？我想可以这样提。但这一助手，不要把他们当作一般思想工作干部来看待。政治理论课是提高学生的政治思想水平和思想认识的，政治理论课教师如果不是党委思想工作的助手那又是什么呢？但是政治理论课是通过教学的途径来进行政治思想工作的，它和党委内一般作政治思想工作的干部的工作内容、工作方式有所不同。希望党委注意从这个角度去领导他们的工作，照顾他们工作的特点。当然，也不要因为不能把政治理论课教师当作一般思想工作干部来使用，就不重视他们、不关心他们的工作了。

第四，不是共产党员能否教政治理论课？

这个问题本来很简单，不是共产党员也可以教政治课。马列主义不仅是党员才能传授，不是党员，只要他肯努力，同样可以把课教好。马列主义不是什么人可以垄断的。不管是不是党员，只要学得好的人都可以传授。课讲得好不好，不取决于是否是党员。马克思的老师，肯定地说，他不是党员，甚至也不是什么马克思主义者。不可否认，党员对课程的学习理解和讲授，是有较好的条件的，但不能说有了一个党籍，课就一定讲得好。取得知识和传授知识的好方法，主要要靠自己，有许多东西不是靠党籍才能学到的。再者，高等学校不同于党校、干校，党校、干校的理论教员，则又当别论了。

（本文系 1962 年 2 月 26 日对广州高等学校全体政治课教师的讲话）

写作与立场
——读《法兰西内战》

平时看马克思、恩格斯的著作，总是把它作为学习马克思主义，从中吸取革命的道理，而不大注意到它的艺术光彩。虽然说，对这些个伟大的革命思想家的文学修养、艺术才能以及这些经典著作上所包含着的惊人的艺术才华，我是从不怀疑的。

最近花了点时间，把《法兰西内战》《路易·波拿巴的雾月十八日》《哥达纲领批判》《爱尔弗特纲领草案批判》等几本小册子重读了一遍，目的当然也是学习马克思主义，着眼点当然也在掌握这些著作的精神实质，不过除此之外，却使我想到了一些与写作有关的问题。

为什么写这个而不写那个？为什么写那个而不写这个呢？当在挑选写作题材的时候，作者的立场就开始表现出来了。

1871年3月18日，法国巴黎发生了一件震撼世界的大事：无产阶级在人类历史上第一次以革命的手段夺取政权，建立了"巴黎公社"。这个革命政权，持续了两个月零十天，到同年5月28日，才被盘踞在凡尔赛的资产阶级镇压下去。革命失败以后，工人阶级遭到了史无前例的屠杀和迫害。

对这件事，无产阶级的领导人马克思，给予多么大的关注！在5月30日，即公社最后的一批战士倒下去的第三天，马克思便向国际工人阶级的代表，公布了长达45000字的《法兰西内战》（《国际工人协会总委员会关于1871年法兰西内战的宣言》）。在这个小册子里，马克思阐述了巴黎公社的经过，指出了它的伟大意义和它的历史教训。他在结尾中，给这场革命和反革命的斗争作了一个深刻动人的评论："工人的巴黎及其公社将永远作为新社会的光辉先驱受人敬仰。它的英烈们永久铭记在工人阶级的伟大的心坎里。那些杀害它的刽子手们已经被钉在万年臭柱上，不论他们的牧师们怎样祷告也不能替他们解脱。"——这些发着闪光的言词，就跟巴黎公社的光辉业迹永远铭记在工人阶级的心坎里一样，深深地刻进每一个读过这本书的人的心窝里。

　　一切为无产阶级事业而奋斗的人，都把《法兰西内战》奉为经典。这本书出版的20年后，恩格斯还赞叹道："在这部著作中，用简短而有力的几笔把巴黎公社的历史意义阐述了出来，并且阐述得十分准确，更主要的是阐述得十分真实，以至后来所有关于这个问题的浩繁文献都是望尘莫及。"至于列宁（约在35年以后），他对这部著作的赞美，更是不惜笔墨，而且将它应用到俄国的革命实践中去。

　　但是，对于资产阶级的学者，这又是另一回事了。只要翻开从巴黎公社建立以来的，即90多年来的资产阶级的史学家所写的世界史，它们不是歪曲事实，对工人阶级肆意污蔑，就是故意贬低这次历史创举的伟大意义，有的根本不提起这件事情，好像巴黎的两个多月来的无产阶级的革命政权，资产阶级对工人阶级的反革命的惨绝人寰的大屠杀，在世界历史上根本不曾存在过似的！例如，在我国颇为流行的英国人韦尔斯（H.G.Wells）于1920年写的《世界史纲》，这本80余万字的洋洋巨著，却没有一个字提及巴黎公社。在这部书所附的《世界大事年表》中，于"1871年"项下，只有"巴黎降（一月）。普鲁士王为德意志皇帝，号曰威廉第一"等字，在巴黎曾经进行过一场革命和反革命的持续几个月之久的斗争，在这儿连一点影子也没有。而后来那些被称为"公允"的史书（例如美国人海思、穆恩、威兰三人合著的《世界通史》——1932年出版），最多也不过以成百万字中的几行，提及一下历史上有这么一回事。

　　现代修正主义者，这些出卖工人阶级的叛徒，他们不但把公社的历史教训和马克思、列宁的教导抛到九霄云外，而且把公社当时所颁布的旨在保护巴黎不受资产阶级野蛮虐杀的法令："以眼还眼，以牙还牙。"无耻地污蔑为是"帝国主义的独有手段""冒险主义和挑衅""臭名昭著的原则"。（见苏联《国际生活》1963年第1期）单从这一无耻污蔑中，我们就可以看到这些出卖阶级灵魂的人的卑鄙嘴脸！

不同的立场，对于各种具体事物，就有各种不同的态度。

国际工人阶级的领袖马克思，他对巴黎公社和创造公社的英雄们的热爱、歌颂，与对盘踞在凡尔赛的"国民议会"和法国资产阶级的憎恨、唾骂，恰恰是一个强烈的对照。

先看看马克思对工人阶级所统治下的新巴黎和资产阶级所占据的凡尔赛的描写吧：

"梯也尔（反动的国民议会的头子）的巴黎，并不是'贱民'的真正的巴黎，而是幽灵的巴黎，逃亡者的巴黎，闲逛男女的巴黎，富人的、资本家的、花花公子的、游手好闲者的巴黎，是目前麇集在凡尔赛、圣丹尼、留厄伊和圣茄曼的奴仆、骗子、文丐、荡妇的巴黎……

"公社奇迹般地改造了巴黎！第二帝国的那个荒淫无度的巴黎已经消失得无影无踪了。法国的京城不再是不列颠的大地主、美利坚的前奴隶主和暴发户、俄罗斯的前农奴主和瓦拉基型的封建贵族麇集的场所。在陈尸场内，一具尸首也没有了，夜间抢劫的事情不发生了，偷窃现象也几乎绝迹了。自从1884年2月以来，巴黎街道第一次变得平安无事，虽然街道上连一个警察也没有……荡妇也跟着自己的庇护者们，跟着那些保卫家庭、宗教和主要保卫财产的人一起逃走了，她们的位置又由真正的巴黎妇女代替，这些妇女和典型古代妇女一样英勇、高尚和奋不顾身。努力劳动、用心思索、艰苦奋斗、流血牺牲而又精神奋发地意识到自己的历史创造使命的巴黎，几乎忘记了站在它城墙外面的食人生番，满腔热情地一心致力于新社会的建设！……

"和巴黎这个新世界面对面相峙的是凡尔赛的旧世界。麇集在那里的是一切陈旧制度的残渣，即渴望撕食人民尸体的正统派和奥尔良派，以及甘做尾巴的陈腐共和派。他们以出席国民议会支持了奴隶主的叛乱；他们希望凭靠那个充当政府首脑的老丑的虚荣心，把议会制共和国保持下去；他们拙劣地模仿1789年，在热得比姆召开了幽灵会议。这个代表整个腐朽的法国的议会，只是靠路易·波拿巴的将军们的军刀，才维持住幽灵般的生命。巴黎全是真理；凡尔赛全是谎言……"

一个是"好得很"，另一个是"糟得很"；一方面是庄严的工作，一方面是荒淫与无耻；"巴黎就是真理，凡尔赛就是谎言"；"这里是战斗和创伤，那里是澡堂和筵席"。面对着资产阶级的喉舌、文丐对巴黎公社的造谣污蔑，马克思就是以如此鲜明的对照，以一把明晃晃的锐不可当的剑直刺敌人的胸膛。

马克思在《法兰西内战》中所使用的语言，就跟它那发亮的思想一样，每句话都打动读者的心坎。他对巴黎公社成立以后的阶级情况，作了极为正确、极为生动的分析，他把世界上最伟大、最荣耀、最崇高和最善良的词句，都给了巴黎公社和它的英雄们，把世界上最丑恶、最肮脏、最凶狠和最愚蠢的字眼，奉给凡尔赛议会和那些资产阶级的罪犯们。

他歌颂巴黎公社，说"英勇的三月十八日运动是把人类从阶级社会中永远解放出来的社会主义革命的曙光"！公社的领导人，虽然都是一些普通的工人，而且是在空前艰难的条件下工作着，但是他们"虚心诚恳而卓有成效"。他们是历史上最廉洁的政府，他们所得的最高额的报酬，"没有超过一个伦敦教育委员会办事员的薪金的最低额的五分之一"；他们有高尚的自我批评的美德，"它把自己的一切缺点都告诉民众"；巴黎公社的国民自卫军中央委员会委员和部分公社委员，"都是国际工人协会的最积极、最贤明和最刚毅的头脑……都是些完全忠实的、真诚的、聪明的、富于自我牺牲精神的、纯洁的和正面意义上的狂热的人物"。马克思不止在一个地方，赞美巴黎人民为保卫公社而战的不屈不挠的革命精神。他说："巴黎人民满腔热血地为公社牺牲生命，自古以来没有一次战斗有这么多人自我牺牲的。""巴黎的妇女在街垒里和刑场上都是视死如归的。""全巴黎人民（男人、妇女和儿童）在凡尔赛人进攻城内以后还战斗了整整一个星期的那种自我牺牲的英雄气概，反映出他们事业的伟大。"

相反地，对所谓"国防政府"——后来一变而为卖国政府、凡尔赛的头面人物，马克思一个个地翻出了他们的臭史：这个"共和国总统"的梯也尔，是一位钻营禄位的下流律师；国防政府首脑，特罗绪，是一个有名的投降将军；梯也尔政府的外交部长法夫尔，是个毫无廉耻的伪证制造犯；财政部长恩斯特·皮卡尔，是国家盗窃犯阿尔阿图的兄弟；在卖国政府统治期间的巴黎市长茹尔·费里，利用城内的饥荒贪污了大批钱财……所有这些个坏蛋，当巴黎在德国人进城后变成废墟的时候都领了"假释证"的，后来因为俾斯麦用得着他们，梯也尔才一下子变成政府首脑，其他的"假释犯"一个个都成了"部长"。马克思对这些人的丑恶历史，了解得如此之多，如此之透，而所掌握的材料又是如此之确凿不移，难怪在这些人被刻画得丑态毕露的同时，又引起了当时英、法资产阶级的普遍畏惧。

最有趣味的，是马克思对资产阶级的首脑人物梯也尔的描写。这个屠杀巴黎公社人民的刽子手，资产阶级政客的典型，占去了《宣言》5000多字的篇幅。马克思根据无可争辩的事实，以文艺的笔调，辛辣的讽刺，把这个政治舞台上的小丑，写得惟妙惟肖。

让我们欣赏一下马克思对这个当时在法国以至于整个欧洲享有"盛誉"达半个世纪之久，而一直为资产阶级史学家推崇备至的"政治家"的有趣的描述：

"梯也尔这个侏儒怪物……还在他成为国家要人以前，他作为一个历史学家就已经显出他的说谎才能了。他的社会活动编年史就是一部法国灾难史……

"这个矮子喜欢在欧洲面前挥舞拿破仑第一的宝剑，而在自己的历史著作中一味替拿破仑擦靴子。实际上，他的对外政策，从1840年的伦敦协定起到1871年的巴黎投降（按：指向德人俾斯麦投降）和目前这场国内战争止，始终是把法国引到极端屈辱的地步……

"虽然他有些随机应变的本事，虽然他的主张反复无常，但是他终生都墨守成规。不言而喻，现代社会中比较深刻的变动，始终是他所不能理解的秘密，他那副头脑全部都用来耍嘴皮了。所以甚至连社会表面发生的最明显的变化也不能领悟。例如，他不倦地把一切违反法国陈旧的保护关税制度的东西一概指斥为亵渎神明。他在当路易-菲力浦大臣时，曾经嘲骂铁路是"荒诞的怪物"，而当他是路易·波拿巴时代处于反对派的地位时，他把任何改革法国陈腐军事制度的企图都指斥为大逆不道。他在多年的政治生涯中，从来没有办一件哪怕是极微小的稍有实际益处的事情。梯也尔始终不渝的只是对财富的贪得无厌和对这些财富的创造者的憎恨。他第一次当路易-菲力浦的大臣时，穷得和约伯一样，到离职时已经成了百万富翁……

"梯也尔是一个在政府中玩弄诈骗勾当的专家，背信弃义和卖身变节的老手，精于议会党派斗争中的细小权术、阴谋诡计和卑鄙奸诈的巨匠；他一失势就不惜鼓吹革命，而一旦大权在握时则毫不踌躇地把革命浸入血泊；他只有阶级偏见而无思想，只有虚荣心而没有良心；他的私生活和他的社会生涯同样卑鄙龌龊，甚至在现在，当他扮演法兰西的苏拉（按：古罗马的专制者）一角时，还是情不自禁地用他那可笑的傲慢态度显示出他的行为的卑劣……"

谈到创作与立场的时候，毛泽东同志说："一切危害人民群众的黑暗势力必须暴露之，一切人民群众的革命斗争必须歌颂之。"立场坚定，爱憎分明，正是这部天才著作的示范性的特色。《法兰西内战》之所以伟大和不朽，和作者的炽热的阶级感情，对无产阶级事业的无比的热爱，是分不开的。为了写这部书，马克思作了极其充分的准备，极其艰巨的努力。从巴黎公社成立那一天起，反动势力及其走狗——"旧社会的狼、猪和恶狗"，就大肆诋毁它，攻击它，而一些"社会主义者"又对它袖手旁观，指手画脚。为了澄清这些混乱和给反动势力以针锋相对的、有力的回击，马克思在他得到公社成立的消息（3月19日）以后，立即开始搜集各方面的材料，作了许多报刊摘录和剪贴，仔细地研究公社的一切活动。将近一个月以后，他接受国际总委员会的委托，起草关于法兰西内战的宣言。马克思在动笔写《法兰西内战》时是带病工作的。从他的私人信件中，可以看到：他在5月10日就赶出了初稿，到5月中旬又重写了一遍，为了把它改成宣言的形式，写得简短、明了，后来又在这两个稿子的基础上从事第三次的删改，这就是在巴黎的最后一个抗击反革命的街垒陷落的第三天，在总委员会上宣读的《国际工人协会总委员会关于1871年法兰西内战的宣言》。马克思在40天中间，写出了三个稿子，共16万字左右。但是在这期间，除了找材料写文章之外，他还要参加会议，作工作报告，发表演说，会见各个有关方面的人物，以及给世界各地的国际工人协会的支部写了几百封关于公社的信。如果不是对工人阶级事业抱有满腔热情和高度的责任心，不是"情动于心而见于词"，要担负起这样惊人巨大的工作量，写出这样动人的辉煌的科学著作，是绝不可能的！

特别要注意的，作者的《法兰西内战》的写作，并不是站在一个旁观者的地位。巴黎公社革命发生的时候，马克思当时住在伦敦。但是从这部著作中我们看不出作者和革命发生的地方还隔着一个海峡。列宁说，马克思"对于这个在世界历史革命运动中表示前进一大步的大事变，是像一个参加者那样以重大的注意来观察它的"。又说，"在伦敦过着流亡生活的马克思，像群众斗争的一个参加者一样，对于这个斗争，他是以一切他所持有以热忱与感情予以反应的""好像军事行动是发生于伦敦城外一样"。列宁读《法兰西内战》的感受，最足以帮助我们理解创作与立场的关系。

事实上，《法兰西内战》发表以后，引起了极其强烈的反响。恩格斯说："在伦敦，有史以来还没有一件公诸于世的文献，像它这样引人倾注。"所有大型报纸就这个"值得注意的文件"发表社论、评论和读者来信，所有报刊都不得不一致承认"国际工人协会"是欧洲的一支巨大的力量，所有的报刊包括《宣言》的反对者也都不得不承认它的文笔高超。资产阶级对《宣言》当然表示坚决反对，据说当时有个英国神甫在伦敦的《每日新闻》上，抱怨《宣言》对梯也尔的伙伴们法夫尔等人的尖锐攻击，他希望判明这些指控的真伪，即使是通过由法国政府对国际总委员会起诉的办法也行。接着，马克思即在同一个报纸上声明说："作为宣言的作者，他本人愿意对这些指控负责。"马克思这一坚定的态度，使贼人更加寒心。因为他对法夫尔之流的尖锐攻击，是有充分根据的，如果让他出来答辩，他就会把不止是法国的，而且是英国的、欧洲的资产阶级国家的领导人的丑闻公诸于世！这就更加明显地说明，马克思已经不止是《法兰西内战宣言》的起草人，而且是欧洲工人阶级利益的辩护者，是伟大的巴黎公社的直接参加者了。

（原载 1966 年 4 月 5 日《羊城晚报》，署名丁点）

《羊城晚报》是怎样办起来的

　　《羊城晚报》不是全国解放后第一家晚报，上海的《新民晚报》就比它早。但是，作为一张大型对开的晚报，它恐怕是全国第一家了。

　　为什么会想起出一张晚报？这是当时广东省委第一书记陶铸的意思。1957年春，我是省委宣传部长，陶铸跟我讲："假如一座城市出两家报纸，都是相同的，时间相同，内容相同，连标题也一样，这是很大的重复浪费。"当时广州有两家日报，《南方日报》和《广州日报》，内容很多重复。陶铸便考虑是否改出一张日报，一张晚报。后来觉得，如果把《广州日报》停了也不好，广州市委也不肯，不如另出一张晚报吧。我们都明白，办一张这样的报纸，我们是没有经验的。但陶铸倒是胸有成竹，他对晚报的对象、目的甚至版面内容都有他的看法。他提出，办晚报不能同办党委机关报一样，大家的面孔都没有什么区别，晚报的对象就是广大的市民；办晚报的目的就是让大家在茶余饭后得到一种娱乐、一种消遣，增加一些知识。来一点琴棋书画，踢球歌唱，帮助人们消除一天的疲劳，总比打扑克好一些（当时也还没有提出"寓共产主义教育于谈天说地之中"，那是在晚报办了近两年，有了一些成功经验之后才概括出来的）。他又提到：晚报的形式要多种多样，品种要多，要文情并茂，不要太单调了。要多搞一些文化生活、文化教育方面的东西。在我的记忆里，那时省委及陶铸的意思，十分强调不要把晚报当作党报来办。

上述的意见，陶铸是一口气讲出来的，时间大约在1957年上半年。他是以征求意见的方式同我一起酝酿酝酿，我当时很表同意。但是哪儿来的人！没有人，便无法落实。于是，这件事就一直拖着。

8月间，《南方日报》党委向省委宣传部送来一份报告（"关于清理中内层"的），反映有三十几个人不适合在党报工作，要把他们调离南方日报社。我当过南方日报社长，这三十几位同志我都认得，比较了解他们。我考虑了这个报告，觉得不妥当。因为这些同志大都是有相当业务能力或经验的新闻工作者，调走了无疑是报社的缺失。我找当时的人事科长商量："是否可以改变这个决定？"但是没有成功。这件事使我感到极不愉快！此时，我很快想起陶铸办个晚报的打算，便向他建议，说明这三十几个人是有本事的，报社组织上认为有"问题"，不适宜在党报工作的决定必须再三考虑。再说，调到哪里去？当教师？到出版社？都不一定好。是不是让他们搞晚报？陶铸同志想了一下，断然地说："可以！"就这样决定了。晚报就以这三十几个人为基础，着手筹备。但是，三十几个人出一张报，只能解决它的编辑业务，其他如报纸的经营发行、印刷等，仍难解决。因此，省委就决定将它的经营业务依附于《南方日报》，行政事务、纸张采购、印刷发行等工作，统一由《南方日报》兼起来。为此，从《南方日报》调一位副社长李超当总编辑，由杨奇当副总编辑。这三十几条好汉专心致志地搞好采编业务，这批骨干的潜力得到了有力的发挥，这张新办的报纸显出了一番新的气象。所以，如果有人问我《羊城晚报》是由谁办起来的？我的回答是：《羊城晚报》是由几十个被认为"不适合"办报纸（党报）的人办起来的。这有点像开玩笑，但事实确实如此。现在这几十人，一个个都成了出色的新闻工作者，而且经由他们培养，带出了一代又一代的新人。我所以提起这件事，并不是想翻陈年老账，或者批评某些同志，说他们险些儿埋没了一批人才。因为在当时的情况下，干部部门作出如此决定，认为这些人不适宜于办"党报"，也许是有它的所谓依据的。我之所以提起这件事，只是想说明：我们党在制定知识分子政策的时候，应当谨慎和合理，不要"格杀勿论"：对于执行此类政策的同志，必须查明实况，如实反映，不要冤枉好人。陶铸同志对知识分子是信任的。他处理这件事，固然是看到这几十个人，相信这几十个人，让着几十个人发挥作用，体现了正确的知识分子政策，创办了一张在全国有相当大影响力的晚报，对祖国的文化事业作出了贡献。同时，他又看到知识分子的重大作用以及对他们所应采取的正确政策。这里体现出了陶铸同志的胆识魄力。假如不是他下决断，这几十位新闻工作者就要离开本行，本来很弱的新闻战线就会更弱，《羊城晚报》也不知要拖到哪一天才能面世！

人有了，领导班子确定了，办报目的明确了，便开始筹备出版。原来准备经过几个月筹备才能出版的，没料到省委决定将正式出版时间提前到10月1日。我们就急着赶，抢时间。幸而出得也很快。大概在9月20日左右就开始试版了。连试了一个多星期。试版的时候，我们抬出了省委的牌子，说这也是省委的报纸，无非是想引起整个南方日报社的重视。因为开始时一些同志还不太理解出晚报的意图，对出晚报还没后来那样注意，有点袖手旁观。只有排字房的同志加班加点，非常出力。后来说明办这张报纸是省委支持的，才彼此亲热起来。南方日报社长黄文俞同志还主动过来写了一篇小文章，作为"发刊词"。

晚报创刊了，怎么办下去？开始大家都不是很清楚的。我们算过一笔账：按当时的价格，只要发行6万份，就可以站住发行（《广州日报》其时正达此水平；8万份，就有得赚）。记得第一张晚报不是午后出版的，10月1日的早晨已经印出来了。9月30日晚上，我、李超、杨奇，我们三人熬夜到大天亮。报纸印出来，本来可以去休息了，但是报贩等在门口，黎明就开始批发，一卖卖到傍晚，5万！6万！7万！头一天就卖了8万份，比《广州日报》还多2万份。《羊城晚报》创刊第一天就证明它是有生命力的。我们估计，起码可以搞到十几万份。但是，我们得睡觉去了。

在实践中，总结晚报的经验，有些栏目办得很不错。如胡希明的《红船英烈传》，很多人说好。我也向他们提过一些建议，一个是副刊"晚会"，刘逸生负责，我向他建议，能不能搞点通俗化的东西，比如唐诗讲解，解释一下唐诗，很有必要。他接受了我的建议，在"晚会"里开了一个专栏："唐诗小札"，隔天一篇，很多人看，反应很强烈。那个时候，董必武在从化休养，他对我说："你们晚报那个'唐诗小札'写得真好。""唐诗小札"后来汇编成书，"文革"前发行三十几万册，近年重印，发行一百多万册，在海外也很受人欢迎。

"晚会"搞雅俗共赏，有一些知识性。再来一个栏目："陈医生手记"，联系群众面很广，有许多来信，有些公开答复，有些直接回信。这个不是什么新创造。香港报纸上就有，什么"百事通""通天晓"，什么都可以回答。自己回答不了，可以转到有关部门去，请教专家。

"花地"有长短篇小说、散文、杂文、诗歌。知名作家欧阳山、吴有恒、陈残云的小说，秦牧、杨石、林遐的散文（秦牧有篇《迁坟记》曾为毛泽东所赞赏），都很受欢迎。"花地"办得很不错。有个刊头还是我题写的呢。

报的体育栏是很出名的。我嫌它篇幅太小。广东人喜欢看踢足球，但球员的待遇却太低。一出戏，名演员上台，才几千人看。一场球，却有几万人看。所以应当重视体育，重视球员，应当登一些运动员的照片。但是，晚报当时还不敢，怕"个人崇拜"。我对他们讲，体育栏要做到提高、指导、鼓励体育运动的开展，要捧"球星"。1962年，广东足球队赢了上海队。上海队曾经连拿三次全国冠军，广东队赢了它，广州工人放鞭炮庆贺。那时候，恰恰《羊城晚报》说没有头条，我说怎么没有头条！广州市民放鞭炮，庆祝省队获胜，不就可以上头条！为这件事，"文化大革命"中把我整得要死。

《羊城晚报》还有一个成就，就是试探解决报纸如何进行批评的问题。报纸批评要不要？这是没有问题的。不过如何开展批评，这个问题一直没有解决好。有些报纸的批评，好像法院的传票和判决书一样；有些批评，是组织要处理的问题；报纸一批评，就要作检查。这对记者没有好处，真是"无冤之王"了。报纸如何批评？如何把握是非和分寸？是一个很值得探讨的问题。《羊城晚报》搞了个三言两语式的"五层楼下"，这是它的首创。"五层楼下"出来后，反响很好。有一次，广州市长朱光对我说："'五层楼下'批评一位干部开会迟到，还慢吞吞地大摇大摆走进去。还有一次，说是看电影，站了起来，把别人挡住了。这讲的就是我呀。我以后要改了。"我说："这很好呀，没有点名嘛。这种事可能很普遍，不一定指你。"这件事说明"五层楼下"人人都在看。后来我发现陶铸也天天看这一栏，他还给"五层楼下"提过具体意见。

《羊城晚报》，一个"晚会"，一个"花地"，一个"体育栏"，再一个"五层楼下"，办得都不错。说起来，开始办晚报，我们又是有把握，又是没把握。晚报实际上是吸取了国内报纸写文章的经验，吸收了香港报纸的一些经验，再加上自己的一点创新，考虑到读者的需要，把话讲得软一些，有点文采。

当年的感觉，《羊城晚报》一版的言论差了些，甚至没有什么言论。言论不一定要求长篇大论，小言论也好。可惜的是，连这一点点小的也没有！每天都是无话可说啊！复刊后的《羊城晚报》，给我的第一个印象，就是补足了这一点，一版的小言论，有些写得很不错。一版微音（许实）的文章，写得尖锐、生动，我很爱读，应当感谢他。他的文章，不但言论清新、文风潇洒，而且补救了自从晚报出版以来的言论不足，可说是挽狂澜于既倒，重新开辟了晚报的新时代。

　　"文化大革命"开始后，《羊城晚报》倒霉。账都算到了我的头上，说晚报是我一手创办的。这是误会。创办晚报是很多人的功劳。我作为创始人之一，曾经过问其事，如此而已。

1985 年 2 月 16 日于广州

卷三

长明斋散文

星海谈片

　　1939年春，《九一八大合唱》第一次在延安大礼堂（又叫党校大礼堂、组织部大礼堂）左侧的广场上演奏过后的第二天，我同马列学院的几位同学，到鲁迅艺术学院去看一位姓余的同乡。那时"鲁艺"还没有搬到桥儿沟，在延安城的北门外，我们大伙儿就在这儿碰的头。

　　我们几个人在一个小土坡上。谈得正浓，忽然走来了一个人，问道："同志们讲什么呀？"他面带笑容，手里拿着乐谱，说的是"广东官话"。我们很快就认出了：他就是冼星海老师。前些日子的《黄河大合唱》，昨天晚上的《九一八大合唱》的演出，都是他亲自指挥的。

　　这位大音乐家的到来，使我们很有些儿紧张。我们刚才谈论的，正是他昨晚的演出。我们的议论，他大概听到了。但是他像老朋友一样坐了下来，很自然地就成为我们中间的一员。

　　"昨天的晚会怎样？你们都听了，怎样？再谈谈吧！"他再三征询我们的意见，证明刚才的话题，他是听明白了。这时，大家有点儿害羞，尽管他说了多少遍"请批评！""请提意见！""请……"回答总是"很好！""很好！"

　　"比《黄河大合唱》呢？"他真会提问题。

　　"《黄河大合唱》我们都会唱，《九一八大合唱》只有一首《流民三千万》

唱过，其他的不熟悉。比起来，《黄河大合唱》要好些。"我们中间有人回答。

"嗯——"他望着我们笑笑，但他不一定同意。然后，他补充了一句："熟与不熟，很有关系。"

在这个时候，我向他提出一个问题："你对广东音乐的看法怎样？"这不单是出于好奇，想听听这样的人对这样问题的见解；我听说他正在埋头研究民族音乐。

"广东音乐吗？非常好！非常好！它的旋律极为优美！你听，——他做着手势哼了一段《汉宫秋》，一段《小桃红》，——它的节奏抑扬起伏，柔和平稳……它的'motive'都是这样的，——他用手在地上划了两条、又两条的密密的平行线——这是'简谱'，你们是看懂的。你们看，多么特别，它们很均匀，但是奏起来可快，可慢……这是很有特色、很幽美、很动听的音乐！在全中国，也是少有的！"他的答案好像早就准备好了，一下子他可以说得很多，而且语气十分肯定。

这位对西洋音乐深有造诣的作曲家的话，引起了我们极大的兴趣。我们差不多都是压抑着呼吸去听他的每一句赞美之词的。过了一会，忽然又触动了我的另一个疑问，就是我想起了他的《黄河大合唱》。

"你的《黄河大合唱》有没有受广东音乐的影响？"因为我觉得在《保卫黄河》中的"风在吼，马在叫"这两句，有点像《双声恨》中间的某一节……

"没有，完全没有。"他的反应都是很快的。

他发觉我们都爱唱歌，又发觉我们对他的作品十分爱好。因此他问我们最喜欢他的一些什么歌曲。

除了这个《黄河大合唱》以外，我们举出了《太行山上》《游击队歌》《到敌人后方去》《赞美新中国》以及《救国军歌》《青年进行曲》……

他听着，一个个地点了点头，接着，他说："一个人爱什么，和他的思想、环境很有关系，你们在根据地，在抗日前线，思想进步，你们就喜欢这些歌。可是在大后方，那里不让抗战，民众苦闷，有些青年人到今天还在唱《夜半歌声》啦……"等了一会，他又说："不管是青年人的思想苦闷，还是黑暗环境的关系，反正我并不喜欢这个歌。我在抗战以前谱这个曲子的时候，并没有花多少气力。新华公司的老板要，我只在一个晚上，吃了一大包花生米，就把这部电影的几支插曲写了出来。一共拿了老板的300块钱。我对这个歌——电影《夜半歌声》的主题曲，不大满意，现在听见人家唱，也不那么舒服。"

我们觉得很新奇。在几年前，我们都是挺喜欢唱这支歌的。无论如何，也不会想到作者对它有这么个看法。

"那么，你最喜欢自己的什么？"

"《拉犁歌》（电影《壮志凌云》的主题曲），还有《顶硬上》（《广东挑夫歌》）。会唱吗？"

他知道我们对这些作品都很熟悉之后，感到特别高兴。他说那首《拉犁歌》，是他亲自从河南郑州一带的农民中搜集得来的；那首《顶硬上》，是广州市天字码头一带的"苦力"唱的。他那孩子般的稚气，青年般的热情，边讲话、边唱、边做的神态，非常深刻地印进了我们的脑际。

直到现在，我依然记得他那一边哼、一边赞美这两首歌曲时的兴奋神态呢！

1950 年 10 月

读《唐诗小札》

我对从事通俗化工作的同志，向来抱有敬意。这不但是因为通俗化这一工作非常重要，而从事这一工作的人却很少；更重要的是，真正通俗化了的东西，它无论在知识方面或者品德方面，都能扎扎实实地给人以有益的帮助。我一直认为：真正通俗的东西，一定是普及行远，平易近人，面貌可亲的。一个好的通俗化的作品，固然表现出作者的正确的群众观点，同时也可以看到作者的辛勤苦学的历程。通俗化工作，并不是一件易事，所谓深入才能浅出，就在"深入"这一点上，也很值得人们敬佩。

逸生同志的《唐诗小札》，对一小部分唐诗作了通俗讲解，主要是帮助一下青年人认识旧体诗。这个目的，显然是达到了的。但是，当我们一篇篇地读下去，又觉得它像一篇篇美丽的散文诗（或诗的散文），使人沉浸于一种美的感受中。这也许就是通俗化作品的长处：把不懂的解懂了，使死了的句子活过来了，把模糊的弄清楚了，把曲折的搞顺畅了，把生硬的典故像钉子一样拔除了；使深不可测的变成一目了然了……这样的情况，总不能不给人增加一种快乐和美的感受吧。

一知半解，恐怕是人生中所不可避免的缺陷，因为从认识论的观点看来，每一个人都是从无知到有知，从知之不多到知之甚多。这是一个必然的过程。但是，如果有谁满足于这一知半解，甚而强不知以为知，这就会造成一生的不幸。这里恕我冒昧，试问我们（包括许多写作新旧体诗的诗人）对唐诗的知识，究有多少？是否懂得？恐怕还是若明若暗、似懂非懂的居多。因此，我又觉得逸生同志这本《唐诗小札》，除了许多青年学生和我这个一知半解的人以外，大概还会受到更多人的欢迎。

这本《唐诗小札》，集有唐诗50多首。全部唐诗，现存的有5万首上下，这里不过是其千分之一。但是就从这千分之一的一斑中，我们也大致上可以看到唐诗（或者说近代比较流行的唐诗）的格调和模样。当然，作者顺手拈来，在选材上可能会有偏颇的地方。不过这也无关要紧。因为在这样的集子里，不论是赋志感怀，抒情咏物，或是其他什么的，我想都可以拿来共赏。不能说只有选择进步的诗来解释，才有意义；而选择一些不大好或不好的诗来解释，就没有意义。问题在于以什么样的观点去解释这些诗，而不在于选择一些什么样的诗来解释，这是容易明白的。

讲解唐诗，不但要注意它的艺术形式，还要注意它的思想内容。注意它的艺术形式，未必是为了跟古人一个样儿去做诗。美的准则之一是形式和内容的和谐或统一，从这里看看古人怎样恰当地、巧妙地去表达自己的思想、感情，这确不失为我们"学一点文学"的很好的一课。注意它的思想内容，自然不是要人们去做李太白，为的是教人分清是非好歹；如果要学，也得要"择其善者而从之"。在这50多首诗的讲解中，无论在思想内容方面或艺术形式方面，都是注意到了的。有时候，尽管是一两句诗，它所表现的事物极其简单，讲解起来，也只好平直地从一个方面（思想或艺术）落笔，但我们仍然可以觉察得到作者对这一个正确的审美标准——思想内容和艺术形式的统一——的慎重态度。我们在评价这部通俗读物的时候，希望不要在有些地方谈到艺术性时，就以为作者丢掉思想性，在有些地方强调思想性时，就怀疑作者是否懂得艺术。把思想和艺术截然分开，时刻在计算着它们之间的比重，这样看问题的方法，本身就是不正确的。

为了讲清楚在一千多年以前的作者及其作品，现在的作者不能不作出各种各样的设想。如对人物、情感、境界等等，给以一种大胆的臆测和引申。然而这些设想，却颇饶风趣，引人入胜；虽然其中也难免有些牵强的地方，但言之成理，不失为一家之言。至于比起那些不肯或不屑去替广大读者"设想"一下的学问家来，这朵稀有的小花倒是值得赞许的了。

　　这个小集子，当然不能说什么缺点也没有了。比如，前面说及的有些解释未免牵强一些，个别论点不够准确；有些字句还嫌怪僻一些（为了它，有些读者恐怕还得要去查查辞典。这是通俗工作中所最不应有的）。不过瑕不掩瑜，总的来看，这个集子仍不失为一本好书。而且在我们这个社会里，有这么一个好处：通过批评和自我批评，集思广益，可以使一个人或一部作品不断进步。接受别人的批评，并加以改正，并不是一件什么不名誉的事情，更不会影响一个人的什么"学位"，而只会得到好处。所以我想，这本书出版以后，经过大家提些意见，陆续修改，它就会一次比一次更好。

1961 年 1 月

关于学一点文学

在我们的干部中，要提倡学一点文学。可是有人不同意："干吗？我又不要做文学家！"其实，正是因为大家不要做文学家，才更觉得这个问题提得好；如果大家都打算做个文学家，就根本用不着要求谁去学点什么文学了。问题正是在于我们的许多同志，还不懂得学一点文学的重要性，还不大愿意去学一点文学。

为什么要学一点文学呢？这里且不谈革命与文学的关系这样大的道理，也不去谈文学对于培养一个人的良好品德、陶冶人的性情方面的重大作用。同时，也用不着列举我们的革命导师如马克思、恩格斯、列宁以及我们的领袖毛泽东同志，他们对文学的浓厚兴趣和他们的许许多多著作中所显现出来的文学才华，而这些都是我们每一个革命工作者所应该引为楷模的。这里只就我们目前的工作需要来说，是否犯得着学一点文学呢？

回答是：非常必要。

谁都知道，革命工作是一项为人民服务的工作。但是，怎样才能为人民服务得好？要为人民服务得好，必先要认识社会，要了解人。认识社会，了解人，办法很多，深入群众，调查研究，和劳动人民同甘苦，无疑是最根本的办法；但文学，也是帮助我们认识社会和了解人的很好的工具。前者平日大家讲和做得都比较多，后者则往往不为人所注意。文学是一面镜子，它是社会生活的反映，是以艺术形象去描绘、刻画社会生活面貌和人的心灵的，通过它就可以看到一个个纷繁复杂的社会生活的图画，和一个个有血有肉的人。特别是对于过去时代的社会生活，我们固然可以从各种史册文献中去认识它，但通过阅读文学作品，也不失为一个极好的方法。一部《水浒》，可以使我们认识封建社会里封建统治者和农民的尖锐的阶级矛盾，了解农民英雄反抗封建统治者的英勇斗争。一部《红楼梦》，对于封建官僚地主阶级内部腐朽透顶的生活，以及其不可避免的没落崩溃，作了多么淋漓尽致的描绘。读了这些文学作品，透过活生生的艺术形象，可以加深我们对于封建社会的认识。而我们从阅读文学作品中所得到的感受，往往是读其他文章所无法得到的。恩格斯认为巴尔扎克的《人间喜剧》描绘了从1816年到1848年法国社会的全部历史；从这个历史里，甚至在经济的细节上（例如法国大革命后不动产和私有财产之重新分配），他学到的东西，比从当时所有专门历史学家、经济学家和统计学家的全部著作合拢起来所学到的还要多。可见从文学中去认识社会的重要。即使是描写当前实际生活的作品，由于我们不是对于任何方面的生活都了解，同时也由于文学作品采取集中和典型化的手法，具有形象思维的特点，所以阅读这些作品，对于我们认识当前的社会，也很有帮助。

至于了解人，道理同样如此。我们知道岳飞、秦桧；知道林冲、李逵；知道诸葛亮、张飞；知道贾宝玉、林黛玉；知道阿Q、孔乙己；知道高觉慧、陈白露；知道小二黑、李有才；知道杨白劳、喜儿；知道朱老忠、林道静……我们还知道了现代的很多英雄人物，如刘胡兰、董存瑞、黄继光、向秀丽……我们对这许许多多的"人物"之所以能够这样熟悉，在很大程度上，是从文学作品中来的。文学作品给我们描绘出各种各样的人，好的，坏的，这种类型的，那种类型的，从而可以帮助我们更深入地、更具体地去认识人，使我们能够更好地确定对待各种人的态度，处理与各种人的关系。所有这些，对于我们的革命工作，都将会产生直接或间接的作用，使我们能够把为人民服务的工作做得更好一些。

学一点文学，使自己增加一些文学知识，多懂一些写作技巧，对于总结工作经验，推广先进经验，都很有好处——虽然这不是学一点文学的重要目的。我们有时做了许多有意义的事情，看到了许多先进人物，遇到许多生动的事例，做了许多调查研究，想到许多重要的道理，但是写不出来。写了出来，也是干巴巴的，枯燥乏味，人家不要看，不爱看。所以，就是为了有助于把工作经验总结好，把工作报告写好，我们也无妨学一点文学了。

　　能够学得懂吗？能的。我们平常看电影，看戏，听广播，看连环图……都是和文学打交道。在我们这个社会里，谁都有欣赏文学作品的机会。事实上，我们的许多同志，都是具有文学的才能的。比如有些人作起报告来，有声有色，妙趣横生；有些人很会说说笑话，这其中就很有一些文学的意味。一般说来，我们的干部，只要乐意去学点文学，很容易就会培养出对文学的兴趣来。学一点文学并非一件了不起的难事。至于时间，当然得靠"挤"的办法，少做一些没有多大意思的事，挤出一些时间用来学点文学，这是划得来的；对于有一些同志，就不是"挤"，而是"理"，也就是使自己的时间安排得更科学一些，使工作更有条理一些，不要瞎忙，避免无效劳动，这样，时间自然就有了，因而要学点文学，也就绝不是不可办到的了。

1961 年 11 月

文风杂谈（相声）

甲：你来干啥？

乙：说相声呀。

甲：你知道什么叫相声？

乙：两个人互相讲话，像咱俩这样，就是说相声。

甲：只知其一，给你个两分半。

乙：不及格。还有其二吗？

甲：当然有。咱们俩在这儿又说又做，大伙儿在那儿又听又看，这才叫说相声。

乙：唔，又说又做，又听又看，才叫说相声。那，说相声的为啥不叫"做相声"？听相声的为啥不叫"看相声"？

甲：这没关系，唱戏的可以叫"做戏"，看戏的也可以叫"听戏"。都是一个样儿，随便叫都可以。

乙：高才，比我高明一点。

甲：哪里只一点，高明多了！

乙：我只知其一，你知其一又知其二；二比一不是多一点，是多少？

甲：我五分，你才两分半。

乙：这么个算法。

甲：可是，自从一千九百二十三年一月二十四日下午八点钟以后——

乙：怎么样？

甲：相声就改为木声了。

乙：什么声？

甲：木声！木头的木。

乙：为什么？

甲：因为从那个时候开始，咱们中国的上海，第一次有了广播电台。同时还有了什么收音机、录音机、电唱机、留声机、缝纫机、拖拉机……

乙：你扯到哪？

甲：我这人太"丰富"了，一下就超过计划。我说，自从有了广播电台、收音机以后，咱们说相声的，也改为播相声，那些听相声的，光用耳朵就行了。有的人干脆躺在床上闭着眼睛来听。不用看了。

乙：咱们也可以闭着眼睛来说。

甲：不用眼睛看的相声，"相"字去掉一个眉目传情的"目"字，剩下的就是一个木头的"木"字，所以就叫"木声"了。

乙：挺有学问的。

甲：可是呀，自从一千九百五十六年一月二十八日上午八点钟以后——

乙：又怎样？

甲：相声不但不要眼睛看，而且也不要耳朵听了。

乙：为什么？

甲：这个时候《人民日报》发表了中华人民共和国国务院《关于公布汉字简化方案的决议》，你还记得，第一批简化的字里面，不是把"相聲"的"聲"字的耳朵简掉了吗？

乙：有这么一回事。

甲：从此以后——

乙：从此以后，咱们就不说相声了。

甲：你可别悲观嘛。自从一千九百——（想）

乙：一千九百九十九年九十九月九十九日九十九点钟？

甲：别的地方可记不清了，在广州市是一千九百五十九年十月一日下午七点三十分，大概零一秒。

乙：那么准？

甲：咱们有了电视广播电台，电视机，哼！相声又活过来了。

乙：就是又恢复到又听又看的相声了？

甲：对呀，所以咱们还得要又说又做地说下去。

乙：说的什么？

甲：说说写文章。

乙：好大的题目！你是大文豪？

甲：过奖，我不过是中国古代文学研究院古典文学系的一位古典研究员。

乙：来头不小，你在什么时候进的学校？

甲：大概在公元前五百二十年左右。

乙：等一等，公元前五百多年，离现在——有那么两千四百多年，那时候你是什么东西？

甲：学生。

乙：恐怕你连"空气"也不是！

甲：我是说我的老师，孔夫子。他老人家在那时办的学校。

乙：这么讲，你是孔夫子的学生了？

甲：是呀。你听说过孔子有弟子三千吗？

乙：听说过。

甲：这三千个学生中就有我一个。

乙：啊，怪不得。

甲：你还听说过他的弟子三千中，只有贤人七十吗？

乙：有点印象。

甲：这七十个考试及格的人中，就有我一个。

乙：你的什么成绩最好？

甲：不瞒你说，就是文章作法。全部五分。

乙：您老师对写文章这玩意，有些什么宝贵的意见？

甲：有一天咱们大伙儿在那儿起草文件，他老人家忽然发起议论来。

乙：谁？

甲：孔夫子呀。他说写文章要有四个"之"。

乙：什么"之"？

甲："草创之，讨论之，修饰之，润色之。"

乙：你的记性不坏。

甲：那是我的同学子游、子夏说的。

乙：您为什么记不得？

甲：我那时忘记带笔记本。他们记得比较详细，什么"子曰、子曰"的一大本，我就借来参考了一下。

乙：原来这样。

甲：草创之，就是写文章要起个底稿。

乙：这个我知道。

甲：讨论之，就是把这草稿拿到会议上，审查，研究。

乙：写文章还要开会？

甲：这叫集体创作，让大家帮你改改。这是挺重要的，现在我们有些人总以为自己的文章好到不得了，了不得，不大愿意别人动他一个字。

乙：动了呢？

甲：动他一个字，就好像是挖他的祖坟一样，很不满意！这点，老夫子早就提防了，所以他——

乙：就要"讨论之"。

甲：对。修饰之呢，就是把那些多余的废话删掉，不够的意思加上去，做到清楚明白。

乙：增加可以，删掉可惜。

甲：有什么可惜。

乙：少拿稿费呀！

甲：写文章不是为了拿稿费的。现在文章的毛病就是太长。

乙：长又怎么样？

甲：浪费别人的生命。

乙：怎么讲？

甲：你的文章长而又长，人家一生出来就读，读到头发白了，读到死了，也还没有读完。

乙：那他的儿子接着去读。

甲：他在那里读呀读的，哪有工夫去找对象？没对象哪来的儿子？

乙：这——我倒没想到。

甲：我举个例子吧。从前有个李太白，

乙：大诗人。

甲：他有首《静夜思》，

乙：那是一首很有名的诗。

甲："床前明月光，疑是地上霜。举头望明月，低头思故乡。"

乙：诗不坏。

甲：这里只有二十个字，简练极了，动人极了。

乙：是呀。

甲：如果拿给我们现在作新诗的诗人去作呀？

乙：怎样？

甲：我学一学给你听："床前明月光，疑是地上霜"，就是：

　　在我的床面前，

　　　　是那明晃晃的月亮

　　　　　　所投射出来的

　　　　　　　　耀眼的光辉；

　　　　　　　　　　在我的主观的

　　　　　　　　　　　　认识里，

乙：你在讲哲学？

甲：却误会地认为：

　　这是我们伟大祖国的

　　　　严寒的大地上

　　　　　　所散布下来的

　　　　　　　　一层薄薄的

　　　　　　　　　　银白色的——霜！（喘气）

乙：这下面"举头望明月，低头思故乡"呢？

甲：我把那一个属于我的脑袋，

　　　向这个客观的存在——

　　　　也就是那个发射出耀眼光辉的月亮，

　　　　下意识地望了一下，

乙：还没完？

甲：然后，

　　又在这个望了一下的基础上，

　　　低下头来，

　　　　开动一下脑筋，

　　　　　于是，

乙：干吗？

甲：我忽然考虑到——

　　我的"故乡问题"。

乙：好家伙！文学、哲学、科学，样样齐全。

甲：除掉标点符号不算，一共一百五十一字！

乙：好长呵！

甲：如果我用"楼梯式"一级一级的两个字一行，就可以排它一百几十行。

乙：这倒不错。

甲：为什么不错？

乙：可以多拿稿费呀！

甲：你这个人呀，要稿费就不要李太白了！

乙：那么，什么叫"润色之"呢？

甲：润色之就是要使文章写得有点文采。

乙：什么？

甲：文采。

乙：什么叫文采？

甲：写文章要讲究修辞，语法词汇都要多彩多样，不要干巴巴的老是一副八
　　股腔调。

乙：这可难了。

甲：其实不难。咱们日常讲话，就很有一些文采的。

乙：讲话也有文采？

甲：一个人、一只鸡、一条狗、一张纸、一粒糖、一块布……你总不会说一
　　块人、一粒鸡、一张狗、一个纸、一只布……

乙：不会。

甲：抽烟、吃饭、喝茶、讲话、聊天，都是用嘴巴干的事，但讲法各有不同。你可不能说，抽饭、抽茶、抽话、抽天……对吧？

乙：对。

甲：话讲得恰当、贴切、流利，就算是有点文采。不恰当、不贴切、不流利，就是没有文采了。

乙：挺有学问的。可是——

甲：可是什么呀？

乙：我有一个办法，能够什么时候都有文采。

甲：呵？你是什么学校毕业的？

乙：你别管，反正我是向人家学来的。

甲：学了什么？

乙：搞、抓、闹、办。这个，万事都能行。

甲：你说说看。

乙：比如做好水利工作，我可以说搞水利，抓水利，闹水利，办水利。可以吧？

甲：可以。

乙：又比如生产，我可以说大搞生产，大抓生产，大闹生产，大办生产。可以吧？

甲：可以。

乙：又比如炼钢铁，我可以说大搞钢铁，大抓……

甲：得了，我说一件事，你可不一定行。

乙：试试看。

甲：在公元一千零七十五年的时候，

乙：又来了。

甲：有个大诗人叫王安石，

乙：有这么一个人。

甲：他做了一首诗。

乙：怎么说的？

甲：京口瓜洲一水间，钟山只隔数重山。春风又绿江南岸，明月何时照

　　我还?

乙：诗倒不错。

甲：这个"春风又绿江南岸"一句的一个"绿"字，听说王安石想了又想，想了又想，想了又想。（摇头晃脑）

乙：你干吗?

甲：我表示他想得久的意思。

乙：那想出来了没有?

甲：想出来了，最后才想出这个"绿"字。

乙：要这样麻烦?

甲：他开始想用个"到"字——叫春风又到江南岸，不好。改用个"过"字——叫春风又过江南岸。

乙：满意吧?

甲：不满意。后来又改为"入"字，叫春风又入江南岸；又不满意，后来又改为"满"字，春风又满江南岸。

乙：满意?

甲：不，不是告诉你，最后改成这个"绿"字吗? 从我的后学王安石这件事看来，文采可并不容易!

乙：他自讨苦吃，倒不如依我的。

甲：就是依你的搞、抓、闹、办呀?

乙：是呀，春风又搞江南岸，怎样?

甲：不通。

乙：春风又抓江南岸，

甲：不通。

乙：春风又办江南岸，

甲：更不通!

乙：春风又闹江南岸!

甲：嗯，春风又闹江南岸，倒很不错。

乙：我不是早跟你说，我的文采是很"伟大"的吗?

甲：什么?

乙：我的文采是很伟大、很丰富、很光荣、很坚决、很彻底、很……

甲：得了吧，别胡扯，我再考你一下：

乙：请吧。

甲：也是有个做诗的人，

乙：谁？

甲：他名叫贾岛。

乙：好像认得。

甲：他想描写一个和尚在月夜喊门，不知用什么字好，是"僧推月下门"好呢？还是"僧敲月下门"好呢？据说从公元八百三十多年一直考虑到公元一千九百六十一年，考虑了一千多年还未考虑好。

乙：今年还在考虑？

甲：你没看到《羊城晚报》还有人在讨论哪！

乙：好吧，还来看我的吧：
　　"僧搞月下门"。

甲：这和尚大概是个木匠，请问怎么个"搞"法？

乙：那就"僧抓月下门"。

甲：那和尚的指甲一定很长，跟老虎的爪子差不多。

乙："僧办月下门"。

甲：怎么个"办"法？只有你自己知道。

乙："僧闹月下门"。

甲：他是鲁智深呀？在那里演《醉打山门》？

乙：依你说，搞、抓、闹、办，都不灵了？

甲：是呀，你的伟大的、丰富的、光荣的、崇高的文采，坚决的、彻底的不行了呀！

乙：那就再也不要用搞、抓、闹、办啦？

甲：不，用还是要用，不过要用得适当，不要滥用和乱用。

乙：不滥用和乱用？

甲：用得适当，就有文采，"春风又闹江南岸"就挺不错，"僧闹月下门"，就很糟！

乙：挺有学问的。

甲：不但群众的生动活泼的语言像搞、抓、闹、办等要吸收应用，其他像我的老师孔夫子的语言，以至什么外国的语言、词汇，都应当吸收运用，当然，运用也一定要适当，别乱来。

乙：外国语也能行？

甲：能。坐的"沙发"，就是英文的sofa，喝的"咖啡""啤酒"，就是英文的coffee、beer，吃的沙丁鱼就是英文的sardine，其他什么坦克车、雪茄烟、芭蕾舞、维他命、幽默……唉吧，多着啦！

乙：你也认得几个洋字？

甲：不但我们要学外国的，外国也学我们的，苏联人叫"茶"作чай，英国人叫"茶"作tea，这个"爹"字就是福州和潮州一带人叫"茶"的声音。英语的wala-wala，就是从咱们的上海话哇啦哇啦来的，马来亚人叫茶壶作tehkowan，这是厦门话。……

乙：你好像到过外国，你什么时候到外国去的？

甲：也是跟我的老师孔夫子一道去的。

乙：孔夫子也到过外国？

甲：不止到过，而且周游列国，一去就去了十三年，他的七十个优秀的学生中，我的外国语学得最好，我常常替他老人家做翻译。

乙：那你什么时候回来的？

甲：大概到了公元前四百八十三年的时候，那时我的老师快七十岁了，他老人家到处游玩够了，说要回到山东去编书。

乙：编什么书？

甲：什么《诗》《书》《礼》《乐》《易经》《春秋》，这玩意，我可不习惯。

乙：那怎办？

甲：我干脆向他老人家打了个报告。

乙：怎样说？

甲：我说："亲爱的孔夫子："

乙：还兴这一套？

甲：刚从外国回来，这是外国的称呼法。"在您的教育下，我学到了很多东西，我永远不会忘记您老人家的教导，"

乙：好学生！

甲："但是……"

乙：转了。

甲："您老人家回去编书，学生我可不能奉陪了，我想回去找我的好
　　朋友——"

乙：找爱人？那应该。

甲：找你呀！

乙：找我干啥？

甲：我想回去找我的好朋友，到电视台去说相声。

乙：啊！

1961 年 12 月

我所知道的艾思奇同志

　　我知道艾思奇同志，是在"一二·九"学生运动时的《读书生活》上。那时我正追逐着他的成名之作——《大众哲学》。《大众哲学》是《读书生活》中的一个专栏，它在我们这一群初学社会科学的青年学生的心目中，具有非常高的威信；它讲的是人们日常生活中的事理，但通俗易懂，寓意深刻。记得其中讲到一个青年人，他可以是个"青年"，同时又可以是个"店员"，借以批驳那些认为青年就是青年，店员就是店员的形而上学观点，讲得清楚、明白，很有道理。

　　我对哲学感到兴趣，可以说，就是从这里开始的。我读完《大众哲学》，进而又读完他和郑易里合译的《新哲学大纲》，然后再进而涉猎世界的和中国的哲学史、思想史。虽然几十年来在哲学方面我还是一个小学生，但思奇同志对我的启发、引导，和在我那荒芜杂乱的思想园地上所播下的种子，使我永不能忘。

　　1939年底，我被从延安马列学院调到中央文委。文委的负责人是张闻天同志，艾思奇同志是秘书长，我是秘书，咱两人"一个领导，一个群众"，在蓝家坪的半山上住了两年。为什么要调我去同他在一起呢？这是我后来才知道的：就在我学习《大众哲学》的时候，因为有一两个问题，我并不同意他的意见，因而写信同他"商榷"。当时用的是我的原名，未料到在抽查我的历史档案中，给他发现了，他决定把我调到他身边。"记得你曾给我写过信吧？"谈起这件往事时，他笑眯眯地望着我，"你提的意见是对的。你大概已经注意到，后来出书，我已根据你的意见作了订正"。他那虚怀若谷的态度，使我非常感动！我想，怎么一个整天浸沉于思考与写作的哲学家，对一个无名小卒的一两点零星意见会这么重视呢？

艾思奇同志给我最深的印象，是他的勤奋。他自从调到延安之后，就要在抗大、陕公等校作讲演，在高级院校中教书，为此，他得亲自编写教材，作好备课工作。1940年《中国文化》创刊，他是主编，这刊物有他撰写长篇大论的《哲学提纲》。除此之外，他主持了当时的延安哲学研究会的报告会，并经常给大后方的进步刊物写批判托派的文章。他不得不夜以继日地工作，他的那张破旧的白布门帘，通宵闪映着摇曳的烛光。记得有一次，天刚亮，他拿了一大叠稿子（大约有一万几千字）对我说："昨晚到现在，我写了这一大堆，现在连我自己也看不清写了些什么了，请你帮我看一遍。"我知道他一夜未睡，答应为他当个校对。真的，在校阅过程中，我发现了好些地方由于精力不支而造成的笔误。例如，他把"工人"写成为"工人阶级"。说这个工厂"有三千个工人阶级在做工"……我看到这里，不觉哈哈大笑。等我把这些告诉他，他也不由得哈哈大笑！

思奇同志为人朴素、踏实，从不居功自傲。他夜以继日地工作，有时连饭也忘了吃（他是吃"中灶"的。打开他的饭盒子，常常会发现有两三个又冷又硬的馒头），但是他总是感到自己做得很少，好像对不起人似的。看他桌面上堆着的文稿，就算干它一辈子，恐怕也干不完的，可是他还是一件接一件地做去，除非他病倒了。

有一次，他同我谈到那本风行一时的《大众哲学》。他说："这本书之所以深受欢迎，不是由于我有什么特殊创造，我只不过把马克思主义哲学的基本原理，用比较通俗的形式表达出来罢了。""这本书在抗战前夕得以畅销，有其客观的原因：一个是当时党的统一战线的政治路线的正确；二是红军二万五千里长征和北上抗日行动的胜利；三是广大知识青年在抗日救亡运动中理论和实践上的需要。就是由于以上的几个原因，更激发起人们对新哲学（马克思主义哲学）、对'左倾'的东西的兴趣。不然的话，新哲学到我国近二十年来，为什么惟有此时才受人注意？因此，这本小书之所以受到读者欢迎，应当归功于党的政治路线，归功于伟大的长征战士，因为没有这些光辉的胜利，就不可能有抗日救亡的革命形势，没有抗日救亡的革命形势，就找不到这样多迫切需要革命理论的青年读者。"

思奇同志懂德文和日文，但他仍感到懂得太少，他很想学会俄文。他常常感喟于许多文章的引文，有些译文错漏，有些语意不明，尤其糟的是，一时"你引我，我引你"的，形成一种很坏的风气。"我们不可以提倡学一两种外国语么？"要使搞马列主义理论的人，都能看懂马恩列斯的原著。那时我也正在学俄语，他对我的学习，一直采取宽容、鼓励的态度，从没有在我学习的时间内，给我派出过公差。

思奇同志待人非常宽厚。所有同他有过交往的人，对他的为人都是没有二话的。他从不发脾气，即使是遇到不了解他的人向他要态度的时候，也是这样。有件事给我的印象颇深：有位搞哲学的同志，拿了他自己在延安哲学研究会上的"学术报告"，硬要思奇同志在《中国文化》上予以发表。那个所谓学术报告，说实在的，根本就不是什么理论文章。它要表达的是关于斯大林在《联共党史》中讲过的一句话——"事物是螺旋形发展的"——他为了讲清楚这一句话，曾在黑板上画了一个大田螺，他的这种"自己不知道还以为别人也不知道"的幼稚行为，早已引得哄堂大笑了。现在还硬要拿来发表，这自然是办不到的。可是这位同志不但缺乏自知之明，而且疾言厉色，想向艾思奇同志施加压力。思奇同志很耐心地劝慰他，并请他考虑是否另写一些别的文章？……事过几天，我们都为这咆哮如雷与心平气和的两种态度而感到诧异。可是，思奇同志也自有他的看法。他说："本来嘛，文章不被采用，用不着生气，多写几篇就是了。多写几篇，人家就有选择的余地。一篇文章被否定了就开口骂人，并不说明你的本领高强，相反，说明你没本事，因为你的本事就仅只此一篇了。""发脾气是一种主观主义的表现。因为它不了解事物的必然性。这位同志还没意识到自己的文章不好，却反过来怪别人瞧不起他。在我们看来，像他这样的文章，一无实践经验，二无新的观点，只抓住斯大林的一句很平常的话，牵强附会，随意引申，能够写出什么来呢？这是教条主义者的通病，我们既然了解这种必然，就用不着同他生气。"从此，我理解到他对发脾气的看法，这也可以算得是一点意外收获。

思奇同志喜爱文艺，对党的文艺工作起过好的作用。他是个哲学家，又是一个文学批评家。他常用"崇基"的笔名写些短小的文艺评论。文艺批评可以说是他的新哲学在文艺方面的应用，虽然这只不过是一种尝试。在这个思想领域里，他的笔尖有时显得十分锋利。他推崇鲁迅先生，1940年，上海的鲁迅纪念委员会老远地给他寄来一套《鲁迅全集》。他非常高兴，不管怎样忙，他也要挤出时间来阅读。他还把《鲁迅全集》转借给我，嘱我务必要把它读完（创作部分）。他的全部精力虽然都放在哲学上，但他十分注重当时文艺界的情况。他私下曾同我谈到过延安的许多新老作家的作品，如艾青、贺敬之、郭小川、鲁藜等人的作品，他都向我推举过。我还清楚记得，他对《白毛女》歌剧的估价，他认为这是"划时代的杰作"。1946年，我从中原前线回到延安，他叫我暂时住到清凉山（解放日报社地），同他住在一起。那时他同我谈得最多的，恐怕要数文艺方面的问题了。这时他花了相当多的时间去看文艺作品。

思奇同志十分喜爱诗歌和音乐，这大概是很少人知道的。闲下来的时候，他喜欢朗诵海涅的诗，歌德的诗，拜伦的诗……至于对音乐的爱好，他简直要使人大吃一惊！除了我国民间音乐如郿鄠、道情以及他的乡音云南民歌之外，他还非常喜欢外国的古典音乐。我永远不会忘记的是，在一个狂风暴雨的夜晚，在雷鸣闪电之中，他独个人放声高歌舒伯特的歌剧《魔王》！

思奇同志的趣味是多方面的，他的才能也是多方面的。为了研读哲学书籍，他不得不浏览许多自然科学、医学著作；为了钻研诸子百家的作品，他经常翻阅《说文解字》和《康熙字典》。他的哲学著作如《大众哲学》《思想方法论》等，每一次版本，他都认真作了修改。所谓精益求精，也真足以说明思奇同志的治学精神。

从外表上看，他似是一个一动不如一静的书生，其实他是一个内心生活十分丰富多彩的人。他多么期望能到我国名山大川、各处胜地去旅行啊！但是他所到过的地方却是很少很少，我每次到北京去看他，他都以教务羁身，不能前往为憾。他竟连广东也没有去过。我当然知道他是个遵守纪律的模范，他不会丢下工作不管，独自去游山玩水的。因此，我总是说："不要紧的，就等以后的机会吧！"但是，1966年春，噩耗忽然传来，思奇同志不幸遽然长逝了！他永远也不会有南来的机会了！

（原载《一个哲学家的道路——纪念艾思奇同志》一书）

想起陈克寒

　　我认得克寒同志比较迟，虽然在延安清凉山时期，偶然碰面，却也不大打招呼。常听人说，这人有点傲慢，不大好接近。何必呢，我们之间又没有什么工作关系，"多一事不如少一事"，所以彼此同住在一个山头上，也还不能说是"相识"的。

　　后来到了太行山，大概是1947年六七月间吧，他是新华社临时总社的副社长，我们这个前线记者团，从采访业务到组织工作，都是由他指派。这样，接触的机会也就稍为多起来了。然而我对他的印象，不但没有因此而有所改变，相反地，对他那孤高傲慢的态度，反而看得更为清晰。

　　记者团的同志，称呼克寒同志为"克寒公"。这个"公"字，并不含有尊敬的意味，它带有几分谐谑。由于他平时爱训人，爱批评人，甚至爱发脾气骂人，大家才送给他这个"雅号"的。

　　我不知克寒同志自己是否知道，他的"人缘"——与别人的关系很坏。记得有一次，记者团的同志们一起到前线司令部报到，在冀鲁豫的大平原上，大家高谈阔论，无所不谈的时候，不知是谁，把话题转到"克寒公"身上，一时你一言，我一语，不约而同地骂了起来。其势之猛，有如平原烈火，最使我惊奇的，是大家一下子可以举出他的如许之多的"罪状"，并且有人当场表示："再也不同陈克寒这样的人共事了！"这次爆发出来的不满情绪，可以说到了最高峰。当然，作为一个不知底细的人说来，对这样的领导人，我是不能不感到惊讶和失望的。

看来，克寒同志为人的缺点是明显的。但是，他的长处也是明显的。比如，他的政治敏感性和原则性较强，他不盲从附和，他认真负责的工作态度，他所具有的根据地的办报经验，等等，在这些方面，就没有听到过什么大不了的意见，毋宁说，大家对他是首肯的。

使我常常想起的，还有这几件事。

1947年12月的一天，我们在大别山，此时敌人正集结强大兵力，企图围歼我于鄂皖之间。在我们正作紧急分散行动的时候，忽然接到司令部的电话说："你们的领导人陈克寒同志来了！"这可使我们怔住了。他为什么要到这里来？在敌人狂轰滥炸的时候他来干啥？他是怎样到这里来的？为什么连招呼也不打一个？……总之，他的突然到来，并不使人高兴。

克寒同志是随同五师（改编为野战军十二纵队）南下的。他与十二纵队政治部宣传部许道琦同志在一起，就在当天的早晨到达并找到他属下的前线分社。他先找到分社的负责人李普同志，然后又派警卫员去找各前线记者。他没有料到这些记者们，在被召之前约一个小时就约定："我们不要见他！无论陈某约谁去谈话，谁也不要去。"

这又是一次"平原烈火"，结果，没有一个人去见他。

但是克寒同志到底不愧为一个老同志，他见大家都不照面，一定是对他有些什么意见，于是他改变了方式，来了个180度的转变，一个个地进行"家访"。这样，人见到了，话也谈了，而且显得颇有长者风度。在同我的谈话里，他提到我在南下这一期间的写作的优缺点，说明他对下面的工作是关心的；他又指出了今后的任务（我马上就得随十二纵队过平汉路西作战略展开），说明他对全局的情况是理解的；他还要我顺便替他谢过许道琦同志沿路对他的照顾，处处显得他的精细、能干，看来他并不懊丧。（至于他同别的同志是怎样谈的，结果如何，就不得而知，因为我们当天就匆匆分手了。）我到江汉地区以后，听说他回到中共中央中原局当了一段宣传部副部长，专管新闻，但未曾会面，只是传闻而已。

解放后，我虽然没有完全离开新华社，但同克寒同志却没有什么往来。50年代后期，我完全离开新华社，不久又听说他到了北京市委，也改了行，搞什么

"经济工作"去了。

大约是1964年夏天的一个晚上，克寒同志忽然到广州梅花村我的家里来看我。他的突然到来，真是出乎意料！那时我在中南局宣传部工作，我们既无工作关系，也无通讯往还，且趣味并不相投，谈些什么呢？但是话匣子打开，我发觉他的知识面很广，外表上他沉默寡言，其实有强烈的发表欲望，他东南西北，滔滔不绝，绝不像平时守口如瓶的样子。最使我意想不到的是：他忽然要介绍我看吴有恒同志的小说《山乡风云录》。他说："广东出了本好书，叫《山乡风云录》。很好！不知你看了没有？值得一看！"这很使我惭愧，因为身为宣传部长，不该连身边的好作品也没看。当然这部作品是否真的像他说的那样好，因我未看，不好遽下断语，同时也不能对他的推荐有所表态，但是他不是一个同文艺绝缘的，不是一个冷冰冰而毫无情趣的人物（如同我们常常批评他的一样），这是完全可以断言的。后来我很快便看完了这本书，觉得这确实是一本很吸引人的好书，证明他对文艺的看法，还是自有见地的。

"文革"暴乱后，大约是1973年的夏天吧，我同我的爱人到了一次北京。听说克寒同志在暴乱时被迫跳楼，跌坏了一条腿，他的爱人也已离开了人世。我们专程去看了他。这时，他显得更加消瘦，更加孤独了。同与别的朋友见面时一样，我们彼此都感到有点凄然，我也说不出什么安慰的话。

1977年的下半年，我调到国家出版管理局工作，秋冬间的一天，克寒同志给我转来乔木同志的信，是请我考虑一下是否可以让克寒同志回到出版局来工作的。乔木同志还当面告诉我，克寒同志有相当高的思想水平，身体不行了，看看稿子总是可以的。我当即表示同意，但是不能作出决定，还要经过国家出版局的党组。不料在党组会上我把问题提出来以后，大家几乎一致表示反对。于是，我只好把情况回复乔木同志。乔说，既然如此，只好作罢。他会再找克寒同志谈谈……

几天之后，我接到克寒同志的一个电话。大意是说：乔木同志已把你们的意见告诉我了。同志们不同意我回出版局，我无意见。我现在给你挂电话，也不是想要求你们让我回来。我只是想向你表明一下，过去我在工作中，自以为是，盛气凌人，与人相处得很不好，所以引起许多同志对我的不满，这些都只能怪我自己的不好。请你顺便告诉出版局的同志，说我诚恳地向大家表示歉意……

我听完他的近二十分钟的话，一直坐着发呆。我真不相信刚才克寒同志来的电话。这不是在作自我批评吗？我怎么也不能把话同人联系在一起。在我的印象中，他是一个"一贯正确"的人物，绝不会向谁认错的。现在我亲自听到的，却是一个心平气和、虚心自责的人，这真是判若两人啊！

克寒同志的电话，使我久不能忘，有时我想向人谈起，每每欲言又止。如果我对人说，陈克寒在向我作检讨——向他过去的一个属下作检讨。由于他给人留下的印象太深刻了，我想是没有人会相信的。但是我如果长期地不对人说及这一回事，岂不是把一个真心诚意、知过必改的老同志的革命精神和高贵品德，永远埋没掉了吗？本容许犯错误又容许改正错误的要求，本"不藏人善"的态度，我记下了这些，一来让我们不要忘记了克寒同志这位值得我们尊敬的革命老同志，二来让我们记得这位为无产阶级新闻事业而贡献了一生的光荣战士。

1986 年 2 月

这些照片可怎么办？

　　1947年冬，在湖北浠水以东一个叫洗马畈的地方，刘邓司令部摄影组的裴植同志，给我送来一包反映大军南下的照片。这是前线摄影记者经过千辛万苦拍摄下来的，非常珍贵。当时，刘邓野战大军执行中央由战略防御转为战略进攻的战略任务，跃进千里，所向披靡，经过新华社的电讯广播，已是中外皆知，声震遐迩。唯独是这一前所未有的伟大行动，却还没有通过具体图像，加以有力的宣扬，这些照片的获得，就尤其显得难能可贵了。

　　但是要把照片送发出去，事情并不容易。自从我军进入国民党统治区的大别山以后，蒋军调集了14个整编师33个旅的兵力，向我军尾追围堵，切断了我军与华北根据地的交通联系，我们正处于无后方作战的态势之中。交通被阻塞，空中运输没有，当然更没有什么无线电"传真"，新闻照片怎样递送得出去呢？

　　当时我们都很为此而焦急，无论行军、宿营都想起这一回事。因为它与新闻电讯不同，新闻电讯好歹在一两天内，就可以通过电台发到新华总社去，图片却没法做到。反之，随着时间的推移，它将一天天地失去它的"新闻价值"。

　　大约半个多月过去了。记得是到了同年的12月12日。我奉命随十二纵队回到平汉铁路以西的江（长）汉（水）地区作"战略展开"。这是一次非常急迫、非常迅速的行动。当天，我们前线分社的战友们，从分社社长李普到从总社刚到前线来的陈克寒，说不上几句话就匆匆分手了。我们纵队在敌机狂炸下往铁路靠近，入夜就进入江汉。为了防止敌人的袭击，我们一日一夜之间，连续走了两百华里，14日才入村找个地方休息。这时正好大雪纷飞，真可说是人疲马乏。我和衣而睡，直至天明。到第二天起来，在睡眼蒙眬中，我忽然发现这包珍贵的图片，还放在我的马口袋里。"糟了！他们没有把它带走！"原来在纷乱间，谁也记不起它的存在了。尽管我曾想起过，分社的同志随同司令部行动，恢复交通联系的可能性会快些。躺在我的口袋里，恐怕出去的日子更渺茫了。我觉得做了一件蠢事。

江汉部队的任务，一方面作战略展开，建立和扩大解放区；同时吸引、分散敌军主力。因此不停地行军、作战，且作出渡江之势，以迷惑敌人。今天一城，明天一镇，进城之后，一天半晚，随即撤离。自到江汉以来，约一个月左右，我们打下了京山、钟祥、随县、天门、潜江、沔阳、应山……等大小十多个县城，都是快打猛攻，打完就走的。

在如此迫促的时间里，我当然没法考虑到这些新闻照片的处理问题。我只好带着它从这个地区到那个地区，从这个县城到那个县城。这东西不重，压在心上可也不轻。

直到1948年的2月17日，农历年初七。我们的部队打开了距离武汉二三百里的安陆县城。这是个漂亮仗。下午五时半攻城，拂晓结束战斗，我们决定白天在城里歇息一天，傍晚撤出。

我同军区政治部的部分人员，在一个带有肃穆气氛的天主教堂内休息。限于军事纪律，我们对教堂的东西不能乱动，我们大都靠卧在长凳上。教堂内静寂无人，连一个神父或修女的影子也没有。但是，我在一张黑得发光的桌子上，见到整整齐齐地摆着一整套的西洋式的"文房四宝"——钢笔、墨水、信纸、信封以及一大叠的邮票，信封信纸上还印有安陆教堂的名字、地址等几行英文，那整齐的样子，仿佛有位主持人刚在这儿写过信似的。

我望着这些写有英文字的信封、信纸和流行的邮票，猛然一醒："我的照片！"我几乎要叫起来了。我想，中国邮政作为一种国家企业，是比较独立、比较有效率的，它会被当作一般邮件而递走；其次，我们今晨入城，今晚撤出，邮局的邮检虽严，也未必注意及此；再其次，也最要紧的，是教堂的英文信封，国民党军对外国人是恭之敬之唯恐不及的，他们怎敢去拆查？还有一点，不幸而被拆查出来的话，那又怎么样呢？这无非是新闻图片罢了。

于是我拿了一个大号的信封，把照片包得好好的，决定投邮。

但是，问题又来了。寄往哪里？寄给谁？

我记起了正在香港工作的林默涵同志。和平谈判时，我在南京梅园新村中共办事处时，知道他由重庆到了上海，和谈破裂，听说他由上海到了香港，在办党领导的报纸——《华商报》。于是我在信皮上用英文写上"MR.M.H.LIN，HWASHIANG PAO，HONG KONG"。中文只写上"林默涵先生"几个字，其他什么也没有写。在信内，我写了个条子，大意是说，这是刘邓大军跃进中原的照片，是前线摄影记者所摄，内容写在照片后面，收到后请速在报刊上发表，以广宣传。为了好让我知道是从我这儿寄出的，还请写上投寄者的名字。

把信封好，贴上加倍的邮票（我向人打听过一封平信的邮价），便到街上找邮局。也巧，就距教堂不远的地方，竖着一个大半个人高的邮筒，我小心翼翼地把信投了进去。"去吧！祝你一路平安！"这时大家正进晚餐，先头部队开始出城了。很难形容我这阵子的愉快心情，我觉得放下了一副"千斤担"，全身轻松了许多；我认为我做了一个新闻记者应做的事。我默祝它会被送到香港去转而远播全球。凭我对邮政这一公共企业的特点的认识，我是有信心的。凭着收信人的政治敏感，和他对编辑工作的丰富经验，只要它能安全到达（当时国民党统治区的交通情况很坏），我想一定会被处理得好的。

解放战争的胜利，来得比想象的快，全国解放了。1950年或1951年，我在北京见到默涵同志。当然，少不了要问起这回事。但是我刚一提问，他便说："怎么？你没有看到吗？我们都发表了！"这真叫我心花怒放！我告诉他，我们在前线怎么会看到香港的报刊？

他又说："我们收到这些照片，简直如获至宝！我当即告诉章汉夫，他也非常高兴！我那时在办《群众》（不是《华商报》），不过两个报都在一起。所以还是可以收到。这些照片，很引人注意，人们都不知道是怎么来的，我们还舍不得一次把它刊完呢。"

这番经过，使我感触很深。做个前线记者，写条消息，拍张照片……该是多少人努力的结果！

（注：这批照片刊载于1948年7月1日、8日出版的《群众》周刊总第75、76期，共10幅。）

卷四

长明斋通讯

二连纪事

一、手榴弹的故事

杜鹃已经啼过了，大洪山内依然蕴藏着一个可人的春天。红扑扑的映山红才开过，淡白色的野刺梅和金银花，又漫山遍野地散出幽香；清澈的小溪，从密林中弯弯曲曲地穿过来，淙淙地流着，好像哼着低沉的调子。

我们住在山谷的尽头，黑夜似乎来得很早，刚吃过晚饭，值星班长就吹哨子叫集合开会，会场就在溪边的一棵老槐树下的草地上。

很快，全连的人都到齐了，因为是军人大会，连炊事员都拿着旱烟袋坐拢来，谁的心里都猜得明白：又不知是哪个同志犯了错误，要开思想检讨会了。这几天指导员才讲了三次"三大纪律八项注意"，说要"检讨检讨"，而且连长独个儿坐在桌子跟前不作声，好像就要向谁生气的样子。

指导员宣布开会了，开始时他的声音很低。"今天开会讨论王大国的问题，前天他把三个炸弹都打光了，昨天检查武器时，他口头上承认了错误，但在思想上没有解决问题。我们特别拿来讨论一下。"

"同志们，这是对革命不负责，这样下去，就要成为无纪律状态，这样下去……"他的声音越来越高，忽然又滞住了，大概他记起了这是一个讨论会，不是点名的时候，光由他一个人说，大家还要讲话哩。

"让大家说说，看这个对不对！"连长讲话总是大声大气像喊口令一样。

一连几分钟都没有声音，桌子上刚点上的油灯吱吱喳喳地跳着，文书指着司务长说："油里掺了水啦，你这瞌睡虫！"司务长摇摇头，求他别作声。

"讲呀！讲呀！"指导员打破了沉寂，"朱有同，你不是有意见吗？"

这个被点名的朱有同，站了起来，谁都认得他是有名的"油桶"，走起路来总是咚咚当当地乱吹，不过他吹的还有些道理，听起来还有点趣味，所以大家还不觉得讨厌。可是他有个弱点，怕吃苦，大家批评他这是过去当警卫员当坏的："不向首长学好的，只学了些坏架子。"如果和王大国比起来，自然是差得多了，然而这回，"你老王又怎样？你犯了错误。"该是朱油桶吹牛皮的时候了。

"这是错误的。"油桶把结论放在前面。

"随便打炸弹是好要的吗？谁都跟你老王那样，打个球仗了！记得有那么一回，那是华北的事哩。我那时在连上当勤务兵和连长从同蒲路开到冀中，他是我们南方人，有一天，我们走到一个大鱼塘旁边，他高兴地说：'老子好久没吃到鱼了！这回搞它几个。小朱，把炸弹拿来。'我很快地把两个炸弹给他，我也知道是不好的，可是我也觉得有点好玩，他先扔了一个下水里去，'蓬！'的一声，水花里冒着白烟，但水面上么事也没得，光看见那炸弹的木柄子裂成两片，整整齐齐地浮出来。

"连长看着水面，很丧气，他又把第二颗炸弹的保险盖打开，把引线一拉，正要往塘里摔的时候，水面上忽地浮出了十几条白雪雪的大鱼来！连长高兴极了，他指着说：'小朱！你看！鱼呀！'也就在这一刹那，他的祖宗，他手上的炸弹'轰'的一声响了！

"就这样，连长牺牲了！我离他两丈多远，弹片正打着我的水壶……

"真是划不来，这是好要的吗？能够随便摔炸弹吗？"

油桶说完，得意地坐下来，他偷偷地瞄了一下坐在他右侧的王大国，看他感动不感动。

这个王大国呢，他不但不表示悔悟，而且用眼睛轻蔑地扫过油桶身上，好像说："你还差劲哩，你想说服我？"

这也是实在的，老王的资格老，1944年在陕北参加了九旅，经过南征，到过广东湖南，哪样的苦头没吃过，不是犯了几次错误，排长也当上了，还要叫你油桶来说教？而最使老王不同意的，他这次打炸弹，不是为了好玩，而是讨厌这几个铁锤子，特别是从山西补充来的和阎老西一样的炸弹，又大又重，每个足有一斤八两，走起路来老是和刺刀哧哧嚓嚓地磨嘴，休息时躺下去老是顶着腰干，他好几次就想摔掉它们了。有一次，偷偷地掉了一个在路上，卫生员当时就拾得交还他，他不好意思不收下。又一次，他在集合的时候，把两个炸弹藏在墙角下，抓了把稻草盖起来，谁知宣传队检查群众纪律，偏偏又查出来交给指导员，"谁丢东西了？"他只好红着脸接了回来。通许战斗，淮河战斗，几次都以为总可以摔给敌人了，可是敌人还未到跟前都垮了，用不着掷炸弹，"妈的，老子总有一天要丢掉你！"他简直有点恨它们啦。

前天轮到他上山打柴，翻了两架山，和他一道的只有一个新来的解放战士，他们没带枪，只背了子弹和炸弹去。"这是一个好机会了"，他想，"就这样白白地丢了它吗？不行，别人会拾回去的，干脆打掉它吧，反正山沟沟里连部是不会听到的，就算听到，他们知道搞个啥？"他犹豫了一会，又看到打下的那堆柴火大约有百把斤重，想到身上挂着这几个讨厌的铁锤子，"路远挑灯心呀，摔丢一些算一些"。他把炸弹拿出来，"轰！""轰！""轰！"掷完了。浓烟弥漫着树林，呛得老鸦到处乱窜。那解放战士也走过来了："老王，你搞么事呢？""搞么事？两个山羊跑掉啦！打不着它。"解放战士知道他的二杆子脾气，不敢多问，他们默默无言地回来，当天还好，第二天查武器时发觉了，指导员问得紧，老王只好承认了。

油桶说得完全不对头，好像打靶时脱了靶子一样，自然会引起老王的反感。

第二个发言的是杨彪，一班的副班长，湖北人，战斗英雄。说话慢慢腾腾的，而且爱扯得很远。

"我提个意见。"他说。"我同意指导员的话，武器是我们的生命，炸弹是很重要的。我的故事就开始——不过，我又不会说，噢，我还是说说。

"大前年的秋天，日本鬼子投了降，队伍从洪湖往北开，那时我们还不知到哪里去，有人说：'回到师部开胜利庆祝会。'有人说：'国民党下山了。''黑三天'来了，我们要长征了，又有人说到重庆去救毛主席，蒋介石不让他回延安……没得好久，我们就开进了这个大洪山，刚一进来，就在新寨子和'死游击队'打了一仗，敌人三百多把守着寨子，两边高山的碉堡，都围着鹿寨铁丝网，很险要。

"天黑了，我们班奉命占领最高的碉堡，在机枪的掩护下，我们逼近目标，十几个人都被打倒在鹿寨外头，只有我和小李（他现在四连）两个爬到了墙边，我们的机枪还在吼，敌人的三挺机枪也从枪眼里扫射。我和小李小心地躺在敌人的壕堑里，可是敌人发现了，一连串的炸弹往外扔，我很快跳过去紧靠墙根，臭火烟把人窒死了，眉毛也要给烧光，我的右脚中了一块弹皮，流着血。看看小李，他还是躺在壕里像条死皮蛇一样的动也不动，也挂彩了，我们带去的两筐子炸弹，横七竖八地倒在地上，在炮弹烧着的野火光里，我看着他，他看着我，等一回，大家都不打枪了。敌人以为我们被打退了，我们自己那边又以为我们都牺牲完了，阵地上静静的没有声音……"

这时杨副班长停了一下。这些久经战场的人默默无声，大家忽然都意识到这是夜晚，正如同那战斗中暂时沉静的夜晚一样，微风送来一阵阵金银花的幽香，但却带火药般的气味，那盏渺小的油灯吱吱喳喳地正像野火在燃烧，所不同的是老槐树上的几双鸦鹊在梦中吵嚷，大概是夜风摇动了它们的巢窝，使它们没有睡个安稳。

"快一点说下去！"连长喊了一声。

"等了一会儿，我听见营长叫把小炮和掷弹筒都带上来，他们要用炮来钓啦！我们也听见碉堡内的人吃干炒米的声音，当然他们也准备坚持，小李指着地上那堆炸弹，做了一个手势，我明白了，按着伤口爬过去，拿了五个炸弹再爬到墙边，周围找不到门，我向碉堡的枪眼瞄得准准的，一个、两个、三个……都扔进去了，敌人在里面打滚，我和小李在外面大声喊'缴枪！'营长他们这时才知道我们没有死，完成了任务……"

杨副班长说完之后，大家都松了一口气，这并不是他们怕营长会用炮弹打着了自己人，担心的是战斗不能解决又要拖到明天。

本来，对炸弹的认识，谁都知道的，近战、攻城、打坦克、固守阵地……哪一个不靠炸弹！连王大国也是了解这一点的，不过经杨副班长这样一再提起，大家不能不受感动，然而，老王他却又有另外的想法："你杨副班长英雄难道我就怕死？你知道用炸弹，难道我就不会用吗？"因此他虽然低着头，心里还是不大服气，鼻子里不时发出"哼！哼！"的不耐烦的声音。

现在，夜色已经不早了，长庚星眨了眨眼睛就不见了，萤火虫带着火点四出夜游，小溪长夜奔流，好像也显得疲倦了；桌子上的小油灯，老是吱喳吱喳地发出咒骂声，使司务长的心里怪痒痒的。

指导员提出来要大家耐烦点，要把一个同志的思想弄通是不容易的。连长大声宣布：明天可以不上早操。

二班班长刘德明要发言了，引得大家都很注意，这是老王的同乡，又是一齐参加部队的，南征北返，北返南征，两人都很要好，啥事情他都偏护老王，和别人抬扛时，他们都在一条战线上的。这回，刘班长居然要批评批评老王吗？

"我和老王——就是王大国同志关系很好，我给他提个意见。"刘班长这一说，指导员心里很赞美他："刘德明自从当了班长，进步很快，自由主义也克服了很多啦。"

"老王，你随便浪费了炸弹，你还记得吧？咱们南下，东渡了黄河，到柳林店宿营那些事。

"我和你在一个班里，外面刮着大风，窗外挂满了冰柱，那时饿坏了的狗子也怕得出门呵！老百姓自己躲在灶窝里让出了一个热炕给咱们睡。

"炕上啥东西也没有，墙上贴着纸花，地上有两个破筐子，那人家有个老太婆和两个小孩，我还记得那大的叫九儿，小的叫小七……

"咱们美美地睡了一夜，他们一家人整夜也没合眼，半夜里，我起来换哨时，看那婆婆把筐子拿去修补。

"早上起来，咱们什么也看不到了，那两个小孩，那婆婆也躲到那墙角里睡着了，真奇怪，这么冷的天，石头也被冻破的，孩子们往哪里去了呢？忙于要出发，不多问，可是临走时，我还是问了那婆婆一声，她懒懒地说：'出去了，天天这样……'

"集合出发时，我们过了柳林角，从街头的破庙转过来时，咱们看到一个小鬼在厅门边拾什么东西，接着庙里又出来了几个小鬼，一个个手上提着篮筐，寻着寻着，我一下子就认得就是那九儿和小七！我看着他们筐子内装着些破铁片，有的是从垃圾堆里拾来的，他们在这里寻找打破的铁香炉和破铁锅的碎片。

"'你们找这些干啥？小鬼！'我问他。

"'送给炸弹厂做炸弹嘛，儿童团一个人交5斤。'他们冷得嘴唇发紫，牙齿格格地响着。我听了他的话，真不知怎么个才好，老王，就是你——我还记得——把他们的手抓得不肯放，恨不得把他们捧到天上去！

"老王，你知道，一个炸弹，就是孩子们的一块块小铁片，你随随便便就浪费了多少孩子们的心血？多少娘儿们的心血？咱们的炸弹，辛辛苦苦地造下来，又辛辛苦苦地送到前方，你也见到过许多老年人给咱们送弹药的，比方说，王大叔，你的爹，就很替革命尽力的，而今你随便就浪费了，不拿去打敌人了？这比浪费了小米子还要罪过！老王，你该想一想！"

刘班长愈说愈激动，说到这里，就坐下去了。王大国把头垂得很低，缩做一团，看样子是要想钻到地底里上吧。指导员这时看了一下连长，连长会意地点了点头。

"同志们！会议就开到这里吧！时间也不早了。"指导员用低微得几乎听不到的声音说。

二、陈连长

让我来介绍一下吧，我们二连的连长！！这一个讲话像发口令一样的人。

他叫陈白华，但从没有人这样叫过他，我们称他"连长"，团营首长叫他二连长。他年纪不大，22岁，长长的脸孔上，两颗眼珠微微陷进去，下巴上有个疤痕，抗日时期给炮弹炸伤了的，他永远穿着一套灰军服（现在是黄绿色了），绑腿打得很整齐，有时也穿上一件大红色的衬衣，他总是把制服扣得紧紧的，只让他露出一线红领子来。皮挂包和"三保险"的带子，在他的前胸后背上打着两个交叉，迎面看来，好像一条双桨的渔船有节奏地向前摆动。

他最爱打仗了，这不仅是一种责任心和好胜心使然，简直成了他的一种嗜好。他常说："我每一次都要试验一下，怎样使用我这个连才最好。""枪声一响，那才是要把戏的日子哩！"真的，再没有连长那样了解和善于使用二连的了。

大家都喜欢连长，特别在打仗的时候，那洪亮的声音，和那冒着火光的眼珠子，带有一种强烈的传染力，使每个人的斗志和信心都增加了几倍。他是个顶干脆的人，不计较什么长短，谁有错过，有的他只骂了一句，之后，什么也没有了。为了这，他也埋怨过指导员："管那些闲事干什么呀？只要会打仗就行，其他可以马虎一点。""群众纪律呢？城市政策呢？都可以不管？"指导员总是这样顶他。等到他觉得无话可说了，他就喊道："反正我别的都不管，我只管打仗、吃饭。"

过阳历年的时候，旅部召开了一个整军会，政治部主任亲自主持，他报告要三整三查，发扬三大民主，整的方法是，由上而下，由下而上，干部要带头，要以身作则。连长发表意见说："穷的人都是好的，要好好整一下那些不是穷人出身的。"可是主任不同意，说："不对，谁都要整，哪一种成分，哪一级干部都要整，连部要营部负责，营部要团部负责。"连长不敢反对，表面上也表赞成，但心里还是很不高兴："整吧，你来整老子吧，咱一根头发也是革命过来的，时辰八字都在党手里！"

可是，话虽然是如此说，怎能不服从命令？各连的干部都准备反省了，团长还说自己过去有"军阀主义"和"左倾冒险主义"呢，于是，连长把指导员和文化教员都找来。

"指导员，你来提个意见，教员，你帮帮我记下来，详细点，不要潦草，潦草看不清，到时又说不出啦！"

"你讲，我记。"文化教员严肃地说。

"从历史说起，我是给人家看牛的，老粗，四年前当的兵，动机是什么？没啥动机，只是好玩。八路军到了确山，我入了伍，搞勤务员，两个天地呀，以前天天看那两条母牛，望它好好吃草，顶两个好'黄尖'。当兵以后，懂得了国民党，共产党，毛主席，三大纪律，八项注意。但我有个老毛病：想家。叫'家庭观念'好了，我家里有个老娘，荒年要讨饭，连我的一群小鸡子，我也想常回去看看它们。我不怕打仗，最怕的是队伍要开走，每次队伍开到洪河边，我就担心要开远了，不到一年，竹沟事变，开走啦！我一天没吃饭，很难过，唉！总之，这叫家乡观念，指导员，你看这样说法对不对？"

"可以。"指导员微微笑着，点了点头。

"过了两年，我被调到团部去当警卫员，20齐头的小伙子，一身蛮劲，脾气躁得很，爱骂人，爱打人，自然，也错打了一些穷人，这是严重的错误。爱漂亮，爱出风头，也常常跟团长顶嘴，我喜欢拿绿绸子打绑带，团长常骂我'打扮得像个球样样子，红红绿绿的跟婊子一样！'但他也喜欢我，说我有气力，有个死胆子。

"后来——我不说那一年了，记不清。我被调到教导营去学习，毕业出来，调到四十五团当班长，这部队都是襄西人，跟我们的五十八团都是河南人的总不同，好几回打仗都未打好，攻坚没攻上，我总是批评他们：'如果是我们的五十八团，早就打下了。'这样，大家对我也不很满意。不管生活、战斗、行军或搞个什么，我都觉得以前的比现在的好。真是奇怪！……"

"刘少奇同志说，这是部落主义思想。"文化教员低声插了一句。

"管他什么鸡巴'破落'思想？反正不久又习惯了，升了排长，这排长可不好当，三个班长搞不好要提意见，没有指导员帮忙，又没有事务长，啥事都要管，管不好，我爱发脾气，有一次，有个敌人不肯缴枪，还打伤了我的一个副班长，日他娘，我把他捉住了，打他半死，把什么俘虏政策都忘记了。"

"你还打骂过什么人吧？"指导员诚恳地说。

"这就是这次主任要咱们反省的军阀主义了。人是打过两个的，到二连来以后，你是知道的，我打过司务长——那个糊涂蛋，他在路上将桐油木梓油渗到菜里去，弄得大家又吐又泻，那天又有任务要出发，现在想来，打得还少呢！不是他穷出身，我还要揍他。还有，在许昌战斗时，三排长误了时间，我来不及打他，痛骂了他一顿……这些自然都是不很好的，不过，我觉得军阀主义有两种，一种是好的，一种是坏的，我那种军阀主义是对的。"

"对的？"

"当然是对的！为了革命工作才打人呀，难道我生下来就爱打骂人？我们革命队伍里不打好人，坏人还能不打？"

"不打不骂就没有办法吗？咱们政委当了几十年兵都没打过人。"指导员平时本不好这样多解说的，这回是整军，不能不认真点。

"当然，能够不打就更好——好吧，我承认这是军阀主义，不过这错误没有那真正的军阀主义大。"

"团部还说我们连里有其他的问题，我们一起来想想也好。"

"想什么？我二连三个月没有一个逃亡的，打刘家场，朱家畈，戴家河，去年的河口，洗马河，马坪……哪一次不是打得挺漂亮的，要他团部来竞个赛吧，看我们哪一回落后？他不给奖旗贺功我就有意见了，前天报上只表扬了我们八个战斗英雄，文章写得短短的，不够长，字又写得小，不够大，又不来个照相的，这些鸡巴新闻记者。"

"不是叫你想这个，余主任的意思，看各连有没有打埋伏，缴获不归公，即是本位主义，伙计，我看这我们是有的，在我，是完全承认了这点。我也准备自我批评一下。"指导员一句一句地说着。

"你真是肉头，我们缴了700元上交了550元，留下了百把块钱改善伙食，就是'打埋伏'是不是？前星期团部要调走我七班、五班的几个战士，那都是老兵，有两个还是好机枪手，他们要调，先调我去吧，这就叫'本位主义'，伙计，这样的'本位主义'我看愈多愈好！"连长说着站了起来，文化教员请求他说慢一些，不然就记不下来了。

"你真是个墨水罐，这些话还记它干啥？"连长连气带笑地说。

指导员和连长再三讨论、反省的结果，连长让了步，承认了"基本上的"错误，不过他还认为：这种情形营部和团部以及其他连队都有，如果一定说这是"坏的"本位主义，那就得来一个一起改正。他叫文化教员记上去："这个毛病是整个的，要大家在干部会上同时坦白改正。"

二连长的反省笔记，恰恰给旅部余主任看到了，这是政治处转上去的几份比较典型的材料。余主任看过后特地到团部来，找连长去谈了一次话。

"无论如何"，主任说，"军阀主义都是不好的。军阀是什么？就是蒋介石，还有什么好的蒋介石呢？军阀主义在我们部队里就是打骂主义，毛主席和朱德司令都再三嘱咐要拼死反对它，一个好的革命干部是不容坏的敌人侵入来的……"

我已经说过了，连长是个干脆的人，他弄不明白的事，就坚决反对，赞成的事，就要举起两个手的，主任的话，他都听进去了，而且觉得很同意。

"还有呢"，主任继续说："本位主义是整个的问题，这大概是对的，很多单位都有，他们都要检查，但是，我要你知道的，就是你们自己先要检讨。"停了一下，他又说："拿打仗说吧，敌人被围住了，上面下令要大家同时攻击，时间一到，你是否要等到别人先打，你然后再打呢？如果别人不打，你是否就不打呢？你一定会说：不能够的。好吧，那么现在，就请你自己先执行命令，向敌人开火——"

"知道了！主任，我的想法不对！"连长说。他觉得这些道理都是很浅的，不知为什么倒给主任说了出来，自己却想不透。他满意地回到连部来。

连里接连开了4天会，大大查整了一番，连长和指导员都在军人大会上检讨了。在连部的影响下，朱油桶他说，他背地里讲过首长的坏话15次，打仗时搜过两次俘虏的腰包，拿了两个打火机。王大国将他随便打炸弹的事作了详细的反省，又说出他晚上放哨时曾偷过老百姓种的红薯和玉米吃，犯了群众纪律。司务长说他保证大家每天真正吃到八钱油，以前做菜时，只在做好的菜上倒些油花来欺骗大家是不对的。

三、通讯员的遭遇

"七一""七七"过了以后，队伍出发了，从襄河北岸开到了南岸。我们住在返湾湖畔。

"这里什么都好，就是晚上蚊子不好，伸手一抓，一把多哩！"油桶在外边放哨，自言自语地说。等一回，他向门外正在做乌龟罩子的一个同志挑剔道："天气这样热，要把你闷死的！"

"闷死了总比咬死了好些。"那个说。

"告诉你，热狠了，要下雨的，早上我看到天上有个黑东西在湖那边拖下来，这叫龙上水，晚上一定要下大雨的，知道吧，小儿子。"

"牛皮！"这个被称为"小儿子"的回答。他是个才16岁的小伙子，是通许战斗解放过来的，在连上当通讯员也将近半年了，他长得又结实又漂亮，大家都喜欢摸摸他的脸，叫声"小儿子"！但他人小心不小，自从经过"诉苦运动"以后，打起仗来是很行的。连长为此特别给了他一支缴来的汤姆式。"拿着，小鬼，我知道你是穷人出身，会变成一个漂亮的射手的。"从此，他就是我们一个很好的同伴了。

吃罢中饭，正要睡午觉时，忽然任务来了。连长要他送个信给小河北边的供给部长，临行嘱咐他说："要在天黑以前赶回来，来回80多里，现在是12点半，1个钟头12里，连停留的时间走上7个钟头，你在7点半就得赶回来。"又说："这信是团长叫送的，他刚才到连部来，里面说的都是要紧事，可别丢了，知道吧？"

"知道！"通讯员把带子扎好，走了。

这个大热天，湖区的地方热起来连一点风儿也没有的，天上的太阳涨红了脸孔发狠地晒着，地面上冒着一阵阵蒸人的热气，树枝上的草蝉，拉长了嗓子"吱——吱——"地单调地叫着，喊得路上的行人的汗珠不停地往外流。

通讯员连奔带跑地赶着1小时12里的路程，他眼睛只看着那条一直往北的大堤，手里不歇地摇着那巴掌大的扇子，衣服全给酸汗湿透了。

过了小河，再走上20里，才到达目的地。原来这是供给部长的家。可是供给部长不在。到家属队玩去了，还有四五里路。"这些该死的家伙！"通讯员骂道，"我们在前面掩护你撤退，情况又紧，你倒好舒服！"

当他赶到供给部时，部长正在那里打"一百分"（一种扑克牌的娱乐），他生气地喊了一声，"报告！"部长接了信，匆匆地赶回去了，通讯员连晚饭也没吃就往回赶，在路上他私下埋怨着供给部长，不该使他多走了八九里的冤枉路。

过了河，黑云骤然愈积愈厚，使人几乎辨不出黑夜和黄昏。走到约莫离宿营地十余里的地方，突然，前面传来了一阵枪炮声。开始他还以为这是天上的雷声，细心一听，经验告诉他，前面已接上火了。从枪炮弹的密度上判断，他还知道敌人正在总攻。

平原的枪声，听得十分清楚，老百姓像发了疯一样往北逃，不久，枪声已渐渐地转到东北角去了，通讯员猜想："我们的部队一定往那里移了。"

"怎么办呢？"他踌躇了一回，决定还是再赶回北边去吧，反正队伍已经不在了。

这时，老天爷好像有意和"小儿子"开玩笑，哗哗啦啦地下起大雨来，霎时间，打雷的打雷，下雨的下雨，河流四处哇哇地嚎叫，沉闷的世界猛然怒吼起来了。他的雨伞不顶事，打得浑身泥水，连爬带滚地才赶到河边。可是，不幸的事情又发生了：浮桥被水冲走啦！

"日他娘！"通讯员站在河边发呆，他不生气，倒自己笑起来了，"这都是蒋介石捣的鬼！"

通讯员还没有吃晚饭，他肚子里咕碌咕碌地叫着，怪难受的，在雷电的闪光中，他清楚地看到那几块桥板在芦苇中漂浮着，他懊悔自己不会水，不然早就过去了，在无法可想的时候，他只得顺着河岸，踏着烂泥往东走，他想也许在那里可以找到队伍。

走上约四五里路，他看到岸边有个破茅屋，里面有条破船，是用两条板凳架起来的——大概船家计划将它修理一下——他决定在船底下休息一会再走。

疲乏，使他睡着了。

很难说通讯员究竟睡了多久，总之，他是被一阵嘈杂的声音所惊醒了的，他醒来摸了下那淤湿的衣裳，它正发着热气。雨是停了，天仍是黑得怕人，远处，公鸡开始鸣叫，黎明已是不远了。

他站起来，很快就看到河的那边，有一队人马，打着火把，浩浩荡荡地沿着堤岸走着，他清楚认得：为首的就是那位供给部长——他骑着马，后面跟着抬的、挑的一大群，都是那被服、鞋子之类的东西，还有孩子们喊着嚷着，有的还在唱《国际歌》……

"原来是你们！敌人如果在这里，打上两梭子机枪过去才好玩哩。"通讯员也和他们朝一个方向往东走，然而走上六七里，他们又往东北角拐走了，剩下他一个人在河这边。

他无目的地走着，肚子更饿得发慌，于是，他决定先找个地方歇下来，向老百姓要些吃的，等到天明以后再走。

他往南三四里，找到了一个村庄，随便找了一个屋子闯进去了，但是里面没有人，看样子，主人昨天才走了的，东西被翻乱得一塌糊涂！衬着黎明的曙色，他发现灶上有些未吃完的剩饭，吃过之后，就倒在那张破床上睡觉了。

事情总是这么凑巧的，他才合上两眼，忽然传来一阵起床的号音，接着哨子又吹响了，他蓦地站了起来，"糟啦！这是敌人的驻地！"要想跑出去，已经来不及了。戴着船形帽的小勤务兵正在外面排着洗脸水，屋外面都是敌人……

俗语说，船到桥头自会直，在这样的紧急关头，我们的小通讯员，想出办法来了。他把芦席子堵住门口，子弹上了膛。如果敌人进来呢，打死他一个抵一个，打死他两个赚一个。

这时候，很多问题都爬上他的心头上来了。

他首先想到被国民党抓出来的情景：他在地里做活，匪军硬要他"带路"，老娘哭哭啼啼地跟在后头，她在路口上向匪军下跪叩头，被踢倒了，自己被押走，强迫当了匪勤务兵。唉，这悲惨的一幕……

"国民党，欺负穷人，老百姓都跑光了，当官的享福，打骂人，当兵的都是抓来的，狗一样贱，受压迫，饿瘦了，拖死了，活该？打天下？为老蒋，为美国……

"共产党，官兵平等，为老百姓，穷人自己的队伍，讲民主，为翻身，革命队伍好，连长好，指导员好，排班长好，油桶也好，比起国民党来，一个天，一个地……"

等了一回，敌人没有来，而且形势也似乎好起来了，外面渐渐影稀人静，队伍像是到林外集合去了。

他机警地往外探视，啊哟！前面正慌慌张张地来了一个小勤务兵！"我不管你，看你进来敢怎么样。"他缩回到床上，用衣服将头蒙起来，装着睡觉。

那小家伙果然跟跄地闯进来，跑到床跟前，摇着通讯员的腿叫道："排长！排长！快吃饭去吧！队伍要出发啦，到处都没找着你！"

"滚！我——不吃！"

小家伙走了，他还以为排长喝醉了酒，又要发脾气了？通讯员自己大笑起来，同时急忙往村子的东头跑，敌军这时已往西面开回去了。

在村头他遇到一个老头子，正想问路，那老板慌忙答道："老总，那还有什么事呢？东西都给你们的弟兄搜去了，腌的十来个咸鸭蛋，竹竿上晾的两件破衣服，都拿走了！没得什么啦！没得……"

"老板，别怕，我是解放军（新四军）。"

"啊——你是新四军，基干队？"老板打量了他一番。然后又说："同志，进来，我还有两个火烧（烤麦馍），拿去吧，你们的队伍昨晚才从这里过去，现在离这里不过十四五里，你不急，慢慢地吃，我带你去。"

"谢谢你，老板，你指给我看，我自己会找去。"

通讯员感激地离开那老头，独个往东走去了。

当找到队伍的时候，连长的表是9点半钟。

通讯员见到连长他们，难过得想哭，好像一个失群的孩子，又找到她的母亲了。连长高兴地看着他："小杨，衣服还湿得厉害呀！快拿我的衣服换上，快！我知道你这个小家伙是好种！"

油桶拉他到一边，问道："小儿子，指导员说你立了功，你遇到什么奇怪的事吗？你要告诉我，好给你宣传宣传！"

通讯员没理他。

"我昨天不是说过吗？要下雨的，我是神仙，你信不信？"

通讯员发笑了，叫道："你不是神仙，是乌龟，王八才知道这个的！"

四、两个老王

一连几天都下着雨，路上滑油油的，背包愈走愈重，走起路来像扭秧歌，一个不小心"扑通"！就会掼成个泥牛样子——在这样的日子里，王大国和王德厚的关系更坏了。

王德厚骂道："去你妈的，你滚回北方去罢！南方没有你，革命也会成功的！"王大国气得发抖："好他妈的小子，不是为了革命，你摆酒席也请不到老子来！"在宿营的时候，连柴火也找不到烧的，这两个老王却在那里裂开嘴巴子吵架，怪谁呢？怪天公下雨下得太多吧。

王大国是北方人，他在第一次南下的时候，对南方就有很多意见了，但没有人和他作对，一切马马虎虎地就过去了，这回班上却有了个王厚德！——这个老王是湖北本地人，他在山西晋城吃了个把月小米子，吃得一肚子火，听说南下，欢喜得几天都睡不着，天天吹南方怎样怎样好，恰恰又遇到这个沿路说南方坏的北方人，于是，就好像一辆大车上的两个轮子，走起路来总是吱吱喳喳地互相倾轧。

起先，他们只不过比比谁的好。

"北方多好呀"，这个老王说，"不管吃什么，麦子、小米子、高粱、红薯、豆子、洋芋……也要比这个大米子好，面粉能做几十种好吃的，面条、蒸馍、大饼、油条、油饼、花卷、包子、饺子……啥都能行，比起这个大米来，哼！吃不饱，饿得快还不算，吃了还会肚子痛！……北方的路呢，多宽敞，人能走大车也能走呀，像这样小的鸡巴路，转个弯就转到水里去了！……北方好的还多着呢，拿老百姓待军队来说，当兵的只要在村子外头喊一声：'喂，有开水吗？'一下子男的女的、老的少的都抬了开水来，要把你淹死啦！在这个鬼南方，你喊去吧，口水也喊干了，啥也没人理，自己还累出一身汗，唉，做牲口也要做个北方的好，吃上一把干草要比一百把稻草强……"

那个老王说："一辈子也不要到北方，走他妈的几十里，看不到一条街，找到一家小铺，甜酒也买不到一碗，南方呢，你要买肉就肉，鱼就鱼，哪一家老百姓不吃上几个菜，栽秧割麦吃的东西，北方人要吃上一年，南方哪一个当兵的不发上几套衣服？北方好容易才买到一斤棉花，南方要山有山，要水有水，风雨有个准，北方刮起风来，满天黄沙，把眼睛也吹瞎了，老子少吃一碗饭，就要给它刮到天上去……"

比完了好的，就是比坏。这个老王说南方的人真笑话，吃的叫"巴巴"（馍馍），拉的也叫"巴巴"，女人好吃懒做，爱拉"皮绊"（轧姘头）。那个老王说北方人一年到头都不洗澡，一家人在一个炕上睡觉，不要脸！

他们的南北方是很简单的，一个是指湖北（他不说湖南，因为那个老王不是湖南人），一个是指山西的晋城。比较起来，油桶还是高明一些，他这个"南方"人，除了晋城以外，从前还到过一次冀中，所以他同意王德厚的意见说，北方不如南方好，但他补上一句：冀中的北方除外。本来他想连冀中也说不好的，由于他平常欺别人没有到过，把那里吹得特别好，只好承认北方有部分的好处了。至于一班的刘班长和一班的杨副班长，一个完全同意这个老王，另一个却完全同情那个老王，不过他们嘴里都没有说。

事情发展得愈来愈坏，大凡遇到疲劳，下雨天，伙食坏，这个老王就骂"南方"一顿，那个老王也必定起来反骂"北方"一番。他们两个人的名字，就无形中代表了"南方"和"北方"。

有一天，王大国从伙房打饭回来，滑倒了，饭菜翻到水田里，"妈的皮！这个鸡巴南方！"他索性把盘子往地上一摔，打破了，王德厚冷冷地说："盘子又不是炸弹，可以随便摔掉的，大家没吃的是小事，违反了群众纪律，有人会找谈话的。"

这个老王给这些带刺的话气得脸色发白，他尤其受不了别人提起他打炸弹的事情，于是，他捏住拳头骂道：

"好好好，好个鸡巴！谁再说南方好，老子揍他！"

那个老王也走了过来："好家伙，我还没有给人打过，蒋介石也欺负不了老子，就怕北方裤子？"

这好像一个遭遇战，双方都要开火了！如果不是油桶带着指导员和排长进来，战况就要"渐趋激烈"。

"到连部来！你们两个。"指导员的话，像瓢冷水，将屋子里迸发出来的火花熄灭了。两个老王静静地跟着他到了连部。

"你们是来革命的呢？还是来打架的呢？"指导员严厉地问道。

"……"

"你们都不赞成打倒蒋介石？"

"谁也没有反对。"

"你们都赞成毛主席吗？"

"不赞成毛主席还当兵？"

"你们都怕困难吗？"

"死也不怕，怕困难？"

"那么，北方，南方，还不是一样地打老蒋，一样地拥护毛主席？一样地为穷人革命？你们说，还有什么了不起的事？"

"……"

"回去吧，以后管你谁吵，有理的三扁担，无理的扁担三，都要受处分！"

两个人又静静地走了回去。

这次谈话以后，两个老王两天都不说话，油桶有时偷空从三班走过来，想做个"和事佬"。

"同志，你们都是不对的。"油桶温柔地说："分什么南北？毛主席在北方住了这样久，还能说北方不好？毛主席又是南方人呀，还能说南方坏？"他还举出过去很多首长都是南方人，长征到北方，对南方北方的看法都无所谓，而且保证说道"绝对"不是"吹牛皮"。

然而不久，两个老王渐渐地和解了。他们第一次和解的情形是这样的：有个晚上，班长派他两个人担任夜间的"复哨"，在夜深人静的时候，一支神香已经点去一半了，这个老王向那个老王要烟草，就这样，开始谈起来，这个说他小时如何受苦，那个说家里如何受欺负，"老王，咱都差不多是一样的呀。""是的，我们都一样的。"那个老王说。

过了几天，队伍开回了襄北，民主县政府开了个盛大的劳军大会。一头头的大肥猪，一桶桶的好烧酒，叠得像个小山头的白面馍，贫农团的老板挑着，提着，抬着送上会场，几十套锣鼓家具吹吹打打地跟在后头，多么热闹！

解放战士杨富益在那里看了半天，他想："老百姓对咱多好！在国民党那里一辈子也没见过，为人民革命，死了也是甘心的。"油桶高兴得到处做鬼脸，他挤到王大国跟前得意地问道：

"老王，南方好不好？"

"这情形我看得多了，第一次南下在大悟山与五师会合，就是这样的，没啥稀奇。"

"不，我问你南方好不好？"油桶愈加得意地追问着。

"慰劳咱的都是穷人，穷人都是好的。"

觉得话不投机，油桶又把脸转向王德厚。

"你说，我们南方怎样？"

"在晋城也有，你忘记那里的老百姓欢迎我们，比今天还热闹吗？伙计，到处的穷人都一样的！"

五、奇袭贾薛镇

劳军大会开过后，英雄庆功大会又开过了。二连和三连被派出去打游击。传达任务的时候，大家都不高兴，几个班长咕囔着：

"老子又算降了一级，不当主力当民兵！"

"去球！叫咱们反对游击习气，又叫咱们打游击，有了游击习气上级要负责！"

战斗英雄杨彪不服气问道："是不是我们不行，不让我们打大仗？"

指导员晚上点名时，针对大家的意见解释说："第一，我们初步整了军，让未整完的部队留着休整；第二，掩护地方工作开展；第三，解决财政困难；第四，上级看得起我们，说我们动作快，能完成任务；第五……"

这许多点数大家都记不清，反正又没有人再提什么意见了，只有油桶，在解散以后，还在那里吹着。

"这是完全正确的！"油桶说话的腔调，跟首长的腔调一模一样。"正规战必须要有游击战争的配合。"

"好牛皮！你就会说！"连长笑裂了嘴，夸奖他。

现在，已是夜晚了，上弦的月亮发出清光，被雨水湿润了的泥土发出一股新鲜的气味。世界并没有沉睡，它们都在注视着我们呢：树木在月光下变成了黑色的巨人，他们拉起手来，似乎要将我们围住，道路也显得崎岖不平了，好像专为夜行人设下了陷阱。

队伍往前开动，我们静悄悄地一个跟着一个走着。没有吵闹，只在跑步时，才可以听到一些低沉的脚步声，和刺刀与茶碗敲碰着有节拍的音响，在远处村子那边，间或传来一阵急迫的狗吠声。

这样的生活，大家都很习惯了，两个老王最会利用休息的时间，躲在一个角落里吸烟叶子，油桶最爱在这样漫漫的长夜里，编造他那永远说不完的故事。

湖区的夜色，有它的一番特别风味：萤火虫成群结队地在河流上游荡，星辉万点，挺像一条长长的银河；路旁两边的金银花，浓香阵阵，沁人心脾。这光景，最易使人产生童年的遐想。

走了70多里路，东方已经发白。但是，前面的情况不明，副营长决定：封锁消息，宿营。

上午八点钟左右，侦察员回来报告说："离此八里路的贾薛镇，住有两个保安中队和一个乡公所，百把人。"连长听到这个消息，跳起来说："好呀！吃豆腐去！"副营长一面调查周围敌人的情况，一面叫指导员通知各班，召开"诸葛亮会"。

吃罢早饭，各排班长、战斗英雄都来连部参加讨论了，关于怎样打的问题，最后一致同意奇袭，具体办法再由各班回去想。

大白天，队伍出发了。假如你的眼睛不大好，你就可以看到一小队"国军"从村子里走出来，原来那个嘴里含着纸烟，穿着美式军服，摇头晃脑的家伙，就是油桶，他化装当"班长"，连长装个"副官"，南方老王和杨富益都给"副官"当小兵，装扮起来，比前几天扭秧歌时像得多啦，只是连长感到有些别扭，他问小儿子说："你看，像不像国民党做官的？""走路要慢一些，架子要大一些，多说两句'混蛋'。"小儿子教导他说。

一小队"国军"在前头走，一大队解放军在后面跟，相距约莫三四里。

"国军"进到街的东头，碉堡内有人大声喝道：

"哪里的？"

"……"

"哪里的？哪部分？我们要开枪了！"碉堡内传出一阵慌乱的机枪声。

"五十二师！"这边答。

"砰！砰！"迎头打来了两枪。

但是，进街的队伍镇静地走着，油桶嘴里的烟卷吐着烟花，骂道：

"说是五十二师，你他妈也打？你们这些混蛋！"

"是国军，自己人，谁要乱开枪？"

"国军"叫骂着开到了碉堡面前，保安队也渐渐知道误会，赶紧出来迎接。

"好，我们在前方和奸匪拼，你们在后方捣乱，我们来运粮，你们又开枪打，这些混蛋！等一会旅部长官来了，才该你们倒霉！"新来的副官训了一番，又问："你们队长在哪里？"

"报告，下官就是……"中队长恭恭敬敬地鞠了一个躬。

"我是三三旅旅部的，队伍今天下午就从这里过，你们有多少人？先给我集合，快！我有话要说。"

"报告长官，西头还有个中队，镇公所在里头。"

"好，先把这里的集合，我讲完话再到那里去。"

保安队集合在土地庙内，两个"国军"守住门口，"副官"将中队长叫出来，通讯员很快就下了他的枪。

"不要怕！"副官低声说。"不杀你，好好地带我到镇公所。"

中队长吓得像个泥人，带着他们往街心走。

这时，后面掩蔽着的解放军已经跑步进来，将屋子里的敌人解决了。

当副官他们进入镇公所的时候，镇长正在那里计算军粮。

"这是……上面的长……长官。"中队长上气不接下气地说。"这就是镇长。"

"不说废话了！"连长和通讯员的枪都对着镇长。"你的全部人枪都交出来！"

"我的都交了。"中队长说。

"一切照办……照办。"镇长慌得发抖。

在缴镇公所的枪的同时，后续部队猛扑街的西头，那个中队又全被解决了。

"战斗"结束后，大家笑断了肠子，油桶走到镇公所的电话机旁边，拿起听筒叫道："喂！喂！你是哪里呀？南京县政府吗？汉口县政府？我是班长，给我的小儿子送来十斤腊肉，五双草鞋！"

"去你妈的！你这个假'班长'撤职了。"

通讯员打他。

胜利的消息，很快传遍了贾薛镇，人们又给这"奇迹"添上许多神话，有人说，喜鹊这几天叫得特别厉害，又有人说，那天观音庙三次出了一条签——叫"弄假成真"。下午，一长列的俘虏跟着我们离开贾薛镇了。

六、文化教员

也许你会问起我们连里的文化教员吧？这几天来他特别高兴，很久没有看见他这副笑眯眯的愉快脸孔了。

他姓张，叫天华，才23岁，暨南大学的学生，前年从重庆来参加部队的，刚来的时候，背着一个二十多斤重的七歪八扭的大包袱，里面包着衣服鞋子以外，还有一本"英汉字典"。从他的"自传"上看，钢笔字写得又清楚又整齐，连长对指导员说："这是一个好墨水罐呀。"

在连队里，真不容易找一个像他这样积极工作的人了。开什么会时，总看见他夹着红绿纸啦，领袖像啦，忙来忙去，平时上文化课教认字，改作文，教唱歌，编墙报，写门板报，以及俱乐部的一切活动，哪一件不是由他负责？特别是集合比赛唱歌，当别的部分喊起"二连，快快来！"的时候，天啊，没有文化教员来指挥的话，就简直要羞死人了！

真的，连部也认识到文化教员的好处，连长说他是个"好的小资产阶级"，指导员说他是"知识分子工农化"，每次到营部汇报都表扬他，有次营部的会计开了小差，营长调他去帮助算账，事实证明，果然做得不错，因此营部的人也很赞美和敬重他，批准他入了党。

可是不久以前，像一个泄了气的皮球，文化教员却忽然消极起来，他的情绪是一下子骤落的，大家都看得很明白。

很多事情，他不大爱做了，早上起床也起得晚，平常一个星期教上两个新歌子，现在两个星期也教不上一个。让战士们在那里老唱"东方红"，开会时标语也不写美术字，潦潦草草地写出来像个"鬼画符"，最奇怪的"七一"那天会餐，他饭也不吃睡觉去了。

"你简直是着了邪，给鬼迷住了心！"连长实在忍不住了。

"没有什么呀！连长。"文化教员冷冷地应付道。

连长和指导员猜了很久，还是个"丈二金刚，摸不着头脑"。

"一定是闹恋爱，想女人！"连长说。"我记起来了，前天晚上我见他和文工队的一个女的讲话，她也是个学生，有钱人出身的人就爱搞这个的……"

"两年长了，也许是想家？"指导员说。"他父亲在国民党那里做事情，不会有什么问题吧？"

文书是和教员住在一道的，有次偶然翻开了教员的日记，他看到上面的一首小诗：

过一天，算一天，

过了今天又明天，

> 明天过了又后天，
>
> 天天过了算一年，
>
> 年年过了算一生。

文书本来是个俏皮的家伙，在旁边又写上两句：

> 一生过了又怎样？
>
> 等于你娘没有生！

从此以后，教员又和文书绝了交，他骂文书为"不道德"，随便看人家的日记，不知怎的，他又知道了连长说他"闹恋爱"，说连长"侮辱"了他的"人格"，要"赔偿名誉"。

事情愈搞愈糟啦。

毛主席说，没有办法的时候，最好开个会，开会可以解决问题。这真是一个打不破、摔不烂的真理啊。

整军期间，政治处把所有的文化教员召集起来，开了三天三夜的会，旅政治部的余主任也参加了。这次会议完全打开了文化教员的闷葫芦。

下面，就是二连文化教员张天华同志的发言记录：

"前面几个同志的发言，也正说中了我。我承认，这完全是地位观念作的怪。

"我入伍两年了，一贯埋头工作，不问什么高下，我知道要替革命军队做事，所以也很积极。但地位观念却渐渐地爬到我心上来，在情况紧张的时候，还没有什么，平时就容易发作，就是在前些时候，我看到很多一齐从重庆来的同志，有的调去进党校，有的当了宣传股长，有的当了秘书，人比人气死人，我的心里觉得有些说不出的难过。

"有了这种不正确的思想，对工作就有各种不正确的看法，我觉得文化教员是部队里最低的'九品官'。从政治处算起，主任，政治教员，军事教员，宣传股长，宣传干事，连长，政指，文书，才轮到我这个'九品文官'，哪样的事情不做？哪样的人不可以使唤？我真难过！

"有一次在吴家店，上面召开了一个连级以上干部会，营长大声嚷着：连级以上的才去，不是连以上的勿来。当时我想我是哪一级呢？算了，还是睡觉去吧，心里又是说不出的难过。

"我在外面是学哲学的，为了当'教员'，才学会了教唱歌和写些美术字，可是连长有一回却硬要我画一幅'二连攻打许昌城'，怎样画得出来呢？这还不要紧，要紧的是觉得他有意和我这个不值钱的干部开玩笑。

"我曾经私自发誓，再也不搞这个工作了，因为人家愈说我的工作好，我就愈痛苦，愈觉得说不出的难过。

"我什么时候想过，当文化教员是起最好的'桥梁'作用呢？是革命知识分子的最合理最神圣的使命呢？是最直接最恰当的工作呢？就算我以前的工作，也只有一个含糊的认识，单凭一时的热情，不是昨天余主任的指示，我还未知道有这样深。

"毛主席文艺座谈会报告我看过，刘少奇同志很多文章我看过，都受感动，都很赞成，地位观念一来，什么都忘记了，前面同志的发言，提到战士们、指挥员们对我们的爱护，我特别体验到这一点，现在回想起来，他们什么都是可爱的，例子我不想在这里多举了。

"总之，现在我觉得很愉快……"

（后面是文化教员的"今后工作学习计划"，记录上的字迹实在太模糊了，不好整理，故从略）

会议过后，文化教员的工作和从前一样积极，连长还是叫他"好墨水罐"。文书提出他可以通过党员候补期，小组上也通过了。

现在，大家都可以看到我们的文化教员，夹着红绿纸，拿着领袖像，整天东奔西跑地忙碌着了。

七、龙王村抗击战

接连5天急行军，部队全都出发了，大的战斗就在前面。

我们顺着涓水连夜开到龙王村，担负抗击敌人的任务。敌人是蒋军第七师，是一个比较顽强的主力部队，我们和一连就要固守龙王村一线，阻住敌人前进。

当夜，在村庄前面三四里路的阵地上，我们赶筑成各式各样的坚固工事，好好地伪装起来，一排在左边的小坟堆上，二排在右边的小山头上，三排和连部紧靠着偏右边的阵地后面。

上午8时，东方才现出红霞，敌人气势汹汹地赶来了，至少有一个团的兵力，沿大路迎面开过来。

开头，敌人以排炮猛击一排扼守的小坟堆。一阵轰隆隆的炮声，掀开了这场恶战的序幕。但是大家沉着地等待着，当六百多敌人冒失地进入我火力交织网时，工事里突然发出了密集的枪声，敌人应声倒下了几十个，杨彪、刘德明两个班的机枪手打得特别准，打得敌人慌张乱窜，碰了钉子以后的敌人，又转向三排进攻，同样地被打了下来。

不到十分钟，飞机来了，敌人又以排炮向我左右阵地上轰击，炮落点冒出一朵朵的白焰，泥土和烟灰升起成一条一条的烟柱，四架敌机就在这些浓烟中低飞投弹扫射，敌人在飞机大炮的掩护下，运动过来一个连，在前面八百米突的墓地上挖掘工事，连长当即命令一排长带两个班伸前去猛烈射击，三排也同时向立足未定的敌人乱射一阵，又改用班排分组前进，连长喊道："注意！同志们，准备好打！"愚蠢的敌人仍是那样愚蠢地爬到我们的射界以内，我们的机关枪便毫不容情地扫过去，敌人被打翻了很多，其余的溃退下去了。战士们从工事里探出头来，笑声溢出里外。

"还有没有呀？老子再送你一颗子弹！我的立功计划还差一个人。"油桶擦着汗，歪着头，得意地问道。

"同志们注意目标，飞机下蛋来了！"连长的眼珠子冒着光，狠狠地盯住敌人。

"你这些飞机有什么神气，能把老子俘虏了去？"油桶向天空骂了一句，又钻到工事里去。

片刻的沉静过去了，敌人又组织了更强大的进攻，飞机增加到九架，排炮打得更凶猛了，在这种强烈炮火的掩护下，敌人的一个营冲到近前的墓地里，有一个排掩护着一个班，直冲到一排的坟堆两个地堡跟前，后续部队直向坟堆推进，指导员很快地带着二排靠到一排这边来，王大国的手快，一连扔了五十几个手榴弹，刘班长一枪一个地打倒了八个敌人，一阵密集的机关枪、手榴弹把敌人打乱了，他们纷纷地往高粱地里乱窜，那些蠢家伙，高粱秆子能挡得住子弹吗？这时我们的炮兵，也对准敌人发射，把后退的敌人打得血肉横飞，有两个尸首被从地里炸到田基外头，大路上的一辆弹药车，被击中了，两个车轮子飞得丈把高，敌人这里的机枪，反着身子伸着两个腿架静静地躺在阵地面前，三班两个战士爬出来，把它们拾了回去。

正午，攻击暂时间歇了。

飞机仍然不停地在空中轧轧作响，他们不时歪着身子，往我们的阵地上扫射，虽在这澄明的白昼里，仍可以看到一丝一丝的金光像雨点般地射下来，敌人的迫击炮，轮流十秒钟一次地轰着，炮弹都落在村前的水塘里和村边上，塘边的柳树枝被打得哗啦啦地丢下来，村子里的麦草堆都烧着了，有的已烧成一堆黑灰，有的正在冒着浓烟，田野里青绿色的棉苗，也被炮弹烧成焦黄，村中的女人和孩子们缩在充塞着火药气味的墙角边，向蒋军发出喃喃的咒骂。

午后，敌人组织了第六次进攻，重点转到三排阵地的前沿，另外以一个连预伏在北面的低洼地里，企图乘机夺取一排的大地堡，正面则以两个连进攻，连长叫二排长带着五班战士迎头把敌人冲出七十米以外，与敌反复冲锋三次，几十个敌人被打倒在血泊里了，这时，在树林里出来一个穿着黄咔叽衣服的指挥官，他摇着红旗，调动部队，工事里的王德厚瞄准了一枪就把他打倒了，其余的就慌乱地往后挤着逃跑。

埋伏在低洼地里的敌人，猛扑至一排跟前二十米处，一个排快到大堡前部，排长和机枪手们不停地从堡内射击，将敌人射倒了十几个，一班正副班长带了几个人从南面堵击，二班长刘德明带了四个战士卧在堡前发射，王大国赤着上身，拼命地扔炸弹，杨富益拿着那枝熟练的汤姆式打倒了十几个敌人。敌人只剩下三个跑回去。

这几场恶战以后，我们也有几十个伤亡。连长负伤了，油桶给炮弹炸坏了腿，卫生员和文化教员帮着大夫把伤员都送到龙王村去，王大国在出击时，手上背上腿上都挂了彩，不能动，王德厚前来背他。

"谁呀？"王大国问。

"是我，王德厚。"

"别管我，快去准备，敌人还要进攻的！"

"背你回去再说。"

"快准备去，我不要你背——你一定要背吗？我要骂你了。"

"你骂我也要背你回去。"

王德厚才将老王背回工事里，前面的敌人又以两个连集中向前攻击了。

"同志们！镇静些！坚决地击退敌人，今天我们都打得好，要超过我们一年的计划了！"指导员大声喊着。他的头上也挂了彩，用绷带扎住，他的脸色变得和连长一个样子。他叫各班长等到敌人进到五十米以内，才作最后一次射击，准备好炸弹、刺刀，坚决地拼掉他！

可是敌人才进入射界以内时，被打倒了十几个便动摇溃退了，想不到会这么脆弱，只有一窝十几个人拥上来，占领了三排的两个地堡，给三排副刺死了两个，打伤了两个，其余剩下的几个人，在苍茫的暮色中最后溃散了。

上灯时分，通讯员带来了一张《火线报》，上面写着：

"我二连连续抗击蒋匪八次进攻，毙俘敌人260余人，胜利完成任务，并于一天内超过全年立功计划，旅首长特嘉奖为'英雄连'。"

八、我们的饲养员

我可没有忘记我们那位饲养员。

他也姓王。连里的人姓王的可多着哩，叫声"老王！"多少个脑袋朝你转！如果你叫声"马夫老王"呢，那就不同。只有他—— 一个有高大的身材，宽阔的肩膀，一板子脸上长满面疮的大老粗，两眼鼓碌碌地望着你："啥？"他就是咱二连的饲养员王一木了。

老王生就一副魁梧的体格，连队的人见到他，都认为他该去扛机枪。但不知怎的，他的手脚却异乎寻常地"笨"。据说，那是孩子时害了场大病，病出了这许多毛病来的。他不但手脚慢，做起事来，像横着竹篙过直巷一样，不会转弯，有时话讲了半截，卡壳了，讲不下去，你真奈何他不得。连、排长知道了，当然不会让他当机枪手；班长见他笨手笨脚的，加上眼睛又不好，同样也不考虑。算了，让他喂牲口吧。"对！"油桶知道了，照例随声附和："他当机枪手，可得当心咱们的屁股呀！"引得大家呵呵发笑。好在老王的脾气好，全不在乎。

老王虽则手笨口笨，心肠却蛮好，对事负责，从不与人闹是闹非。那两匹牲口，一头大黑驴，一匹白母马，自从归老王饲养之后，显得非常健壮。黑驴本来有点烂背，也渐渐好了。老王很爱惜它们，无论饮马或遛马的时候，都不愿骑在马背上，只让它们自由自在地走，或牵着它们慢慢地溜达溜达。他喜欢听牲口咀嚼草料的声音，他爱看牲口在地上打滚的得意样子。特别是长途行军之后，驮子从牲口背上抬了下来，他的心情多么轻松、舒畅！他平时不大理会别人，却爱同牲口拉话。比如，在牲口吃草的时候，他边给它们擦身，边警告说："吃啦！你这家伙，晚上说不定还得再走一程，会把你压垮的！"但是如果它们胃口很好，老王便又"责备"说："看你呀，像头骆驼，我要三天不喂你，你可怎办？"其实他心里是乐滋滋的，巴不得它们吃上10担干草。

行军的时候，老王从不愿增加牲口的负担。他自己的背包不肯往上加，也不让别人的行李往上搁。除非是伤病号，和连部司务长交下来的任务，别的一概不行。油桶曾故意地把背包往鞍上挂，老王见了，把它抛到老远的路上。油桶气不过，骂道："就算你是孙悟空，是玉皇大帝派来的'马温猴'，也用不着这样大的架子！你的官最大，你自己也不过是个畜生。"老王听不懂它的意思，也不同他计较。

俗语说："上山的驴子下山的马，平地的毛骡不用棍子打。"这里驴马都有了，上下山的稳当自不成什么问题。但是老王总不放心，因为东西过多、过重，有时失掉平衡，弄到马失前蹄，崩断了肚带，东西翻落得满山遍野，难以收拾。所以每次上山下岭，过溪越涧，都得前后奔跑，前扶后推。三九寒天，石头上包上一层薄冰，过河的时候，牲口常常滑到水里，这时，老王一面口里叫着"滑嘞！滑嘞！"一面脱了鞋子，忍受着那刺骨的冰水，推扶着它们过河。"老王，你真'伟大'！"油桶也有良心发现的时候，赞他一句。可惜老王没有工夫接受他的"表扬"，只是埋头地赶马。

已经介绍过了，老王这人手脚慢，因而在紧急行动中，每每弄得狼狈不堪。人家在休息，他在铡草；别人在吃饭，他在喂牲口；人们在急速行进时，他边走边还在吃饭。好在炊事员对他还算优厚，给他留点东西在饭盒子里。那是看在牲口的份上。大师傅知道，假如牲口出了毛病，岂不要自己挑东西？所以老王口袋里总可以装上些馒头、锅巴、大饼、饭团团之类，至于汤水，只要吸上几口溪水或井水就行了。

有一天，老王病了。"打摆子"，又叫发冷病，卫生员、医生叫疟疾。这可把司务长急坏了，报告连部，指导员临时从连里抽了两个人来顶替他。但管理牲口这事儿，并不容易。新来的人性子急，牲口不听话，动不动就打。还说是"马夫老爷纵坏了的"。老王一听到鞭子抽打的声音，就顾不得发冷发热，出来劝阻。

老王的病，过了五六天了，没有见好。"打摆子"这病，忽冷忽热，上午好好的，一点事也没有，但是它一忽儿来了，就好像把你掉进了冰窟里，冰得你牙齿打战，直打到你格格作响，就算把全连的背包都盖上了也不行！因为这股冷气是从心底里发出来的。等到你冻得不能动弹，然后，又由冷转热，使你感到全身似受火烧似的，汗珠直流，内衣湿透，口渴得不得了，恨不得像那头爱饮水的母马那样，跑到溪边去喝个痛快。这才算是阎王老子饶了你。老王就是这样一天一回、两天一回、三天一回，然后五天一回地受着这病魔的折磨。"再病下去，"指导员想，"得把饲养员留下治病。"因为最近二连又有新的任务了。

"怎搞的？"给老王治病的军医弄得莫名其妙，"疟疾是一种平常的病，吃几次奎宁（金鸡纳霜）就行了。奎宁不灵，现在又给他吃了几次阿特平，这是从敌人那里缴获来的治疟特效药，这种美国药，有的人连蛔虫也打了出来的，为什么唯独这马夫见不了效？"医生真想不通。

为了寻根究底，军医嘱咐卫生员，在队伍出发前，陪同老王住上两三天，对他的病情进行观察。刚巧，当天老王又在发病了。开始，到处找不到他，哪儿也不见他的踪影，后来，好不容易在老百姓的一个小柴间里找到他。他躺在麦秸堆中，正在发烧。昏沉沉的，唤他也不知道。医生前来摸摸这摸摸那，听察听察，看他还有什么并发症没有。谁知什么也没有，却在他的口袋中找到了一大包药品！这药品都是军医生给开的，他竟然一颗也没吞，全都搁在这里！"你怎么搞的！你这疯子！"

医生给气得透不过气来，甚至认为："他还不信我是个'医生'？"指导员知道了，跟医生说："别管他是啥缘故吧！你先再给药他吃，当着面他让吞下去，直到病治好为止。有账以后再算吧。"

老王的病，过不了几天，完全好了。为啥不吃药的问题，医生问他，他一句也不答腔。等到晚上，牲口喂养停当，指导员摸到老王那里。老王还是一声不响，但是过了一回，老王忽然从眼角里滴下泪水，结结巴巴地说："指导员，我把事情告诉你吧！俺家乡有很多人害这个病，有好了的，有好不了的。我参军那阵子，我老娘也害这病，忽冷忽热的，折磨得她好苦！我心想，找到治这个病的药就好了，我要托人带回去给她老人家。这一回听医生说，这是'特效'药，是一吃准好的药，是吧？我怎不想起老娘呢？我舍不得吃，一包一包地藏起来，放在口袋里，等仗打完了带回俺家乡去……我的身体比我娘结实，没料到……"老王的话结结巴巴的，但指导员听得很明白。"指导员！你看，我真傻！"指导员望着老王，稍停，轻声地安慰地说了一句："老王！你不傻！"说完，就离开了。

形势很好，部队要进城了。二连开了军人大会，作好思想准备。会后，大家议论纷纷。至于班长说了些什么，"油桶"说了些什么，还有"小儿子"他们说了些什么，老王全不在意。有人说，城里有"自动电话"，用不着通讯员了，城里有广播，不要司号员了，这些都是鬼话，老王都不要听。唯有一件事，老王却听进心里去了，就是：缴获的车子多了，以后不再用牲口了。这使老王半信半疑。你看，部队里缴来的十轮大卡车，不都呜嘟呜嘟地走着吗？团首长往来不都坐什么吉普车吗？"真的用不着牲口了吗？"这使老王几天几夜都睡不着觉。老王想："不用牲口，我老王这一份人好办，大不了到炊事班去嘛，可是，可是这牲口又怎办呢？"想到这，老王真想哭。

为了加速行军，精简队伍，连部的马匹确实决定减去一半。老王听来的传说成为事实了！他含着眼泪听完指导员的劝告，先把那匹母马处理。为此，老王跑遍了双河镇，寻求一户需要养马的人家。

两天的时间，他终于找到了一对年老夫妻，他们表示愿意帮他收留这匹被遗弃的老马。不过，得每天替他俩推磨。老王感到非常高兴，他说："推磨没问题。还可驮水或做更多的活。只要你老人家很好地喂养它。"这项无条件的馈赠，算是定下来了。

老王把马送走的第二天，队伍就要出发。陪伴他的只有一头驴子。驴子不见了白马，大声地嘶叫，这叫声简直撕裂了老王的心！他好像看见了这头白马，甚至看见那老头子在拿棍子打它！老王实在忍耐不住了，他离开队伍，一口气地往老人家里跑，幸喜他一进门就见着马儿安然无恙，他抱着大白马直哭。它也望着他直叫。老人家见这情景，也流露出一种说不出的同情心，并且安慰他说："同志！可别难过，我们会把它喂养好的！"

集合号声从远处传来，老王不得不离开它了。但他刚出门口，又转回来，对老头说："老乡，这马言明是送你的，你要很好地喂它。要它推磨，它可没推过，你老可不要打它！你用黑布把它的眼睛蒙着，它就会沿着磨盘转的。"老王匆匆把话说完，才又往门外走。队伍已经出发，只有指导员和通讯员杨富益牵着那头大黑驴在大路上等他。

如此南京

"美化南京"

刚到南京，使人疑心置身香港。这并不是因为它一样的环山带水，挂绿穿红，而是染人耳目的洋装打扮：招牌，广告，吸人注意的各种标志，在古老的方块字下面，增添上一行时髦的英文，有些宏大的酒家，洗染馆，办事处，则干脆省掉了中国字，完全由英文字代替，尤其是晚上，当那乍红乍绿的霓虹灯呈现出那耀目的Restaurant，Coffee Shop，Office……再加上从那急驰过的吉普车上飘溢出来的异邦人口音……这不是香港是哪里？

但当我定睛一看，站在街头上的"警员"，是穿着中国制服的同胞，而不是印度人，再看到那矗立在国府路上的两座写着"国民大会"的朱红色的牌坊，还有"国民政府""军令部"等很多军政要地，便很快意识到：这是我们中华民国"国民政府"的所在地。

南京，还是和战前一样的热闹，但它要比从前纷乱得多，"还都"以后，人口一天天地增加了，日本人走后，增添了一批美国人，旧的汉奸官员们下台了，"新"的大小官员们即从海陆空源源而来补缺。天空上不停地掠过忙于装载贵人回都的飞机，码头上挤满了从重庆运来的笨重行李。在马路上，大小卡车，装着一车一车"接收"过来的家具，忙于装饰着"还都"要人们的府第，市政当局全力涂陈抹旧，送往迎来，可真把他们忙坏了。

日本人在南京统治了八年，留下了不少耻辱的痕迹，但很快就给这些"新景象"所涂抹和冲淡了，记得"还都"那一天，曾有人照例提起过"不忘南京大屠杀"一类的话，但没有什么反响，至于惩奸、善后一类，也不大为新贵们所热衷，大汉奸除了缪斌、陈公博被舆论迫得不得不行公开枪决外，都送到苏州"秘密处理"去了。曾经盛极一时的日本货，只在拍卖行上偶然看到，商场上已日渐匿迹，代之而兴的是美国克宁奶粉，美国香烟，美国哔叽，咔叽布，吉普车，玻璃衣服，维他命丸子，DDT……它们滚滚而来，挤满了各公司货店，商人们也顶喜欢说这句形容价廉物美而逗人欢喜的话："美国的！"

市府当局，宣布计划要建设一个理想的美丽的南京，即所谓"美化南京"，但偏偏有人解释着说：建立一个理想的美国化的南京。

南京两荒

南京有两荒：房荒和粮荒。

房荒不是因为房子少，日本人在南京时，曾建筑了一部分红顶白墙的新式住宅，除了很少一部分被破坏以外，合计起来是够住的，最近又从美国运来了一批"活动房屋"，供给政府各部人员，算起来房子应该还有余裕。造成房荒的原因，是政府进行了住宅统制，并且把房租提得很高。"接收"过来的房子，都被"封"起来了，宁可让它们空着，等候拿高价房租的主人来启封，这样一来，一般人要想找个地方住，好不容易！刚到南京的人要住旅馆也住不上，要经过市政府替你找，每人每天要付上3000元到4000元（法币）的房租。南京流行一句话："房子要两条，金条和封条。"

但说也奇怪，一方面政府要人们天天在喊"房荒"，要市民等待当局想办法（这里包括曾经说要"退休"的陆军参谋总长何应钦的长篇"解释"和内政部长张厉生的"说明"）；一方面却在"美化南京"的名义下，限令拆毁贫民的住宅，硬要驱逐这群贫苦无告的"国民"（他们都领了"国民身份登记证"的）露宿街头，公开制造"房荒"。

粮荒呢，更使这个"美化南京"减色不少。官员们源源东下，他们只带了嘴巴，却都没随身带着粮食。人多吃不上饭，粮价一日三涨，一个月内，米价一担从2.5万冲过7万大关！一般市民叫苦连天，以至他们对"正统元首"，也不感兴趣，他们说"蒋主席也罢，汪主席也罢，但求粮食不涨价"。

为了救济京沪粮荒，当局曾设法从四川沿江东运数千吨大米，可是运输船只还未泊岸抛锚，接着就运到东北去了。为了"收复主权"，为了"统一"，人们只得挨饥抵饿，忍气吞声，唯有望粮兴叹。

自然，人们对一面闹粮荒，一面却把粮食运走的现象，是会寻找它的根因的，他们不满意于新近走马上任的经济部长王云五所说的"补救"办法。他们想到了国防部。

京沪居民，他们对目前的米价暴涨，称作"白色恐怖"。这不单是以形会意"白"米吃人，而指的是新任国防部长"白"崇禧。在他上任前后的五天内，东北的战事打得最紧，米价涨得最厉害。5月18日到20日四平街打得最热闹的三天，米价由6万元冲到7万元，金价由17万元上下跃至20万。这位白将军下车伊始，便已如此，展望将来，则伊于胡底？这不能不令市民对他产生一种恐怖心理。

谣言的都市

马歇尔行馆的宣传休战声明发出后，南京很多外籍记者都说：这是针对着国民党对中共的谣言攻势来说的。因为共产党在东南半壁，并没有宣传机关。中共代表团曾再三要求准许京沪两地筹备就绪的《新华日报》出版，以便鼓吹和平，倡导民主，均被政府方面敷衍拖延，后来宣传部长彭学沛干脆说："中共不能在这里办报。"反之，在宣传休战中大叫"绝不休战！"的国民党好战派的报纸——《救国日报》，却由四开到对开，两大版到四大版，公开在那里喊杀不绝。

南京是个谣言世界，谣言是有系统和有计划地出现，中央社在打下长春以后的一个早上，忽然"发现"了"中共东北局的秘密文件"，内容有三点（大意），即在东北一面政治谈判，一面加紧军事进攻；破坏谈判，不定任何协议；破坏中美关系等。由此，便"发现"了中共的"阴谋"，但这三个"内容"，早在四平街战斗相持不下，中共未退出长春前，在上海、南京就有人传说了，是由当地特务人员散播出来的，怎么这消息忽然又成了中共的"秘密文件"而才被"发现"？有些善于看"反面新闻"的记者，甚至断定这是国民党的秘密文件，因为它和国民党的行动是如此一致。

南京国民党报纸对苏北解放区的清算运动，攻击得非常猛烈！每天有很大的篇幅，刊载苏北人民的"惨状"，接着就说共产党如何如何，并且发动流氓特务，组织所谓"苏北难民请愿团"，要到南京中共代表团请愿，而最值得介绍的是报上登载了一个"惊人消息"，说中共代表周恩来的叔父，亲到京、沪一带控诉中共在苏北的"罪行"，连名带姓，写得煞有介事，可是据周氏告记者称：六旬的叔父是有其人，不过在十年前已经去世了。谣言竟能使死人复活，在谣言界方面说来也颇别开生面。

在东北战事打得紧锣密鼓之际，中央社和国民党各报的奇怪"新闻"还很多很多，如今天说"毛泽东飞往莫斯科"，明天又说他"可能到南京来"，一下子四平街中共军去向不明，一下子他们又被消灭了。"珍闻"幻变离奇，使人混淆不清，在这谣言的都市住久了，身体不健全的人会被弄到神经错乱的。

打和管

南京新近成立了"国防部"，云集了一批武将。这些将军们，从他们的历史行径上看一个个都是"内战内行"的能手，据说他们都是最近因为重新在言论行动上表现得反共积极和坚决，才被提拔到国防部来的。"要做官，得反共"，比如一度传闻来京荣任国防部某要职的张发奎氏，据说就是因为他曾向外籍记者表示：欲免中国目前的饥荒贫困，必须打，打才可以解决目前严重的灾荒。其他大大小小，只在喊上几句坚决反共的话，做上几件反共的事，就可以登进这个"出将入相"的反共舞台。

这些将军们的意见，只是一片喊"打"声："打下长春再谈""打下哈尔滨、齐齐哈尔再谈""打下安东再谈"……幸而"打倒共产党再谈"还未被提出来。据说他们总结了东北、华南的经验，"打"是有把握的，可以"消灭"共产党的，"打"比"和"有利。

对共产党和人民的军队是"打"，对他们统治的区域是"管"，南京还实行了所谓"警管区制"。这个制度，在上海闹得如火如荼，中外舆论交相责难，一时还实行不了，可是在南京，却在军警的高压下，付诸实施了。

　　"警管区制"，就是居民要受警员来"管"，中国有句老话"不怕官，最怕管"，这办法也实在厉害，警员中有"中统""军统"人员参加，所以有人说这是特务的合法化。每个警员管理一百户，他们有权闯进居民家中，半夜三更可以登门"访问"。

　　人们封他们为"百户侯"。

　　这些侯爷们，整天盯着居民的行动，有时还可以发发洋财，说某某人为"奸党""嫌疑"，徇私谋利，据云夫子庙"禁舞"也是因为他们发觉了在舞女中的"奸匪"的"侦探"，后来，经过"疏通"一下，"复舞"便可考虑。如此看来，"警员"还不失为一个捞钱的"肥缺"呢。

　　　　　　　　　　　　　　　　　　　　　　　1946 年 5 月

李先念将军印象记

　　1945年2月9日，华北八路军和中原新四军大会合，在这个可纪念的日子里，我第一次看到了李先念将军。那一天两军开了一个盛大的庆祝会，像打了个大的胜仗一样，大家心里充满了喜悦，欢笑与呼号潮水般起歇着。开庆祝会的前一刻，在松柏参差的山坡上，一簇人从山下面上来，其中有个女同志用谐笑的声音说："师长，不要跑得那么快，等一会你话也说不出来啦！""我说不了好多。"另一个人回答说。他并用手指着后面的一个高个子说："你该多说一些。"当我分辨出那高个子就是王震同志的时候（他把皮帽子换了，胡子也剃了，差些儿我认不出来），我想这一定是李师长了，他们是一起从师部到会场上来的。

　　果然，欢迎李师长讲话的时候，站在台上的就是他。后来我还知道刚才说话的那个女同志，就是久已闻名的陈大姐——陈少敏副政委。

　　在那样热烈的场合，要想去过细注意这个或那个特别值得注意的人，几乎是不可能的。试想想那激动的情形吧，那里有六七年没有见面的战友、同学、同乡，大家亲热地握手和问好；这边老百姓欢迎慰劳的锣鼓敲得震天价响，爆竹烟火四处开花；军乐队紧张地奏着欢迎号；妇救会的姑娘们，成群结队地朝我们抛掷纸烟、花生、糖果和栗子……李师长在台上，他看着这个纷闹的样子，只是发笑。等待着大家稍微安静下来，给他一个讲话的机会。

李师长讲话了，他第一句话是："我今天欢喜到话也说不出来。"停了一会儿，他用兴奋的声调说："我们现在更有把握了，我们终于等到八路军来了！我们不是孤立作战了！"

"今天是兄弟团圆，以后我们就要出现一个新局面！这是中央关心我们，这是毛主席关心我们，我们今后就成为站立在中原的一支不可战胜的共产党部队！"他的话，讲得简短清楚，他是太兴奋了，每一句话都似乎用了很大的力气，而且摆动着拳头，每一句话都很快就淹没在浪潮似的掌声和欢呼声里。

1939年1月，李先念将军从河南竹沟（确山县）出发，带了几十人，到了豫南、鄂中和鄂东，与当地的游击队取得联系，建立了抗战挺进纵队，他是这个纵队的司令，两年的时间，部队就发展到万多人，皖南事变以后，即成立了这名震江汉的新四军第五师。此后，他的队伍，由鄂北、鄂中、鄂南一直挺进到武昌、嘉鱼，另一路挺进到鄂赣边境，一路挺进到洪湖、洞庭湖、华容、石首、公安一带，形成了一个纵横一千多里，拥有二千多万人民的全国最大的中原解放区。当他的队伍——五师主力、民兵、基干队发展到五六万人，给平汉、粤汉路和江汉两岸的日军很大的威胁，以至成为敌人的心腹大患，使他们不敢轻易西进的时候，也正是国民党部队自河南、湖北、湖南失地千里，丧师十万的时候，所以中原的人民，都以期望和热爱的心情去谈论着"李师长"。

五师的处境是很艰苦的。只要我们打开地图一看：东有淮河，北有黄河，南有长江，西面呢，是拖着尾巴放冷枪的国民党"友军"。这是一个处于敌伪顽夹击下，四面受敌的局面。在这样一个艰苦局面里，一支年青的队伍，能够在战斗中成长与发展，实在不是一件轻易的事情。这需要一个正确的领导，一种人民的坚信和充分的机智与勇敢。这些也就是李师长的特点。他的一位长久在一起的战友说，师长指挥作战时本着"小心谨慎"四个字。1939年在京山周围的被称为"处女战"的"新街战斗"，开始就打死了80多个日本人，其他鄂中、襄南、襄西以及武汉外围有名的朱儒山战斗，都是他亲自指挥的。每一个战役，都给敌人以歼灭性的打击，并得到重大的缴获。他很喜欢说："要打，就得要打赢。我们部队少，打了败仗就完了！"

1942年秋敌人大扫荡大悟山，集中万余兵力，六路包围猛袭，在一个夜晚，把师部全部包围得紧紧的，可是他们却在一个早晨，借着浓雾神妙地从夹隙中突围出来了。至今很多人回忆起来，都认为是一种"奇迹"。在保卫大悟山的战斗中，李师长也曾使用过远距离的迁袭，致使几倍于我的敌人惨败。1945年在进攻××山的时候，他在一个叫做望洪寺内起草作战计划，当攻击方向、路线，样样都决定好了，在总攻击的时间上他写了"月色西沉、东方未白"八个字。这八个字说明了这个人：坚毅而又那么趣味横生。多少人都还记得这个颇饶诗趣的命令！

李先念将军是湖北黄安人，现年才37岁，在大革命时就在武汉一带参加革命活动，大革命失败后回到家乡去组织武装斗争。他做过县长，当过保安团团政委，红军师政委、军政委，参加过两万五千里长征。他原来是农村中的一个木匠，但他身上却找不到一点农民的性格。他几乎是一个天生的无产阶级的战士。听说有过这样的故事：他未参加革命前，曾给人家包过一个预计一星期可以完成的木工，他请了两个小工帮忙。由于他的技术娴熟，他们3天就完成了，他把全部赚下来的7天工资，拿来3个人平均分给，那两个问道："你为什么给我们这么多钱？我只做了3天。"他说："我们赚多少，大家分多少，不论你3天7天，也不分熟工生工大工小工，我们都是穷人，都是一样的。"这是个平常的故事，但却是不简单的一个开端。

从外表上看，李先念将军没有什么特别的地方。中等身材，个子也不魁伟，和战士一样的穿戴。长期的残酷斗争使他的脸上显得有些消瘦，但两个眼睛闪闪发光，谈锋健旺，无论谁，都可以和他毫无拘束地谈笑，他待人随处表现出宽厚和谦虚。他是一个出色的宣传鼓动家。当他发表意见的时候，那锐利的词锋，幽默而巧妙的比喻，常常会把听众引得哄然大笑。他顶善于把一个极严重极复杂的军事或政治问题，用很浅显而轻松的比喻说得明明白白。他写文章，也一样的充满辛辣的幽默和异常的智慧。

十年内战，两万五千里的长征和在延安的学习，使他掌握了毛泽东思想的一个最基本的核心——"一切为了人民"。他在这样的一个精神下去运用他的军队。很早，在《七七报》上（五师出版），关于人民武装问题，他有一个精辟的见解，他说："所谓根据地，是三个力量组成的，一是政权，一是老百姓的组织，一是军队，这三个东西合起来，就成为根据地的根基。这三个东西是互相依靠的，互相保障的，军队没有群众，就没有兵，也没有饭吃，军队本身也是群众组织，所以军队要依靠群众；同样的军队还要依靠政权，农村中的破坏分子，如果没有政权，就要无法无天。反之老百姓也要依靠军队，不然利益无法保障，并且祖宗八代的东西，也要被人抢去。所以老百姓唯一的依靠是军队。"

为人民，这似乎是很平凡的道理，然而也正是这个平凡的道理使他成功。一个到过延安的美国纽约邮报记者马丁，看到李先念将军时，第一句话就说："我发现新四军和八路军共同之处，就是一样的都是为了人民。所以你们到处都获得了胜利。"

鄂豫皖解放区的人民，他们对李先念将军是很熟悉的，他们亲切地称呼他——"我们的李师长"，有的人称他"李司令"，这表示更加亲挚。当他的队伍刚到黄安时，他才不过是一个小"司令"，今天他的队伍虽然布满中原，队伍走起路来，是"头看不到尾的"，但总不能忘记那艰苦日子。"咱们是一块儿在战斗中长大的啊。"他们喜欢用亲切的口气去讲述他们所知道的关于李师长的事情。比如："我们李师长参加红军十多年了，那时，他只拿了一个撇把子（湖北土枪）""10年前，他北上，走了，现在才回来搞新四军，他带走的人都当了老八路了。"老百姓间的传说，真是无法记录得完。老年人提到"李师长"，往往眼圈也红起来了，好像看到远别归来的儿子一样。"李师长"，在中原人民看来，是希望，是力量，当你闯进中原军区，有一天你迷失了道路，只要你说一声"我是李师长的部队"，老百姓就把你引导到目的地，他们会说："同志哥！我们都是一家人呀！"李先念将军是这样密切地和人民联结在一起。

今年春末，我从江汉军区突围回到中原军区司令部来，这是我在中原军区最后一次见到李先念将军。

这时，形势十分险恶，国民党集中了11个军，23个师，30万大军，将我们重重围住，半里路一个碉堡，像松树的年轮一样向内层层压缩，外界交通断绝，粮食没有来源，大家每天只吃两顿稀饭，掺些野菜，正是"时挑野菜和根煮，旋砍山柴带叶烧"的时候。当我和×主任如约去找他时，他正站在司令部门口。"你们回来了，稀饭喝饱了吧？"他笑着说。"和平就是吃稀饭！"等一会，他又说："如果有真正的和平，吃稀饭还是值得的。"他对眼前的困难，并不十分表示委曲，但他对国民党军队对和平的毫无诚意与正在计划"围歼"的行动却表示出不可忍耐的愤怒。他将我们引导到他那简陋得只有一床一桌和两个圆木凳的房子里，问了问江汉军区的情形，×主任向他提出了一些关于军区形势的问题。他说："围歼是国民党的既定计划，先行将我们饿得差不多了，然后就手到擒来，什么'罗山协议''协助购粮'，都给他们撕毁了，他们只等待着向我们扳动枪机……""但是我们的枪杆还没生锈，子弹还是会打死人的，我们这6万'具必死'的人是不好惹的！"他说完了，照例又笑起来。"反动派又想搞第二个皖南事变！"×主任是从新四军军部去的，所以李师长很自然地会想到这个问题上去。"皖南事变，那是不会有的。"他十分肯定地回答："因为——因为有过皖南事变，所以再也不会有了！"他把"有过"两个字说得十分响亮，好像里面蕴藏着什么宝贵东西，使人相信它可以解决问题。我把外面反动派传说我们已经开到东北去的谣言告诉他，他说："我们又没有飞机，可以像他们一样，一师一师的运到东北去，我们长的是两个手，不是翅膀，如果真是这样，他们围得这样紧，也算我们的本领不小！"我们都笑起来了。但接着他很严肃地说道："不过，战争不久就要发生了，这种谣言就是进攻的借口。"

直到通讯员催他到参谋处去开会时，我们才带着焦灼和沉重的心情分了手。

（原载 1946 年 7 月 21 日《解放日报》）

饥饿的广州

广州，尽管它是南国的丽都，而且我曾如此长久地怀念过它，现在我对它不敢抱有什么美好的想法，因为还乡途上的多少风光，已经教训了我，多少胜利的遐想和远景，都无情地被打得粉碎了！这回，又何必再为这过分的希望而招来痛苦？

但是，眼前的广州，它比我想象的更坏的广州还要坏！

只要你登上码头，你就可以看到成群结队的"乞儿仔"把你堵截住，追随着："先生，施舍点啦，做做好事啦！"随着哀求的声音，一只只肮脏的手挡住了你的去路。这群褴褛的行列，什么时候增加了这么多？更使你难堪的，是那群饥饿的贫民，他们大伙儿坐在骑楼底下，由狂叫而呻吟，由呻吟而至于倒毙。长堤永安堂骑楼下，就经常有300多个半死鬼。收尸车子在等待着他们，每天要装上30到60具这样的饿殍。据说从今年2月以来就如此了。事情惯了就平常了，好像每天打扫垃圾一样，这里每天"打扫"着病人。

"食在广州"，如今应是"饿在广州"了，食米以两论价（100元买多少两），因很多人买不起一斤或一斗。米店里标着"上齐眉三两六""金风雪二两二"，以石计算，普通米要7万多，是全国最高纪录。米价和这炎热天气的气温一样，一直往上涨。

粮食来源很少，因运费太贵，如由惠州到广州，每担要1300元，而且大多在半路上，就被沿途的军警"没收""扣留"干净。舞弊贪污，在米包上打主意的，更是玄妙得惊人，暹罗华侨新捐来的救济米，到广州就都变成霉米，行总粤分署在港的4000多包大米"失踪"，有些在装运途上却都被海风吹到大海里去了，只留下了一批救济官员。

广州简直成了个盗匪世界。抢风之盛，劫夺之凶，为前所未有。白昼劫杀银行金店，一次就几千几百万。很多商店，傍晚时分就关门，行人稀少的街道，大商店即不敢营业，金铺和小银号门口，增加一两个武装岗哨。行人手上的东西，稍不留意就会被抢走，警察看到也无法制止。我曾亲眼看到两个饥民，在民教馆门前，抢去了一个妇人的两包花生米和一包点心。在饥饿面前，所谓"法律"的拘束力，已是很有限了。据警察局的统计，这种劫、夺、抢、偷的案件，半年来就发生过300多宗。而犯者大部分为失业军人，在现下300余名抢犯中占百分之七十。

和这种抢案比起来，广州的"劫收"人员的大贪污、大抢劫案，要使前者大为逊色。他们将一个个有利可图的大工厂争着夺下，把能卖的都卖了，很多工厂的机器都被拆光卖光，只留下了一个没有肠子的空壳子。大沙头至今仍搁着100多艘空肚子的五吨重的船只，据物资接收清查团报告，鸦片1776箱，都失踪了，其他"失踪"的东西真不知多少呢。抢吧！先遣队、杂牌军、新一军、军特处……谁先进城谁先抢个痛快，谁后进城谁拆卖个净光。

广州的失业、失学的人群一天天地增加，据市府不完全统计，只是职工就有15000多人，其中海员工人、机器工人和汽车司机最多。他们有的是工厂刚刚倒闭失了业，有的是从滇缅路上回来的车夫。此外，退伍回来的一部分青年军和编余失业军官，有三四千人，也空着两手在街上闲荡着。全市15万多失学的中小学生，无书可读，20多个小学校校址被军政部门和失业军人"占领"。妇女们呢，她们能够在最蹩脚的饭店、菜馆、茶楼，找到一个"女招待"的位置，就很幸运了，商店内的女"伙计"比战前也多了好几倍。至于妓女，则更是密集如云。每当更深人静，自西濠口长堤到财厅前，就可以看到她们，在暗淡的灯光下慢慢地流荡着。最下等的卖淫代价，才三五百元，只够买几两米。

走私，在全国说来，广州这个洋货吐纳口依然考了第一。不过现在的走私却有些特别。从事偷运工作的人，他们都是些穿着军衣挂着符号的现职或退伍军人，有的是受过相当教育的下级军官，有的是士兵，在他们后面的则是比他们更高级的有钱人，他们明目张胆地和靠岸的外国水兵要货或在广九路上押运，这和过去的三三两两的"水客"们，偷偷摸摸的行动大大不同了，所以与其说是"走私"，毋宁说是"走公"。这使市场"充实"的多了，美国布匹、香烟、化妆品，从"原子糖""原子火柴"到"原子肥皂"，应有尽有，只要你花上300元，就可以买到一包无税的美国菲利浦香烟，50元就可以买到一盒根根有效的美国火柴，和南京上海比起来，要便宜三四倍。可是，另一方面，全市的卷烟厂、火柴厂、织布厂都因而急剧地关了门。

让这个腐烂的都市，更腐烂下去吧，谁去管它呢？省主席罗卓英正忙于两件大事：第一个是清乡绥靖，实行所谓"三联"——联防、联保、联坐政策；第二个是封闭文化机关、出版物，而且限令于八月底完成。前几天市内忽然杀声四起，枪声齐鸣，持续达数小时之久，据云是"剿匪演习"，张主任发奎也亲临督战，单放演习用的鞭炮（代轻武器）就花了100万元。也就在这种枪炮声中，13个文化书社，三四十种期刊，在警察局局长李国俊手令下，全部钉封完毕。只剩下《粤海风》《南针》之类的黄色刊物，和几家官办的书店。

张发奎还不愧为一个"坦白"的人，他对广州目前这种糟糕现象，从没有隐讳的，他说"广州尽是赌，尽是娼，尽是抢劫"，可是他的结论倒很有趣，他说："香港澳门不收复，广州是无办法的。"醉翁之意，既然在乎港澳之间，对目前的市政改良上，显然是无补于事的，尤其可惜的是有些市民的想法，竟和他的说法完全相反，他们以为宁可广州和港澳一样，给外国人统治，也许会好一些，甚至日本人统治时，也比今天要好。——这自然是一时绝望的短见，但也够使人战栗和痛心了。

1946 年 8 月

美国如何助蒋扩大中国内战

美国是负担莫斯科三国外长会议关于"不干涉中国内政"的义务的国家。但是美国在事实上是疯狂地干涉中国内政，支持蒋介石屠杀中国人民。

装 备

第一，是大量装备、训练和输送蒋军进入华北及东北进攻解放区。

美国助蒋装备齐全的部队，现已达22个军、64个师、18个交通警察总队、20个保安团及伞兵队，总人数约为86.4万人。这些装备，虽然说是在日本投降以前开始的，但从未对日作战过，而且绝大部分是在日本投降后才装备完竣的。今年7月以后，随着内战的扩大，美政府且又计划为蒋军装备30个摩托化师团。现在这些美式师团，除第二军在昆明外，全部已用作对解放区的进攻了。

训 练

训练蒋军方面：原计划是在华南与成都实施，最近又扩展至华北青岛等地。青岛去年12月在美方协助下成立的中央海军训练团，毕业学生约2500人，在美受训的1000余海军人员亦于7月间返国。空军人员，派往美国受训者达2000人，汉口、成都均设有航空学校，并教授轰炸技术（汉口轰炸大队的正副主任为卡莱福与施德基）。运输人员的训练，仅南京在美方协助下的汽车技术训练班，即有学员8500人，官长1116人，汽车1100辆。另外，蒋介石陆军当局先后派出干部至美受训，美顾问团又计划自10月起，成立步兵训练与野炮训练等3个学校，及设立22个军校和5个空军训练学校。特别要指出的：美国还帮助蒋介石建立了庞大的秘密警察，对中国人民及解放区进行恐怖活动，如美将领梅乐思与蒋介石特务头子戴笠合办的中美联合特务训练班，遍设西安、陕坝、宁夏、兰州、华安、建阳、建瓯等地，以中国式精神、美国式技术，建立德国盖世太保式的秘密警察与党卫军。根据不完全统计，美国替蒋之训练工作，包括海、空、步、炮、工、辎、汽车、通讯、伞兵、特务、交通警察、参谋、军医、军需等13个部门，受训人数达14万至15万人之多。

运 输

运输蒋军方面：日本投降后，美军即将大后方或在国外受训的蒋军，借"接收"为名由海空两路运往华中华北，进行内战。计新六军自芷江空运南京，九十四军自柳州与靖远空运上海，后又由上海空运北平，七十四军由芷江到南京及上海，九十二军由武满空运北平，时间均在7月至10月间，美驻华陆军航空司令斯特拉特梅耶自称："14万华军之空运，实为历史上最大一次之空运。"自此以后，内战就大规模展开了。11月间，美海军陆战队及海军纵队且以大炮掩护蒋军第八军在青岛登陆，并欲"肃清"山东半岛上的解放军。

至于运到东北去的，停战命令下了以后的第6天（1月16日），新六军就开始由美方运送，此后就一连运了5个军，当这5个军在东北正展开大战之时，美蒋代表吉伦与张治中在中共抗议下声明不再运了，可是在四月中，美海军又继续从华南运送第六十军、第九十三军至东北。这时，马歇尔回到中国来，又说不再运了，但6月中旬，美方又将蒋军五十三、五十四两个军北运。美方接二连三破坏了他们自己的诺言。这还不算，当美方接到蒋介石正式通知，说要将五十四军由九龙运至青岛，五十三军由广州运至济南时，美方明知是为了扩大内战，却又以其海空部队担任运输，首将此二军由海空运至山东，随后又将五十三军运至秦皇岛。总计美方助蒋运输进攻解放区的部队为14个军、41个师、8个交通总队，共约546000人，而大半数以上是停战令下了以后才运送的。

护路筑路　代为守备

除装备、训练与运输之外，美方还为蒋介石护路、筑路和建设基地。美军占领秦皇岛后，强修北宁路，作为进攻解放区之用。沿线构筑碉堡，驻扎大军。同时又替蒋介石保护矿山，押送煤车。津浦路静海至天津一段，也由美军负责修理及警备，许多重要公路由美军负责重建。南京的美机场借与蒋空军实施其"轰炸任务"，并在青岛建筑飞机场。至于蒋军与美军共同布防等等，在青岛、北平、天津、上海等处，则更属常事了。

作战物资　源源供蒋

第二，美国非法继续租借法案，大量供给蒋介石各种残杀中国人民的作战物资。

根据今年8月3日美国《民族周刊》社论之估计，自日寇投降后，美政府给予蒋介石之援助即达40亿美元，这种援助是随着内战的扩大而愈益露骨和积极的。在最近的3个月来，即有美海军舰艇的赠与，军事援蒋法案的通过与太平洋各岛剩余物资的出让等三项。在援蒋物资中，绝大部分为用于战争的飞机、军舰、大炮、军火等，足够蒋介石打两年内战而有余，仅举其荦荦大者，其中有飞机1150架，舰船471艘，坦克58辆，车辆（汽、卡、吉普）6.7万辆。其他尚有大炮装备、汽油、弹药、化学战具、电台等。

驻华美军　不断挑衅

第三，美军大量长期驻华，并对解放区侵犯与蹂躏。日寇投降后一个半月以后，外国军队已毫无理由在中国登陆，美军却陆续在华登陆，分驻南京、秦皇岛、天津、青岛、北平等地，并在南京、上海、汉口、成都设有飞机场，据美国副国务卿亚泽逊今年6月称，驻华美军总数共有9万余人。美军在华登陆的借口是解除日军武装和遣俘（但对蒋介石有意留下2万余日俘从事内战一事，故意不提），7月15日遣俘完毕了，直到现在不但还未撤兵，反而继续增加，美第七舰队一部及美军家属数百人都相继来华，并在青岛修筑机场构筑阵地，并声言长住下去。而新任驻华美军陆战队司令何德华且于9月20日对大公报记者公开宣称："大批新官兵现已离美来华，不久即将到达；彼等任务为保卫美国政府财产及中国政府财产。"将中国视同美国殖民地。美机、美舰除赠售蒋介石的以外，美机在华的有150余架，美舰200余艘。

美军占驻了中国城市、铁路、要塞、海港，并屡次向解放区进犯，仅去年10月到今年7月止，即向解放区作了30次的侵扰，其中单独进行的19次，美蒋伪军联合进行的11次，共计使用兵力4800余人（其中美军2300余人）；其中包括轰炸冀东卢龙村，窥视烟台威海卫，占我冀东海阳、深海、北戴河、留守营车站等地以及侵犯安平镇等很多著名事件。其他如美机三五成群地到解放区上空侦察骚扰等还未计算在内。

由此可见，目前规模空前巨大的中国内战，完全是美国政府"援助"出来的。没有这种"援助"，内战根本打不起来。美国政府把中国推到内战分裂和痛苦的深渊，其目的就是借此把蒋介石变作他们的汪精卫和把中国变作他们的殖民地，同时也就是要把中国变成未来大战的火药库，因此美国干涉中国内政，亦即是向全人类所热忱追求的世界和平宣战。我们全中国人民坚决反对美国政府这种侵略政策，同时我们呼吁全世界人民，特别是美、英、苏三国人民，起来要求美国政府立即停止助蒋内战政策。

1946 年 10 月 25 日

访内战先锋宋瑞珂

　　2日，记者于前线某地，会见在羊山集战斗中被俘蒋军六十六师师长宋瑞珂。我与这个《中原停战协定》签字人，同时又是首先撕毁该次协定而忠实执行蒋介石围攻中原的主角已是第二次见面了。第一次就是去年4月间在汉口商谈中原停战问题的会议上。那时他穿着簇新的美国哔叽军服，金黄色的肩领章，闪耀着炫目光彩，装出十分威武的架子。可是眼前这位将军，却在床上盘腿抚膝而坐，面容苍黄憔悴，再无过去那种傲慢与骄横的神态了。"真想不到在这里又会面了。"我对他打了个招呼。

　　他谈起这次战役，很有顺序地叙述着各个微小战斗经过，他说："你们（指解放军）包围得太紧了，简直是无路可走。炮火猛烈使我们抬不起头来。我住的房子里也落了好些炮弹，只差这么一点——他伸开两手比了比——就一切完了。"看他说话时的紧张神色，不难想象这位将军，内心至今犹有余悸。

　　停了一下他又说："如果不是抱着'固守待援'的心理，早就不打了，可是援兵呢？不过是一纸空文。"他随之指责起王敬久的指挥无能来。接着谈到六十六师的命运。他说："我们原驻平汉南段信阳、广水一带，去年整编后6月底到了路西'追剿'中原解放军，今年3月间调到郑州，4月间豫北一役，险些被你们歼灭。想不到未及3个月，这次羊山集之役，我们就这样完了。"我给他计算了一下，这期间恰恰是1年零1个月。他忽然感慨地说："是的，一年多了。这一年来变化真大，如果双方不打起来，说不定……"他恍然若失地停住了。"但是中原战争就是你开了第一枪。"我不能不提醒他，而且给他指出六十六师去年开始违约攻击与捕杀中原解放区的罪恶事实。"这已经是过去的事了，我们在花园广水之间先打响了……回忆起来自然是……"他无力地低下了头，两腿垂下去，轻轻敲着床沿，再不愿说下去了。

（原载 1947 年 8 月 10 日晋冀鲁豫《人民日报》）

恐慌的汉口

人民解放军进入大别山后，不到一个星期就到达长江岸边，汉口的蒋军，刚被六六师在鲁西南覆灭的"噩耗"吓得惊魂未定（六六师原为武汉的警卫部队，该师的后方家属均在武汉），不料才一个月，解放军又来到面前了。

国民党军政界以为自己的处境已是三面临"敌"、一面临江的"背水之战"了，所以迅速将全市的水陆交通管制起来。每个大员除一辆汽车之外，还须准备一个木划子和一个停泊的码头，以为其逃跑作准备。

交通工具被管制后，运费尤其可观，一吨物资过一次江索资1100万元；京汉的交通两个月来即告瘫痪。天黑以后，一切活动都在"戒严"的命令下被停止了；江面上是冷清清的，只留下一片茫茫的白水。汉口的商人们对蒋家朝廷已完全失去信心，中秋节那天，全市80余家行庄，向中央银行驻汉分行闹了一次提款风潮，以致该行兑出全部黄金和用轮船从衡阳分行运来60亿元现款，都无法支付。这场风暴袭击着整个武汉的商场。国民党当局不准关门歇业，同时又劝告各商号随时准备南迁。但商人们表示：什么也无须准备，只需买下一包爆竹，准备欢迎解放军进城就够了。

在长江两岸，蒋军深怕解放军过江，除限期强迫编成所谓"江防守备队"外，在芜湖、安庆、湖口、石钟山、大姑山、黄州等地，白天派遣炮舰巡逻，晚上又加派飞机以照明弹巡视，蒋军的海陆空军都算是用上了。但这种慌乱的状态下，动荡的人心反而愈加显得不安。只要江北有什么动静，江南就很快地传开了。而且这些消息总是那样"骇人听闻"。前月解放军到达庐江、桐城一带时，南京即盛传安庆已经"失守"，并且传说在某旅馆出现自安庆逃出的难民。这消息很快就传到武汉，使浮动的人心更加恐慌……

1947 年 10 月

南征散记

一、过黄泛区

8月17日，行程80里。

从鹿邑以南的胡岗店出发，走50里，即进入黄泛区，村庄被大水分隔着，像一个个的孤岛，高粱只露出半截穗子，泥水发出令人作呕的臭味，从这个村子到另一个村子，必须走上五六里的水程，才能"登陆"，我们挽着臂膀，溅着淤泥，涉过没膝的浑水，其他人马车辆，成排成队地推进着，平静的水面，被搅得哗啦啦地沸腾起来。

拖炮的牲口陷在泥巴里了，炮兵们即互相抬着炮箱，背着炮架，抱着炮弹，慢慢地走着。汽车在泥中呜呜地喘着气，半簸半颠地走着，车夫们几十步就得下来打一次火。护送大车队的战士们，群集在大车后面，推着车身前进。脚底下是如此凹凸不平，我们朝着前哨部队在远远的"小岛"上点着的一盏小灯前进，一不小心，扑通一声，就会滚得满身泥水。整个部队在黎明时分到达彼岸，在晨光熹微中，每个人互相看着满身泥浆而谑笑着。

8月18日，在项城的黎庙庄休息。

这一带地势较高，但仍可见到高墙上为水所浸漫的痕迹，黄水在人们脑子里刻下极其恐怖的印象，民国二十七年6月，蒋军在花园口和中牟赵口决开河堤，一泻千里的黄水，吞没了32万人民的生命和财产，这笔血债，深深埋藏在他们的心里。一个卖梨的老头告诉我说："谁知道明天会怎么样？只要姓蒋的喜欢开个口子，咱全家老少就得完了！"

老百姓穷困不堪，一斤麦面要走三四个村庄才能买到，每家的牛、羊、猪都和人睡在破落潮湿的小屋里，能用能吃的东西，大都给蒋军散兵游勇抢光了。人民解放军的游击队，今年春夏间曾到过这里，一度将土匪赶走，他们都以期望的心情，谈论着魏司令（即豫皖苏副司令魏凤楼），望他快来宁静地面。

二、夜宿前张营

8月19日，行50里，过沙河到前张营。

半夜抵达宿营地，老乡们听说是八路军大军南下，都提着灯笼引着我们看房子，自动地烧茶做饭。"同志，歇歇，辛苦啦！"寒暄声从村的东头传到西头，带来的牲口马鞍还未解下来，就被拉到老乡们的马槽里吱喳地吃着新加的草料。

我们住的一家老乡，只有一个妇女和她的两个孩子，大的叫张书凤，15岁，小的才8岁。主人家整天忙碌地帮我们做面饭，招待得十分周到。

"你掌柜的呢？不在家吗？"我们问她。

"不……"她摇摇头，"他被抓壮丁的抓走了。"接着她告诉我们她的男人已经被抓走7年了。他正在地里做活，"中央军"一下子就抓走了，同时被抓走的还有七八个人。那时她做好了午饭送到地里时，只见到他丢下的一把锄头和一个水罐，她在地里昏迷了好几次，不是为了两个怀抱的孩子，早就要寻死了。

提起蒋军抓丁，谁都愤恨与害怕，一批七八个，再一批又是八九个，一两年的光景，蒋军前后已经抓过4次了，五六十家的前张营，一共抓走40多人。抓的办法是突然将村庄包围起来，然后一个一个抓起来。被抓走的人都和张书凤的父亲一样，再也不见回来。

三、北向店的早晨

8月27日，行程35里，过孙铁铺（光山、罗山间）到北向店，开始进入原来的中原解放区。

沿途可以看到被国民党涂抹和改写的标语，这些标语是去年中原新四军和八路军所写的，"坚决执行停战命令"被涂上了"剿尽奸匪"，"实行政协决议"上面抹上了"活捉匪首"，两者字体清晰可辨。我们的宣传员用白灰又把它抹掉，在上面写上："鄂豫皖的人民团结起来打倒蒋介石。"

早晨7点钟了，街上的铺子还紧闭着大门，通讯员小郭要买电池，轻轻在敲着一家杂货铺的门板："老乡，请开门，我们是人民解放军，别害怕。"但是没有回声，小郭又喊了一回，里面有人低声说话了，一个人低声说："是北方兵啦。"另一个说："不要开，除非他是八路军。"小郭急了："老乡，老乡，就是八路军呀！你出来瞧瞧。"老板从门缝里向外瞄了瞄，"呀"的一声门开了，老板责备我们为什么不早说是八路军。"是八路军么，去年来过的，好名誉！"他大声叫嚷，像一只大公鸡一样，将邻近的店铺都喊开了。

街上的人，围绕着我们问着："同志，去年到哪里去了？"还有一个卖粽子的老太婆对我说："满熟的，我像认得你。"

四、进入大别山

9月2日，行程60里。

沿着大别山的脊背向东南行进，已经是第五天了，山上松柏深密，青葱气爽，川中和半山上的梯田，尽是金黄色的稻子。

在浒湾镇休息，一位老太太亲热地搬个椅子来，她笑着说："开头听说你们是八路军，我心里只偷偷欢喜，后来看着你们过了七天七夜，老天爷哪，真不知有多少人呀！我又是怎样的欢喜！我要说我欢喜八路军！还怕什么事？"

八里畈的老板们，看见我们驮着几个木箱子，问我们是不是和新四军一样，是来演戏的，并且要我们打完仗以后，一定要到这里来唱两天戏。还有一个老板指着新写着的标语问我"耕者有其田"是什么意思？是不是"二五减租"？当我告诉他就是以前的分田地时，他连声说："懂得懂得。"原来他是个分过田地的人，红军走后，土地又给地主照原样拿回去了。最有意思的是老板们问我们，这回"红军"是否打汉口，并且告诉我们说："同志哥，只有三百多里路，没得好远！"

9月3日，行程30里，沙窝宿营。

沙窝一带的老百姓，对八路军很熟悉，去年为保卫这块地方，八路军曾在这里流过血，打过仗。

我们才进街，老百姓就说："四五天不见乡保长来上款，就知道穷人的军队要来了。"他们中间还流传着一个这样的预言："八路军头回南下，赶走日本人，八路军二回南下，一定赶走中央军。"

1947 年 10 月

跃进大别山

一、当夜色降临的时候

我们记者团一行6人，是在7月底到达鲁西南前线的。

在想象中，歼灭蒋军九个半旅的大战场，它一定是炮火连天，烽烟四起的了，但是，在大白天，给人的印象却并不如此。

在广漠的绿野里，在平直的大路上，以及在树林荫蔽下的大小村庄内，看不见大量军队的行动和军需品的忙碌运输，听不到轰隆的大炮声，紧密的机步枪声或人喧马啸声，连担架粮秣之类的战时勤务工作，也不多见。反之，有时还只看到一辆辆的牛车，拖着二三十斤重的大西瓜、黄梨、红枣，赶着上市，偶尔也遇到成群的农民，不过他们是到黄河岸边去修堤抢险的。要不是天空中不断地传来"嗡—嗡"的敌机声，及火线传来稀落的爆破声，使人还不知道这是个大战场呢！我们寻找刘邓前线司令部时，从门口走过去了还不知道，因为那里还看不出一些战时指挥部的样子。

真是那么令人难以想象的，一切都似乎在沉睡着，和激烈的战斗状态比较起来，这简直就是死一般的静寂了。

蒋军的美式机，整天地在空际回旋，说为寻找目标，不如说是漫无目的地云游吧，在这个青葱的世界里，原野与村庄，大路与河流，都和平常一样，能找到什么特征呢？它们常在大路上扫射行人，在小集镇上扔弹，这是对无辜的平民散布仇恨的种子，不是什么战斗。

可是，当夜色降临的时候，一切，都像突然变化了！

无数的人，无数的马，无数的车辆，无数的行列……从村庄上，从丛林中，从四面八方……汇集而来，看哪！到处跃动着人流！到处跃动着人流！像潮水泛滥似的，漫浸着整个黑夜的原野。在平静的世界里，忽然出现了千军万马，这是一种不可捉摸的艺术，是战争史上的一种奇迹。

我曾在一个晚上，选择一个靠近路旁的小高墩，过细地检阅了一下这支突然出现的队伍。最引我注意的，是拖着榴弹炮的十轮卡、吉普车和弹药车组成的车炮大队，当他们从队伍中穿过去时，银白的电炬，交相辉映，把原野都照亮了。战士们总是笑着迎接它们，他们身上的机枪、步枪、刺刀，在灯光下看起来，和高粱秆子一样，密密丛丛地树立着，他们还笑车子走得慢，大声喊着"加油！"成百成千的大车队，是在队伍的后面走的，马蹄声外，还夹杂着太行的翻身小调，这是赶大车的同志唱出来的。还有，那成千成万的参战民工，他们也跟队伍一样有次序地前进着，他们有的抬着担架，有的抬着刚从羊山集缴来的胜利品，在星光下，还可以看到他们一个个穿着白色的单衣，哼着"一二""一二"的口令，左手随着整齐的步伐有节拍地摆动着。

整个大平原都活跃起来了！整齐的步伐像在黑夜里歌唱。

我们的部队就是这样的迅速运动着，愚蠢的敌人还蒙在鼓里呢。我们全部过了黄河，敌人还以为我们只有万把人，想不到我们一下赶到了郓城、定陶，将守敌55师等部全部消灭了，我们到了钜野一带，敌人66师还以为我们在定陶，结果又被我全部歼灭。

二、蒋军的"泛滥战术"

7月天，黄河北岸，田地都长着好庄稼。展眼一望，绿油油的一片，多么可爱！但是一到了南岸，便是一幅枯萎凋零的图画。只隔一条黄河，虽然气候人情一般，由于政治条件的不同，竟然如隔天地。

敌军刘汝明部控制着黄河南岸，除兵丁粮款的无厌抽剥外，还在大小堤坝上挖了工事，我们刚过河时，堤上的明碉暗堡，朗然在目，郓城仲坰堆险工，过去当地政府积聚的木桩资材，敌军到时，已将其焚毁了，约200尺的堤坝上，即被挖有16道一公尺半宽的深阱和两个暗碉，堤都给挖透了，在刘汝明部的淫威下，人民不但无心于稼穑，而且还有因堤坝倾塌而至丧失生命之忧。

解放军来后，居民即以全力修堤抢险，才在解放军过河的第二天内，即有10万人上堤，我们从修堤的地方走过，看到密集的人群，像蚂蚁搬家一样，有的忙着搬运木石，有的忙着挖泥送土，打桩的打桩，计工的计工，大小车吱吱喳喳地叫喊着，喧嚷之声，十里可闻。一堆一堆的，无数黑白点在波动着，千百万个长久被蒋军压榨的生命，在为生存而斗争。

但是，蒋军在被歼9个半旅后，阴险的计划又被想出来了，他们想决堤放水，荡平鲁西南，淹死老百姓，赶走解放军，即用所谓"泛滥战术"。蒋军一面以飞机轮番轰炸扫射修堤员工，一面又派兵抢占堤岸，挖堤放水，寿张之孙口、昆山之国庄、张秋之阳城埠等险工，修堤民工均遭扫射。蒋介石还亲自坐了飞机到黄河堤岸上视察。8月2日，黄河水位上涨两公尺，蒋机即昼夜不停地狂炸郓城之仲坰堆险工，每次来两三架不等，晚上投下大批照明弹，寻找抢险员工，一连狂炸四天之久。寿张南岸的杨集险工，坝头及坝基被洪水刷去两公尺，民工正在抢修时，又遭蒋机扫射，与此同时，刘汝明六十八师的两个团和骑一旅的一个团，又强占菏泽以北的临濮集，将该集以西的江苏坝险工横木破坏三处，挖堤丈余，在滚滚的黄流中，可以看到被破坏处之秫秸，随水流下，形势是多么的危急！

蒋军挖堤放水的消息，很快就传遍了，今天传说水流已到了哪里，明天又传说到了哪里，人们又气又急，农民们急急忙忙地赶着牛车，拿着锄头铁铲，以村为单位赶做防水城壕，他们见到我们就说："同志，可不能让敌人把堤挖了呀！要闹灾哩！"

刘邓司令部对此关系数百万人民生命财产的重大事情，是极为关注的，该部曾对临濮集的蒋军发出以民命为重的劝导，并且答应只要他们不破坏堤坝及老百姓修堤，解放军可以不在那里作战，但未得到真实的答复。

30日的下午，临濮集前线即传来一阵阵轰隆的炮声，参谋人员说，这是解放军给刘汝明的警告，这炮声当时也给老百姓以极大的喜慰。

第二天，张际春副政委给我们看一个电报，上面说：

"刘伯承将军野战司令部发言人，顷对蒋介石刘汝明等杀人凶犯破坏黄河堤岸之罪行，提出紧急警告称：蒋军迭次破坏河堤，罪恶滔天，刘汝明部六十八师两个团，与骑一旅一个团，复于7月29日侵占菏泽以北之临濮集，强行掘堤，幸经我河防部队击退，并协助当地人民紧急修复，未酿成巨灾，蒋贼在其卖国军事迭遭惨败无可挽救之后，竟出此丧心病狂之毒辣手段，决心毁灭沿河数百万人民之生命财产，而刘汝明亦竟忘记自己是华北人，不顾其祖宗坟墓及桑梓父老兄弟之生死，悍然执行蒋贼乱命，实令人发指。发言人称：我们严重警告主犯蒋介石及刘汝明等，今后如因彼等继续破坏河堤，或阻碍修堤，而引起黄河决口之惨祸，不论主犯蒋介石及执行破堤负责军官，必将交给人民审判，严加惩办。即令逃至天涯海角，亦必通缉归案。即其本人死亡，其子孙亦须负责任，发言人最后并向联总提出抗议称：联总不采取有效办法防止此种暴行之发生，自不能辞其应负之责任。"

5天以后，我们就开始了历史上伟大的向南进军。

三、横跨陇海线

"打到长江边，重建鄂豫皖解放区"这个伟大的战略任务，我们早就预定好了的，但愚蠢的蒋介石，一丝儿也看不到。

在泛滥战术未得逞后，蒋又布置了围歼我们的阴谋，一路由王敬久率领自东往西压，另路由罗广文率领自西往东压，两路大军，构成两个大钳子，想把我们夹住。另外，又从山东紧调整五师，夺守黄河各渡口，免得解放军再往"北窜"，自然，他是没有预料到解放军会向南走的，因为这样会与华北解放区隔断，远离后方作战，增加不少困难。倘若解放军竟走这一步，那是"被迫南窜"，蒋介石便以为"得其所哉"了。

本来，羊山集战斗后，我们休息了十几天，论兵力，论上气及其他作战条件，是完全可以彻底干净地吃掉敌人的一个钳子的，但为了重大的战略任务，只好放过这机会。八月七日晚，这支能征善战的常胜野战大军，开始离开奋战经年的冀鲁豫战场，奔向南方了！

两天以后，我们已走了近200里的行程，待九日收复了单县城及进至该县西南的青堌集一线时，才听说郓城一带敌人懊丧地"会师"了。

12日的夜，是一个火花灿烂的夜。这只有在抗日时期的百团大战中才见到过；一百多里长的铁路线上，战斗同时打响了。炮火发出弧形的闪光，乱划着这黑夜的星空，接着就是一阵轰隆的爆响，各大小车站上的碉楼，卜卜剥剥地燃烧着，映出一团一团的红光。这样的一个突如其来的打击，把敌人吓得发昏，像秋风扫落叶一样，我们拔除了障碍，打开了马牧、张阁、柳河、小坝等车站，包围了商邱城，分成十几路，就在该城东西百多里宽的平面上，横跨过陇海线。

过路后，前哨部队一直南进，当夜解放宁陵、睢县，将该地的伪保安团扫个干净，北面的蒋桂军，有一部到了曹县以南，经阻击后，即纷纷回窜，13日的早晨，我们在商邱以南约50里的韩信店宿营。

离开冀鲁豫战场后，大家不觉有些感到陌生（虽然第一次陇海战役时来过一次），但纪律却特别好，当天我们是经过80里的夜行军才到达宿营地的，沿途的西瓜、枣子、梨子很多，主人虽然不在了，可是，谁也不去摘些来吃，从园中走过时，香熟的大黄梨碰上战士们的脸了，他们总是开玩笑地说："要我吃你吗？鬼东西！对不起，咱可没有票子哩！"

四、挺进沙淮

打过陇海线后，我们并没有停留，夜以继日地奔向南方；北斗星夜夜落在后面，天亮了，晨曦的太阳，将左脸照得发红。

当我们迅速地通过鹿邑以南至项城间的黄泛区以后，蒋军南下的十几个旅的兵力又被我们扔在更远的北面了。但是往南走搞些什么名堂？蒋介石的估计却一错再错，我们过了陇海线，以为是"不能北渡黄河而南窜"，过了黄泛区，他的想法是"不能北返，盘据沙淮"。因此，一面出动大批空军，日夜巡逻和轰炸沙河各渡口，以阻我渡河，一面急从平汉陇海抽兵南追，按老蒋的如意算盘，我们就要在沙淮地区被歼灭了。

这是一个大竞赛，整十师、二〇六师、整三师……沿平汉线南下，先头部队已到周家口了，跟我们是"齐头并进"，他们有些坐的是火车、汽车，我们靠的是两条腿，经过几天的行程，敌人还是丢了队。

18日的夜晚，我们很容易就过了宽约百米的沙河，在深夜里敌人的飞机还成群结队地嗡嗡而来，成串成串的照明弹，悬在半空，讲句实话，这样的夜晚也实在好看，虽然炸弹有时也散落在看不见的田野里。

浮桥是用几十艘大木船架起来的，矗立的船桅，排成一线，桥上平阔可通汽车。船家说："天一亮，这座浮桥就没有了，各船只分散停泊，目标不显，天刚黑，大家靠拢就成了这座桥。"言语间，十分表现出他们的英雄气概和智慧。

敌人行动的迟缓，给我们以休息的机会，连日以来，我们走过水泥及膝的黄泛区，是有些疲劳的，因此决定在沙河以南休息一两天再走。

沙淮地区，本是一片好天地，米面高粱，所产甚丰，但因地当豫皖交界和两河之间，在国民党统治下，形成两不管（做"好"事）和两都管（做坏事）的现象，政治压制和经济剥削都很严重，人民对国民党的仇恨也很深。

有一首民谣，正是沙淮地区的一幅农村写照：

> 红日西山下，农夫荷锄归。
>
> 穷年忙到晚，尚无御寒衣。
>
> 子女闹饥饿，妻愁无粒米。
>
> 官厅着支差，涕泪也得去。
>
> 如若稍反抗，双手俱绑起。
>
> 一日一吊打，最后送监狱。
>
> 牢笼坚如山，仅容一立足。
>
> 一周无一饱，口渴不给水。
>
> 骨瘦逾过柴，临死没有席。
>
> 民怒群腾沸，持枪来起义。
>
> 打倒县政府，见官就枪毙。
>
> 间有来求饶，管他妈的屁。

这首民谣，也就告诉你，为什么沙淮地区的人民，这样欢迎和热爱他们自己的军队——人民解放军了。

五、强渡汝河

敌人并不全是龟步前进的，蒋军八十五师吴绍周——他自称为"领袖的小宝贝"——部，却不自量力地竟然赶到了前面，控制着汝河，演出了一幕螳臂挡车的丑剧。

汝河的河面，才不过四五十米宽，但水深不能徒涉，南岸较北岸稍高，易于控制。

我们原定计划是要在24日白天渡河的。8月23日晨，蒋军八十五师的3个团、十五师六十四旅的一个团，先行占领了南岸的汝南埠、东西垣庄、陈砦等周围20余里的河岸与村庄，解放军的先头部队亦于同日午前到达，"两军相遇，勇者胜"，于是便对汝河的渡口展开猛烈的争夺战。

炮战开始了！约经过3小时的猛烈轰击，敌人在河沿新构筑的阵地被摧毁了，突击部队即游水抢过河去，午后，我即将敌一部击溃与逐出，夺得宽约5华里的桥头阵地，将敌主力压缩于离河数里的村庄内，敏捷地架好了浮桥，黄昏时分，吴绍周又集中兵力，妄想构成一环形包围阵地，进行反扑，但是，敌人这一企图，正好给我们一个打击的机会，在遭到重大杀伤后，敌人缩回村庄内去了。

"很久都未找到他们了，这回该不会落空！"战士们都这样说。

黑夜是在暂时的沉默中过去，白天敌人的炮弹乱射到邻近的村庄内，稻草堆在晚间仍余焰未息。这种突然沉寂下来的现象是大战以前常有的。

24日黎明，解放军某部仅以一阵炮火，即接连拿下了敌人村外的几个阵地，并将疲惫的敌人——他们一个晚上未睡觉——分割包围起来了，敌人只各固守一处，集中火力向着河沿射击，企图阻我后续部队过河。

当我们的部队开始将敌人包围以后，大队人马便在炮火声中顺着浮桥通过。敌人的六〇炮弹密集地向我们射来，但毫不能影响到这支前进的行列。战争是激烈的，河两岸的淤泥随着弹片飞舞，河两岸的垂杨，枝叶被子弹打得四处飘落，但是，钢铁一样的队伍，依然井井有序地通过去……上午8时20分，敌机来了，轮番轰炸浮桥，但在我射击下，不能低飞命中，地面上的敌人，在我包围监视下，仍缩做一团，不敢动弹，前进的队伍仍川流不息……

下午，敌人不能支持了，在敌机掩护下纷纷向后突围，"偷鸡不到蚀把米"，给我们打死打伤了400余人，歼灭了一个辎重营。敌人本来是来堵击我们的，结果倒成了我们追击的对象，这又是老蒋的"小宝贝"的光辉战例之一。

六、"天助"渡淮

25日，从彭店沿着公路往南走，黄昏时分，踏着霏霏的细雨进入淮河岸边的息县县城。守城伪保安团队，已逃之夭夭了，这是国民党军去年破坏停战协定，侵占中原解放区的第二个县城（第一个是光山）。入城后，灯火荧荧，用不着说，老百姓是很熟悉我们的，很多人跟我们说"共产党"和"红军"，这在河南其他各地还不多见，有家药材店的一个老先生对我说："湖北的董必武是人中之杰。"他说是在武昌见过董老的，又说见到了我们，有"他乡遇故知"之感。

淮河在这里是条面阔底浅的沙河，平时人和牲口都可徒涉，黑夜中，借河边上的点点的灯光，可以看到成千成百的木筏和木船，穿梭往来，此时，刘邓两将军也亲自为过河事而忙碌地计划着，我们记者团一行，坐了一个船，天大亮了，到达南岸，当我们上岸时，刘伯承将军站在河边嘱咐道："往南走15里，在仁大庄一带休息。"我们迈开脚步以后，他又说："呵——仁、大、庄，不要记错了，前面的警戒部队不多呀。"随处都表现出他的细心周密和体贴入微。

我们整个队伍是在26日过完了河的，第二天，河水忽然暴涨，水流湍急，不但人马无法涉水，即舟楫亦难往返，蒋军的尾追部队这时恰恰赶到河边来了，眼看着这条怒吼着的洪流，挡住去路，于徒唤奈何之余，只好对我们"拱手相送"了。老百姓都说，这是"天意"，是人民解放军的"洪福"。

据后来俘获的蒋军官员说，解放军迅速过了淮河之后，蒋介石打了电报痛责他们"让共匪轻易渡淮，殊属可惜，是国军之耻"云云。

京沪一带的报纸，也曾多次警告过，"不要让共匪窜回大别山，这是最危险的一着！！"美帝国主义也为此而着急，但正在他们惶惶不安之时，人民解放军的旗子已插在大别山上了。

七、草鞋、大米、小路

8月29日，是个万里无云的大晴天。我们群集在大别山的山麓，听邓小平政委的报告。他说，经过20天的行军，我们胜利地到达目的地了，开始时，敌人无远大眼光，以为我们的南下是被迫的，只把十几个旅的兵力，用"送行"方式尾我南下，蒋介石如此短视无知，正大大地帮助了我们完成战略跃进的任务。等到他发觉我们是要到大别山时，已经是悔之晚矣了。他分析了一下目前的有利条件：一是蒋军已大大削弱了，比之去年在冀鲁豫战场时，敌人已被我歼灭了100多个旅，现在周围的敌人，才不过20多个旅，士气低，不耐打。二是群众拥护我，这是老根据地，群众觉悟程度较高。他也指出了困难：一是我们新来，情况不熟。二是北人南地。三是群众还未组织起来。

这些困难的具体表现，可以分为穿鞋子、吃大米、走小路和其他战勤工作等等。

怎样克服困难的？

穿草鞋——从华北到这里来，鞋子都穿坏了，没换的，雨水多，路上泥泞，布鞋又不顶穿，各连队即发起打草鞋运动，战士们开始拿着稻草哈哈大笑，"草还能做鞋子？"但是，他们慢慢地学着，不到两天，每人都编好了四五双，起初有些人还穿不惯，脚底打了泡，穿上一两双就习惯了。

吃大米——北方人都反映，大米吃不饱，有的吃了还要拉肚子，这问题还是提到"俱乐部"去解决，讨论的结果，认为大家不会弄，于是办起做大米饭学习班，炊事员保证把饭做得干净，又香又软，这样大家又觉得大米并不那样坏了。

走小路——大别山的道路，和大平原相比实在小得多多，走惯大路突然走小路是件困难事，特别是夜行军，随便一点，就会滚到水田里去了。有这样的一个故事，某纵队指挥员从地图上看到，光山以南的路是大路，于是命令大车队从那条路上走，但是，到那里以后，却是一条仅能走两个人的小路。他问向导说："这就是大路吗？不会走错吧？""同志，这就是大路了。"那指挥员简直被迷惑住了。经过了几十天不断的行进，大家才慢慢地习惯下来。

此外，还有担架问题是个大困难。打起仗来哪里来像华北解放区那样成千成万的参战民工？打仗必需民工，而民工组织起来，也必先打个好仗给群众看，提高信心与情绪，民工才能组织起来，这真是个矛盾。加以这时秋收在即，要动员或雇请，都是不大容易的。

大家又想出办法来了，自己打仗自己抬，战斗部队中，你的一营打仗，我的一营可帮着抬，政治机关、司令机关都组织担架队，我们记者团也从电台上腾出了几个同志，组成了两副临时担架。中铺战斗（歼灭五十八师一个团）和高山铺战斗（歼四十师等部），很多旅长、团长、政委指挥打仗以后，都亲自抬起担架来。

正如刘伯承将军所说："革命军人，是没有困难不能克服的。"

八、老苏区

大别山是个老苏区，民国十九年这里就开始打起红旗闹革命了。不少革命的杰出人物，都是从这里闹起来的，如林彪、董必武、郑位三、李先念，以及此次南下部队中的很多将领们，都是这里的人。和我们住在一起的陈鹤桥同志，他就是十几年前离开大别山的，此次回来，他有一种特别亲切的感觉，当下他写了一篇《回到我的故乡大别山》，革命的感情，洋溢纸上。

从形势上看，大别山是一个极其重要的革命阵地，它蜿蜒湖北东南部至安徽西部，历来兵家，只要控制了伏牛、桐柏、大别几条山脉，就等于控制了整个中原，而大别山的形势，又是俯瞰南京武汉，更显得重要，我们的革命先辈，就在这块地方流了不少鲜血的。

在光山的白雀园乡，我在一个农民家里的木墙上，发现了有很多红绿纸条印的红军标语，看样子，已经是十几年的老东西了，但字体还很清楚，颜色还未脱落，上面写着："列宁精神不死！""卢李精神不死！""纪念列宁，要参加工农红军！""工农红军万岁！"这卢，显然就是卢森堡，李是李卜克内西了。我看到这些标语时，不得不佩服那时的宣传工作者的宣传技术，他们贴得这样牢靠，又贴在农民的家中，沿途我们还看到"集中优势力量，消灭敌人一路，保卫边区！"的五六尺宽的大字标语，是用红黄油漆写的，因为写得与屋檐一样高，白军来了也不易涂掉。这样的宣传技术，仍值得我们今天学习。

在同一个地方的另一个木墙上，我看到了一张土地革命时期的"光（山）商（城）边区人民革命政府布告"。内容大致说：光商边区粉碎了白军的×次进攻后，工农红军有很大发展，但粮食很困难，希望各机关要切实节约，以准备敌人的再次进攻。第一点规定，各机关现在每天吃3顿稀饭，这是好的，但还不够，还要注意其他费用不要浪费。第二点规定，在稻场上的谷子，必须赶快打完，免致腐烂。另外还规定几点关于粮食的负担如何公平的问题，下面是一连7个边区政府委员的署名。当时给我最深的印象是：革命初创时期，是何等艰辛！而革命规模和今天比较起来，相差更是何止千百倍！（这布告我本来是抄下来的，柳子港打仗时，遗失了。）

大别山的农村中，有不少"红属"，都是些孤寡了，红军、新四军从此撤走后，家属被杀的杀，卖的卖，房屋田园被占的占，拆的拆，烧的烧，很多是全家连小孩子也被国民党杀绝了的，仇恨深深地埋藏在农民们的心底里，怎样也洗刷不掉。

今年，人民解放军回到了革命的故乡——大别山过中秋节了，这是一个多么值得庆幸的日子！老百姓给我们送来糯米、鲜鱼，感动地说："自从你们走后，我们没有过过一次好节气，十几年来，今年是头一次，现在老四军、红二十七军、新四军、八路军，都回来了，真是个大团圆！"

九、游击兵团

9月21日的下午，参谋处忽传来电话，说一〇三部的电话已架好了，是否要讲话，打听的结果，该部只离我们的住地五里路。于是我决定亲自去一趟。

一〇三部，是张才千、李人林两将军率领的游击兵团，他们在去年六月蒋军进攻中原解放区以后，即突围到鄂西北，乘蒋军后方空虚，又于今年一月间，从郝穴打过江南去，路经鄂西南，湘西之公安、礼县、石门、五峰、长阳、慈利、大庸、桑植、保靖、鹤峰、宣恩等十余个县，四个多月来，行程数千里，把湖南的乡保政权、地方保安队打得个稀烂，动摇了蒋帮的后方统治，当时京沪报界称这个游击兵团为"南面朝廷的小疙瘩"。这兵团在五月间才北上到豫皖苏地区，接着又配合刘邓大军，从平汉线西侧南下，并担任破路阻敌的艰巨任务，直到此次又在大别山会合。

张才千，40上下的人了，刚毅的脸孔上，两眼炯炯有光，精神很好，他是经过长征和八年抗战的老战士，是个很有战争经验的军事指挥员，但是谈起话来，表现得十分谦虚与谨慎，使人觉得亲切可近。

翌晨，在一个比较宽敞的屋子里，我又会到了李人林（他和王定烈团长，都被中央社和国民党报纸描写成为神秘的人物，并且说王定烈是个女人），我们是去年在大洪山分手的，经过千里征尘，他还跟从前一样精神饱满，侃侃而谈。

李人林谈到了现在的游击战争：

"应该放弃从前的一套老办法，"他说，"现在的游击战争，不同于抗日战争时期，也不同于十年内战，和前者相比，社会基础变动了不少，地主豪绅和敌人结合，和后者相比，是敌人的作战技术提高，兵力集中，但后方也显得异常空虚。在这样的情况下，我们如果和从前一样，一直往山里钻，结果会有被消灭或饿死的危险。第一敌人的消息灵通，有报话机之类，我则反是，这叫做敌灵我不灵；第二敌人走大路，我们走小路，敌快我慢；第三粮食给养困难。

"现在游击战争要打大圈子，这主要是从敌人的兵力集中，后方空虚出发的。这样，你走大路我也走大路，你灵我也灵，给养也不困难；在战术上，最好用远距离奔袭，拣弱的吃，不打则已，要打必胜。不能老打，因要行动，打多要垮；不能老走，光拖不打，士气会坏，也会垮的。最好是打打走走，走走打打。"

他还给我举了很多生动的例子，我觉得很有意思，因为能从上山主义的观点一下变为大运动的游击战，住城镇，走大路，在那时并不是容易的。在谈话中，我还发现他对毛主席的有关战争的著作，研究得十分仔细。

下午，我本想等张才千回来时再问他些问题的，但他开会去了，久等未回。矿铁、春林，心清、花有、绿炎、徐奚、选才各同志，都会到了，这些战友们，如今个个都成了南征北返、北返南征的英雄。

十、游击生活二十年
——记一纵队通讯员万大春同志的谈话

有这样的一支游击队，几十个人，在崇山峻岭上坚持了近20年的游击战争。这就是大别山上新集（经扶）的刘名榜和他的游击队员。

这支游击队，在山上经过了多少个寒暑呀！革命发展的时候，下山吧，不；又说失败了，大队伍要突围了，赶快上山。这样上上下下，就有好几回，红四军走了，新四军又走了，八路军来了一次也走了……可是，他们并没有对革命失望，大伙儿合在一起发誓，要干到底。我们相信那一天——到北方去的红军、新四军、八路军，总要从远处回来。

和这支游击队作对的，是经扶的匪霸黄古儒，他是反革命反到了家的，也有20年的历史了，不知残杀了多少革命战士及其家属。去年新四军走了以后，他带了蒋军几个团回来，一部住在山脚下，大部上山搜剿，要把游击队"肃清"。

游击队员们分散躲在密林里，没吃的，找些树皮啃；没住的，搭个柴篷；没穿的，披些树叶枯草，不敢生火呢！怕敌人看到冒烟，幸而老百姓也说不出的好，用竹杠子灌些油盐，伪装上山打柴，给他们送去，还给他们送情报，敌情稍松时，他们又帮助群众烧炭、砍木。漫长的日子，就是这样一天天地熬过去了。前两三个月，蒋军在这一带抓丁抓得挺凶，青年人都往山上跑，驻扎在山脚下的敌人，眼巴巴地看着他们一块儿"造反"，也没办法。于是又成为老百姓抗丁抗粮的大本营。

8月中旬，忽然传来消息，解放大军要到了，刘名榜召集他的队员们，报告了这个喜讯，大家欢喜到了不得，竟忘记了掩蔽，真可惜了，就在这个时候，给山下的敌人摸去了两个。从此，大家又小心翼翼地，再不轻易出来了。

8月29日的早晨，解放军真的赶到这山下来啦，保安队跑得个精光，附近的老百姓又把这个消息带到山上去。

"喂！你们是哪里来呀？"山上有人往下问。

"咱们是从太行山来的！"队伍中有人这样回答。

"哪个太行山？"

"刘司令员的太行山！"

"呵——下来吧！是自己人来了呀——"山上的人高兴地喊起来了，声音传过了林梢和山谷。

等一会，从茂密的丛林中，拥出了几十个蓬头垢面又黑又瘦的"野人"来。

解放军上前紧紧地抱着他们，每个人的眼睛里，都含着一包泪水。……

黄古儒——这个人民的死敌，在城里被解放军捉到了，二十年来的革命与反革命的冤仇，终于报了！老百姓感到说不尽的欢喜，传为美谈。

十一、捕捉战机

到大别山后的第一个漂亮仗，是在广济蕲春间高山铺歼四十师（缺一个团）全部和五十二师八十二旅的战斗，从这一战役中，去了解刘伯承将军的"捕捉战机"，是很有趣味的。

被歼的对象四十师，本来是蒋军守安阳的主力部队，是和我们打过硬仗的，战斗力在国民党军中说起来，还算不错。该部在我们在鲁西南歼敌九个半旅时，即离开安阳城，空运至陇海线，不久，我们跃进到大别山，它又一路跟随到大别山。我们打到麻城、黄安、宋埠时，它跟着南下。我们北返商城一带歼五十八师一个团时，它又和七师跟着北上。等我们再南下占领黄安、宋埠一直打到长江边的团风时，它又带着八十二旅急急忙忙跟了几百里赶到团风。

可以想到，敌人既缺少解放军的善战能耐，又陷于完全被动，像玩龙灯一样跟着拖，会疲劳成个什么样子。而最糟的是，它还以为解放军怕它，乱追乱闯，闻悉郝穴有失，长江告急，便从黄岗向广济增援，其实，这是刘邓指挥部作成过江的姿态后，给它指定走的一条路线，而它也就乖乖地按部就班地遵守不逾，结果在蕲春东北广济以西之界岭与高山铺之间不及十里的狭窄地区就歼。

这是很明显的了，等你拖得精疲力竭，战斗力大大削弱了，等你骄气十足，像瞎子一样乱撞乱窜，就是歼灭你的机会来了，只要稍作安排，猎物就会到手。

这次战斗的安排，也实在是非常巧妙的，开始还怕敌人不肯上钩，先在预定的地点摆好阵势以后（选择了一条光秃秃的公路，两边都是大山），又派了两个化装成游击队一样的步兵连去诱敌，随打随退，"只准败，不准胜"，而狂妄的敌人，果然很得意地追着，最后便"躬逢盛会"了。

四十师的一个副团长说："就是你们刘伯承将军想得到，他很知道我们的特点，如果不是界岭到高山铺这一段，假如在其他有些村庄或城镇的地区，我们是不会被歼灭得这样快的，我们的部队还可以守一下，但这里，十里内人烟绝少，村庄没有，就是刘将军想得到，选择了这样的一个地点。"这个俘虏似乎还有些迷信自己的力量，但他对刘伯承将军的神机妙算，也不得不感佩服。

在我们部队中，"捕捉战机"这句话是很流行的，大家不分日夜，不怕风雨地走着路，转来转去，一百里，一百三四十里，为什么？就是为了这。这几乎是用不着解释的简单道理。

于很多俘虏群中，经常可以听到这样的话："蒋介石的队伍是听刘伯承指挥的。"从此次高山铺战斗中看来，不能说是没有根据的。

十二、皖西行

高山铺战斗后，我们即转道皖西。

20日，到洗马畈，这是浠水与蕲春交界的一个大镇，土地革命时期，红四军曾在这里歼灭过军阀夏斗寅的两个团，打了个大胜仗，老百姓至今还记得。

从洗马畈往东走，即是大山了，这山叫三角山，高五千多公尺，老百姓说，部队是不能走的，日本人也不走这山，劝我们绕道走，但为了看察地形，还是决定从上走过。

曲曲弯弯的，转了半天，从上午7时走起到10时半，才到半山顶，但往下一看满山红叶，风景绝美。薄薄的云层有时从面上遮过，云层底下，漏出一片红绿相间的村舍田园，每行数十步，可见瀑布飞腾，自天而降，大家走得虽然感到疲乏了，处此妙境，精神为之一爽。

山顶凹处，有个大寺，叫三角寺，建筑宏伟，内有和尚十余人，他们看着全身汗湿的牲口，惊讶不已，并问我们道："你们怎样上来的？"在此地歇息时，刘邓两将军正在寺前悠闲散步，浏览风光，他们都是步行而上的。

山的下面，就是湖北与安徽交界的张家榜。

张家榜往东行，即入太湖境。沿途茶树甚多，妇女们端着香茶迎候我们，热渴之下，特别可口，经过了一天的山路以后，便是皖西了。

皖西大部地区是山地，山脉纵横，群峦重叠，形势十分险要。但和北方的山地大不相同，山间盆地甚多，如岳西境内，有达数十里宽的平原。盛产米棉，有二三百斤的大肥猪，山野间绿竹成林，清流潺潺，真是山清水秀，别具景致。东面的庐江、无为，是全国有名的产米区，亦即芜湖米市的主要来源地。

皖西在抗日时期是新四军七师的根据地，有些地方如岳西、霍山等地，还是老苏区，后来长久为桂系军队所盘踞。革命势力大受摧残，但人民军队一直在此地坚持着，如现在该区的负责人之一的桂林栖同志，就是在此坚持了十多年的战士。

由皖西返回湖北，经过英山城，该地环山带水，颇像延安，离城五里，有长达五六里的温泉，水热几达沸点，英山至罗田，35里，沿途景致，与皖西近同，地方民兵已建立起来了。

1947 年 12 月 8 日记

蒋管区农村见闻

湖北的"役政"与"粮政"
——蒋管区农村见闻之一

记者去年11月随人民解放军挺进至江汉地区时，在一位教书先生家里看到两首民谣：一首是描写蒋帮在农村中抓丁后的凄凉景象；另一首是表现人民对蒋帮征粮的愤恨。原词如下：

一

黑芝麻，开白花；

小媳妇，走娘家；

见了爹，见了妈；

"公和婆！问候啦！

咱家里，可好吧？"

"唉唉呀！真没法；

你的哥，没在家，

吃无粮，穿无花。"

说着说，泪巴巴。

"我的女，你怎样？"

"你的客（即女婿），拉走啦！

唉唉呀！我的妈呀！"

二

高老苍，好玩枪；

拉开闩，子上膛；

闩合好，细端详；

不小心，镗一响；

一打打着征粮的王保长。

这一下，把祸闯；

真有种，不心慌，拖着死尸往后岗。

日他妈妈操他娘，

谁叫他偷着来征粮？

蒋区老百姓唱出这两首民谣，不是没有来由的。

蒋区老百姓把蒋帮的"役政"叫做"疫症"。（自去年7月蒋帮实行反革命的总动员以后，抓壮丁的恐怖就像瘟疫一样在农村中流行起来）起初是师、团管区抓，后来是省保安队抓，民团自卫队抓，乡保公所抓，正规军所到之处，更是疯狂地大抓而特抓。在随县、枣阳一带，仅团管区一个抓丁机关，去年七月到十一月就抓了两三次，俘虏的钟祥和随县蒋帮的口供及县"参议会"的文件显示，随县在去年年底要抓丁四千、钟祥三千，而有些被视为有"赤化"历史的县份如黄安、经扶、潜江、沔阳等县，则使用毒辣的"移民"手段，要将全部壮丁集中带走，让土地和村庄全部荒废。

抽、抓壮丁的方式，各县份里开头普遍是所谓"二抽一"，后来是"父子要当兵"一把抓，即使儿子被抽走，父亲不满40岁的还得去，就是分了家的弟兄二人也都要被抓去当兵。有些地方用了各种新奇花样，如在武汉附近农村里是用"开会""投伪国大代表票""清查户口"等欺骗手段，将壮丁集中在一起后，就用枪杆押走。襄河以南的老百姓叫抓丁做"当连长"，因被抓以后，即用绳索捆"连"起来，然后关着饿三两天，再装上汽车、火车或船舶送到远方。去年11月间，湖北壮丁7000多名，在由南京转送上海途中，即在黑夜集体跳车逃跑，跌死跌伤的不计其数，只有很少的几个逃回故乡。被抓走壮丁的家属，恶霸地主和乡保人员可以随便霸占，记者在解放钟祥城时，遇到一个被蒋帮抓来饿了5天的老乡刘世约，他说就在他被抓走后的当天晚上，他的女人即被恶霸严杰仁强占去当小老婆。

与抓丁同时进行的是征粮，两者是蒋帮在农村中的两只大吸血鬼。据枣阳吴家店第三保八甲张甲长说，在去年十一、十二两个月内，经他手交与蒋帮的粮食计有"军粮""民兵粮食"黄谷5石，"自卫粮"黄谷5石，乡公所还收粮食黄谷15石，"慰劳米"3.5石，仅仅两个月的勒索即占该甲全年全部收成的五分之一，而大量的"购粮""派款"等还未计算在内，要指出的是吴家店一带还是一个缺粮区，其他产粮区还要搜刮得更厉害。

蒋帮"田粮征购处"收粮，要农民交"顶好的"，有些征粮机关备有一个特别构造的大风车，粮食经过风车后，通常一斗就只剩8升，如果粮官们不高兴，1斗过风后就只余下5升，送粮的人被迫含着泪补交。所谓"购买军粮"，实际上就是抢粮，据应城伪县长袁浩然自供：今年3月间应城的稻谷，每市石合70万蒋币，但粮食部的规定仅15万蒋币，仅及市价的五分之一，而一般地方，有意拖延给钱，实际上连五分之一的钱也拿不到。又例如去年6月购的粮，到12月才按6月粮价给钱，而前后半年间粮价已经涨了8倍，很多大小集镇的粮行米店，都是这样被"购"得破产了。一般农民都控诉蒋帮连他们的谷种都抢光了。

在蒋帮抓丁征粮双管齐下的吮吸下，原是一块丰饶米麦产区的襄河两岸，成千成百亩的土地尽成荒芜。记者印象最深的是钟祥和江陵、潜江一带，这里很多农村在前两年新四军在时，还是一片绿油油的禾苗，如今是长满芦苇丛草的荒原了。今年1月间蒋帮曾计划在襄河南北两岸，一次要劫夺几个整编师的粮食，如果不是人民解放军及时挺进江汉，又要有数百万人陷于饥饿了。

1948 年 5 月 18 日

记蒋家朝廷的一个统治细胞——乡公所
——蒋管区农村见闻之二

走遍中原，约莫相距十来里的乡镇上，就可以看到一个个巍然矗立的碉楼，在这些崭新的"封建堡垒"下面，就是陈腐的蒋帮统治细胞——镇、乡公所了。

今年1月间，记者偶然访问了湖北枣阳县板桥乡乡公所，这是蒋帮无数基层组织中间的一个。

让我先把这个小小的官僚机构介绍一下吧。板桥乡公所内设正乡长兼自卫队长1人，副乡长兼民政股主任1人，财政股主任1人，乡队副1人，财政、民政、经济、文化、户籍等干事5人，自卫队27人（内乡保长勤务兵11人），保长（属8个保）、保干事、保丁（每保两人）共30多人，如果连所属54个甲的甲长都算在内，这个还不到8000人的板桥乡的小官僚机构，就有120多个人了。平均60多个老百姓，就有一个替他们"办事"的"小官吏"。

乡保人员，都是些什么样人呢？据该乡副乡长胡文远谈称，乡长高鹏程，乡队副高志德，过去当过两年兵，"嫖赌，贪污都差不多"；一保保长田运壁，开粮行，放高利贷；二保长杜北海，老头子，在粮行里写账的，还"老实"；三保长杨志明，小学毕业，"死爱赌博"；四保长杨克心，学生出身，"爱游散，心眼坏"；五保长王洪先，闲散人，好赌，骗钱勒索，爱"搞皮绊"（即嫖女人）；六保长陈和明，"嫖赌都有份""会搞个黑钱"；七保长高良汉，地主，好赌，"会搞钱"，爱"搞皮绊"；八保长张季其，爱"搞皮绊"，"有时也抽洋烟"。至于其他那些保甲人员，大都是国民党的散兵游勇和农村中的地痞流氓，这就是蒋政府基层行政机构的人物，这些人物都是在蒋政府高唱"选拔地方公正廉能人士，充任乡镇保甲长"之下挑选出来的。

乡长一级薪俸，照规定每月米1石，职员5斗，计全乡公所开支（保除外），月需约银洋50余元。其实远不止此数。在这块穷乡僻壤里，虽不能说"金保长，银乡长"，但乡长的生活，也相当阔绰，勤务、马匹、卫士、兵丁，样样齐全，他们这些挥霍的巨大数目，除吞没该乡的庙田、学田、充田（因打官司而充公的）的公产以外，大部分是靠捐税和敲榨，这两年来还增加一项极大的额外收入，就是卖壮丁，每期可以卖一两名，每名可得银洋50至100元，这往往是在所谓"乡主席"（参议会）的共同作弊下进行的。已经成了一种"合法"的收入。

乡公所的全部工作，归纳起来只有丁、夫、粮、款四件大事。财政干事是征收钱粮的，民政干事是管"等因奉此"的，经济干事管伙食，文化干事管写标语，户籍干事管调查户口，其他上自乡长，下至勤务兵，全部精力都放在催征丁夫粮款四大项目上。据该乡三十六年度下半年工作日志上载：抽到壮丁3批，头批5人、二批7人、三批9人，为抢修襄花公路，征夫500余工。至于征收行捐、猪头捐、门捐、营业捐、田棵捐、摊贩捐、戡乱费、修建（碉堡）费、枪支费……催收田赋、公粮、自卫谷、国民兵食谷等工作，几乎每天都"派人去讫"。此外，还强迫开过一次乡民戡乱总动员会，和开过一次选民大会（选"国大"代表，到会百人），这两个会的目的，其实还是在抽丁敛钱，所以仍可归入四大项目之内。这就是蒋帮的"建立康乐富强的新中国须从下层做起"的真相，这就是那些"公正廉能人士"给予老百姓的"幸福"。

今年1月4日解放军来了，这个腐朽的基层组织被打碎了，老百姓起来发泄了几十年来抑郁的愤恨，他们纷纷起来平毁碉堡和控诉土匪们的罪行，同时，成立了一个真正为他们办事情的板桥人民民主区政府。

1948 年 5 月 20 日

进军江汉

一、 西越平汉线

刘邓大军到大别山后，接着陈谢大军，陈粟大军，相继跃进中原，形成掎角之势。从战略意义上看，大别山的进军，恰如一把尖刀，插入蒋军腹地。在这里，解放军东可以出京沪，南可以下湘赣，西越平汉就是入蜀的大道了。

因此，蒋介石下了最大的决心，要想拔除大别山这个"有害的钉子"。12月初旬，他们将原有的23个旅的兵力，增加到33个旅。用紧缩包围的办法，从平汉、淮河、津浦、长江四面向内压缩，企图将我全部歼灭于大别山地区。这种包围，不消说，刘邓两将军是早有预见的，但老蒋却以为得计，从他们的飞机散下的传单上，即可知道他们是怎样自我陶醉于幻想的"胜利"。传单上都是写着："共军弟兄们！你们被围得太苦了！你们拖得太累了！快些归降吧！"战士们见到这些红红绿绿的纸片，不免哈哈大笑，因为，拖死了、累死了的恰恰不是我们，正是老跟在我们后面"玩龙灯"一样走着的"国军"，他们是如此可怜地跟着乱窜乱撞。

等到这个所谓"包围圈"缩紧了，我们便和他来了一个穿梭"换防"，大队人马四面八方辐射开去，使得敌人到了圆心内只有自己碰上自己。

　　我是随十二纵队走的，目的地是长江汉水间的广大地区，显然地，我们的行动任务绝不单纯是一种消极的，而且是乘此机会，去发展新的解放区，建立新的根据地。所以这又和我们部队最近历次的行动一样，是主动的，是进攻的。

　　12月12日，我们由黄安县的七里坪出发，向平汉线靠近了。上午8时，在从宣化店镇到河口镇的路上，正是云雾初散，久雨初晴的好日子。忽然从稀淡的云层中窜来了敌人的飞机。两架两架一队，样子倒是十分威武，大概它们的任务是负责"封锁"往西的去路的，可是，谁管它呢，从八时算起，直至下午三时，尽它扫射、轰炸，我们继续向平汉线上靠拢。

　　不过，这次轰炸，是集中在一小块地方，而且持续达七小时之久，是比较长时间和激烈的一次，但结果我仅伤亡3人。这里要介绍一下，蒋美的空军，并不像蒋介石和美帝国主义所想象的那样，以为它们有什么"威力"，甚至是可以决定内战胜负的宝贝。说来真是笑话得很！它们的作用，我们很熟悉：每于战斗结束后，飞机总是照例来"吊孝"，然后，便没精打采地回去了，对战斗没有什么作用。此外，就是对老百姓的滥炸，然后回去发"战"报，几个月之前，在新集（经扶）县城南门外，有一大群棉花商人，被两架敌机炸死了和打伤了十几人，然而第二天中央社的广播，却吹嘘说在该地"炸死共匪300名"，真是滑稽透顶。如果有人问，国民党的空军，在内战中能起些什么作用，我想最好是问问造谣的中央社，因为他们很知道究竟哪些"战功"曾经是被他们"创造"出来的。

　　14日，走了110里，在蔡店休息做饭。虽然上面没有宣布今晚要过路，大家心里已有预感。敌人的估计，以为我们是回到新四军第五师的老根据地——大悟山去的，却没有料到我们却一跃西去。

　　天快黑了，人马奉命集结在长满松林的山坡上，经过下午数小时的休息，体力已恢复过来，纵队司令员赵基梅同志在讲述过敌人的企图以后，宣布了约法三章：第一，只许前进，不准后退；第二，不准掉队；第三，遵守一切夜行军纪律，不得发出声响与火光。违者，以军纪制裁。他的话，简短而有力，好像给每人的脚上都加了些劲似的。在他说完话之后，这条黑黝黝的长蛇，便开始静悄悄地往山下蠕动。

　　夜，是黑沉沉的，没有月亮，也没星光，在这个大冷天，自然也没有萤火。北风呜呜地刮着，邻近村庄的狗子急迫地叫着，这本来是夜行军常有的现象，可是在敌人长久准备好的封锁线上，不能不引起我们的紧张与警惕。我们加速了步伐，以时速13里的快步，逼近了铁路线。

过路的地点，是在花园和广水之间宽约15里的地段上，我们分开三路，每路相隔三四里齐头并进。下半夜了，我们才到达铁路上。这时，左翼一路开始打响了，敌人从花园出击，机步枪和迫击炮响了一阵，约30分钟，即被打回去，其余铁路上的碉堡，很快又即为我占领，战士们在铁路上燃着火堆，放出胜利的信号，真意想不到这样顺利，便到达了平汉西侧。

一日一夜间，我们计走了近200里的路程。

在孙家店附近休息了大半天，铁路上的敌情有了变化，我们又决定继续前进。北面的一路走马坪、环潭一线，中间的一路直趋大洪山的三里岗、茅茨畈，南面的一路走皂市、天门一线。这是准备敌人尾追，和他转上几个圈子，然后，再选择机会集中兵力给以歼灭性的打击。

15日的下午，天色忽然阴沉起来，朔风怒号，浓云密布，真是无法形容，当时是多么的冷呀！在半夜的时候，我们挤在山沟里，好像站在吕梁山和太行山的高峰上一样，大家抖索着，被单、雨衣、油布都被拿来裹着身子。黎明时，大雪纷飞，冻结的山野，忽然铺上一层两尺多深的白絮。

在山野间，有个地方叫"九间房"的，作了我们临时的司令部，我们在此休息了两天，决定了创建江汉军区的具体计划。

二、追击下

刘邓大军到达大别山时，平汉西侧的敌人，便如锅上的蚂蚁一样，坐卧不安，正是"闻风逃窜"。我们过路的一天，离此五天路的京山城守敌，便准备弃城逃窜了，等我们21日到了京山城时，敌人早已溜到了应城。如果不是我们不顾疲劳，当夜赶了150里，实行了远距离的奔袭，围攻下钟祥，恐怕连一个敌人也抓不到。

在我军的追击下，敌人的惊惶溃乱，达于极点，钟祥的守敌，是从路东的黄安县逃到河口，到河口又被袭击而逃到钟祥的，这次才住下来，又被包围起来了，所以早被解放军吓丧了胆的他们，只听见枪声一响，还不要半个钟头的时间，就放下了武器，不打了。

蒋军士兵们的战斗情绪很低，逃到大洪山的士兵埋怨说："唉，我们是青天白日满地红，好了，四面都是红的，看你往哪里跑？"士兵们写着这样的歌谣："我有一支枪，擦得很漂亮，扳也扳不动，打也打不响。到了大洪山，交给共产党。"

襄南的敌人更是胆小，闻悉我们到达安陆附过，天门、皂市的敌人，逃到襄河以南的沔阳、潜江、监利一带去，我们的队伍打过了襄河，便逃过了长江。解放军中的一个年青的指挥员，他下了一个追歼敌人的命令道：哪里有敌人，就往哪里追，一个营，由营长负责往前追，一个连，由连长负责往前追，连又分散了，以排、班作单位往前追，剩下了一个人，也要往前追……敌人连头也不敢回，只见着解放军就把枪摔掉跑。

不到20天的时间，我们解放了京山、钟祥、天门、潜江、沔阳等五座县城，控制了东至平汉线，西至大巴山脉，北自桐柏山，南至长江的纵横500余里和拥有约500万人口的广大农村地区，大大地发展了中原解放区，江汉军区也成立起来了。

三、襄河两岸

襄河两岸的人民，有长久的光荣斗争历史，这是从前鄂豫皖苏区的根据地，有名的洪湖苏区，便在这里。贺龙将军的部队，便是从这里搞起来的。如襄河北岸的瓦庙集，南岸的熊口镇等，就是过去十年内战时期的老战场，抗日战争时期，新四军又回到这块地方来了，在人民的支持下，很快就成为巩固的抗日根据地。前年蒋介石背信弃义的进攻，新四军被迫离开了这个革命的故乡，现在，人民的队伍又回来啦。

襄北产麦，襄南产米，北面旱，南面收，南面雨多淹水了，北面正是适雨而丰收，南北调济，粮食总不会缺少。在襄河南岸一带，年成好的话，耕一可以余二，不失为一片黄金世界。3年前，我随王震将军南下后，曾到过这地方，在我那时的日记里写着：

"3月5日（1945年），到了襄南。与北面的山地，便是两个样子了。前面是一条一条的水堤，直挺挺地向四面伸延着，堤的下面，是一片绿油油的禾苗，荒弃了的田地上，注满了水，反映出一块或蓝或白的云天，几只长腿的白鹤鸟，在田里巡逻觅食，它们有时拍着翅子，一个个地飞向河那边那密密的芦苇林里去了，堤的那边，是一片稀疏的树林，树林下面，是一列长线形的村庄，它们都好像贴在那遥远的天边上。

"湖沼很多，三五七里，十几里的大小湖相连着，可以想到，那绿叶如盖，红白相间的荷花，自由自在地开着，该是多么的好看。据说夏秋之间，莲蓬多得无人收采，由它熟落在湖水里。大白天，不知从什么地方驶来了几只帆船，它们悠闲地从堤边擦过去，从芦林中穿过去，慢慢地，慢慢地，只剩下了半截帆桅，然后，又湮没在远方了。……这是一个恬静而闲适的世界，但是，它是红军的生长地……"

这里的老百姓，有过深痛的失败经验，和大别山的人民一样，每次革命的失败，都饱受过国民党军的摧残压迫和屠杀，他们最怕的是解放军站不长远。"我就是怕啊！"有个老太婆说："每逢八月十五，我就怕这个日子你们要走！"第一次红军离开了这里是八月中秋，第二次新四军走了也恰恰是中秋。不幸的经验是这样惨痛地教训了他们。

年轻人对我们简直是生气了，他们说："如果这回你们再要走，就是死不要脸了！"

这也许是从"经验"中得来的，这里的地主也特别狡猾，他们善于拿各种各样的武器和革命力量对抗，他们对农民说："共产党来了，你们有红三天，将来共产党走了，也有我的黑三天啦！"但是，农民们并不为这种恐吓所慑服，他们记起了自己的亲人，自己的兄弟、儿女，曾经怎样勇敢地走到前面去了，他们仍然要站起来，年轻的一代说："我的哥哥是共产党""我的舅舅是共产党"，他们以此为光荣，要求加入解放军，他们唱着"哪怕你乌云遮红日，云散红天万万年！"

襄河西岸有个小小的山头，叫做北山，那里有八九十户人家（约2000多人），但这山，从革命的种子撒播下来后，已永远属于人民的了，无论国民党军如何残杀、焚烧，都无法熄灭那革命的火焰，此次我军到后，蒋军拉去了他们全部一百多头的毛骡，杀光了全部耕牛，但长着硬骨头的人们，并不屈服，据说他们中存在着这样的风俗：孩子们的嫁娶，首先问问"是不是共产党员"。很多到过这里的指战员们，都感动地说："革命胜利以后，可别忘记了这块山啊。"

活跃在这里的部队，都是对湖沼战娴熟的地方子弟兵，莽撞的敌人到此后，往往因地形不熟，一打便被打到水里去了，蒋军五十二军便是吃过这个亏的，他们在江陵附近的普济观，被歼灭了一个半团，但歼灭他们的部队，只有一个团的兵力。

群众协助部队作战，也是很有经验的，他们知道怎样参加担架队，怎样组织船只送粮送草，怎样掩护伤病员。革命的历史，已赋予他们这种能力了。

群众对国民党、共产党的界线是清楚的，比如，他们知道了国民党的抗战是假的，共产党是真的，有个商人告诉我：在抗日时期，驻老河口的国民党军，曾将襄南新四军俘虏的日军拿回重庆去报功。说如何如何打了大胜仗，而上面又如何如何给以奖赏。像这样的故事还很多，可惜我都没有记上。

我很期望，将来能有批作家，把这两岸艰苦奋斗的人民的无数可歌可泣的光荣史迹，书写出来。

四、攻入安陆城

1948年的新年，整个中原战场，似乎都在沉默中过去了，江汉战场也无例外。

新年3天过后，队伍又出发了，打下了随县城，俘获了3000多，钟、随两战，把湖北的保安团队的残余扫除得差不多了。钟祥之战，是远距离的奔袭，战绩卓著，随县之战，是白昼攻城的范例，两仗都受到刘邓将军来电嘉奖。

接着不久，就是安陆城的攻坚战。时间是旧历年初七。

在安陆战斗里，我要记下这样的一个故事。

安陆的伪县长叫胡受谦，伪保安大队长是邓文宣，这两个都是最爱杀人的魔鬼，伪县政府的牢里，关着成百个将要处死的"犯人"，这其中有很多都是因为干过新四军被抓去了的。

2月17日，入夜，解放军把该城围住了，也就正在这个时候，胡受谦即命令将所有的"犯人"拉到北门用绳子勒死，死尸抛到北门狮子口外。

晚上9时，我军的攻城战提前进行，在猛烈炮火的掩护下，我军的突击部队，登上北门了，战士们见到了有两个人在城边呻吟着，又看到拿绳子的人急速地逃跑了，原来是两个被勒得半死的人，一个叫刘有琴，另一个叫魏福汉，他们一面咬紧牙关，把绳子顶住（在黑夜里，勒的人把绳子套到嘴上去），一面装着死过去了，行刑的见解放军已攻入城来，撒腿就跑，把他们丢下来。据后来调查，被勒死的有刘祥辉（抗日时期民主政府的乡长），陈孝炎（新四军参谋），胡四姐（新四军家属），蒋银法、何荣华（新四军战士），死者血肉模糊，堆在狮子口下面的泥坑里。

进城的解放军战士们，他们很快就攻入牢内去了，牢内的人知道最近解放军要来，但也知道匪帮们对他们的手段会更为毒辣，因此在这一刹那，听见了紧促的脚步声与刀枪声，以为危险的日子来了，以为刚才拉出去被杀的，现在该轮到自己。

"不要动，缴枪不杀！"战士们喊道。

但是，片刻的沉默，没有回声。接着机枪便架到牢门栅上了，牢里的人这时已意识到这是解放军，有人喊道："都是自己人呀！我们是被关在这里的新四军！"

牢狱打破了，长久被关在这里的弟兄们被救出来，——解放军来晚几个钟头，会有很多人被勒死的——他们围在厅屋内，烧着蒿草烤火，谈着牢里的生活。这时全城战斗已经结束了，杀人凶手胡受谦被打死在孤儿院的墙角内，阳光从窗外射进来。

五、"总体战"

白崇禧在中原战场最得意的"杰作"，就是"总体战"。

这并不是什么新东西，是向日本帝国主义侵华战犯冈村宁次学来的。早在抗战期间，日本人在华北曾用它来对付过八路军。其办法不外乎是烧光、杀光、抢光的"三光政策"。用白崇禧的话来说，就是"军事、政治、经济三位一体"的大掠夺、大屠杀和大破坏！

"总体战"中，有条叫"以组织对组织"的。这就是集中农村中的全部逃亡地主、流氓、伪乡保甲人员恶霸等封建势力，向农民们进攻。国民党军将他们编成队伍，封以名号，然后随军工作——打房子、要粮食、要税款，无恶不作，老百姓叫他们做"倒坛队"，意谓每到一地，即将米缸倒得干干净净，翻箱倒柜，抢个精光。

"总体战"中的"以经济对经济"，就是以"不为匪所用"为名，实行强迫的"征用""抢购""勒索"等经济搜刮，"国军"的各级部属，可以随意摊派银洋、谷物和棉花。

"以政治对政治"，这更是祸害不浅了，国民党军到后，即以"组训民众"为名，将邻近几十里的村民，都集中起来，不分男女老少，一概要他们受训，老百姓哭哭啼啼地到国军住地，像坐牢一样被禁闭着。像京山属宋河这样小的镇子，便被集中了四五千人，那一个区，据蒋军新十七旅的"人民服务队"（是蒋军内的特务组织）材料上说，宋河邻近集中的有两三万人之多，这叫做"并村作寨"，害得老百姓没吃没穿濒于饿死，而田园又被荒废起来了。

实行"总体战"的地区，除强迫受训外，就是"遍地皆碉"，蒋军把老百姓集中以后，就去拆掉了他们的房子，以供各要道筑工事之用，至于壮丁、牲口和车辆的抓捕与劫夺，实无可计其数，白崇禧自己也于8月间大声疾呼："必须掌握住壮丁，必须掌握住粮食！"其疯狂程度，可以想见的了。

在遭受过"总体战"的地区，其破坏、烧杀的行为，是十分惊人的，大别山、大洪山，是蒋桂军糟蹋过的地方，那里是白崇禧自吹"总体战甚收宏效"的地区，至今还是十室九空，灾难深重，虽在人民政府大力救济下，仍未能恢复过来。很多村子的妇女，被桂系军队奸淫糟蹋。

在江汉地区，开始命令实行"总体战"的，是今年5月底到6月中旬，对我襄河南岸地区的两次大"扫荡"，也就是白崇禧升任"华中剿总"和声明"对总体战有详尽之研究"的时候。举一个这样的例子好了：白军一九二旅占去普济观镇，杀掉了农民陈一万，挖出他的心肝，全镇的衣服、鞋袜、狗、鸡、猪、牛抢个精光，贩粮的客船被抢走，船户拉去当兵，烧了30多间茅屋，镇上的人被迫集中至黑神庙；南街头的一个妇女，八个月的身子了，要她跟很多老头子一同去挑土做工事，弄到小产了，一个姓孙的姑娘被匪团长拉去强奸未遂，被枪杀了。——就从这一个小镇子上去看"总体战"究竟是个什么东西吧。

六、胜利的坚持

进军江汉一年来，歼敌万余，部队发展了几倍。它的发展和巩固，曾经过一段艰辛的历程，它是从对敌斗争的坚持中成长起来的。

当我主力部队进入江汉地区不久，蒋军整八十五师、五十二师等部即尾随其后，企图于我立足未稳之际，将我歼于襄河两岸，但这种阴谋很快就失败了，主要是我军进展神速，以疾风之势，横扫江汉，旋即将部队散布至广大地区，对作为蒋军爪牙的伪保安团队，则予以歼灭性的打击，而最重要的，是当地人民对我军的爱护和帮助。尽管敌人在我进军之前，散布了很多谣言，说解放军和新四军不同，说解放军带了日本人来烧杀等等。但解放军是人民的，人民是解放军的，这是一个不可移易的真理。他们见我们回来了，感到比自己的兄弟还要亲热。

四月下旬，规模更大的"扫荡"又来了，蒋军更增加了整十师、整七师等部，妄图将我驱逐至桐柏山区，然后一举歼灭。这个阴谋，在我先发制人，先后于京应线上，及襄南地区全歼其新十七旅与五十二师一部以后，便将其"扫荡"部署打乱了，这时河南方面，我三大野战军正连战皆捷，八十五师被迫仓皇调援宛西，于是敌人的"扫荡"计划，又宣告破产。

然而，由于我们地处中原最前线，临江跨汉，敌人对我们是毫不放松的。襄樊战役（活捉特务头子康泽之役）后，又调集了大别山上的整七师全部，整四十八师、二十八师、二十师等共约23个团的兵力，实行其烧光杀光淹光的"总体战"，这次大"扫荡"首先在襄河南岸开始，他们以4个旅的兵力，密结于两百余里的狭小地区，想将我挤到襄河北岸，然后又调动大军，向我大洪山、荆山等腹地进犯，一面捕杀耕牛猪狗，决堤放水，强奸妇女，同时又带来大批的伪乡保人员、伪钞票等进行破坏，妄图对我根据地以毁灭性的打击。但是，这种惨无人道的行为，更激起了我全体军民的义愤，我们和敌人坚持斗争了3个月之久，老百姓在反扫荡的斗争过程中，更勇敢，更有组织起来了，如大洪山上的农民，他们拿起斧头，也砍死了几个敌人，这种斗争的信心，随着淮海大捷的发展而更为坚强，直至解决了黄维兵团与我在客店坡（京山北）给蒋军主力七军以有力的回击以后，敌人才被迫仓皇撤走，白崇禧的所谓"总体战"便遭遇到可耻的失败。

一年以来，我们粉碎了敌人的几次"扫荡"，胜利地坚持下来了，我们站立在长江边上，直至这温暖的春天伴随着南下大军的到来。

1949 年 2 月

初访石灰窑

　　从汉口顺江东下，大约有270里的水程，不，当你远远看到黄石港外的几堵白墙时，就可以看到四个平直的烟囱，从港侧的山凹中伸出来，这下面，就是华中有名的重工业中心所在地——石灰窑了。

　　石灰窑分上中下三窑，从上窑到下窑，大冶电厂、华新水泥厂、华中钢铁厂、利华煤矿厂、源华煤矿厂……一个挨着一个聚集在这个长约15里的小镇上，著名的铁山矿区（即大冶矿区），在它西面60里，被一条铁路牵连过来。各厂坊之间，铁道和公路纵横交错，道的两旁，绿树成荫，缓步举目，只见南面青山壁立，北面是翻着细浪的长江，风景十分优美。

　　5月15日，比汉口快一天，石灰窑宣告解放了。29日，华中钢铁公司特派专轮来汉迎接军管会的接管代表，乘此机会，我到那里去作了5天的勾留。

华中工业的脊梁——钢铁厂

　　在这些工厂群中，华中钢铁公司的华中钢铁厂是最大的一个，现在的员工有1300余人，厂房、码头、宿舍、办公室外，有礼堂、四百学生的小学、百人床的医院、碾米厂、图书馆、游泳池、澡堂、运动场，是一个比较新型的工厂。它的前身是汉冶萍煤矿公司大冶矿厂，早在前清光绪十七年，湖广总督张之洞，从英国购得当时新式的炼制设备，在汉阳成立炼钢厂，取萍乡之煤，大冶之铁砂，合起来总称汉冶萍煤矿公司，到民国十四年，才于此建厂，抗战后，大冶汉阳先后都被日本人占领，他们在这里成立了"日本制铁株式会社大冶矿冶所"（即"日铁"）专事开采大冶的铁砂，送回日本去冶炼。汉阳、大冶的冶炼设备，同时也都被拆除殆尽了。日本投降后，由国民党的资源委员会接收过来，成立了这个"华中钢铁公司"，现在它已经是属于人民的国家财富了。

该厂正处于建厂时期，还未正式开工冶炼，内分炼铁、炼钢、轧钢、动力、修造、采矿、建造等15个部门，从重庆、鞍山、青岛、上海、美国运来了一部分新旧机器，两三年间，在员工的努力修造下，其规模较战前已大有发展。原定的最高建设生产计划是"年产100万吨钢锭的一个最新式的钢铁厂"，时间是10年，可是3年过去了，这幅美丽的远景依然是渺不可测，从悬挂在办公室上的计划图形标示着新建立好的红线图形看，只有炼钢厂和轧钢厂，其他绝大部分都是未完成的黄白色线，但即就红线所示，实际仍未最后完工，至于炼焦厂等，仍不过是一片青草地，是图形上的一个符号而已。据说这主要是由于日本赔偿的机器，在美帝国主义的阻挠扣压下，无法获得，如果把日本赔偿的机器或至少将原来汉冶两地所运走的机器运回，工程还不至于如此无望。

年产百万吨的计划落空后，一改再改，减少至在3年内完成产15万吨的计划，可是，这又因国民党"全力戡乱"，经济运输两感困难，而暂告停止，以后，又改为小规模的小型生产。现在，这个华中工业的脊梁竖立了，估计在半年以内，即可正常生产。

和东北、华北的钢铁厂及其产量比较起来，这自然是个小焉也者，有个刚从鞍山、太原那边来的同志说："那炼铁炉连热风炉在内，小得像个茶壶！"拿30吨的炼铁炉与六七百吨的相比，这才不过是个小玩具罢了。但是谁也不否认华中钢铁厂在全国工业上所处的地位，倘若我们真的能够把它从小规模生产而渐渐哺育成为一个能够年产百万吨的水平，则它的贡献是很不少的，回忆抗战前长江流域平均每年输入钢铁约60万吨，如果这里能年产百万吨，则不但可以抵消此数，无须倚靠外人以求经济自主，而且还可扶助各种机器和交通工业的恢复与发展。

至于矿砂的质量，大冶所出铁砂，含铁百分之六十五，是全国较好的（鞍山的只有百分之三十五），埋藏量估计在3000万吨以上（邻近的鄂城铁矿还未算入），关于这点，日本人比我们知道得更多，从他们遗留下来的大规模的挖采、运输设备，以及累积在江边还未运走的几十万吨铁砂中，可以想到，他们曾是如何视同珍宝地而疯狂进行掠夺，直到去年，他们仍念念不忘，通过美蒋的关系，运走了20万吨这样的赭黑色的珍品。

作为华中工业的脊梁的钢铁厂，是能够和必须大规模兴建起来的，原料不虞缺少，机器可以自力更生，厂内又有相当数量的技术专家（他们的态度可用该厂经理张松龄的一句话来表达："只要需要，精神百倍！"），而最要紧的是解放后，工人生产情绪的高涨，有些工人表示，前面所订的各项计划，如果真正地做起来，可以缩短一至两倍的时间。在工人们如此的劳动热情下，工程师们也承认这点，武汉军管会对此也甚表重视，正加派得力人员前往帮助工作，让我们期待着这个未完成的杰作的成功吧。

建筑基业的新生

华新水泥厂，是最近两年才兴建起来的。机器是崭新的"美式装备"，共花了250万元美金买来的，每天可产水泥1000吨（6000桶），成本低，质量好，在全国水泥工业界，可说是后来居上，无与伦比，与首屈一指的唐山启新水泥厂打比，后者产量是一天才不过800吨，而且重要原料石膏还要选购自湖北的应城，至于江南的龙潭（日产500吨），上海的龙华（日产150吨）等等，则更难与为匹了。

可是尽管它有这样大的生产能力，在蒋帮"内战第一"的统治下，因没有出路而至停工。

由于生产的停滞，华新厂的员工们，3个月没有发薪资了。仓内储着的几千桶水泥，无人理睬，但它没有倒下去，有些职员将私人的积蓄——金戒指、金链子，都拿出来作生活维持费，这不能不归功于他们为水泥事业而奋斗的精神与信心，他们说："未来的社会是用得着我们的！共产党是用得着我们的！"

武汉解放以后，中原贸易公司即开始向华新购买了一批水泥，他们认为这是一个可喜的开始，当我于返汉途中，看到那长久冷落的码头，突然出现了起货的运输船只时，同行的该厂业务副经理倪之龙先生高兴地说："那一包一包的，就是我们做出来的洋灰，明天，这些东西就要运出去了！工厂就要复工了，一切都要活过来了！"

年轻的技术人员——他们大都在30岁上下——最关心的是军管会将如何接管水泥厂。"国营资本（指官僚资本）的股份以外，私人资本的股份将怎样处理？由政府收买股票统一经营还是照旧的公私合办？"其次，"成品是否能有计划地推销？"军管会代表的答复是政府保障私股的所有权不受侵犯，推销问题将由政府帮助，生产可即恢复起来。这答复原则上他们都感到满意。

他们中有人认为，有了共产党的管理，很多难以解决的问题，今后都可以解决了。如他们举出这样的一个例子：该厂建厂时，曾买得邻近半边山地，当动工打桩时，却受到那半边山的地主恶霸们的干涉，理由是震动了他们的祖先坟墓，使"死者不安，生者不忍"，硬要强迫他们停止，其他勒索苛求，应有尽有，用点湖水，要给钱买，借铁路运输，除给运费外，还有人说要给铁轨以下的地基费……

"你们解放区的土改，可先要将这些不良现象改掉才好。"我们中国的封建残余势力，是近代工业发展道路上的障碍，这是一个浅显的实例，这位工业家从他的实际生活中强烈地领会了这一点。

新社会里确是非常需要水泥的，桥梁、水利、市政、码头、飞机场，以及各种工程建筑，都在等着他们去效劳，真是那样巧合的，石灰窑上，钢铁厂出钢骨，水泥厂出水泥，两者合起来，给华中未来的建筑业奠下了根基。

长江边上的光辉

"我们的电灯，是长江边上最亮的！"大冶电厂的工人夸耀说。在石灰窑过过夜的人，第一个感觉也是如此。本来发电厂的电力，并不见得比其他电厂特别高明，由于这里的工厂大部都未开工与停工，所需电量很少，故在烟囱还未冒烟的时候，只好任它彻夜青光照耀。

大冶电厂原属伪资委会的鄂南电力公司，发电6000瓦，全部机器是租用钢铁厂的，该厂正在黄石港与石灰窑间建一发电1万千瓦的大厂，因现有6000千瓦，不敷将来各厂开工之用，但新厂建成后，合起来就有1.6万千瓦，而电力的供应便又大有盈余，因此该厂会计划将这些剩余电力建成一个鄂南（鄂城、黄冈、武昌等）电力供应网，使邻近各大城镇，亦得以大放光明。

　　新厂的建立，大致已经就绪了，只等上海的机器运回，便可开工，此次上海解放，他们大家都非常高兴，祈望机器早日平安运回。为了帮助该厂的落成，武汉军管会亦致电上海当局，盼给予便利。电厂员工对军管会的关心，甚表感激。

　　电力厂在石灰窑所演的角色，不消说是十分重要的。"如果我们停了工"，一个电工说："全部工厂都要受影响，有万余人都要失业。"也惟其如此，于解放前后，这些觉悟较好的工人们，曾发挥了他们的勇敢和智慧，进行护厂斗争，他们购置了各种防破坏、防空等的灵巧的设备，他们组织了"防护组"，日夜轮流看守着各种器材，直到解放军到达该厂时，工人们仍警戒森严，岗哨未撤，他们见到军管会的军事代表后，提出意见说："20天以前就解放了，你们现在才来，把我们等坏了！你们不来我们天天呆呆地看着。""保证一颗螺丝钉也没有少！"

　　这种爱护革命财产，爱护自己的工厂的精神，真使人兴奋感动，我再讲一个故事吧，在离这里不远的道十洑山，有个伪大冶县政府开设的日产四十吨的煤矿，解放军到后，伪县政府逃走了，经理也跑了，经费无着，粮食没有，但这里的百余职工仍守在那里，看管着机器、煤堆，听说军管会派人到了石灰窑，便打了个"报告"，派了专人，请无论如何派人前去接管，这是何等动人！从工人们的热情中，我们应得到爱护和节省革命财富的启示。

工人要些什么？

　　经过几天的访问，我有责任报告工人们要的是什么。

　　他们迫切地要求成立"职工会"。很多工人的谈话，都集中在这个问题上。是的，20年来，石灰窑的工人，都不曾有过自己的合法的工会组织。虽然也有"互助会""俱乐部""歌咏队"等组织，但活动性质和范围，都贫乏和狭小得可怜。他们对工人阶级自己的组织，自然万分渴望，5月31日那天，接管代表召集了钢铁厂的全体员工讲话，当武汉职工会代表周志远同志上台讲话时，工人群众顿时轰起了一阵热烈的掌声，工人们喊说："职工会的代表呀！我们的代表呀！鼓掌呀！""好呀！赞成他呀！"

　　"要职工会干什么呢？"我问道。

　　"领导我们，教育我们，成立识字班，提高文化，学习政治。"他们回答说。"老早听说东北开了职工会啦，我们高兴得只是盼望，你们其他事情不忙做，先成立了职工会再说。"

工人们的教育工作，的确也是一个大问题。

过去，他们认为最"进步"的书报，是《时兴潮》和《观察》，这自然是国民党特务镇压的结果，进步书刊无法进来，此次我们到工厂去后，毛主席的《新民主主义论》也才第一次进入了工人宿舍。

有个晚上，我访问了电讯工人组成的文娱俱乐部，电机工人王松山、方柏祥，都以喜悦的神态指着几张出版不久的《长江日报》说："一看，就知道是我们的报纸了，它登载了我们工人的事情很多，以前的报纸不这样的。"——我想作为党报的工作者，对这种荣誉的赞词，定会感到快慰的，但同时，他们又提出了一大堆问题：陈伯达的"不要打乱原来的企业机构"太深了看不懂，报纸要写些工人每天生活的事情，最好在石灰窑办个工人报，报纸来得太慢了，要三四天，从前国民党报纸看不看不打紧，现在是来得愈快愈好——钢铁厂的工人指出，报上的毛主席朱总司令的像看不清。

解放军要来，工人们想做个红旗庆祝自己的解放，但是红旗是个什么样子呢？一位经过大革命的老工人说："红的就是了！怎样我已记不得，反正他们都是从前苏区的红军变成的，红的总不会错。"他们指着屋顶上招展着的大红旗，叫我看。

工人们自己组有歌咏团和话剧团，他们硬拉着军管会的"联络员"教唱歌，教扭秧歌，我要替他们呼吁：文工队！宣传队！剧队！到这个华中重工业的中心地去给他们演个戏吧，去带个头吧，他们需要你。

（原载 1949 年 5 月《长江日报》）

解放后的海南岛

人民解放军以不到半个月的时间，粉碎敌人的海陆空立体防御，迅速地解放了海南岛；解放以后，海南岛的接管、遣俘、剿匪等工作，进行得也是非常顺利的。拿剿匪来说，岛上国民党溃军和零散土匪曾有1.5万余人，原订4个月清剿完毕，可是不到两个月的工夫，便把土匪基本肃清了。为什么这样快呢？海南区中共党委副书记何浚同志回答："这是海南的特殊环境造成的，海南四面临海，沿岸是大军控制着，中间山地是我们20年来的革命根据地，土匪被夹在中间，我们熟悉地形，深得群众的拥护（黎、苗族和我们有共过患难的亲切感情，团结得很好），很多土匪没有粮食，只要追上3天，饿上5天，便投降了。"由于有这些特殊情形，海南的恢复工作，比之广东大陆各地，确是迅速得多。

但是，现在摆在海南人民面前的建设任务，又要比以前繁杂得多，艰巨得多了。用毛主席的话来说，他们正开始走上万里长征的第二步，进入了困难的阶段。

丰富的资源

海南的天气，炎热多雨，据说每年下雨的日子，有150天之多，隆冬时节，一件夹衣就过得去了，苏东坡的诗里所说的"四时皆是夏，一雨变成秋"，正是指这里。岛上农作物繁殖极易，发芽、开花、结实，一年有好几回。稻子可种三遍，红薯可栽六回；其他橡胶、椰子、奎宁、咖啡、香蕉、菠萝等特产，分布全岛，椰子林、橡胶林、槟榔林，漫山遍野，一片葱茏。环岛的海面，渔场、盐场也是星罗棋布。矿产方面，金、银、铜、铁、锡、钨、钞、铝、水晶，样样俱全，尤以铁砂的出产，质美量多。想不到在这块3.4万平方公里的地方（比台湾约小5%），竟是这样丰腴而美丽的小天地！

日本人对海南的情形是很清楚的，他们说："共荣圈内，南方资源之富，未有逾于海南岛者。"因此，日本帝国主义者在1939年2月占领海南以后，曾全力进行"开发"工作，要把掠夺台湾的经验用于海南，时间是30年。他们拟了一个五年计划，投资6亿元日币，内分道路桥梁、港湾设备、矿山、农业会社、木材、水利、畜牧、水产等事业，以及各种工业、窑业、盐业、通信事业、食品加工业等项，其中以工农业和交通业为最多，占全部事业费2/3，其目的在于加强对海南资源的掠夺。这个计划，经过六年的努力（直至日本投降时止），是收到相当成效的。日本人从这里兴建起各种事业，运去了几百万吨的铁砂，运走了无数的树胶和原料。

日本投降以后，岛上全部的资材、设备，都由国民党的官僚们"接收"了。日本竭力经营的一切，在那些官僚们的手里，便完全变了样，很多橡胶园废弃了，机器生锈了，桥梁崩塌了，一切有关国民生计的事业都无人过问，陈济棠、薛岳等人的所谓"建设新海南"计划，只不过是一个荒唐的骗局。

海南岛解放的前夕，这些罪大恶极的匪犯们还大施破坏，炸毁了很多重要的桥梁、工厂和水电站；我们接下了这些支离破碎的东西，恢复起来是有很多困难的。

但是，人民政府是有办法的，很多工厂被破坏后工人还没有分散，他们在等待着开工；土匪肃清以后，很多企业都要慢慢地恢复起来。广东省人民政府工业厅打算有步骤、有计划、有重点地进行恢复和重建海南的工作。从目前的条件和需要出发，拟先恢复树胶、铁矿、渔、盐等业。

树胶园的恢复

海南树胶树的种植，远在1911年就已开始，到1934年，据统计已有94个大小不等的树胶园，树的数目也达到25万株左右，分布在定安、乐会、儋县、万宁、琼东、琼山、文昌等地，以定安、乐会、儋县为最多，儋县和定安多采资本主义的公司方式经营，年产约4000余担，资本约28.5万元。日本占领海南后，曾大力扩展，培养树苗，修筑连接各树胶园的公路，到日寇投降时为止，树胶园的面积已大为增加，树数达45万株到60万株左右。

日寇投降后，在国民党统治的五年中，农场的几万株幼树没有分栽，现在老得再也不能分栽了，树胶园里野木丛生，长得快要和树胶树一样高，2/3以上的树胶园已经荒芜，园主不堪蒋军的压榨，逃亡的不少。

最近，由于南洋的胶价大涨（据说是130元银洋一担），海南的树胶也在半个月之内由25元一担涨到80多元一担，少数园主开始在可能收割的地方进行收割。但这种收割不是建设性的生产，只是临时抓一把的、带着浓厚破坏性的生产；还有的园主不了解人民政府的政策，不肯投资恢复。因此，人民政府正设法解决以下的几个问题：

第一，产权问题。（一）凡过去系敌伪和官僚资本、恶霸经营的树胶园一律收归公有。（二）凡过去由私人（无论是华侨或地主经营的树胶园）经营者，政府承认其产权，并协助其发展。（三）所有园主应立即向当地政府登记，恢复生产，限期将野树砍完，过期业主仍未归来者，即行代管。

第二，恢复和发展树胶园的经费问题。（一）园主确实无力投资恢复树胶园者，可向当地政府申请登记，要求银行投资或抵押贷款，或采取合同方式借款，按期交货。（二）银行的投资、抵押、贷款，或借款，应保证用在投资树胶事业上，不得转用他途，由政府负责监督，贷款的利息应低。

第三，苗圃问题。应立即恢复、整理苗圃，并有计划地大量繁殖、培育树苗。

第四，树胶的收购问题。为了保证（或补充）工业原料的不足，贸易机关应组织收购或统制，以刺激树胶的发展，减少外汇的输出，价格应比南洋高，至少不低于南洋的价格，总之，要使业主有利可图，比种其他东西的收入要多。

第五，私人愿投资树胶事业者，其有个别困难不能解决时，可呈报政府，尽量设法帮助解决。

海南岛的树胶园在目前看来还不很大，树的数目还不多，还不能在树胶工业的原料供给上起着决定的作用，但其发展前途是很大的。因为海南岛可以种植胶树的土地面积很大，凡能种菠萝、槟榔、椰子的土地都可种胶树，只要很好加以研究，全岛都可产胶，可能成为全国树胶原料的供给地。

铁矿的恢复

海南原来有一个铁矿局，设在榆林，直辖石碌和田独两座矿山。两矿原来都设有专用铁路至海港，工程建设和矿山生产设备都是机械化的。

田独位于榆林近邻12公里处，1939年沦陷后，日寇即积极筹备开采，修筑码头铁路，至1940年4月开始生产，第一年生产16.9万吨，至1943年，每年生产逐渐增至91.8万余吨。总计在日寇经营时，采矿共270万吨左右，运走达240万吨左右，积存码头和矿山的约30万吨，直至日本投降时，一切都很完整。国民党接收后，4年来仅采矿约35万吨，连同以前的存矿，主要都卖给英国联华公司输往日本。

田独的矿藏量，据日本人三次探测的结果，估计是500万吨，如以此为根据，则应该还有200万吨，最低的估计，也还有150万到180万吨。

矿山的设备，分采矿及输矿、发电所、贮矿场、修理厂等部。由于该矿生成是一座铁山，采掘便利，不需拨土，和一般开采石灰石相同，经过打眼放炮后，就可以用推矿机械推至天井流入地下，然后经皮带运入火车，再到码头，采矿的成本是很低的，矿的质量也很优良，含铁量最低是59%，个别地方甚至有含铁80%的，矿砂里面含磷和硫都很低，可冶炼最优秀的高速度钢，平均含铁量在63%左右，是冶炼家最理想的原料。

国民党撤退时，对矿山曾进行有组织有计划的破坏，蒋军由海军修械工厂调来一个破坏大队，炸毁矿局的采矿设备，矿桥、卸矿机、压风房、机械厂等处，都受到很大损害，特别是动力方面损失较重。但经过几次研究，全体400名职工（过去最多时曾达1500人）认为修复的困难是可以克服的，他们根据现有的技术条件和力量，将部分设备加以改变，用款也不多。今后在方针确定后，大约半月内可恢复运输，两个月内可恢复动力，到第三个月便可恢复采矿。

石碌矿在白沙县境，距北黎港约52公里，矿量为4500万吨，埋藏量估计有几亿吨，1941年，日本人曾开始建设规模宏大、房舍坚固、全部机械化的生产设备。迄1945年，已完成年产150万吨的开采设备，其另一个300万吨的采矿工程尚未完竣，进行生产约40余日，共计采矿40万吨，就因日本投降停顿下来。国民党接收后，将矿山仓库的部分物资迁到田独，不曾进行任何的修建生产工作，铁路也因前年遭遇飓风将江桥损坏，至今尚未修复。石碌矿的品质和田独不相上下，并且有铜矿（藏量约12万吨以上）、锰矿（藏量约82万吨），是我们新中国的炼钢工业的一个良好的宝藏。日本人是始终垂涎着这里的矿砂的，前年3月国民党中央社曾经毫无民族立场地这样报道说："据日本矿铁专家称，海南铁砂为制造生铁质量最优之铁矿，不仅足以增加生铁产量，且可节省日本极感缺乏之焦煤用量，据日本八幡铁厂最近实验，如果利用海南铁砂炼制生铁，则制铁一吨，便可节省焦煤3吨。故日本本年如利用海南铁砂，生产生铁75万吨便可节省焦煤225万吨。……日本计划于本年内产钢105万吨，其能否实现，需视能否获得海南岛铁砂而定。"由此可见石碌铁砂品质的优良。

目前广东省工业厅已订出初步计划，呈请工业部核准。各矿局和矿山的负责人也正谨守岗位，并由各部门推出代表，组成临时委员会，进行清理和保护的工作。

渔盐的恢复

渔业方面，海南岛港湾良好（如博鳌、三亚、榆林、清澜、北黎、新英等港），渔产丰富，据抗战前的统计，有渔民4.5万多人，大小渔船4000只，每年捕鱼总值250万元，抗战后渔船锐减，日人占领期间，曾设立3个公司，以新英、白马井和榆林为根据地，共投资1650万日元，设备渔船八艘，共计3.4万多吨。后来除白马井已遭破坏外，其他都由国民党政府派人接管，成立了一个"海南水产公司"，有渔船、制冰及冰冻等设备，蒋帮在逃跑前，已将大部分渔船开到香港，企图盗卖。人民政府接管这些渔场后，正设法进行恢复。

盐的问题：海南岛的海岸线很长，且沿海多黏性土壤，海水的浓度特高，秋冬气候干燥，为制盐的理想地区。

战前海南岛的盐田（天晒盐田）共约1.95万亩，以三亚、榆林一带为最多，共约8000余亩，北黎、感恩方面约3000余亩。全岛年产盐约80余万担，质地甚优，每年对外输出约70万担，除铁矿外，是本岛输出的最大宗。

在日本占领期间，对开发盐产曾努力经营，除计划开辟大规模的盐田外，并计划组织各盐田生产，改善制盐技术，预计在同一面积的盐田上，可增产40%。他们计划开发的大规模盐田有两处：

1. 莺歌海盐田：位于本岛南端黄流附近，具有优越的盐田条件，盐田面积共3.4千亩，年产额可达34万～41万吨。

2. 新英港盐田：位于本岛西北端，面积超过2.4万亩，但因该地晴天较少，宜于本岛将来水力电源发达后建筑碱水盐田，兼营苛性苏打工业和臭素等其他副产物工业。

以上的计划日本人未及完成，即宣告投降。国民党反动政府接收后，不但没有按照计划再进行建设，反而使很多盐田都荒废了，停止了生产，所以抗战胜利后，盐田的年产量锐减至一二十万担，最高如1948年，亦仅达627294担，尚较原产量减产四分之一。盐的销售，以1948年为例，除本岛自用约2万余担，腌鱼用盐约8万余担外，外销达40余万担，销地主要为广州，其次为江门、北海等地，销广州的盐并运销湖南、江西一带。

交通的恢复

要做好以上的工作，密切关系着的是交通问题。海南的交通，颇为不便。由于河流多属沙、溺，除各港口间可行船外，多靠陆路。全岛公路共约3000公里，但蒋军逃走时，把很多桥梁都炸毁了，现在可以通车的仅1/3。公路局现正进行恢复，预计8月底以前可修好环岛公路，年底以前修好通达中部各县的干线和各县的乡道。

本岛现有公私大小型货客车466辆（军用车除外），都是一些陈旧的日本货车。日人所筑成的自榆林到北黎和石碌的铁道，则由于桥梁崩断，日久失修，大部不能通车。

本岛的对外交通，因海岸线延长达2000余里，沿岸港湾众多，其中最有希望的是海口、清澜、马袅、三亚、榆林、藤桥、新英等处。现在海南的对外交通，多集中于海口，通航地点，国内有：广州、湛江、北海、江门、梅菉、香港、澳门等地。国外有：海防、西贡、暹罗、新加坡以及南洋各埠。航运大都畅通。

1950 年 8 月

荒谬的审判

香港英当局究竟是不是甘心仰承美帝国主义的意志而不惜使用一切卑鄙的、无耻的手段来迫害香港的中国人民以此来达到他们可耻的目的呢？这个问题已经由香港英国政府以事实作了肯定的回答了。香港中国人民的《大公报》在非法"审讯"中之被勒令停刊半年，《大公报》负责人之被非法判刑，就是这个回答。香港英国政府已亲手拉开了他的面具，露出了一副狰狞的嘴脸。

事情的发生是这样的，3月20日、21日和24日，香港英国政府先后逮捕和控告《大公报》《文汇报》和《新晚报》三家中国人民报纸的十位负责人，即：《大公报》所有人兼督印人费彝民、承印人鲍立初、编辑李宗瀛，《文汇报》所有人梅文鼎、督印人余鸿翔、承印人温企鹰、编辑李子诵，《新晚报》所有人杨秀峰、督印人郭永伟、编辑罗孚。他们被控的"罪名"是因为据说他们所负责的三家报纸，曾在3月5日"刊载了涉及本殖民地政府（按指香港英国政府）的煽动性文字"。

这是一篇什么样的文字呢？原来香港英国政府指的是新华通讯社在3月4日广播的一篇新闻——当天北京《人民日报》的一篇短评，题目是《抗议英帝国主义捕杀香港的我国居民》。《人民日报》的这篇短评指出：香港英国政府非法迫害我国居民的暴行越来越严重，今年1月间非法逮捕和驱逐了我国电影工作者及九龙灾民代表的司马文森、李文兴等人，3月1日又出动大批军警有计划地有布置地屠杀当地我国居民，并大规模地逮捕我爱国同胞。这充分表现了英帝国主义是在继续顺从美国的意旨，蓄意迫害香港的我国人民，以图实现其把香港变为帝国主义侵犯我国的基地的阴谋。这篇短评警告香港英国政府，假如它不停止这种挑衅暴行，一定会在中国人民的伟大力量面前碰得头破血流。

十分明显，《人民日报》在这里是根据了千真万确的事实，而代表4亿多中国人民对香港英国政府的暴行表示了正义的抗议并提出郑重的警告，香港中国人民的《大公报》《文汇报》和《新晚报》把这样一篇具有重大意义的短评刊载出来乃是它们的天职，也是它们神圣不可侵犯的权利。但是，香港英国政府却不仅不去从这篇短评中得到应有的教训，诚心悔过，却反而把它硬说成是"煽动性文字"，而且对刊载这篇短评的3家报纸发动了疯狂的迫害。

4月16日，香港英国高等法院首先对《大公报》的负责人开始了所谓"审讯"。当然，审讯的结果是早就可以料想得到的。5月5日宣判那一天，在法庭上听候宣判的记者中就有许多早已写好了判决的消息，只等填上徒刑的期限与罚款的数字。但是，虽然英帝国主义者可以横暴地强迫《大公报》停刊，把它的负责人判刑，但是却不得不付出高昂的代价。连续十五天的审讯过程已完全拆穿了它小心伪装的两面政策而暴露了自己的丑恶本质。

首先，香港英国政府费尽心机想要"确立"《大公报》"煽动叛乱"的罪名，但是他却找不到一个证人来支持这种诬害，甚至主控方面的证人、香港市政卫生局主席彭德在回答被告辩护律师的质问时都不能不承认在《人民日报》的短评中"看不到有任何激起暴力之处"，只是"看来有抗议的意思"。就是这一点，香港英国政府却把它当作"煽动叛乱"来判罪！它并且完全不顾别的香港报纸，例如《星岛日报》也曾在3月4日刊载过性质与人民日报短评相类似的北京广播这种事实。所有这一切明白地说明了《大公报》之所以被停刊并不是因为它"煽动"了什么，而只是因为香港英国政府决心奉行美帝国主义要变香港为侵华基地的政策，它蓄意要切断香港中国人民与祖国的联系。这完全不是一个所谓司法性的案件，而是一个政治行动，做出这种行动的人们表明他们已决心奉行与中国人民为敌的政策。

英帝国主义者常常喜欢吹嘘自己的"民主"与"法治"，但是对《大公报》的审讯证明，当他们追逐着不可告人的政治目的的时候，他们就顾不得要"民主""法治"这类遮羞布了。被告的辩护律师在审讯的第一天就明白指出：即使根据香港的法律，这次诉讼程序也是完全非法的。香港英国政府在进行逮捕时，并没有向香港高等法院出具必需的证书，而它所出的拘票上竟然没有不可缺少的法官签字，同时也没有说明拘捕被告的理由。为此，被告的辩护律师曾经指出：香港英国政府这种行径就好像在英王查理一世时代派了兵去抓人来受审一样。他严正地要求法官立即停止这种非法诉讼，但是法官在老着脸皮承认"有不合程序之处"以后，仍然悍然宣告继续审讯。

为了要对《大公报》曲意构陷，香港英国政府甚至不惜把《人民日报》的短评译成夸大的英文，以便罗织入罪。但是，主控方面的证人，香港高等法院的首席翻译陈国英在4月22日出庭作证时，一经被告辩护律师盘问，就承认在译文中有三处明显的错误。陈国英开头曾自称是这篇短评的译者，但最后竟不得不承认原来他并没有翻译。

在这种理屈词穷的情况下，香港高等法院的法官只有一再采取横暴的手段来阻止被告辩护律师的质询与申辩，强制诉讼的进行。例如：当被告辩护律师要求宣读若干旁证文字的时候，法官竟说："我不要听你的理由。"在被告辩护律师坚持之下，法官又高声说："我是本法庭的权威，假使我错了，还有补救办法，但是我已宣布了我的决定了。"当被告辩护律师盘问主控方面证人——九龙城警署总帮办史高特而史高特哑口无言时，法官竟对被告辩护律师说："我不喜欢你动来动去。"

在这次审讯中远出于英帝国主义者愿望之外的是，审讯的过程完全证实了"三一"事件是香港英国政府完全有计划、有布置地制造出来的。主控方面证人、香港英国政府油麻地区警司麦花臣在4月24日受到被告辩护律师盘问时承认，香港警方在3月1日预先准备了催泪弹，并且老早就从香港方面调动了两队警察到九龙去。在对群众发动攻击后，警方曾使用了催泪弹197枚、放枪3发，伤了5个中国人，其中一人因伤死亡在九龙医院，即纺织工人陈达义。这种招供证明了大公报关于"三一"事件的报道，以及《人民日报》的短评所根据的事实完全是属实的。而另一个主控方面证人，香港英国政府新闻处长穆磊，在受被告辩护律师盘问时，却承认他在3月1日发表的新闻和英国殖民大臣里特尔顿就同一事件发表的声明都与事实不符，特别是穆磊在那天不负责任地宣告"广东省、广州市各界人民团体慰问九龙城东头村受灾同胞代表团"将于上午10时半抵达香港的错误消息，乃是制造了这次血腥事件的一个重要步骤。在"三一"事件中被警车撞伤的青年女子赵洁雯和她的朋友梁瑞霞及被警察毒打的工人陈伟芬等，在5月1日出庭作证时，都生动而有力地控诉了英国警察的暴行。

现在，《大公报》的"案件"已经被非法判决了。但是香港英国政府如果以为他们已经轻易地扼杀了中国人民的声音，那就错了。中国人民已经一再对英帝国主义发出了抗议和警告，正如《大公报》一再对英帝国主义发出了抗议和警告，正如《大公报》负责人费彝民、李宗瀛在法庭上所说："这种抗议代表着全世界四分之一人口的意见。"这种抗议是说"伟大的中国人民是不容任何人任意欺侮的"。如果英帝国主义者不去充分估计这些抗议的意义，它就必须准备为它的罪行付出更高的代价。

1952 年

越南印象

一、河内

我们的飞机到达嘉林机场的时候，正是一个风和日丽的艳阳天。从低空俯瞰下来，眼底景物，显得分外玲珑清晰：这郁郁葱葱密布山间的是松柏，这回环村舍的是椰子和木瓜，这一排排的带水而立的是蕉林，这绿毯似的辽阔的田畴，不是甘蔗就是水稻的秧苗了……红河三角洲以一种明媚动人的姿态呈现在我们面前。我想每一个来访的客人，都同我们一样，很快就会感觉到这里是一个富饶和美丽的地方。

嘉林离越南民主共和国的首都——河内，还有10公里。车子穿过一片深绿色的田野，跨过红河大铁桥，不到20分钟，就到达河内市区了。在路上，我们留心地看看周围的景物，除了看到椰子、木瓜、香蕉、甘蔗等热带植物之外，还看到红棉、苦楝、剑麻、凤凰木、龙眼等许多果木。这些东西，在广东是常见的，所以对这儿顿时失去陌生之感。不过田上长着的禾苗（开始我还以为是秧苗），已有一尺多高，这里的气候，要比珠江三角洲早上一个到两个节令。

河内是一座非常美丽动人的城市。那整齐、平直、洁净的街道，那由盘架树、榕树和一种不知名的乔木所构成的青翠茂密的林荫，那淡黄色、淡绿色的多样而又整齐舒适的房子，那万紫千红散播着幽香的小花圃，以及那在这个花园一样的美丽城市中居住着的愉快的主人……给人留下了第一个深刻的印象。城内外有三个有名的湖。一个叫"还剑湖"，传说是仙人把宝剑送到世间，插到湖里去了，水面上只留下了一个剑把子，即现在可以看到的湖中的一个小宝塔。这个湖的面积虽小，但很有名，它和城里另一个名胜——独木庙一样，常常被拿来作为河内这个城市的标志。到过这里的人，更是没有不知道"还剑湖"的。另外一个叫"禅光湖"，大小和"还剑"差不多，从这名字看，大概还有一个什么神的故事在里面。这个湖没有"还剑"那样出名，但它周围的景色，却和"还剑"一样美丽。两个湖都在林荫大道的包围中，湖边长着凤凰木、槟榔、盘架树；树阴下，设有一座座的小花坛、小摆设。放工之后，可以看到人们坐在湖边的小椅子上，舒适地喝着柠檬水或椰浆。再过一个多月，就是那凤凰木开花的时节了；这种树又名红映树，开起花来，像烧红了天似的，可以想象，那时候的花光水色，将是怎样地艳丽迷人！此外，还有一个"西湖"，这个湖很大，方圆有几十里，一直伸延到城外去，比前面的两个湖，显得深博浩大得多。这个湖正在建设中，无疑地，它将把这座城市装点得更加漂亮。

河内这座城市显得这样美丽动人，当然和这个城市的主人有密切的关系。越南人民经过了三十多年的艰苦斗争，两次从帝国主义者手中解放了这个城市。现在，他们正努力进行新的建设，为最后扫除帝国主义的压迫，为祖国的统一事业而奋斗。这个城市的人民，现在当家作主了，所以他们充满朝气，充满自豪感；所以处处都是欣欣向荣的新景象。这在我们说来，是特别容易体会到的。因为我们的许多大城市，也都是从帝国主义及其走狗的长期的、黑暗的统治中解放出来的。我们完全理解到当了主人翁以后，应当如何把自己的城市建设得更好、更美的那种急迫的情绪。

这里的人，是勤劳和愉快的。男人多穿淡黄或灰色的衣服，戴通帽（水松根或通草做的）；女人多穿白色的高叉旗袍，拖着散发。男女都爱骑自行车。上工和放工的时候，可以看到流水似的自行车群，在街上流动着。机关干部，保持着过去的艰苦作风，生活很朴素。

河内住着越南人民敬爱的领袖胡志明主席。我们到河内的第一天，就荣幸地见到这位伟大的人物。今年是他的七十寿辰了，但是看来还不过是五十几岁的人。他的精神很好，只要和他接近，就会感到，他是一个从容朴素、平易近人、和蔼可亲的人。难怪越南人民都以亲切和敬爱的口吻称呼他"胡伯伯"。胡主席在63岁的时候，做过一首诗："人未五旬常叹老，我今七九正康强。自供清淡精神爽，做事从容日月长。"这首诗，直到现在，仍是很贴切的。他给人的印象，就是"精神爽"；他的言谈、举止，尽在"从容"二字中。胡志明主席不但是一个革命家、政治家，而且还是一位出色的诗人。据黄文欢同志说，胡主席的狱中诗就要出版了。这是一件使人兴奋的事。前几年我读过他在解放战争时期写的几首诗，一直都记得。其中有两首我特别喜欢：

> 看书山鸟栖窗杆，
> 批札春花照砚池。
> 捷报频来劳驿马，
> 思公即景赠新诗。
>
> ——1947 年和裴朋团

> 今夜元宵月正圆，
> 春江春水接春天。
> 烟波深处谈军事，
> 夜半归来月满船。
>
> ——1948 年

单从这两首诗，就可以看到诗人的从容不迫的态度、革命的乐观主义精神，和洋溢着这种精神的诗篇的感染力！

还有一首是在1950年9月17日越南人民军全歼东溪法守军后作的：

> 携杖登山观阵地，
> 万重山拥万重云。
> 义兵壮气吞牛斗，
> 誓灭豺狼侵略军。

现在读来，仍会使人觉得热血沸腾，胜利在望。

在河内，我们参观了一个革命历史博物馆。这个馆的内容很丰富，布局很得体，是经过一番心思的。这个馆，从30年前越南党—印支共产党的诞生前后的情况，到1931年的义静苏维埃运动；1935至1939年组成民主战线反帝的民族统一战线，进行半公开活动；北山和南圻起义，1941年越盟战线成立，建立部队进行武装斗争；1945年9月20日党领导全民起义，成立了越南民主共和国；1946年12月，发动了全面、全民的抗战，经过了九年的抗战，1954年5月的奠边府大捷以及越南北部完全解放后，党领导越南人民为社会主义改造和建设，为祖国神圣国土的统一而斗争等情况，有了一个系统的、明确的叙述，使每一个参观的人，都受到一番很好的教育。我们因时间关系，不能一一细看，所以集中参观了在越南党的诞生到奠边府战斗胜利这一阶段。

在参观中给我印象最深的，是这几个方面：一，帝国主义对越南人民的掠夺和压迫，是非常凶狠和残暴的。这些豺狼（法、日帝国主义）对越南人民的正义反抗，不但武装镇压，而且用尽了各种惨无人道的血腥手段。法帝国主义对越南人民，凌辱烧杀还不算，对越南爱国志士的尸首，还要论斤论两地卖给死者的家属。我们看到那些被吊死的、被杀死的尸体和那些挂在树上、竹棚上的支离破碎的人头、手、脚的照片……立即想起日本帝国主义者过去在我国屠杀我国人民所留下来的如"这是第一千个"之类的照片，不觉为之血流暗涌，咬牙切齿。当然，从这些图片中，我们还可以想到，越南南部的人民；更远一点的，可以想到阿尔及利亚、非洲、拉丁美洲以及许多在帝国主义的屠刀下的灾难深重的受压迫的人民。一切帝国主义都是残暴的吃人的野兽，一切被压迫被侵略的民族，必须和帝国主义作拼死的斗争，把这些野兽们赶走！——这一真理，从这个革命历史博物馆中，就看得非常清楚。 二，由于帝国主义的残酷的压迫，越南人民的斗争是非常艰苦同时又是非常英勇的。在许多革命烈士的革命事迹中，如印支共产党书记陈富、黎鸿峰、阮文渠，河内印支共产党支部创始人吴家寺，义静苏维埃运动领导人阮文色，中央委员黄文树，南圻起义领导人阮氏明开、何辉集、潘登流等同志，都是先后被帝国主义及其走狗逮捕杀害的。在胡志明主席领导抗日救国运动实况的一个陈列室中，各种图片表明了胡主席在一个极端荒凉冷漠的小山洞——高平北波洞中住了四年。在一个陈列许多烈士遗墨的陈列室中，我们看到了许多烈士的签题、文章和诗歌。这些东西，表现出这些革命者的坚强意志和视死如归的革命精神。如潘西湖的《狱中悼先烈》说："世事回头已一空，江山垂泪泣英雄。万民奴隶强权下，八股文章醉梦中。长此百年甘唾骂，不知何日出牢笼？诸君未必无心血，试把斯文看一通。"阮诚的绝命诗："一事无成鬓已斑，此生何面见江山！补天无力谈天易，济世非才避世难。时局不惊云变幻，人情只恐水波澜。无穷天地开双眼，再十年来试一看。"这些在敌人的脚牢头架的禁闭下写出来的诗篇，写得如此沉痛悲愤，至今读来仍使人深受感动。也是因为帝国主义及其走狗的残酷压迫，越南人民的反抗斗争就如燎原的烽火似地蔓延起来。在越南党和胡志明主席的英明领导下，越南人民坚决以革命的武装去反对武装的反革命，人民、军队和党都在革命斗争中成长壮大起来，经受了坚强的考验。从博物馆中清楚地看出，越南人民的胜利，是经过一条漫长的艰苦的道路的，是由无数的革命先烈流血牺牲得来的，每一个参观的人都能认识这一点，每一个年青的接班人，都可从中领会这一点，从而很好地珍惜这一革命的果实，很好地为祖国的革命事业献出一切。三，革命历史博物馆给我另一深刻印象的是越中人民的深厚的革命友谊。十月革命一声炮响，给中国人民，也给越南人民送来了马克思列宁主义，中国大革命策源地的广州和越南人民的革命也很有一些关系。越南人民和劳动党的伟大领袖胡志明主席，在中国大革命时，在革命的策源地广州住过，其后他又和我国的革命者在一道坐过牢，受过中国军阀的迫害；越南革命先烈潘佩珠（巢南），过去对革命还不是很了解的，就是在大革命时到了广州，才开始了思想转变；有个烈士李白重，他是广州中山大学的学生，1927年回越，1931年在西贡英勇牺牲了。在越南党和人民反抗帝国主义及其走狗的长期斗争中，越中人民的精神和血肉，都是紧紧地联结在一起的。革命友谊是无比深厚的！

我们到越南之后，丝毫没有陌生之感，大家的心里都觉得"好像在家里一样"。这主要就是因为我们的心是密切地联系着的。这里的自然风物、生活习惯，和我们的家乡没有什么大的不同的地方；但最重要的是兄弟般的革命情谊，我们是兄弟，是战友，是在一个社会主义大家庭里，所以我们彼此见面，就会感觉到一种革命家庭中的温暖。前面谈到，我们到河内的第一天（3月10日），当晚受到越南最高负责同志的盛待。那天晚上，我们还看了少先队员们为我们表演的歌舞。节目紧凑精彩，给我们的印象很深。其中还有一群华侨学生，有两个华侨女学生表演的新疆舞，完全够得上国内文工团的水平。从这群孩子们的生活中，我们也清楚地看到，华侨在这里生活得愉快活泼，越中人民相处得很好。曾听人说，诗是表现感情的最好形式，感情激动的时候，人就容易做诗。同行的珠岗、侯甸同志，是以诗见称的，新旧诗都写得好。珠岗同志有"百草园中春色满，胡翁夔铄道风亲"句，这"百草园"就是主席府的所在地。侯甸同志那天晚上和我都破例地醉了，因有"良夜酒从尊长醉，华堂曲听少年歌"句。当然，这也是表达了我要表达的意思的。

第二天晚上，我们在河内市委的热情招待下，在河内大剧院看越南歌舞团的演出。这个歌舞团才从在奥地利举行的世界青年联欢节演出归来。表演的节目，都富有民族的传统特色，也有很多新的创造。舞蹈如蝴蝶舞，优美极了！歌唱如歌唱家新仁的民歌，动听极了！最是感人心魄的，是那独弦琴。声音悠扬回荡，余音袅袅，大有绕梁三日之概。这个琴的构造很特别，只一条弦，上面扣上一个像葫芦一样的东西，一按一弹，就能发出悠扬宛转的音韵。它有点像吉他，但发音比吉他铿锵，只是声音有点近乎沉郁，比较适宜表达抒情的调子。

二、河内——海防——鸿基

主人约请我们到有名的鸿基煤矿去。

离开河内，车子先到海防。在到海防的路上，我们很好地领略了这一带的农村风物。出发的时候，适逢大雨倾盆。这里很久没有下雨了，这无疑是一场喜雨，它给我们增加一层快感。大约一个小时以后，雨过天晴，山川草木，给水洗过了一通。浓绿的大榕树衬托着嫩绿的蕉林，在浓荫覆盖下，是一排排整齐的用竹子编成的屋舍，盛开的木棉，红艳迫天，一切是如此的鲜明、美丽。这种情景，我想最好是介绍你看看越南的一种特有的美术品——磨漆画。这种画比油画简单，但比油画更鲜明；没有水彩画那样多样，但比水彩画细致得多。这种画是很长于表达越南那浓郁的热带风光的。当你看到这些出色的作品，你就会为那迷人的山光水色、苍翠欲滴的景物所吸引，为那诗一样的境界所陶醉了。现在，我们正是"人在画图中"呢。

车子在柏油路上疾驰着，约莫三个钟头，我们就到了这个东京湾畔的小城市——海防。这个城市整齐而美观。过去，这里是法帝国主义者掠夺越南人民资源的一个重要出口。所以从河内到海防，除了公路，还铺有铁路（桥梁是两用的）。现在这一切，都为越南人民所有。这一个帝国主义的掠夺的基地，已变成为越南人民社会主义建设的重要基地。这里每天可以吐纳成万吨的货物，是一个设备比较齐全的良港。市内新近建立了许多工厂。我们因时间关系，只看了两个：一个是扩建了的水泥厂，因为这个厂的水泥，直接支援了广东的生产建设。我们特意拜访，带有表示感谢和慰问的意思。这个厂和广州水泥厂，又是互相订有生产竞赛合约的。两个厂的往来十分密切。我们去参观的时候，特地代表广州水泥厂向他们问好，该厂的负责人都要我们向广州水泥厂的工人问好。另一个是搪瓷厂。这是一个完全新建起来的大厂。帮助兴建这个厂的是我国上海搪瓷厂的技术人员。这个厂全部设备都是最新式的。产品多种多样，有些产品如脸盆、茶杯、瓷碟等，装饰着带有民族风格的各种图案、风景，如独木庙、还剑湖、巴亭广场等等，很是好看。在河内时，我们曾看过一些现代化的大工厂，厂里的技术人员，全部都是由越南的青年人担当，而且工作做得很熟练。在看过几个工厂后，更使人感到越南人民的勤劳、朴素和聪明了。

在海防，我们住了一晚。海防市委极为热情地招待了我们。晚餐以后，我们到海防大剧院里看海员工人和中学生的业余演出。这个演出是丰富多彩的。第一个节目是一个小型歌剧，剧的内容是描写一位参加革命的农民成了干部以后，向往城市生活，农村的妻子和孩子也不要了，后来终为农村发生的新事物所说服而转变过来的故事。有唱有说，音乐有好些和广东的近似或相同，听来十分悦耳，几个演员都演得好。还有一个节目，是由海防华侨中学学生会戏剧组演出的《改造》，这是写我国资本主义工商业改造的情形的。

从大剧院出来后，看到入夜的海防，满街灯火；码头上、轮船上的灯光，使那平静的海面上也泛着一片银辉。

我们到越南，虽然没有机会去访问一下农村和农村中的农业生产合作社，但我们在从河内到海防，再由海防到鸿基的路上，可以清楚地看到，这里农民的生活是好的，生产情绪是高的。农村的房子，有各种不同的样式，有竹木编搭成的，有用砖瓦盖起来的，但大都整齐洁净。农民多穿着赭石色的衣服，男女上下装跟广东农民的差不多。布的质地和颜色，跟薯莨布相似，不吸热，不易脏，朴素大方，经济、实用、美观，倒是很值得我们仿行的。

红河三角洲和我们的雷州半岛、海南岛的天气差不多。所以亚热带或热带的植物，也很相似。我们上述地区所产的，这儿都可见到。而且这里雨量充沛，河流交错，土地肥沃，自然条件比雷州、海南地区还好，所以生产潜力还要大得多。

离开海防，大约两小时左右，我们就到鸿基港。这一段60多公里的行程，却过了三次河（其中有一次，轮船要走上20分钟，过的叫白腾江，应该说是过"海"）。这个港口的所在地，就是风景绝美的夏龙湾（这个地方，留在后面再加介绍）。鸿基港和附近的锦普港，有条铁路牵连着，都可停泊万吨以上的巨轮，这两个港口主要是把鸿基区的煤运出去。这里的装卸工作，全部是机械化的。鸿基港约有3万居民，有完备的煤矿工人疗养院。

从鸿基到矿区，有汽车路可通。我们在细雨迷蒙中，开车前往，沿路奇山嶙峋，风景幽异，车子飞行在青山绿水间，有说不尽的快感。我们广东有个有名的"七星岩"，这里是几十个几百个"七星岩"呢！这里附近的土地，都是黑乌乌的，这是山上冲下来的煤沙。有谁把它们捏成一团团，就可以当煤球用。向前驰去，山上飞下来的煤尘，在车子上的雨拨两旁，形成厚的一层黑膜；如果在晴天，这里的煤尘一定是到处飞扬的。大约走上20多公里，我们便到了——名字好像叫做麋鹿坡矿区的山脚；车子盘旋而上，约莫爬了半个钟头，才到山顶。这里离地面有八百多米。到顶以后，便可以看到这个厚达十多丈的连绵起伏的露天大煤矿。这些"黑色的金子"，在雨水中闪着荧荧的光泽，真太令人开心了！这里产的是无烟煤，质量还是较好的，火力强度为每吨含7500卡路里。据说这样的煤层，绵延达120公里，煤的埋藏量在一百亿吨以上。麋鹿坡矿区有男女矿工四千多人。他们在这里愉快地生活着，积极地工作着；在过去，他们在帝国主义的压迫下，不消说，曾经有过一段悲惨的历史。现在这页悲惨的历史，成了这些工人的活教材，他们对比今天的生活，觉得自己成了国家的主人、矿山的主人，所以他们的干劲特别大，天天都在创造新的采煤纪录。

矿工们鼓掌欢呼表示欢迎我们。我们的负责同志也殷勤地向他们问好。

在归程中，我们往山下望去，通过一层蒙蒙的烟雨，可以看到水上的千重万叠的山峰。这样奇异的景色，在以往，只有资本家才能享受，工人们是无心领略的。现在，它却像一幅铺在地上的美丽的山水画，为所有矿工工余之暇所欣赏了。

和我国抚顺一样，这里也有各种各样的煤制工艺品。当地党委送了一个精致的狮子给我们的负责同志，留作纪念。我在山顶上带回了几块煤，给孩子们做标本，这也是我的一种习惯。

我们怀着非常感激的心情，离开了矿区。

三、夏龙湾

让我们回到夏龙湾来吧。

夏龙湾原叫"下龙湾"。河内叫"升龙"，这里叫"下龙"，不知其中有无联系？不过龙、虎、狮之类的故事，在我们两国的民间传说中，都占有相当的地位。这里的"升龙"和"下龙"，很可能有点什么关联。另外一种传说，说夏龙湾和拜子龙湾（连在一起的另一个海湾），是因为上天要帮助越南人民反抗外来的侵略者，特派来了一条龙，来到这大海的边缘，这条龙口里吐下了一块块的碧玉，布下这个龙一样的阵势。这长长的群山，就是这条保卫越南海岸线，保卫越南的土地和人民的碧玉。这虽然是神话，但很富于诗意，而且和越南人民反抗异族压迫的斗争结合起来，还是颇有意义的。

夏龙湾，真是太美丽了！当我们从海防到鸿基来的时候，我们从曲曲弯弯的山路中转到海边来，第一眼就望见了这个天然而美丽的大海湾。第一次见面，我们每一个人都情不自禁地惊叫起来："多美啊！""多迷人啊！"

它看来是个三面环山的大海湾。但是有那么六七十里的"山峦"（远处看去像山峦）是由几千个山岛重重叠叠地构成的。山和山之间互不相连，有的地方还可以通过3000—10000吨的轮船。所以这里不但是一个绝美的风景区，同时又是一个世界上稀有的良港（鸿基港和夏龙湾同在一起）。

从鸿基这边望过去，虽然是一片汪洋，使人有浩瀚的感觉，但是从那一线线若明若暗、若浓若淡的远山看来，却又像一个高峡上的平湖。在晴明的日子里，碧绿的海水，平静得像个镜子，水面上有时还可以看到飞驰疾走的浮云，和像玩具似地摆在远方的片片渔帆。当然，这个"湖"和一般的湖是不一样的，它有汐有潮，变化多端。它常常给人带来一阵阵凉快的但有咸腥气味的海风。在更阑人静的时候，听到的不是菱荷和画舫的穿擦声，而是一种带有冲击力的海涛声。总之，它有湖一样的温柔、妩媚，也有海一样的博大、庄严。

我们分乘两只小汽船，向那一线"山峦"进发。约莫行上一个钟头，就到达这个山群中来了。这些山呀，一个个，一排排，一对对的，奇形怪状，怎么去称呼它们呢？像牛的就叫牛山，像豹的就叫豹山，像狮子的就叫狮山，像个老头子的就叫老人山好了。这里固然没有什么杜甫、柳宗元来过，走得最南的苏东坡、韩愈等人，也未曾"到此一游"。我查过一部越南人作的古诗集《越皇诗文选》，其中也未见有题咏这里的风景的（据说靠近鸿基港旁边，有个"诗山"，上面题有不少诗，可惜我们没去）。所以这些山就没有我国各地的名胜那样，给人安上什么"朝笏山""屏风山""观音山"等类的"雅号"。不过这里的风景，确实非常迷人。这些山，有些互相俯仰，有些互相依靠，有些互相环抱，有些尖削独立。山上有的长满苍松杂树，青翠欲滴；有的光滑平直，淡白茜红。山间的海水，显得异常澄清柔静。山形山色的影子，倒映在这翠玉般的明镜上，构成种种形状的图案：半圆形的就是一个圆形拱道了，尖锐的山峰就成了橄榄形，更尖削一点的就很像是鹤嘴锄……所以随处可以看到双鱼、双豹、双狮的形象。我们的船，往来在千山万壑之间，有时像在峡谷之间，有时像在雄关之下，有时像在群峰之中，迂回曲折，变化无穷。"山穷水尽疑无路，柳暗花明又一村"，一种境界过去，新的境界忽的又出现了，船上的人，常常你呼我唤，这边说："看哪，前面好看极了！"那边说："往后看看吧，这样比刚才从前面看的好！"这边的人又说："看那侧面吧，妙极了！"……可是谁也不愿放弃自己所选到的目标。所谓"目不暇给"，这又有什么办法呢！

在半日的游程中，我们都沉浸于这美妙的大自然中，大有不知置身何处之感。

在夏龙湾这样的山光水色面前，当然也会想起我国广西的桂林山水。但是桂林我至今未到过，只是从电影上，从别人的文章上，看到过它。我们的同行者中，半数以上是到过桂林的。据说很多咏桂林的诗，这儿都适用。所明显不同的是一个山群在陆地上，另一个是山群在海上。侯甸同志有诗云：

> 半日龙湾俦十四，
> 一漫春涨岛三千。
> 谁把桂林移海上？
> 此乡恰似故乡妍。

这诗从容点出和桂林相肖之处，读来很觉自然。但是，多数人认为夏龙湾比桂林还要好。所以"恰似"应改为"更比"。我因未到过桂林，所以没有发言权。这个俦十四，是指除了我们一行七个客人之外，还有七个陪同我们前去游玩的越南朋友和我国大使馆的同志们。在这里，我们还要向他们表示深深的、深深的谢意！

1960 年 5 月

阿尔及利亚印象

在蓝色的海岸边

地中海是以它的深蓝色的海水著称的。我很早就从书本上知道，因为它蓝得有些儿特别，人们索性把法国南部的地中海沿岸，叫做"蓝色海岸"。这一回，我因为要到阿尔及利亚去，飞机从阿联的亚力山大港上空进入地中海，经过利比亚、突尼斯，然后到阿尔及尔。在这几千公里长的海岸线上，可把它看够了。

地中海，同别的海洋比较起来，是显得十分宁静和柔和的。它不像太平洋或大西洋那样，经常狂风巨浪，怒涛千顷。所以，当我们远视那万里晴空和俯瞰这茫茫荡荡的海面的时候，很容易就欣赏到一种"水色天光共蔚蓝"的美丽景色。但是，这还不是最动人之处，只有到了岸边——那溅着浪花的浅滩或弯曲的深澳上，那湛蓝色的海水，在强烈的日光下，像刚被蓝靛染过的一般，这才真叫人惊叹！

现在，我们来到这个"蓝色海岸"跟前了。确切的日期是1963年9月7日，我们一行应主人本戈比先生的邀请，到离阿尔及尔西面六十公里左右的提巴查，去游览古罗马的遗迹。游览之前，我们在古迹附近的一座海边别墅吃中饭。这天的天气，开头并不很好，先是纷纷地洒着细雨，山和水都被笼在一层薄纱里；不过等我们吃罢中饭挪到沙滩闲聊的时候，忽然天朗气清，雨消云散，地中海像一面闪着银光的蓝镜，呈现在我们面前。我们喝着浓香的咖啡，看着这一望无边的碧海，听着海潮有节拍地翻卷着细浪的声音。

"我们见过面！你是……"

"是的，我也觉得在什么地方……"我们的同伴小李，经一位陪我们游览的年轻人一问，苦苦地沉思着。

看来，他们彼此注视已经有好长一段时间了。从上车、吃饭开始，一直到坐在这美丽的沙滩上，至少有三四个钟头。

"呵！我记起来了！丹吉尔！丹吉尔！在海边，也是在沙滩上，是吗？"小李大声地嚷着。对方不断地点头、微笑，两个人把手拉得紧紧的，而且拥抱起来。

小李的这位"老朋友"，约莫30岁年纪。个子不高，身材瘦弱，仔细一打量，还是个不很健康的人；但他的精神，看来却非常之好。他的深陷的两眼，炯炯有光，那小八字胡髭下的唇边，流露出阿拉伯人特有的热情。

"他的名字，叫贝·拉爱地"，小李跟我们介绍说，"他是一个勇敢的革命战士。他在祖国的民族解放战争中负了伤，1960年转到摩洛哥的丹吉尔去疗养。那时中国杂技团恰好也在那里访问演出，我们是在海边认得的……当时还认识了好些阿尔及利亚民族解放部队中的人，他们都看过我们的演出，替我们散发过演出广告，他们谈起中国人民对阿尔及利亚革命斗争的援助，谈得可起劲啦！他们还谈到希望不久的将来，中国的艺术团体，也能到阿尔及尔、奥兰等地方去演出……"

"贝·拉爱地先生"，小李对着他的朋友说，"我们约定在阿尔及尔见面的。你看，这不是就在这儿见到了吗？"

"欢迎你！非常热烈地欢迎你！我一直相信我们会在我们的国家里见面的。因为反帝、反殖民主义的历史使命，把我们结合在一起。"

"请你原谅，贝·拉爱地先生，我竟忘记问候你的身体，伤口怎样？完全好了？"小李问。

"好了。谢谢。还有两颗子弹没有取出来。"

身上带有子弹的人，在这里是常见的。很多机关干部在七年激烈的抗法战争中，遭到敌人枪炮的凶残射击，又由于战时医药条件很差，打进去的子弹，一直没法取出来。我们的这位青年朋友，在一次反法的阻击战中，他们二十多个人扼守一座山头阵地，抗击法国侵略军两个营的进攻。他们在占优势的敌人猛烈炮火下，一直坚持了七天七夜。就在这次战役里，他身上中了四颗子弹，两颗打在腿上，一颗射入胸部，一颗穿进肩膀内。胸部和肩膀内的两颗，到现在还没有取出来。

"让我们为贝·拉爱地兄弟的健康，为你们两位老朋友的见面，为阿尔及利亚民族解放战争的最后胜利而干杯吧！"我们举起杯子，把那热气腾腾的咖啡喝了一口——阿拉伯人是不兴喝酒的，这自然是象征式的"干杯"。

海潮一直在有节拍地、轻柔地响着，海水的起伏，像巨人的胸膛在进行深呼吸。这海岸，沙滩，日光，色彩，不，这儿的一切，真是太可爱了！

一个葡萄庄园

爱喝酒的人，都知道法国的红酒是世界驰名的。但是人们未必都知道，这些令人陶醉的红葡萄酒，并非完全产自法国本土，大部是产自并不醉心于酒道的阿尔及利亚和摩洛哥。

现在，我们前去访问的一个葡萄庄园，它所产的"ELBOKJO""GRENACHE""MUSKA"和"BORGEAUD"等牌子的葡萄酒，就是以法国波尔多、勃艮第等地区所产的名牌货的嘉誉而走遍全球的。

这座庄园，原来叫做博尔若葡萄园，是以法国的大庄园主博尔若的名字命名的。现在叫做布沙乌伊·阿玛尔葡萄园。这个布沙乌伊，从前是博尔若庄园的农业工人，他在抗法战争中英勇牺牲了，政府为了纪念这位英雄，在1963年3月间把博尔若赶走后，把它改成现在的名字。但是，"博尔若"之名，倒也并不因而湮灭，人们通常把"博尔若之流"作为臭名昭著的殖民主义者的代号，这个丑名恐怕会因之而永远留着的吧。

这座葡萄园，约有2000公顷土地。这时正是葡萄成熟的季节，路两旁一串串的葡萄，砌成了一堵堵青的、紫的、碧玉一般的墙。主人说，今年的收成很好，无论酿酒葡萄或食用葡萄，都可能比接管以前增产25%以上。

庄园的大门，有点像18世纪的古堡。打开那两扇又高又厚的大门，两辆大马车可以同时通过。进了"古堡"，迎面是几株参天的椰枣树，它们那稀疏的叶子和橙黄色的枣花，在斜阳里摇曳，另是一番姿态。"古堡"的新主人，兴高采烈地迎接我们，先带我们去看他们的牲畜。一排排马厩，占了一大片院落，院子里面陈列着各种马拉农具。我们进入第一座马房，看见一群又肥又壮的高头大马。主人指着槽头的木牌子说："请看这个吧，客人们，这上面写的是'牲口'的名字。"据说牌子上写的是穆斯林的教名。当时法国殖民主义者对被奴役的阿拉伯人，跟对待牲畜一样，他们给牲畜都起上阿拉伯人的名字。农庄的新主人把"博尔若之流"的这一罪恶行为保存下来，为的是让千千万万的人都知道并且记着这回事。

庄园内有一座规模相当大的酿酒厂。有压榨机、发酵槽、加热器和一系列的自动化设备。这个有相当规模的酒厂，过去每天究竟能出多少酒，我忘记了。每年产酒的总量，如果从庄园的酿酒葡萄的种植面积计算，约略还可以推算出来。但是，那精确的数字是无法知道的，因为从这里流出来的殷红的、淡黄的葡萄汁，实际上是阿尔及利亚农业工人的血和汗，而且时间又长达一百几十年之久，这样的一笔血汗账，怎样能够计算得清？

农场工人把机器抹得干干净净，等候着快熟的葡萄入厂。这座庄园是今年三月没收过来的，这是农场工人第一次从自己的土地上种出的葡萄，在自己的工厂里制作出第一批属于自己的葡萄酒。

天将晚，我们有机会进入博尔若的住宅内参观。这是一座古老而华丽的三层楼房。被一道黄白色的大围墙围着。楼房的四周，有悦目的青草坪、喷水池、回廊、花架等等。这里和围墙那边的马房、工厂等地方，是完全不同的两个世界。屋子里头，有几个客厅，有的陈设着一整套的古老的皮沙发，有的摆着几个人细谈的旋椅或躺椅。从这些陈旧而华丽的摆设中，你可以设想到：这些座位上，曾经坐过谈葡萄酒生意的商人，或从欧洲到非洲来度假期的"高贵的"客人……有一间屋子里，放着博尔若的父亲、祖父的铜像，说明他们在这儿的吸血生涯，已经有好些年代了。

在屋子里，除了挂着各种油画，陈列着各种瓷器之外，还处处摆着书籍。这些书籍，据说差不多全是一些侦探小说。在博尔若的床头边，有一本侦探故事，是他在被赶走前的一晚还在看着的。博尔若走的时候，只准他带走一套更换的衣服，其他一件杂物也不让他拿走。所以连他临走时还没有抽完的半截烟头，也还摆在烟灰碟里。

这些个从非洲、从阿尔及利亚的土地和人民身上榨取了无数法郎的人，他们在干些什么？在想些什么？我想，这儿提供了一个典型的有趣的材料。如果巴尔扎克还活到现在，我们这位博尔若先生和他的世家，在非洲这块土地上如何发家，如何致富，如何生活等等，就会是他的《人间喜剧》续集的绝妙材料了。

我们走到楼房的天台上，这时夕阳满野，罩住那起伏无边的葡萄串，满园葡萄好像都泛起一层金光。在微风中，似乎可以听到它们琤琤的如珠如玉的响声。

往东南行

我们决定访问阿尔及尔东面的康士坦丁。

从阿尔及尔到康士坦丁。约莫有430多公里。有几条大路可走。去的时候，我们顺着海边的布日伊（这是撒哈拉石油的出口港），翻过崇山峻岭的卡比里山区，经过赛蒂夫，然后到康士坦丁。回来的时候，再走赛蒂夫，但却顺着南面的峡谷，傍着一条轻便铁道线行走。这条路线虽然曲折迂回，倒也算是平坦，车子以平均时速85公里的速度，驰回阿尔及尔。

阿尔及利亚的地形是这样的：北面靠临地中海的岸边，约莫三四公里的狭长地带是平坦的滨海平原，往南走就是山区了。离开阿尔及尔，不但是离开城市到了乡村，也是离开平原进入了山地。离开海岸往南走上几十公里，天气马上炎热起来，特别是中午时分，火球似的太阳，炙得人肌肤痛痒。而阿尔及尔一带的天气，同我国的上海一带差不多，这么一来，你就好像刚刚离开上海，一下子就来到了非洲。

也许有人会想，这儿的人穿的戴的大概很少吧？不，正相反。无论男人和女人，愈是到了热的地方，愈是穿戴得又多又厚。宽长的袍子，粗厚的连着袍子的风帽，各种质料各种颜色都有，以丝绸和纯白色的居多。这情况，跟我国的海南岛，跟南洋一带都不相同。这儿的热，是一种干热，没有雨，也没有带雨的风，所以任由太阳曝晒，热起来就像在火炉旁边似的。人们穿起宽袍大帽，一来是求得体内保持阴凉，避免日光对皮肤的炙晒；二来也为了适应这儿中午热、早晚凉的大陆性气候，在天气忽然冷下来的时候，这件宽大的袍服，就可以当被子来掩护身体了。

在这一带山区里，也曾听说过闹水灾，据说冬季是这儿的雨季，可是，现在却旱得厉害，河流干枯得只见河床，怎么也不会想到这儿会有过滂沱大雨。我们好容易才看到一条潺潺作响的细流，但河水流量很小，而且还带着混浊的泥油，更谈不上"水碧沙明两岸苔"了。一路上，只是进入了卡比里山区，在那儿的山顶上，才看到一个银波潋滟的大水库，水库像个长方形的天池，工程浩大，而且山光水色，相互辉映，给人留下了深刻的印象。

这儿离撒哈拉还很远，但可以感觉到撒哈拉的气息。然而，可不要以为它是一片荒漠不毛之地，这儿的地下水源是非常充裕的。农作物除了葡萄之外，还种有大量的橙子、蜜瓜、蜜桃和棉花。橙子据说是从美国移过来的中国种，不过比我国生长的要大，水分也多，皮薄，味道也很甜。橙苗一畦畦都是让几层防风林围起来的，幼苗在入午以后，还洒上几阵人工雨。看来这儿的土地、阳光和水，也是宜于种植各种水果的。

车子行经数百里，穿过无数淡绿色的橄榄树林、软木林和尤加利树林。这里的橄榄和我国的青果不同，它呈椭圆形，不能生吃，只是用来榨油，或经过泡制后用来助餐。这时正是橄榄开花的时候，从林中穿过，可以微微觉到一阵花味。至于软木树，在这里成林之大之广，确属罕见。这种树，树皮厚达寸余，可以一整层剥下来，皮有弹性，可做瓶口的软木塞。软木果形如栗子，含淀粉质，可以生吃。总之，在阿尔及利亚这块富饶的土地上，蕴藏着非常巨大的财富。不过这些财富，在解放前，大部分是属于殖民主义者所有的。革命政权在1963年才从殖民统治者手中收回来，迄今为止，据说已收回了24000公顷的森林和2500公顷的软木林。

在这千山万岭的山区或蜿蜒起伏的半山区，交通并不怎样方便，我们从布日伊港到赛蒂夫去，进入了卡比里山区，这段路程只有75公里，可是上上下下，弯弯曲曲，走了一整个下午。这一带地区和其他的山区一样，一直成为阿尔及利亚的人民武装抗法斗争的根据地。在战争年代，人民军队为了打击残暴的敌人，控制着这里的许多交通要道，同时又破坏了敌人的运输线，使敌人的联系处于瘫痪状态。敌人对于这些地区的村庄、房舍和庄稼，采取了极其残暴的毁灭政策，弄得十室九空，人烟绝迹。现在的这一条交通线，完全是在解放后短短一年多的时间内恢复过来的。

"你是哪里的人？是山区的还是城里的？"这是殖民统治者对革命者审讯时常用的一句问话。如果是山区的，必然是"罪加一等"。所以这句话同时表明了山区人民的英雄气概，表明了这些地区的无数先烈所放射出来的不灭的光辉。

康士坦丁

康士坦丁，这是一个建筑在一块大石头上的城市。这块大石，如果从旁边看去，就可以看得很清楚。最鲜明的印象，就是许许多多的房子，像玩具似地摆在悬崖峭壁之上。峭壁之下，是一条窄小的河流，就跟城墙外的环城河一样。城的三面都是这样的峭壁，只有一面连接山地，据说从前城门就设在这接连山地的一边。在百多年以前，法帝国主义入侵的时候，敌人已经占领了其他的大城市，而这里由于它的天然险要，民性刚强，曾经凭险据守了好多年，只是后来由于内奸的破坏，才被侵略者占领的。但是这一带的人民，并没有屈服，一百多年来，一直对入侵者进行反抗和斗争，这个城市一直都是阿尔及利亚人民反抗外族入侵者的革命策源地之一。

现在，这个城市已经扩大了好几倍。它顺着一条山沟蜿蜒而下，主要是向河的那一边发展，盖了许多大厦和工厂。在山凹的两边，有宽阔、牢固、美观的桥梁连贯其间，从第一座到最后的一座，在800米间隔之内，这些长约200米的桥梁有11座。从城市的最高点——那儿有一座英雄纪念碑——望下去，或者从最下边看上来，只见近桥套着远桥，大桥套着小桥，再加上各式各样的车辆，从各座桥上穿梭往来，这时，就不由得使人想到童话中的境界了。

康士坦丁，它不但有许多现代化的桥梁，而且新建了许多十多层的楼宇，它不但有非常舒适的旅馆，第一流的飞机场，而且有规模宏大的现代化的煤气压缩工厂，有耸入云端的电视塔。谁也不会想到这只是一个古老的山城。

"欢迎你们到康士坦丁来。这是一座很美丽的城市，也是一座英雄的城市。"代表市政府陪伴我们游览的是一位女青年，她的称呼是邬埃巴妮小姐。她说话热情而自信。她扼要地介绍了这个地方在一百年来，特别是七年来的反对帝国主义斗争的历史。

我们每到一个地方，都很受到人们的注意。他们始而奇异，继而亲切地注视着我们，当我们到达阿拉伯市场的时候，人们简直把我们包围了起来。邬埃巴妮小姐对我们说："亲爱的客人，不要惊异，他们很少见到中国人，他们是多么愿意多看你们一眼呵！"

"为什么对中国人这样感兴趣？"

"从近的说，中国人给我们革命以巨大的援助；从远的说，他们知道你们的瓷器和茶。我们虽然是第一次见面，但是友谊却已建立很久了！"

我们走过了城市的新区和老区，我们赞美这座美丽的城市。

"有人说，帝国主义万样不好，却有一好，就是给我们留下来一些新的建设。"这位年轻的姑娘忽然把话题转到这样一个问题上来，"这个说法是荒谬的。不要说这些建设的物资都来自我们阿拉伯人，而且也是我们劳动创造的。没有帝国主义者，我们只会做得更多，做得更好"。

她的很有见地的见解，自然是同样地引起我们内心的赞美。

今天是9月15日，是全民投票选举总统的日子。街上悬满了绿白色的国旗，人们穿着漂亮的民族服装，有的广场上举行盛大的集会，投票箱前，鱼贯地排着投票的人群，到处是一番热闹的节日景象。

"您注意到投票的人中，有很多是妇女吗？那些披着头巾，挂着面纱的女人？"邬埃巴妮小姐问我。

"看见的。这是不常见的现象吗？"

"不常见的。"

游览的车子已经绕城两周了，现在正朝郊区驶去。邬埃巴妮小姐忽然问我：

"在中国，有女工程师吗？有女科学家和女议员吗？……"

"有的。而且有女将军。"

"女将军？我真想到中国去，到北京去，到'我们的'女将军那儿去！"车子里充满了这位姑娘兴奋的声音。

我们爬上了郊区的一个能够俯瞰全城的小山顶。这时，夕阳刚刚下山，一阵寒风吹来，入夜的天气冷多了。放眼望去，半个天空像一块红色的丝绸，而这美丽的山城，闪烁着万千灯火。我们一时谁也没有言语，都被这瑰丽的景色吸引住了。

阿尔及尔

我们回到阿尔及尔来了。阿尔及尔在阿尔及利亚沿海的中心，同法国南岸的马赛遥遥相对。132年前，法国的殖民军首先从这里进来；而在132年之后，又最后从这儿滚出去。这儿是阿尔及利亚的首都，同时又是这个国家的门户。

在我们住的圣·佐治饭店里，我偶然见到一幅16世纪的阿尔及利亚形势图。在这幅图里，一座古老的城堡建筑在西边的山坡上，四面护以城墙，城墙外边是一条伸出去的防风堤，堤的末端，像是一座海上灯塔，海上停泊着许多武装了的三桅帆船。我注意到，这座古老的城堡的所在地，就是现在的有名的英雄卡斯巴区。关于这个区内所发生过的事情，差不多每一个到过这城市的人，都曾经听说过。这个区是阿拉伯人的住宅区。这里有密集的房屋，窄小的街道，如果没有向导，保证你进得去，出不来。勇敢的阿拉伯人一直使它成为百余年来侵略者的"危险地区"。这座民族解放的堡垒，自从阿尔及利亚人武装起义以来，法国人用封锁、断绝水源、断绝交通等办法，都不能制止阿拉伯人在这个区内的反抗斗争。敌人从来没有攻占过这个地区。所以"卡斯巴"一词，在这里就成为"革命"或"英雄"的代名词了。

在阿尔及利亚，每一个大城市都有它的卡斯巴区，而每一个卡斯巴区，也都有它的伊斯兰寺院。这些寺院的建筑，是一些非常富于阿拉伯色彩的引人注目的艺术品。殖民主义者入侵以后，这些伊斯兰寺院竟被改为"天主教堂"。按照穆斯林的习惯，他们是向东方，即向真主的所在地——麦加朝拜的，所以寺院的大门，也大都朝这个方向。但是改为天主教堂以后，天主教徒把他们的"上帝"安在西边的墙上，他们向"上帝"做祈祷的时候，便大不恭敬地用背脊对着东方了。把本国的穆斯林从寺院内赶走，让外国的天主教徒闯进来，这就是侵略者在这里所实行的"宗教自由"和"信仰自由"。

现在，伊斯兰寺院恢复了它原来的面目。穆斯林们静悄悄地进入这个肃穆的寺院，在黄白蓝相间的杂色的玻璃窗下，虔诚地默诵古兰经。

城市的东部，是现代化建筑物林立的新区。在大小街道和住宅的墙壁上，随处都是被涂抹掉的O.A.S.（法国"秘密军组织"）字样。从这些触目的反动标语中，可以想象到当时斗争激烈的程度。在我们访问过的文化机关中，就听说在大学的图书馆，敌人烧毁了十余万册的珍贵图书；在广播电视大厦，敌人炸毁了一台重要的操纵器；在艺术博物馆，敌人抢走了无数贵重的艺术品。总之，在这个城市里，处处都表明它曾经进行过一场生和死的斗争；进行过一场破坏和英勇的反破坏的战斗。

这儿最受尊敬的是民族解放军的军烈属，最受爱护的是烈士的孤儿，最俭朴和繁忙的是政府机关里的公务人员。人们都在为医治战争的创伤，战胜敌人撤退之前的大破坏，和建立社会的新秩序而努力。

国家正在提倡民族的、革命的和科学的文化。我们参观过好些接管过来的高等科学教育机关，包括工业（电机、化学、工程）学校，农业学院，原子能研究所。这些部门不仅科学水平是相当高的，而且学生的人数也大为增加，譬如农学院，过去每年只招新生6名，今后却计划招收60名。

我们参观了市内的一个历史博物馆，在这个规模不大的博物馆内，我注意到他们在发扬阿拉伯民族文化方面所作的努力。欧洲许多历史学家认为古老的撒哈拉根本没有什么文化，他们的用心很明显，是要在精神上征服这个国家的人民。而这个历史博物馆则用实物表明：远在多少个世纪以前，撒哈拉就已经有它的人类文化了。在这里，我们看到四五千年以前的石器，看到各种描绘狩猎和舞蹈的图画；我们还看到一块鱼化石，说明了这一片荒漠的沙原，在多少万年以前，还是一个有湖泊、有河流的好地方。这个博物馆的布局，把古代罗马帝国时期和14到16世纪土耳其帝国的文化，缩小到最低限度，而把阿拉伯人的文化部分，尽量予以充实放大，这样的一反以往的陈列方法，是从发扬民族文化的正当需要出发的。

我们当然明白，一个伟大民族的文化，是绝不可能从一个小博物馆里看得详尽的。但是当你看到阿拉伯人、柏柏尔人的一整套的生活模式，包括他们的服装、用具和装饰品等等；当你看到那用各色碎瓷砌成的美丽的图画；当你看到十二三世纪以前他们的祖先在羊皮纸上所写下来的文字……你就不能不为这些古老的、丰富多彩的阿尔及利亚人的文化所感动！

我新认识的一位朋友，在阿尔及利亚住了一年多了，在一天中午，我们同到一个航海俱乐部（这个航海俱乐部就是前面提到的那幅16世纪的形势图上的"灯塔"所在地）去赴宴，那时阳光灿烂，海风拂面，全城概貌，尽收眼底。他忽然问我："你对这个地方的印象怎样？"我一下子答不上来。幸而他为我解围道："这儿最漂亮的，还是晚上。如果你乘快艇从海边驰过，这无数的灯火，就会像一把冲天的火炬，照红了地中海。再从深远一点看，这火炬在漫漫的长夜里，照红了天边，正宣示这里已经是黎明。"

我完全领会他的话的意思。这使我想起阿尔及利亚一位年轻诗人萨阿达拉在抗法战争期间写的诗句：

有人问：黑夜什么时候才卷起它的帷幕？

我回答：胜利的光芒已照亮我国的道路。

万恶的堤坝已被冲溃，

光明的江河，

爱情的溪涧，

在锦绣江山奔腾流泻，

把瑰丽的黎明赐给前进的人们。

……

1963 年 10 月 5 日于昆明

摩洛哥印象

拉巴特

我们一行乘机从阿尔及尔起飞，经过3小时20分钟，便到了摩洛哥王国的首都拉巴特。

纯白色的房子，灰黄色的城墙，浓绿的树林，特别是这满街、满院、满墙的红艳艳的宝巾花……把这个城市打扮得像个装满鲜花的大花篮。

这儿的阳光好极了。在这9月天，它透过大西洋弥漫过来的海风，晒得人只觉得暖洋洋的，一点也感不到酷热。入夜，海雾回荡，虽然有点凉意；可是，一到早上，当树叶、花朵还漾着晶莹的水珠，恬静的马路还是湿漉漉的时候，那灿烂的阳光，便早把这个像被清水洗过似的城市变成银色世界了。这时，不但温度越来越高，而且空气也特别新鲜。在这样舒适的环境里，或者是顺意徘徊，或者是睡它一个好觉，也许，你会想起两千年前的"摩洛哥"这个名字的最古老的含义："休养胜地"。

我们到达这里，也真有点像来"休养"的客人。好客的主人将我们安顿在一座十分舒适的别墅里。为我们准备好非常可口的饮食，替我们安排好极其恰当的参观地点和节目。他们那种热烈的、亲切的情谊，令人永不能忘。

拉巴特是个现代化了的古老城市。我们住的地方，挨近穆罕默德五世大街的新市区。那里全是簇新的时髦建筑物，周围的花卉林木，都是经过精心设置的。其环境之幽，风光之美，比之欧洲第一流的城市也无逊色。而在新市区东面的麦地那，却是12世纪时所建的古城。它原是摩洛哥苏丹艾卜杜尔·穆明准备出征西班牙时的营地，旧名是拉巴特·埃尔——法蒂夫，意思是"胜利之营"。现在，这里仍保持古代阿拉伯城市建筑的风格：石板的街道，曲折的窄巷，密集的房屋。使人想起几个世纪以前的事情。市面上摆着各种铜器、陶器、皮革、羊毛等日用品和工艺品，到处挤拥着成群的穿长袍戴圆帽的男人，穿黑袍戴面纱的妇女，从那里腾起的喧嚷和欢笑，很有些像我国的"赶集"。

拉巴特大学，是摩洛哥独立后的民族文化的中心。这个学校有学生四千多人，规模很大。我们在阿拉伯马格里布作家协会和摩洛哥作家联盟主席、拉巴特大学文学与社会科学系主任穆罕默德·阿齐兹·拉巴比先生的邀请下，参观了这个大学的文学院和摩洛哥国立图书馆。学校这时正值假期，学生们都度假去了。我们参观了学院的课堂、阅览室和许多良好的教学设备。我们在一间悬挂着阿拉伯人讲哲学的画幅的客厅里，喝着用摩洛哥人的办法泡制的中国绿茶。国立图书馆在文学院的附近，这对该院的教授和学生们都是一个很大的方便。图书馆内，现有30多万册各国文学的图书，还附有一套摄制资料的新式设备。最有趣的，是馆内所藏的12到14世纪时的阿拉伯人手稿。这些手稿是从干燥的撒哈拉找回来的。稿子写在羊皮纸上（羊皮纸，是10世纪时阿拉伯人对世界文化的特殊贡献），写字的墨水，据说是用五倍子汁混合硫化铁、树胶制成的，用它写在羊皮纸上，可以经久不泯。文字（阿拉伯文）写得很端正，有胶墨色也有褐红色，时间虽然有八九百年了，但仍显得十分新净有致。

这些装潢一新的羊皮书的内容，大都是古兰经。面对着它们，不但会使人对前人的勤奋精神，感到赞叹；而且对整个阿拉伯民族的灿烂一时的文化历史，也会产生许多遐想。

拉巴比先生，是一位爱国大诗人，同时又是一位博学的哲学家。他在1960年访问过中国，对中国的印象很深。当我们论及拉巴特、赫拉马什、卡萨布兰卡等美丽城市的时候，他总是说："令人难以忘怀的，是你们的北京、上海、杭州！"他说他很喜欢中国的文化，他把鲁迅的"横眉冷对千夫指，俯首甘为孺子牛"的对联，悬挂在作家们活动的场所——"思想之家"的墙壁上。我们有机会听见他很有系统地阐述对欧洲抽象主义艺术的见解。他认为抽象主义本质上是个人主义的产物，同社会主义是背道而驰的。他说："我们并不要抽象主义。"我们知道了这位热情的诗人、哲学家，同时又是一位渊博的文艺批评家。

当天（9月25日）下午，我们到布·雷格立格河畔的一所创建于12世纪时的清真古寺遗迹上漫步。据说这儿在历史上，曾与埃及的金字塔一样出名。可惜现在什么也没有了，只有靠河边的地方，设有一些舒适的小茶座，供游人憩息。从这些茶座的窗口，可以欣赏到那平静的雷格立格河的绮丽风光。不过从这些倒塌的大石柱和那座至今仍庄严屹立着的高达四十四米的方形大塔等景物，还可以想象得出这曾经是一座异常宏伟壮丽的建筑物。

我们还访问了城郊的古罗马的遗迹。据说这是13到15世纪时罗马的一个小城堡。至今高大的城墙依然完整保存，只是内部除了几块破碎了的墓碑、墙脚之外，什么也找不到了。古罗马人在这里的学校、喷水池、浴室的遗址，依稀可辨，特别是那学校，似乎是一所经院，碎瓷砌成的地面和廊道，显示出当时摩洛哥人的高度文化。

拉巴特以南约十公里的地方，有座皇家公园。明媚的阳光，茂密的软木林，整齐的草地，在池塘里嬉游的天鹅，一阵阵的花香鸟语……使人一进公园就心旷神怡。公园的中心是两座相对称的极其华丽的宫殿，两座宫殿中间是一个色彩斑斓的瓷砌的大水池。宫殿内的陈设有法兰西式的，有西班牙式的，但主要是阿拉伯式的。精致的铁花栏杆，玉石铺成的走廊，金碧辉煌的顶盖，处处是精雕细刻，费尽匠心，十分突出地表现了摩洛哥人的伟大艺术才能。这两座富丽堂皇的宫殿，无愧为世界上出色的艺术品。

马拉格什

马拉格什，在拉巴特的西南约320公里。上午9时乘车启行，下午1时半就到了。

离开拉巴特，到卡萨布兰卡附近的90公里路程，是顺着海边走的。海边有天然的游泳场，游客在那里海浴或悠然自得地做日光浴。但是从卡萨布兰卡附近到马拉格什的一段路程，却全是山地。差不多近200公里，尽是光秃秃的一片，热气蒸人，使人感到干热。好在正干热得不可开交的时候，车子越过一个坡度不大的山坡，远远地便看到了一条绿色林带。我猜想：这一定就是马拉格什了吧？还没有来得及发问，车子早已经穿过这一线棕榈树林，跨过一条小河，进入一座清幽而美丽的城市中来了。是的，这正是马拉格什。

如果说拉巴特给人的感觉是白色的，那么，马拉格什就是赫红色的了。这个城市，包括那条又整齐又漂亮的穆罕默德五世大街，所有房屋、围墙，以至于那碉堡似的高楼，一律都是赫红色的，加之这儿的天气十分炎热，这种色泽在炎热的阳光下，真有点像燃烧着的火光，给人的感觉也特别强烈。

在一本10年前出版的英国地图里，马拉格什原名是"摩洛哥"。说不定它是多少世纪以前的摩洛哥京城。很多人都说"摩洛哥"是"阳光火热的清凉世界""五色缤纷的图画"，而在古代腓尼基人的语言中，"摩洛哥"则是"休养的胜地"。我看这些说法都无不可。因为你仔细观察一下，就会发现这儿的自然条件，也是不无相近之处的。

马拉格什离海很远，有150公里左右，而且它东南面面向着撒哈拉，因此，它既无海风调剂气候，又添加了沙漠上干热的煎迫。然而，它东面却又紧紧地挨着阿特拉斯山。这山，高达几千米，终年积雪，融化了的雪水往西流泻，形成大小渠道与河流。这些清冽的雪水，有的被储存起来，形成这一带独有的几个清水湖；有的则被引导来灌溉田园。傍晚时分，那些被烈日所蒸发出来的水气，升起一层温润的薄霞。这个时候，人们就不大感到它的干燥了。

有一点是可以断言的：这儿曾经是摩洛哥古代的文化中心。人们一直都把马拉格什与著名的文化之都非斯城相提并论。1959年去世的当代著名历史学家阿巴斯·本·布拉希姆，就是马拉格什人。他写了一部《马拉格什著名人物志》，从11世纪写到现代，一共写了11卷之多。

这里的旅游业很发达，旅馆的设备也很好。我们住的是一座非常舒适的四层大厦。坚厚的墙壁，细小的窗户，宽阔的走廊，是一座阿拉伯式的西洋建筑物。它们的墙上一般都镶着一层用芦苇编织成的带有黑白图案的席子，在稍淡的灯光映照下，给人一种恬静的感觉。在通向餐厅和游泳池的通道上，却是画着一幅具有民族风格的描写战争的大壁画。

现在天气还很热，室内要放冷气，所以游客不多。等到11月以后，这儿便挤得满满的了。据说每年到摩洛哥来的游客（主要是欧洲人），达60万人以上。在这儿不但可以常年吃到最好的蜜瓜、橙子和葡萄，而且还可以吃到大西洋的海鲜。几斤重的龙虾、大块的鲜鱼片以及各种海味，不断地从海岸送到这里。其实，在大冬天，不用说这些吃喝，就是光晒晒这里的太阳也是很值得的。在身处阳光稀少地区的欧洲人看来，这极其鲜丽的阳光，不就是最珍贵的营养品吗？

在这儿的花园里，我除了看到青绿色的正在成长的柑橘以外，还看到了像我国南方的榕树那样茂密的大桑树和成林的石榴，可惜的是，这么大的桑树只种在街上当风景树，没有人用它来养蚕。

马拉格什有几处美丽的风景区。有的是密密丛丛的嫩绿的橄榄林；有的是结实累累的柑橘林；有的是绿得要滴出油来的棕榈林；有的是五颜六色的花圃；还有那一层又一层的你进去得跟着它打转的雄伟的古老的王城。但最主要的风景区却是以"水"为中心的几个地方。这儿有七个大水池，每个水池约有15万到20万平方米大小。如果拿这些水池和我国杭州的西湖、武昌的东湖比较，当然是算不得什么的，可是在这沙漠性气候的地方，能有着这一池又一池的清水，却算得是一桩奇迹。事实上当我们走上池边的一座阿拉伯式建筑——我给它个名字叫"赏水台"——来欣赏这湖光树影的时候，的确为之精神一爽，觉得这景致实在是最美不过的了。

马拉格什有一个规模较大的古老的阿拉伯市场。这是我所看到阿拉伯市场中比较典型的一个。这里不但有摆着各种毛织品、彩陶、铜器、绸缎、织锦和各种手工艺品的大商店，也有专营牲畜、家禽生意的场所，而且街道宽阔，上面搭着一层云母片似的挡阳光的遮盖，看来别有风味。此外，街上还有摆卖食物的，有大饼、油炸面团、肉类和调味的鲜薄荷……在广场上，有弄蛇的，有三三两两打鼓跳舞的，最突出的，要算那浑身挂着铃铛的卖水人了，他身上背着一只用羊皮做成的大水袋，像穿着一件羊皮衣服似的，走起路来叮叮当当响个不停。谁跟他伸一伸指头，他就会跟魔术师一样，从"衣"角上给你斟出一碗水来。

陪同我们到马拉格什来的，是一位沉静的青年人。他见我们对这儿的一切都很感兴趣，便问道："你们国家也有这样的地方？……比如，这样热的天气？""有的，我国的南方，如海南岛，它位于北回归线二十度以南，日照很强，天气也很热。不过，那里到了热极了的时候，不是刮大风，就是下大雨。""我懂得，那是有雨的撒哈拉。"可是，我们毕竟还没有到过撒哈拉。虽然在这儿每天都听说，撒哈拉的沙漠怎么样，撒哈拉的绿洲怎么样，撒哈拉的夜月又怎么样……人们总是用一种特有的诗情画意来描绘这个原意是"空虚""一无所有"的地方的。

第二天，我们便离开这个古老的富于诗的幻想的美丽城市了。

卡萨布兰卡

卡萨布兰卡，西班牙文是"白色的房子"的意思。想必是当初西班牙人的帆船，在大西洋远处航行的时候，看到这儿有一座或一排白色的房子，就如实地给它起了这样一个称呼。

可是，现在的卡萨布兰卡，已经是大厦连云、五光十色的现代化城市了。在这里很难找到一排甚至于一座纯白色的房子；如果找到，也很难惹起人们的注意了。

特别是从清幽、古老的马拉格什到卡萨来，使人顿时有到了一个纷扰的、眩人耳目的大都会的感觉。虽然我们从马拉格什出发，曾到过大西洋岸边的马查甘，并且在这个异常优美的花园似的城市兜上一个圈子以后，已经感觉到是到了另外一个天地里来了，但是马查甘到底还是小一些，比不得这个拥有80万人口，面积相当于巴黎，工商业、交通都很发达的大港口。

为了浏览全城的风景，我们坐电梯登上市政厅的楼顶，上面不但可以环顾四周，而且还有一幅详细的平面地图，以便人们按图索骥，查对所看到的方位。给我们印象最深的是卡萨港的码头，它差不多占去了城市的三分之一，那儿有一排排伸向海洋的起重机，其中有三座特别大的万能起重机，它们很像三座安乐椅似的，摆大西洋的岸边，好像专为那几位巨人准备着，让他们在这儿憩息憩息似的。傍晚，太阳将要西沉的时候，全城的灯火光彩四射，可真美啦！

卡萨布兰卡，是大西洋东岸的一个非常重要的交通枢纽。它是往来于欧非（西非和南非）间的远航轮的一个最好的停泊站，这儿有充分的煤和水，有一个同时能停泊15艘以上的从1万吨到3万吨的远航轮的大码头。同样的，这儿有很多专门供应航海人员游乐的俱乐部、公园和旅舍。这里的旅游业也很发达。在近些年来，这儿又逐渐成为航空交通的中心，世界各国各大航空公司都在这儿设有营业所，每天都有往来于欧洲、非洲和拉丁美洲的飞机在这儿升降。所以，这是个日日夜夜充塞着汽笛声、马达声、喷气的声波的忙碌的城市。

从这个著名的港口里，我们还可以看到这个富庶国家的许多驰誉世界的产品。在码头上，我们看到一群群待运的阿拉伯马，一堆堆的磷酸盐，一捆捆的皮革，还有沙丁鱼罐头和各种精细的手工业品……这儿经常举行各种类型的世界博览会，从这个港口的输出物，就可以见到摩洛哥王国的丰富物产的展览部分。

非　斯

在拉巴特，你如果同人家谈起马拉格什的风光，人们一定会劝你到非斯去一趟。

"到非斯去吧！那儿的文化遗迹还要多，那儿有一所办了一千多年的大学，那儿有摩洛哥苏丹穆莱·伊德里斯的陵墓和古老的清真寺，那儿有你要看的古老的民族艺术，那儿……"

"到摩洛哥来不去非斯，等于说你还没有到过摩洛哥！"

于是我们又驱车往访非斯了。

非斯在拉巴特的东面，约150里。不过我们为了想经过两个名胜地方，并到游览胜地亚兹劳住宿一宵，所以便先往北走，经过黎奥提危，然后再往东南行。这样，到非斯就得走上200多公里了。

车子以时速80公里的速度，在炎阳曝晒下的公路上飞奔疾驶。路的两旁，是一排整齐茂盛的尤加利林；田野上，到处是葡萄、柑橘和棉花；一层层障目的青纱帐，不是高粱或玉米，而是茂密的芦苇和仙人掌；麦田正在休息，田面上割剩下来的麦秆黄灿灿的；还有那广漠的干草地上，常常出现成群的骆驼、牛羊；远处，还有着稀疏的村落，一个个像碉楼一样的高高的回教塔，以及转动着车水的大风车……把所有这些景物，同穿戴着黑白服装的穆斯林结合起来，就很可以想象得出这幅美丽的风情画。

中午，我们到达穆莱·伊德里斯城。这个在1200年以前由苏丹穆莱·伊德里斯所创建的小城，是摩洛哥人的"麦加"。据说这个城市是最先接受伊斯兰教，然后把它传播到全国各地的。传说穆莱·伊德里斯是圣人阿里的玄孙，阿里则是教主穆罕默德的女婿。这里留有穆莱的陵墓，因此成千成万的教徒就把它作为朝圣的圣地。

这个小城，位于阿特拉斯山脉间的一个峡谷中，我们车子爬上比它还要高几百米的山坡，从山坡上往下望，白色的平顶石屋，密密麻麻地铺满了一座小山。

城市虽小，却有一种肃穆的气象。离城约五公里，有一个规模宏大的倒塌了的陵墓，我想，这大概就是这个城市的创建人穆莱·伊德里斯的陵墓吧。

在山坡上，车子转了一个大弯，然后穿城而过。城里热闹非常，人群拥挤。酷热的天气，迫得妇女们把面纱也除下来了。出城的道路，陡峭得很，车子从高处像箭似的直射而下。

离穆莱·伊德里斯城约20公里，是有名的"花园之城"美克尼斯。这里到处是树影婆娑的林荫道，吐芳竞艳的花坛；这里到处是椰枣、枞树、仙人掌，烘托着一座座净洁、整齐的红色小楼房。从酷热的穆莱到这里，空气也令人觉得特别新鲜。

我们过夜的地方亚兹劳，是摩洛哥有名的疗养地。它的地势高达1400米，所以除了中午热一阵子以外，早晚都十分凉爽。这儿有设备齐全的旅馆，有些来自欧洲的游客，似乎在这里已住上不少时日了。看来，在这里度暑假，比在海边还要舒服，因为这里还多了一个"静"字。

第二天，早上8点起行，10点便到非斯。

非斯，这个古老的英勇的故都，建立在一个险要的河谷上，全部都是石头的碉堡式的房屋，这些房屋，在烈日之下，看来像是由一片片晶莹的碎瓷所砌成的地毯，不过，这片地毯却是依着山势铺张开来，异常雄伟和壮丽！

如果单就一个古老城市的生活概貌来说，这儿和马拉格什是有许多共同点的，当然，这儿的回教寺大得多，工艺美术发达得多，街道行人也拥挤得多；而且这儿还有一所4000名学生的嘉鲁英大学。但是，我们特别留意的，是这里的人民，在摩洛哥独立之前，曾在这里英勇坚持反殖民主义的斗争，这一斗争扩大到全国，形成了一股不可抗拒的力量，直至争得摩洛哥的独立。我们怀着敬仰的心情，来瞻仰这个古老的英雄的城市的风采。

谁都知道，阿拉伯人是很喜欢喝茶的，他们对茶的需要非常迫切。他们泡茶的方法，是把茶叶（绿茶）、白糖、薄荷泡在一块。所以人们总爱说："中国的茶叶，古巴的糖，再加上摩洛哥的薄荷，就是最好的饮料了。"这句话，非常巧妙地把我国人民和摩洛哥人民的密切联系表达了出来。但是，除此之外，我在这里还看到了更重要的一种联系：摩洛哥人民反对新老殖民主义的强烈感情和建设一个独立、富强的新国家的伟大愿望，同我国人民的感情和愿望是密切相连的。拉巴特、非斯的朋友们，常常在介绍他们的古老文化的时候，比如讲到古老的阿拉伯哲学，同时也就讲到我们的孔夫子；同样的，在讲到他们在四十几年来，深受殖民统治的苦处的时候，同时也谈到雨果所说的，维多利亚女皇和拿破仑皇帝的联合舰队（即英法联军）对我国的侵略。

我觉得，中摩两国人民这样的感情上的联系，是非常值得珍视的。深深地体会到这种联系，应该说是我到了这个古老的、英雄的城市的最大收获。

丹吉尔

丹吉尔位于非洲的西北角，在大西洋和地中海交界的地方，与直布罗陀遥遥相对。但是，世界上知道直布罗陀（英国的军事基地）的人很多，而知道丹吉尔的人却较少。对我国说来，它就更其陌生了。可是早在14世纪的时候，这里有位杰出的旅行家叫阿布·阿卜杜拉·穆罕默德·伊本·白图塔的，他居然到过我国的广州、泉州和杭州，在他那本浩繁的回忆录中，大谈其"中国游记"。至于我国什么时候什么人到这儿来过，恐怕已无可考了吧。

丹吉尔给我们的第一个印象，就是天气特别好。这并不完全是由于我们刚从炎热的非斯赶来，才有这么一阵子愉快的清凉感，这里全年的平均温度是摄氏18度，摩洛哥人向来就以拉巴特为夏都，而把丹吉尔称为冬都。

碧蓝的海，跟海一样蓝的天，金黄色的沙滩，一线又一线的长长的白浪，一层又一层的白云……你从旅馆的窗口上，客厅的走廊上，都可以欣赏到这幅海滨的特有的景色。有时这种景色，是从一块半块棕榈树的叶子底下透露出来的，那情景，就显得更加动人了。

不过这里的海风很大，特别在傍晚，差不多处处都可以听到浪涛的吼声。下午4点钟，我们走上海边较高的一个瞭望台——它像个小花园，在这里可以朦胧地看到西班牙境内的一些白色房屋——的时候，强大的风力，足可以把一个人吹倒。

来到丹吉尔，可千万不要忘记看"日落"呵！开始我们还不知道这么一回事，因为白天累了，想早点休息，但是陪同我们游览的主人，他恰是丹吉尔人，他家就在这儿的麦地那古城里，他坚持一定要到城的西面去，去看看海上的落日。

这时天色已经暗起来了，车子却在拼命地抢路走。必须告诉你，在同一条通往西山的弯曲颠簸的公路上，这时挤满了跟我们一样的车辆，光这些个热闹的镜头，就使人感到行将要发生什么事情似的。等到车子爬到山顶转弯的地方，哎哟！一轮红日，一个像被水洗得干干净净的大红球，正挂在离海丈把高的天边！海是黑色的，狂风吹着，浪涛汹涌得像沸腾着的沥青，这样看来，那落日就显得更红了。

我没有看过泰山的日出，但我记得徐霞客的一首诗："天门原与海门通，夜半车轮透影红。不信人间犹梦寐，却疑错打五更钟。"这首诗，除第一句外，和这里的情景是没有什么共同之处的。倒是秦观的《钱塘江观潮》的后两句"晴天摇动清江底，晚日浮沉急浪中"有些近似。

人们为了看海上落日，干脆把车子停在山坡上。在那儿你可以看到一长排车子，挤在路上，途为之塞。为了防御寒风的侵袭，人们都把车门关得紧紧的，将车子当作了临时的"观日亭"，一家大小都蹲在小车子里，直到落日西沉了，满天星斗了，才兴尽而返。

在我国，如旭日之东升，是最美好的象征了。但是，在这儿，如落日之西沉，却未必就是不好的兆头。自从这次在山上看了落日之后，在我的记忆中，常常想起在大西洋岸边观落日的情景，常常想起麦地那古城中男女老少一大群人在欣赏落日时的欢乐情况，常常想起许多表现落日时的美丽景色的美术作品。

丹吉尔的灯光，恐怕是摩洛哥我所到过的许多城市中最美丽动人的了。城中心构成各国文字和各种图案的霓虹光管，在你眼前回旋、闪动、变幻，简直令你眼花缭乱。

现在，是9月30日晚上11时了，这儿的时间约比我国的时间迟7个钟头，我们忽然想起：这时正是祖国10月1日的早晨了！这是我们伟大祖国的国庆十四周年的盛大节日。围着红领巾的少先队员，我们的孩子们，他们那整齐的行列，大概正在朝五彩缤纷的天安门，朝毛主席站立着的地方，迈开脚步了吧！万岁！我们的祖国！我们的毛主席！

1963 年 10 月 6 日于昆明抄

芳华时节忆春风

——忆尊重知识、关怀人才的陶铸同志

往事如烟。时光的流逝无情地洗去了头脑中许多珍贵的回忆，有时甚至像录音磁带上的信息，不留痕迹地抹得一干二净。不过，也不尽然，说不清是什么原因，这些年来我常常想起陶铸，虽然15年前的这个时候，听说他在凄风苦雨的长夜里永远离开了我们，但是他的身影，那烈火一般的革命激情和疾风一般的魄力，以及不畏世俗偏见、敢于力排众议的远见卓识，和从善如流、不讳言过的勇气，不仅没有在我的脑海里淡忘，每一念及，反而愈加清晰。他的音容笑貌仍然活在人间。在会议上，听得见他谈笑风生的发言；在田野里，他和农民商谈如何科学种田；他悄悄地走进乡村小学的课堂，走进教授的书斋，同他们议论提高教学的质量。他有用不完的精力，好像是不知疲倦似的。

也许是因为我在陶铸的直接领导下，从事意识形态方面的工作前后达十几年之久，他以无产阶级革命家的胆识、眼光和惊人的魄力，忠实地执行党的知识分子政策，尊重知识，爱惜人才，这些方面给我的印象尤为深刻。这不仅是我个人的感觉，许多曾经在中南和广东工作过的同志都深有同感。在贯彻执行党的十二届三中全会制定的《关于经济体制改革的决定》的今天，回首前尘，以瞻来日，更是令人感到，我们的事业需要大批像陶铸同志那样真心实意地爱护、关心知识分子的领导干部，不断完善我们对知识分子的工作，动员千千万万的知识分子，

投入到振兴中华、建设四化的宏伟事业中去。

一

1962年3月，在广州召开的中央科学工作会议和全国话剧、歌剧、儿童剧创作座谈会，曾经被"四人帮"污蔑为"广州黑会"。科学会议先开，是由周总理亲自主持的。戏剧会议打算紧接着科学会议召开。当时要解决的问题是：如何正确估价我国知识分子的现状，纠正在知识分子问题上"左"的错误，实事求是地、全面地肯定知识分子在社会主义建设事业中的重要作用等问题。为了开好这样一个关系重大的会议，记得在科学会议即将结束的前一天，周总理在广东省委小岛招待所召开主席团扩大会议。陈毅、聂荣臻、陶铸出席了，文艺界的田汉、阳翰笙、夏衍（他们是来召开戏剧会议的，但讨论的问题，对他们有头等重要的意义）也应邀出席，还有其他同志。周总理一开始就征询大家的意见，究竟怎样称呼知识分子？总理说，过去把知识分子统统叫做资产阶级知识分子，现在所有制的问题已经基本解决，资产阶级作为一个阶级已经消灭，知识分子是为人民服务的，既然为哪个阶级服务就叫做那个阶级的知识分子，就不能再叫资产阶级知识分子。那么究竟叫什么知识分子？有人说叫人民知识分子，有人说应该叫劳动知识分子，到底怎么称呼？

总理讲话之后，第一个发言的是陶铸。他说："我拥护给知识分子脱掉资产阶级的帽子，不能再叫资产阶级知识分子。知识分子是为人民服务的，是建设社会主义必不可少的力量，应该叫人民知识分子。"在当时的形势下能够这样旗帜鲜明为知识分子"脱帽加冕"，是很需要一番勇气和胆识的，甚至是要承担政治风险的。但是，陶铸的话说到了知识分子的心坎上，代表了我们党的正确主张，所以得到了与会同志的一致赞同。这时，坐在我身边的夏衍同志情不自禁地悄声问我："陶铸同志是大学毕业生吗？是不是大知识分子？"我笑着摇了摇头，我明白，夏衍为陶铸的发言感动了。这次主席团会议一致同意的看法，对我国知识分子的正确估价，第二天由陈毅同志向大会作总结发言时公开宣布。它的影响之深远，以及对于全国知识分子的振奋和鼓舞，至今仍然成为人们津津乐道的话题。记得当时田汉题诗一首，头两句是"一时春满越王台，水暖山温聚俊才"，说的正是当日的情景。

　　我之所以想起这件往事，在于说明陶铸对于知识和知识分子在革命事业中的地位和作用，一贯是非常重视的。这种重视并非出于个人的偏爱，也不是出于权宜之计，而是从革命的全局出发，是建立在马克思列宁主义科学的世界观和方法论的基础之上的。早在广州会议之前，陶铸在1961年召开的中南区高级知识分子座谈会，广东省文教、科技界知识分子会议和其他场合，就明确地指出："我们不能老讲人家是资产阶级知识分子，我看到此为止。现在他们是国家的知识分子，民族的知识分子，社会主义建设的知识分子。"他还公开提出："我建议今后在中南地区一般地不要用'资产阶级知识分子'这个名词了，那个名词伤感情。"他甚至提出，"不要再用'白专道路'的名词"。陶铸这些思想，并不是心血来潮之物，而是充分认识到我们党的事业离不开知识和知识分子，必须建设一支强大的知识分子队伍，团结一切新老、大小知识分子。他在党的许多会议上都谈知识分子问题，谈重视知识和知识分子的重要性。他说："我们要建设社会主义，没有很多的专家、科学家是不行的。专家越多越好。我们要团结他们。"他喜欢用开汽车的例子来加以说明：汽车半途坏了，你不懂技术，没有修车子的知识，不管你的官多大，你能叫它开动吗？不行！你下多少命令也不行，唯有靠懂得技术的司机同志去修。他多次在党的农村工作会议上大声疾呼："科学工作和农业生产是有很大关系的，不可以设想，要建设现代化的农业可以不要科学。事实上，农业方面的土壤改良、种子改革、天气控制等等，都不能离开科学工作。因此，各级党委应该重视科学工作，认真领导科学工作。"在这里，我有责任说明的是，陶铸的话并非无的放矢，这是他深入农村得来的感受。广东省种有水稻三千余万亩，禾苗长得很好，又高又壮，可惜每当稻谷成熟时，往往台风肆虐，收成为之大减。1958年夏，陶铸到了潮汕一带，发现了当地两位青年农民研究出既可防风、防虫，又不怕倒伏、亩产可达千斤的"矮脚南特"，他那狂喜的样子真是无可名状！后来经过继续科研推广，广东新会又出了更为可口的"矮仔粘"，东莞县出了有名的"珍珠矮"，这种矮种水稻成果据说一直推广到江苏苏州地区。陶铸对科学知识的推崇和爱好，无疑地是由于实际需要，由于农业生产对科学技术知识的需要。

　　陶铸重视知识和知识分子，维护党的知识分子政策，还可以从他对教育方面的措施看出来。60年代初期，广州市许多中学的教育质量普遍下降，有一年，广东的考试平均成绩是全国倒数第二。陶铸通过调查研究发现，主要原因是我们党内一些同志把党的领导片面地理解为党委包办一切，排斥党外的有教学经验的老校长、老教师，挫伤了他们的积极性。为此，陶铸在1961年广州中学校长、党支部书记和教师座谈会上，批评了这种包办代替的错误倾向，提出了中学不能由支部领导，要实行校务委员会领导下的校长负责制，校长可以不是党员，要使非党员校长有职有权。他指出："这并不是不要党的领导，文教部门领导就是党的领导，非党员校长实行的党的方针政策也是党的领导，支部在校务委员会起作用也是党的领导，我们就是靠正确领导而不是只靠权力。"尽管他的这一创议遭到不少人的非议，甚至攻击他是"朱可夫"，但他仍然坚定不移，他为此指出："我建议重新改变我们对知识分子的认识，知识分子绝大多数可以跟我们一起搞社会主义建设，这点极为重要。"为此，他号召党内同志要克服偏见，对知识分子要真诚相待，"我们要尊重科学家"。他严肃批评那种认为"知识分子可用而不可信"的说法，他说："照我看来，知识分子要用就要信，而中国的知识分子是可以信赖的，可以重用的。"因为"知识分子在中国历史上是革命的，有功劳的，我们就应当把他们看成是劳动人民"。他严正指出，糟蹋人才应当被认为是一种罪过，对知识分子采取粗暴态度，"是旧官僚军阀作风残余的表现和反动剥削阶级对待人民的态度"，必须迅速纠正。

早在1955年，陶铸在广东省知识分子工作会议上讲了这样一句话："不很好地解决知识分子工作问题，没有高度的科学、文化、技术水平，就不能建设社会主义。"时隔近30年了，这富有远见卓识的观点，至今仍发人深思。

二

陶铸不止一次讲过"千金市骨"这个典故，这是一个古老的传说。是讲古代一个君王用五百金买下马骨而终于得到三匹千里马的故事。当然还有不少有关敢用、善用和信任知识分子的通俗故事和比喻，启发我们各级领导干部要"不拘一格"地去物色人才。从这些历史上尽人皆知的故事中，生动地阐明了我们党对知识分子政策的精髓，这就是要尊重知识分子，关心知识分子，使他们的积极性充分发挥出来，为社会主义贡献力量。他说得很明白："社会主义就是要有高度发展的生产力，而要发展生产力，没有数量相当多、质量相当高的专家是不可能的。"

　　陶铸对中山大学教授陈寅恪的爱护备至，我觉得是团结高级知识分子一个很好的范例。陈寅恪教授是位著名的史学家和文学家，解放前执教于清华大学。北平解放前夕，陈寅恪被傅斯年和胡适强促南行，抵广州后不欲再往台湾。当时广州尚未解放，傅斯年屡次电催赴台，他一口回绝。有人劝他去香港，他说："香港是英帝国主义的殖民地，殖民地的生活是我平生所鄙视的，所以我也不去香港，愿留在国内。"于是，陈寅恪先生便留在岭南大学，以后又在中山大学任教。

　　当时，陈寅恪先生因患目疾，行动不便，只求能在安定的晚年从事著述和学术研究，所以对一些社会活动一概不予过问。全国政协邀请他为政协委员，他谢绝了；郭老派专人到广州敦促他到北京就任科学院社会科学部历史研究二所所长，他婉谢不就。这些本来很正常的事，当时引起了一些人的闲言碎语。如何看待这样的老专家，是疏远他们还是亲近他们？尤其是有些人并不了解他，几次运动的锋芒几乎就要朝着这位学者身上。但是在百事纷繁中的陶铸并没有忘记这种情况。

　　记得在1955年的一次全省高等院校教职员的集会上，陶铸说："陈寅恪教授不去台湾，蒋介石要他去他都不去，这本身就是爱国行动，应该叫爱国的知识分子，我看他是个好人！"大概这番话很快传到陈寅恪的耳朵里，这位正直的老知识分子为此深受感动，隔不多久他找人对中山大学领导人冯乃超说："请你告诉北京，全国政协委员本人同意接受。"

　　陶铸对陈寅恪教授的关心照顾是令人感动的。他经常去看望陈，解决他的困难。听说他因用脑过度，常为失眠所苦，陶铸即嘱人从香港买来进口的安眠药，我曾多次替他把药送去。1962年，73岁的陈寅恪不慎跌断右腿，住进医院。陶铸得悉这一消息，便指示给他派专职护士，轮班照顾。住院的第三天，他亲到医院探望，并让专职护士长期照顾陈寅恪。当时有人对此提出非议，陶铸反问道："陈寅恪双目失明，要不要配备一名护士？双目失明又摔断了腿，要不要再配备一名护士？瞎了眼睛还著书立说，要不要再配备一名护士？我看护士派少了，而不是不应派！"此外，为了老教授工作生活上的方便，陶铸还吩咐有关方面为他配备助手，解决抄录文稿之事。在陈还未完全失明时，陶铸还关照中山大学党委，在陈寅恪经常散步的院子里，修一条白色甬道，以免他迷失方向。

　　陶铸对知识分子就是这样体贴入微，润物无声，真正体现了一个无产阶级革命家的博大胸怀。他是一个爱才、惜才的人，他关心知识分子在政治上的进步，也关心他们在学术上的成就。解放初期，我国一些著名的艺术家流落香港，有的生活无着，前途渺茫。陶铸根据中央领导同志的指示，通过各种关系把他们接回来，使他们愉快地投入社会主义的文化建设事业中。对于港澳文化界、电影界的一些知名人士，陶铸每年都安排他们回来度假观光，使他们感到祖国的温暖。他到北京开会，还在紧张的会议间隙，跑到北京的琉璃厂买宣纸、买墨，送给关山月等画家。他去莫斯科参加苏共二十大，回国后没有给自己的女儿买一件小礼品，却用自己为数不多的出国津贴，为广东粤剧团买回一台放映字幕的幻灯机……

陶铸是个虚怀若谷、从善如流的人。他非常重视知识分子的成就，中南戏剧会演，他可以花几十个日夜同他们交谈；他也非常注意来自知识分子方面的批评。他认为可以同他们结成诤友。全国知名的作家、艺术家、理论家……都高兴到广东来做他的客人。

三

陶铸尊重知识，尊重知识分子，突出地反映在他十分关心文化方面的建设。作为主管一省和数省的党的第一书记，他的工作千头万绪，他要主持党的日常工作，过问车间的生产，农田的丰歉，财政的收支，社会的治安，但是，从一张报纸、一出戏剧到一部影片，以及学生的课本，作家的作品，他都时刻放在心上。他是一个有所作为、富有创造精神的带头人。他以坚韧不拔的毅力，指挥物质文明的生产，在努力改变本地区工农业生产落后面貌的同时，也以惊人的魄力组织精神文明的生产，使广东省的文化建设出现了蓬蓬勃勃的局面。

他是1951年调到广州的，来到广东办的头一件与文化教育有关的事，就是在中山纪念堂附近，盖了一座在当时来说颇具规模的科学馆，为广东省科学工作者开展学术活动提供了一个较好的场所。珠江电影制片厂的筹建，也是陶铸亲自决定，亲自过问的，省里花了成百万港币从香港进口摄影设备，建筑了现代化的摄影棚，建起了我国华南电影事业的中心。陶铸不但提议出版《羊城晚报》和《上游》杂志，还批准用文教事业的盈利，出了个《广东画报》，编印了在世界上也算是第一流的《广东名画家选集》。由于印刷的精美，他建议新建的羊城宾馆（即今东方宾馆）房里就挂"选集"的画页，这样既美观，又富有地方特色。借印这本画册之便，他批准成立了广东美术印刷厂。他不是广东人，但他很尊重广东的文化，对广东的各种地方剧种如此，对岭南画派的绘画是如此，连屈翁山的《广东新语》，他都要我们出版。此外，巍然耸立在越秀山上的电视铁塔，广州二沙头的体育中心，黄花岗对面的农展馆，主要是为培养华侨、港澳同胞子弟创办的暨南大学，以及富集了亚热带珍贵植物的华南植物园，著名的风景区——西樵山、从化温泉区的建设，无不经过他亲自筹划。他每次下乡归来，第一件事就是找广州市负责城市建设的林西副市长，查问各项重大建筑设施的情况。

当然，陶铸不仅具体入微地过问这些重大的文化建设项目，还以过人的精力，对文化、教育、科学、新闻、出版、卫生等方面大量的日常工作，给予极大的关心，出主意，想办法。他在广东工作多年，每年的春天和秋天，必定要和广大教育工作者见面一次，谈形势，征求意见，听取批评，他把这种例会形成一种制度，戏称为"春秋二祭"。至于对广州的两张大报——《南方日报》和《羊城晚报》，从版面、标题、编排到选题、栏目、社论，以及新闻队伍的培养，新闻的写作，几乎没有不过问的。三年困难时期，他提出要关心知识分子的生活，适当增加他们的粮食定量。对高级知识分子（包括演员、盆景专家、高级厨师等在内）一年组织他们到从化温泉疗养一次，吃一顿饭，看一场电影。他为孩子们的健康着想，在党的会议上大声疾呼要解决课堂的灯光照明问题。他说："学校的灯光很重要，教师要备课，学生要做功课，现在不解决灯光问题，将来要出一大批近视眼！"他呼吁："要保证学校供电，除了生产以外，机关供电应该不比学校重要，这是为了后一代。"为了解决学校开学没有课本的问题，他亲自打电话给运输部门，要他们开绿灯，首先把课本运下去。纸张紧张，他要求用最好的纸印课本，如果没有纸张，党内刊物可以停刊……

他就是这样为繁荣党的文化教育事业竭尽忠诚的。我想，这也许正是他离开我们多年，人们还在怀念他的原因所在。尽管他并非完人，在工作中不可避免地有过不少过失甚至错误，但是他仍然不愧为共产党人的楷模。

在新的历史时期，我们需要更多的像陶铸这样的一往无前的战士！

（金涛整理，本文原载 1984 年 11 月 29 日《光明日报》）

卷五

长明斋诗词

序

邓　白

　　《长明斋诗词》是王匡同志历年所写的旧体诗词中精选出来的作品。他的学识、文章，早已著称于时，但其诗词，却因一向自谦，不轻示人，故知者较少。连他追随多年的叶帅，也是"大跃进"期中，在广东新会看到那首《圭峰巨变》七绝，才发现王匡能诗，不仅肯定了他的诗才，还鼓励他为社会主义建设多写好诗。

　　王匡青年时代即参加革命，学的是马列主义，干的是党的工作，却对这种既古老又独特的旧体诗词，锲而不舍，颇有点出人意料。这还得从他的童年生活说起。

　　王匡同志家境清贫，父亲是掌勺厨师，谋生在外。母亲早逝，惟祖母知书识字，从小就教孩子背诵唐诗，那些音韵谐和、节奏优美的五言或七言绝句，很快就引起他的喜爱，比唱山歌还好听，只要学上两三遍，即朗朗上口，背诵如流。背诗，成为王匡童年唯一的乐趣。并且在天真的心灵中，种下了诗的根苗，结下不解之缘。

　　及长，投身革命，戎马倥偬之余，也不废吟咏。本集第二首《初春》，是他1938年写于延安的早期作品。初到延安不久，他看到同志们为革命工作，艰苦奋斗，忘我劳动的精神，十分感动，反视自己，觉得必须加紧努力，才不负党的培养，吟出了"驹光如逝水，疏懒负春华"之句。可见50年前，他的诗才已初露头角，用简短的二十个字，写出自己当时的心声。

中国诗词，源远流长，在世界文坛上独树一帜，从《诗经》的时代起，至现在已三千余年，仍闪耀着灿烂的光芒，不以时移世换而有所减色。一种文体，能历久而永垂不替，足以证明其强大的生命力。虽然五四新文化运动激流，曾对旧体诗词猛烈冲击，然而，曾几何时，站在运动前列的新诗倡导者，却又"浪子回头"，都写起旧体诗了。正如闻一多诗中说的："唐贤读破三千卷，勒马回缰作旧诗。"这是不必讳言的公开秘密。

值得注意是，我们老一辈的无产阶级革命家，如毛主席、周总理、董必武、朱德、陈毅、叶剑英等元帅，也都喜作旧体诗词，不仅与马列主义没有任何抵触，而且对革命斗争和社会主义建设，起着鼓舞和促进作用，广大群众都爱读它，影响之深远，更非白话新诗可比。

新中国成立以来，王匡随着各阶段的形势变化，所产生的忧乐激情，常寄于诗。他从来没有想过做一个诗人，但事实上他确是一个诗人。《长明斋诗词》所收的诗词中，处处流露着真性情、真感受，"言言血性，字字琅玕"（张家玉《论诗》），舒卷风云，吐纳珠玉。他的诗的主要特点，可以一言以蔽之曰"真"。有诗为证：

> 为文不在万千钧，只要书来字字真。
> 试听清明时节句，谁人不唱"雨纷纷"？
>
> ——见本集《为文》七绝

这首七绝，初看似是论诗之作，细读则是具体地体现了作者的诗风，又是欣赏和探讨其诗词的密钥。"真"，是诗词中的灵魂，但要做到"字字真"，却非容易。历代诗词中宏篇阔论，"游谈以为高，枝辞以为美者"，车载斗量；而求其出于真诚，吐自肺腑，则殊不多见。

王匡的诗词，独具一格，不属于壮怀激烈的慷慨悲歌；也不是弄月吟风的闲情逸兴；而是清水芙蓉，绝无雕饰，一片真情，淡而弥永，不务新奇，不作惊人之语。惟其有真性，故有真情；有真情，故有真诗。请看下面两首七绝：

天磨人妒两相因，文武才华聚一身。

到底文章憎命达，上苍偏负有心人。

——参与《陶铸文集》编后

器识文章久噪名，为人心地水般清。

此身已历三千劫，火眼金睛分外明。

——读《长河浪花集》序后赠秦牧

陶铸是作者多年共事尊敬的上司；秦牧是他志同道合亲密的战友；其感情之深，不问可知。然而，诗中仅以"文武才华聚一身"来推许陶铸；以"为人心地水般清"来评价秦牧；并无刻意恭维之句，而陶、秦二人之气度、人品即如在目前。对殁者伤其"文章憎命"；对存者赞其"火眼金睛"。词简意深，蕴含着有余无尽的艺术魅力，使读者为之感动。清代文学家郑珍论诗云："一切文字皆贵真，真情作诗感得人。"在《长明斋诗词》中，不乏这种真情之作。

这些作品以写给叶帅的几首律诗，最有代表性，尤以《寿叶帅八十》和《悼叶帅》，可称压卷之作。叶帅作为老一辈革命家，其高大形象，赫赫功勋，在王匡《呈叶帅》七律中已写得声情并茂。"犹忆秋风梅岭上，骑随麾下过南雄"，更可见相处之深，对其影响颇大。叶帅喜作旧体诗，王匡也喜作旧体诗；叶帅善七律，王匡也善七律；两人志趣相同，但诗格各异。叶帅诗叱咤风云，沉雄豪放，自具英雄本色；王匡则清辞丽句，平淡天真，温文儒雅，亲切感人。上面所举的两诗，一寿、一悼；一喜、一悲；心情不同，而亲切之意则相一致。祝寿之作，首联先突出叶帅的功业、文章，为全诗纲领；次联承上联"近功"，写粉碎"四人帮"，恢复国纲的丰功伟绩；三联承上联"远望"，写叶帅文采才华和磊落品格；末联才点出祝寿诚意。全诗一气呵成，充满欢欣崇敬之情，句句皆发自内心，无丝毫夸张和过誉，对叶帅来说，是当之无愧的。

至于那首悼念之作，同样写得感人肺腑。首句的"永忆"，自然是指"骑随麾下过南雄"时叶帅的马上雄姿，留给作者一生难忘的印象。次句"斯人去矣"，不仅是个人的哀悼，而是举世同悲，足见其遗泽之深，民望之隆。二、三联列举叶帅一生为革命鞠躬尽瘁的重大贡献。末联"五岭留香"，写出了化悲痛为力量。结句甚奇，以"处处诗"来歌颂这位元帅而兼诗人永垂不朽。

两诗的思想的高度和感情的深度，都不同凡响，读后令人回肠荡气，一唱三叹。至于遣词、炼句之精，格律之谨严，平仄的协调，乃其余事而已。

它如《寄内》《有赠》《元宵》《种树归来》及《浪淘沙》四阕，都是寄内和悼亡之作。他和田蔚同志，从延安订婚，到她病逝广州，"五十年来连理树"，伉俪情深，患难与共。其间悲欢离合，往事潆洄，死生永隔，确有"不堪和泪说从头"之慨，写得缠绵悱恻，令人不忍卒读。

此外如《写在"马恩四卷集"前面》《虎门》《虎门林则徐纪念馆题词》《送朱光市长》《禁中五十自寿》《长江东望》《赠默涵》《悼小川》《赠友人》《己未秋怀》《杭州怀萧珊并寄巴金》等篇，内容虽然是些感时、怀古、忆事、赠人之作，然皆信仰坚定，爱憎分明，洋溢着时代的气息和对同志、对家乡的热爱。言浅意深，直抒胸臆，允称佳作。

还有大量好句，如"百年谁与论功过？四亿人凭定是非""不受天怜应是病，却遭人妒或非庸""平生苦写千张纸，天地徒增一腐儒""妩媚青山情与貌，炎凉世态屈和伸""民望至今思陆贾，众心犹幸有文翁""剩有微躯牛马走，恨无寒剑鬼神惊""鼓角乍闻歌破晓，壮心何惜发飘萧""谁怜瘦骨因风舞，独有寒枝带雪开""堤柳依稀西子貌，湖山无恙故人殊"等，皆精警生动，优美清新，如玄圃明珠，昆岗璞玉，弥足珍贵。

由于集中佳句很多，不能一一列举。慧眼读者，自能从中赏析，不必我再多啰唆了。最后，让我借用杜甫两句诗，作为这篇小序的结语：

"新诗句句好，应任老夫传。"

1994 年 1 月序于东莞

四言

题邓白师《水仙》

水仙虽好，

瞬息凋零。

形之笔墨，

乃可延年。

流香射彩，

巧夺天然。

花样花魂，

来自大千。

1976 年

五言

初 春

风拂窑前柳，

稀枝曳絮花。

驹光如逝水，

疏懒负春华。

1938 年作于延安

题陈子毅蝉鸣荔熟图

红荔一枝悬，

吾生忽少年。

蝉鸣炎日永，

血洒夕阳鲜。

坐看星辰落，

遥闻慈母喧。

狂飙天外至，

满地覆珠圆。

1959 年

游越南夏龙湾

平湖千嶂抱，

高峡几帆扬。

涟漪风磨镜，

玎玲水浣冈。

斜阳双日照，

明月一天光。

漂渺知何处，

浑疑入梦乡。

1960 年

送朱光市长 ①

朱光同志长穗十年，即将离任，另就新职，无以为赠，诗以送之。

此别不寻常，

东风势正强。

身怀三寸剑，

心历卅年霜。

惠爱传诸海，②

诗声播五羊。

何需人作伞，③

花放一城香！

---

① 此为1960年作，朱光同志已于1969年被"四人帮"迫害患病身故。

② 珠江古称诸江，故珠海沿用诸海。

③ 歌功颂德之"万民伞"也。

夜　航①

铁鸟冲天起，

明珠滚眼来。

故园千里外，

谁为拨云开？

---

①　1963年中秋节，访问阿尔及利亚、摩洛哥后，自巴黎返国，万里无云，月明如洗。

写在"马恩四卷集"前面①

世上难妨老，

新陈变古今。

马恩常绿树，

永驻少年心。

1974 年，广州

---

① 指四卷本《马克思恩格斯选集》。

寿叶帅八十 ①

近功垂宇宙,

远望好文章。

屡挽狂澜倒,

重扶治国纲。

琴心舒剑胆,

磊落见肝肠。

愿祝南山寿,

千秋日月长。

1977 年

———————
① 叶剑英元帅。

山月写中华

——读《关山月画集》

山月写中华，

江山如锦簇。

岭南辟蹊径，

世人皆瞩目。

山月画梅花，

香飘天下馥。

扶桑载誉归，

艺坛惊且服。

山月画青松，

磐然立幽谷。

风格至崇高，

摧之仍矗矗。

山月画红棉，

白昼烧红烛。

浓艳迫人来，

红毡天上覆。

山月画山水，

丘壑胸中伏。

雨后看云山，

奇哉千嶂瀑。

山月画群雀，

高低相与逐。

吱吱斗雪枝，

喳喳绕梁屋。

山月画榕荫，

百鸟栖枝宿。

台风肆虐狂，

错折磐根曲。

山月写荒滩，

漠漠翻新绿。

涛声动地回，

悠扬起林木。

画乃无声诗，

毋须添蛇足。

聊以答盛情，

并作新春祝。

1986 年 2 月 15 日

离京返穗

老去乡心重，

闲来忆旧朋。

任凭颠曲直，

无辩学王充。

别矣京都地，

南归似雁鸿。

弯弯前望路，

细数几多重？

1988 年 10 月

七言

虎　门

两山虎视势雄奇，

举目伶仃发古思。

波隐炮声犹在耳，

云流烽火起燃眉。

百年谁与论功过，

四亿人凭定是非。

快艇鱼雷飞峡出，

滔天雪浪拥红旗。

1955 年

答友人

无车无马又无篷，

敢遣羸骡上太空？

不受天怜应是病，

却遭人妒或非庸。

梦中犹惧挥长棒，

旗下何妨作小虫。

镜里头颅霜一抹，

几分寒意到心胸。

1958 年

高要行

郁郁金黄绕翠峰，

端江帆影彩云中。

环湖广宇穿林白，

遍地高炉照眼红。

打铁荷锄多学士，

读书论理亦工农。

江山本性同移易，

一夜东风两改容。

1958 年

汕头重到

曾经小别又重逢，

意态风光两不同。

绝美肯称千片绿，

高风唯有一心红。

水流日夜飞银练，

桥贯东西射彩虹。

亩产万斤新纪录，

他年当入画图中。

1958 年

圭峰巨变

1958年与石西民兄上新会
圭峰山口占一绝

几上圭峰欲赋诗，

几番下笔总迟疑。

岂因佳句难寻觅，

意到诗成又过时。

和陶铸

步原韵

露滴杨枝未洒匀,

慈和李靖本情深。

龙王发水三江溢,

土地惊堤万里倾。

化险幸凭天砥柱,

安危端赖海神针。

女娲已把苍穹补,

柳暗花明又一村。

附：

慰抗洪战士归来

陶铸

入春风雨尚均匀，

莫道天公恩惠深。

狂飚袭来瓦欲裂，

恶涛卷到岳为倾。

人民自有回天力，

蛇蝎难施螯毒针。

我信奇迹现秋后，

灾痕不见见新村。

1959 年

越南河内[①]

廿年挥泪盼春回，

今日春花处处开。

喜见宝刀还旧主，[②]

不愁腥雨折初蕾。

梅娘舞唱翻身曲，

维汉高擎满酒杯。

独念南洋千岛国，

惊鸿三万赋归来。[③]

---

① 1960年随同陶铸、朱光访问河内，蒙胡老盛待。席间有少女起舞，想起田汉的《回春之曲》，良多感慨。朱且扮演过剧中之维汉者，陶因提议每人一诗。

② 河内有还剑湖。

③ 归侨3万，正被逼归来。

夜过凉山 ①

远处朦胧一盏灯，（陶）

飞车夜雨送归人。（王）

盘旋直上凉山顶，（陶）

好从高处望朝暾。（王）

① 1960年自越南返到凉山，夜黑细雨霏霏。吟哦消遣。

贺丁西林老七十寿辰

术兼文理已称奇，

更复稀龄问北非。

《一只马蜂》贻后学，

再生鸾凤胜前词①。

身同战士亲朋誉②，

业在人民故国期③。

此际两洋权作酒④，

浪涛声里奉双卮。

1962 年，时在摩洛哥之旦吉尔

---

① 丁老早期作品《一只马蜂》，晚期《再生缘》。
② 阿尔及利亚总统本·贝拉称他"老战士"。
③ 北京来电，祝为人民事业奋斗一生。
④ 旦吉尔位于大西洋与地中海交界处。

除　夕

爆竹声中岁又除，

楼头灯火映丹朱。

平生苦写千张纸，

天地徒增一腐儒。

学道不成羞托钵，

求仙无意枉敲鱼。

今宵最合呼呼睡，

掩卷吹灯懒读书。

1962 年

禁中五十自寿

蹉跎岁月似青烟，

碌碌栖身半百年。

哀乐丰贫都见过，

浮沉冷暖自知先。

岁寒乃是春消息，

酷暑迎来荔熟天。

哪得日供三百颗，

任他桃李有烦言。

连山上草

1968 年，住连山县之上草。据传此乃太平天国出师北上之大道。午夜无寐，成诗。

也曾飞骑出重山，

直下金陵十二关。

半壁河山飘赤帜，

一朝天国蠹尘寰。

英雄血沃浇中国，

烈士花开遍世间。

虎啸龙吟风雨夜，

似闻车马凯歌还。

答友人问疾

十年肠胃四年牙，

数度疴沉命有差。

对症理应唯药石，

求方难觅好医家。

头晕不必灵芝草，

口渴时思嫩绿茶。

何处仙丹能治眼，

近来双目似遮纱。

1970 年

寄应彬

杨应彬诗人以《东湖诗草》赐教，特以奉复。

清音初报《岭南春》，

水色花光别有神。

妩媚青山情与貌，

炎凉世态屈和伸。

词章格律开先议，

妙手宏篇竞出新。

读罢《东湖》诗一束，

远心犹念老歌人①。

---

① 老歌人：应彬令堂，善诗歌，出口成章。

长江东望

1977 年 4 月 28 日离穗去京，在武汉远望长江。

脚踏青云带梦飞，

长江东望若游丝。

何时西子湖边坐，

笑语黄花蟹正肥。

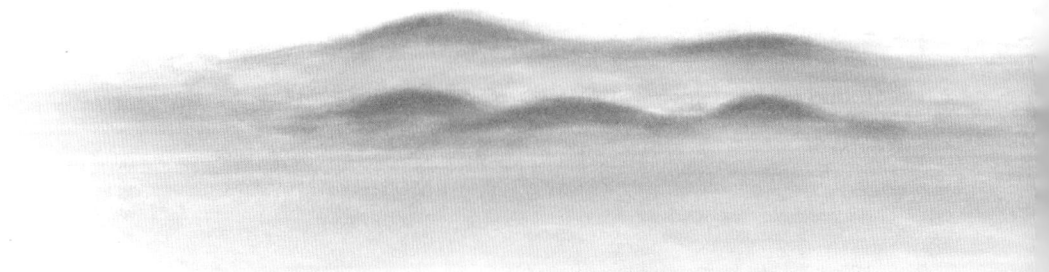

遥　寄

消息年来久不通，

谁分皂白与青红？

未知季子平安否，

抑是扬帆趁好风？

1977 年 5 月北京

赠默涵

羊城一别十年经，

况复凄风苦雨情。

延水迢遥天外现，

椰林婀娜眼前青。

将军老矣仍能饭，

赤子终归可化冰。

闻道浔阳秋瑟瑟，

琵琶犹作不平鸣？

1977 年 5 月

附：

答友人

林默涵

1975年，我被囚禁9年后，又被流放到赣江之滨，达两年半。其间得友人尚吟赠诗，感而奉和。

百洞征衣满路尘，

敢因风雨惜微身？

铁窗动荡悲歌气，

客梦迷离故国魂。

谁道高丘无静女，

分明白屋有芳邻。

横腰长铗今犹在，

留得寒光烛乱云！

悼小川 ①

为佑如椽敢赴汤，

火中取栗亦寻常。

天公未肯留诗霸，

每读秋歌泪两行。

1977 年 6 月

---

① 诗人郭小川。

赠友人 ①

往事如烟未可留，

英年策马楚郢州。

忍冬花放浮香海，

萤火光飞逐夜流。

白露堤边帆过影，

刁汉湖畔月明舟。

相逢共听"洪湖水"，

一曲清歌慰白头。

1977 年 6 月北京

① 赠刘放、徐明老战友。

少年游

　　1977年7月26日，胡绳、全衡赐饭，毕，苏女师的一班老同学大唱其三十年代的救亡歌曲。

吴娃三五试歌喉，

袅袅清音动九秋。

顾曲周郎头半白，

几回身复少年游。

呈叶帅

广州解放二十八周年纪念日

四弦弹罢送飞鸿，

为妒江南百战功。①

顽蒋溃逃旗树白，

哀兵苦斗血凝红。

三人故国谈和际，

万里关山决胜中。

犹忆秋风梅岭上，

骑随麾下过南雄。

---

① 1939年，蒋介石以番号、枪支、弹、药四者为饵，图诱我军投诸塞北。叶帅引"两手弹四弦，目送飞鸿去"句以讽之。

读《长河浪花集》序后
赠秦牧

器识文章久噪名，

为人心地水般清。

此身已历三千劫，

火眼金睛分外明。

1978 年 5 月，北京

寄友人

1977年离穗，任职京都，翌年调港，鲜通音问，因诗以寄意。

炎州自古钟灵地，

珠海云山唱大风。

民望至今思陆贾，

众心犹幸有文翁。

京都久负双鱼约，

艺苑常传半格功。[①]

港穗纬经方一点，

鸡鸣风雨亦相同。

1979 年，香港

——————
① 元稹、白居易合著有《半格集》。

南 湖

1979年5月13日下午，谷牧副总理偕同仲勋、田夫、全国等同志①，向叶帅、王震副总理汇报关于大胆放手建设广东的问题，余亦被同时召见。入夜设宴南湖，时雨声淅沥，缅怀故人，感慨系之。

赐座南湖听雨声，

青山隐隐起雷鸣。

将军每发高人论，

老帅时传济世经。

剩有微躯牛马走，

恨无寒剑鬼神惊。

海隅度日如年过，

难得三杯入渺溟。

---

① 习仲勋、刘田夫、王全国。

题关山月山水

一

觅径悬崖急水间，

空云欲隐万重山。

青峰渐觉离人远，

老马知机送我还。

1959 年

二

天上飞来一石头，

有人牵马似牵牛。

中间可惜无田地，

枉度牛儿十数秋。

1979 年

题陈复礼先生影展

水墨光圈两未分，

山川景物最宜人。

诗传画意王摩诘，

镜里丹青复礼陈。

1979 年

己未秋怀

步胡希明老原韵

惯听来潮与去潮，

几番风雨到今朝。

茫茫大块浑如醉，

冉冉朱霞倍觉娇。

鼓角乍闻歌破晓，

壮心何惜发飘萧。

精禽毕竟非凡物，

且看江山万里桥。

附:

一九七九年国庆放歌

胡希明

南海风吹上下潮,

难凭史笔记今朝。

敢拼西北十年血,

沃出东南万朵娇。

淮海征尘曾仆仆,

秦关战骑尚萧萧。

步枪小米英姿爽,

永镇珠江第一桥。

寄　内 ①

　　内子寄来王力教授赠内诗一首，读后慨然。沉郁之余，习作一首，邯郸学步，聊一笑耳。

词浓只恐中情薄，

未敢裁诗慰玉台。

往岁饱经离乱苦，

垂年难禁圄囵哀。

谁怜瘦骨因风舞，

独有寒枝带雪开。

水激云浮无限意，

化成涓滴落尘来。

① 田蔚。

读《三峡》①

昔日登楼望大荒，

葛洲今夕放豪光。

何时再遇虚前席，

奏上开山劈水章。

① 1983年10月长江船上读李锐《三峡》。

江　行

扯落江帆梦里游，

东南西北各千秋。

杜鹃夹岸迎还送，

长与青山伴水流。

1983 年

三　峡

三峡由来有险滩，

孤舟直下亦艰难。

朝云夕雨迷离甚，

长笛鸣时恸万山。

1983 年

春　回

大地春回万物苏，

层楼并耸比天高。

悬桥南北东西转，

车去如飞若有无。

1984 年

喜　鹊

喜鹊迎人叫语喳，

牵牛几朵上篱笆。

一支银练桑林绕，

老妇呼儿送客茶。

1984 年

题　句

笔拙才疏枉索诗，

五年心事有人知。

无端记起巴山夜，

淡影疏钟月落时。

1984 年

有　赠

笔秃情伤畏遣辞，

敢教疑虑现神奇？

心波暗涌陶潜句，

耳际犹闻庾信悲。

秀色岭南长梦寐，

金风塞北总天涯。

相思每忆浦江畔，

慧眼心灯下翠微。

1984 年

参与《陶铸文集》编后

天磨人妒两相因，

文武才华聚一身。

到底文章憎命达，

上苍偏负有心人。

1985 年 6 月

会　海

会海文山废话多，

咳珠吐玉辄成箩。

未必浮生唯六记，[①]

再增一记又如何。

1985 年 12 月 4 日

---

① 《浮生六记》为清乾嘉年间的沈三白所著。

挥　金

挥金如土有其人，

早备灵符好护身。

上拜三山和五岳，

管他蝼蚁与黎民。

1986 年 3 月

迁居两首

1988 年，迁居东山，环境噪甚，面积狭小，回想在梅花村二十余年，实不该离开也，惟凡事必须向前，因诗以自嘲、自慰、自勉焉。

一

执戟挥戈愧未能，

吹竽磨墨亦无因。

擦鞋宁许为生计？

老督何如作小民。

大雨不愁飘夜漏，

小楼温故可知新。

十年两换梅花宅，

不见梅花只见尘。

二

移家斜倚绿河边，

积水回流起野烟。

破纸纷飞疑化蝶，

残花飘落散青钱。

时闻唼血蚊雷吼，

恶听敲桩梦枕眠。

坐视涓涓成泽国，

奈何人在水中天。

1987 年 9 月—1988 年 4 月

读某先生笺注
《寒柳堂文集》^①后

一

七夕佳期任屈伸，

双星牛女自频频。

连年乞巧何曾巧，

隔世新闻孰可闻？

鸦雀有声同一调，

菩提非树化千身。

卿家亦是多情种，

帘卷罗衾岭上云。

① 《寒柳堂文集》为已故我国近现代著名历史学家陈寅恪的文集。

二

却把台城当玉京，

此中恩怨至分明。

何如红袖添香句，

竟作青衫落泪情。

绿柳垂垂飘絮后，

玄云黯黯惹愁生。

蓬莱此去无多路，

一水盈盈未解兵。

1984 年 7 月 3 日

杭州怀萧珊并寄巴金

1961 年 6 月，与巴金同志一家小住杭州花港之招待所，时巴金正写援朝回忆录，晨必信步苏堤，龙井茶一杯。回首前尘，不胜感慨！

此来花港不观鱼，

回首音容廿载余。

堤柳依稀西子貌，

湖山无恙故人殊。

沉吟笔下三千里，[①]

挥洒毫端数万书。

一事至今忘未了，

任从风雨趁茶墟。

1985 年 5 月 9 日

---

① 指朝鲜半岛。

悼周璐同志

周璐同志，余之师母也。1935年助邓白师从事救亡运动，卓有功劳。1983年不幸病逝杭州，余1985年5月到杭，诗以悼念。

激滟西湖镜有痕，
梦回家国少年身。
魂归未许酬乡愿，
九曲桥边忆故人。

五十年前幻与真，
吾师风骨最堪亲。
夜阑独起湖边立，
叱咤歌声似可闻。

悼叶帅

永忆当年马上姿，

斯人去矣世同悲。

东征荡寇锄奸宄，

广暴兴师举义旗。

大旱望云除四害，

神州一统寄亲思。

红花岗畔埋忠骨，

五岭留香处处诗。

1986 年 11 月 20 日

和邓白老师（步韵）①

残年急景耳边催，

半百光阴一往回。②

顽石有灵方入梦，③

金针巧度始成材。④

层楼广宇连云拔，

百姓欢颜笑语开。

未了宏图新伟业，

故园当有后人来。

1987 年

①　白师1980年回乡，感慨良深，成诗一首，七年之后，重返故乡，诗以示余，因步原韵敬和，请吾师教诲。
②　1937年离粤去延安，1987年回来，半个世纪矣。
③　用《红楼梦》典。
④　"鸳鸯绣出从君看，莫把金针度与人"之反意。

附：

回乡有感

邓 白

卅年湖海鬓毛催，

休笑今朝老大回。

乍到故乡还似客，

喜看晚辈已成材。

枝头红荔殷勤摘，

笔底繁花烂熳开。

多谢深情亲友意，

叮咛明岁早归来。

1980 年

遥　寄

何曾长铗自矜持，

作赋吟诗是我师。

抱恙至今思念极，

不堪回首望痴儿。

1988 年 9 月 21 日

参观大寨

去时曲折羊肠道，

回日层坪走马滩。

多谢愚公齐努力，

崎岖铲却复移山。

关老师伉俪于
1990 年 1 月 24 日赠梅花 ①

时春节在即，天气奇冷，情至可感。

喜是临春始放梅，

剧寒时候送香来。

候信百花应不耐，

千红万紫一齐开。

① 画家关山月。

有　忆

江湖荡漾一舟轻，

回首千山万里情。

夜半晨鸡惊梦醒，

起来环顾晓窗明。

新春人日，1990 年 2 月 2 日

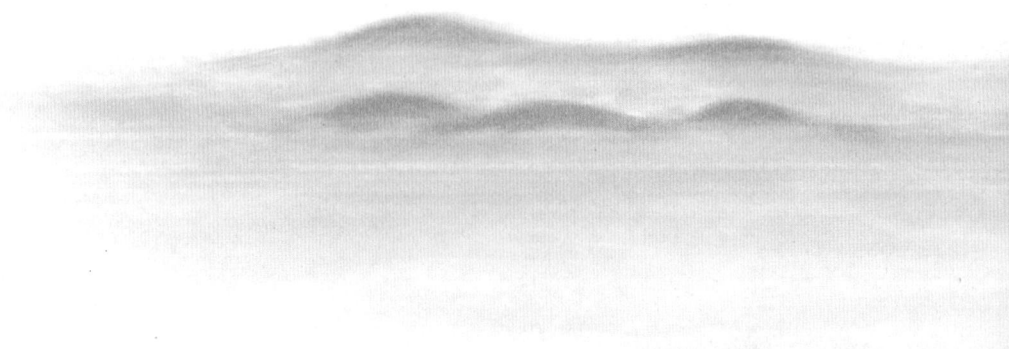

元　宵

荧荧灯火挂窑崖，

午夜人声语正谐。

五十年来连理树，

不堪回首几时栽。

送黎雄才老师

知君昔过虎门关，

为吊英灵墨色丹。

今日归来兵气靖，

青山如黛照欢颜。

时 1990 年 7 月于东莞

题三人画 ①

松风梅格各千秋，

鸟语花香共唱酬。

数缕藤萝柯上下，

几多情意望中收。

---

① 黎雄才、关山月、邓白三位老师1990年7月15日饱荔之余开池命笔，并令余诗以记之。余向非文人，不谙此道，为之吓失三魂矣！

水 灾

1991 年 7 月，湖北、安徽、江苏等地先后暴雨成灾，长江、淮河、太湖、扬州及无锡、苏州，超过百年水位，一片汪洋。电视广播，海内外为之踊跃援助，成一律。

屈子长吟化雨声，

雷鸣电闪有余音。

天堂一瞬成湖泽，

世外千村付渺冥。

屋漏天穿沉地吼，

江翻堤缺裂山倾。

生机每在危难处，

制胜全凭众志城。

种树归来

1992 年 4 月 26 日，久雨微晴，山花在目，移葬田蔚骨灰于白云山之麓，植以相思之树。

泪滴潸潸雨后花，
白云山上涌朝霞。
知君亦有春泥愿，
地北天南且作家。

1992 年 4 月 27 日

附：

读王匡同志《种树归来》
兼怀田蔚同志

张汉青

四月二十七日看望王匡同志，知其于前一日率全家移葬田蔚同志骨灰到白云山，使她回归生前为之呕尽心血的南粤大地，并有《种树归来》一诗记此事，特敬和一首。

猎猎旌旗一朵花，

白云珠水映红霞。

春泥无限深情意，

绿荫千寻即是家。

题丁丁画

七十公公六岁儿，

孙孙画画我题诗。

黄河倘若无文化，

烂熳花开到几时？

种　树

连朝风雨过清明，
怕是危楼眼底倾。
为庇后人多种树，
何须留照立声名？

为　文

为文不在万千钧，

只要书来字字真。

试听清明时节句，

谁人不唱"雨纷纷"？

左与右

此生长与右为邻，
岂有狂名列左宾？
羡煞三千门下客，
不知谁是孟尝君？

偶　成

梦影前尘一例销，

直笔凌空写峻峣。

隐约歌声相激荡，

山川卷曲似螺腰。

赠吴兄

弹丸脱手不平凡，

相应相求息息关。

早已文章惊海内，

纷红骇绿满青山。

妙笔年来擅写山，

山在侨乡浅水间。

写到工农凄惨处，

谁能有泪不轻弹？

杂 咏

泪落眉梢自有因，

并非台上现前身。

廿年幻梦终须觉，

一滴清晶动煞人。

虎门林则徐纪念馆题词

雾拨云开出远山，

是非功过百年间。①

将军早着安邦策，②

未许艨艟入海寰。

甲子夏

---

① 林则徐诗有云："白头到此同休戚，青史凭谁定是非。"

② 龚自珍诗："故人横海拜将军。"将军指林则徐。

哭萧殷

　　萧殷同志去世，余因南北内外奔波，未及亲往灵前拜辞，思之黯然。当时噩耗传来，曾写此数句。

寂寞江郎归彩笔，

数奇李广脱征衣。

梅花村里沉沉夜，

一盏残灯已灭离。

关山月老师为人大会堂
画梅题词

一

虎跃龙腾挥健笔，

新枝老干大堂前。

蒸人热浪吹三伏，

扑面寒香落九天。

风信已违时令改，

素朱同结艺中缘。

君家本是罗浮住，

记否罗浮好住仙？

丁卯盛暑于画苑

二

多少年来苦报春，

香飘四季费精神。

于今报到金銮殿，

天下何人不识君？

圈　圈

诗社成立嘱题诗，画了个圈。

应卯缘为拜老师，

哪能狂妄乱题诗？

东家知我无才学，

打个圈圈最适宜。

读秋耘《风雨年华》①

往事悠悠不计程，

柔情一缕意非轻。

戎衣漫滴书生泪，

长为斯文抱不平。

① 黄秋耘。

敬题邓白老师画册

白梅红荔紫荆花，

艳丽骄人最可夸。

写出精神新意态，

相承一脉继中华。

重彩由来笔墨工，

唐时雅调宋元风。

先生三绝诗书画，

信步登临又一峰。

词

西江月·潮汕行

处处金黄闪烁，沉沉玉粒摇声。

车中书记语频仍："六十亿斤拿定！"

心境随潮上涨，指标逐日高升。

何处星光点点明？道是挑灯夜战。

1958年8月

浣溪沙·题邓白师《紫荆》

百态千姿万朵霞，临风摇曳偶相遮，先生妙手自成家。

从此岭南春独好，敢称横眼一枝斜，格高香暗更堪夸。

1975 年

西江月·读邓白师画

　　一树寒梅似雪，双禽轻舞如云。越王台畔影缤纷，传播岭南春讯。

　　仿佛二居笔墨[①]，更加着意翻新。罗浮终盼远归人[②]，合奏天钧乐韵。

1989 年 3 月 31 日

---

　　①　二居为居巢、居廉，岭南画派之鼻祖，曾久居东莞。
　　②　罗浮古产梅花，诗人因以罗浮代梅，如"美人家住古罗浮"。这句指这幅梅花使人想起古罗浮的"美人"，她们长得如此相像，正在一齐开放。

浪淘沙四首

延 安

敌寇炸延安，烈焰腾空。北门城外识娇踪。道是元宵消息好，意合情浓。①

去也太匆匆，凄楚盈胸。可怜泪眼雾云中。笑貌音容从此逝，翘首苍穹。

广 州

挥手下炎州，壮志何酬？雄心更上一层楼。铁塔摩天山上立，远播洋洲。

何罪作刑囚？欲说还休。不堪和泪诉从头。暮想朝思千百遍，仍是苏州。②

---

① 1940年元宵是余与田蔚订婚之夜。
② 逝去前常想苏州。

长　城 ①

六十上长城，笑语频仍。戏言携手握长缨。白头曾订重来约，
子细叮咛。

人去渺无声，何处传音。往事萦回泪满襟。倦鸟思还啼故里，
梦绕金陵。

一九九〇年春节 ②

又是过新年，涕泪涟涟。相逢唯有九重天。眼下严冬春已近，
雪雨绵绵。

风急雨还添，多少熬煎。杜鹃红透血凝心。心悬日月留南国，
岭外红棉。

1990 年 1 月 14 严寒之日

---

① 余60岁与蔚、莎利同上长城庆祝。
② 蔚去世后第一个新年。

其他

西南纪游

（广州方言诗）

临　潼

闲来无事去西安，睇吓秦嬴搅乜东。[1]

派咗老徐求药去，[2] 藏埋打仔喺泥中。[3]

陶人陶俑排成队，铜马铜车似坎平。

好采霸王唔知道，[4] 留番公仔享临潼。[5]

---

[1] 睇吓：看看。搅乜东：搞什么名堂。

[2] 派咗：派遣了。

[3] 藏埋：埋藏。打仔：好勇斗狠之徒。喺：在。

[4] 好采：幸亏。

[5] 留番：留下。公仔：泥人儿。享：在。

成都武侯祠

诸葛亮诚伟人也，然倘无刘备坚决落实知识分子政策，则天下三分之局，未必成耳。

文武全权在一身，为政千祈会用人。[①] 个阵搅成"三脚凳"，[②] 刘备功劳有几分。

---

① 千祈：千万（要）。
② 个阵：那时。搅成：搞成。三脚凳：谓鼎足三分之局。

李冰父子庙

　　李氏父子之治水，其功不亚夏禹，且或过之，但禹为舜所赏识，为天下主。李冰虽有东汉人为之刻石志念，供人祭奉，然不过一石头菩萨耳。

　　　　堰筑都江立大功，李冰父子确英雄。①

　　　　几支香火聊供奉，朝里无人咪做官。②

---

① 确：确实。

② 咪：不要。

杜甫草堂

只因茅屋被风吹，惹得游人结伴来。

诗哲诗宗诗老豆，^① 大师大圣大天才。

清幽翠竹花开桂，别致盆栽石绕苔。

倘若个时成咁样，^② 何由老杜咁悲哀。

---

① 老豆：父亲。
② 个时：那时候。咁样：这样子。

三　峡

瞿塘巫峡及西陵，乱石崎岖都铲平。

舱底唔忧撞大板。^① 山头冇有马骝声。^②

葛州水电雷公发，武汉长桥喜鹊成。

蜜月胜于乘拉保（*loveboat*），悠悠只哚未曾清。^③

---

① 唔忧：不愁。撞大板：碰壁。

② 冇有：没有。

③ 只哚：只是。

粤语诗二则

一

曾经握戟戴长缨，

却被功名吓一惊。

诅咒而今翻异样，

无如头脑左而倾。

二

风和日暖觉天低，

大厦洋楼几咁威。

出入无车梯冇电，

教人点唱去来兮？

学习《矛盾论》三字诀

办事情，要正确，

大家来，学哲学。

《矛盾论》，最重要，

需精读，要记牢。

宇宙观，有两种，

看问题，各不同。

第一种，机械论，

天下事，孤立看，

既静止，又片面。

如果说，也会变，

其原因，在外边。

第二种，讲辩证，

凡事物，皆矛盾，

又统一，又斗争。

论矛盾，最普遍，

样样事，都可见，

自始终，皆贯串。

一矛盾，有两面，

相依赖，相斗争。

有斗争，就要变，

新代旧，是发展。

旧矛盾，刚解决，

新矛盾，又出现，

此过程，无止境。

有矛盾，有运动，

无矛盾，无世界。

世间事，千千万，

质不同，形有别。

有矛盾，是普遍，

凡矛盾，有特性。

见普遍，很重要，

还必须，找特点。

凡真理，皆具体，

抽象看，出问题。

具体事，具体认，

辨异同，找差别。

掌握住，特殊性，

事不同，方法变。

看问题，忌主观，

片面性，表面性，

肯定会，出毛病。

主观性，凭空想，

同实际，不一样。

片面性，看一点，

见树木，不见林。

表面性，看形相，

不摸底，要上当。

有矛盾，有斗争，

发展中，分阶段。

每阶段，各不同，

矛盾性，有改变。

看总体，看各段，

看根本，看各面，

要抓住，特殊性。

拿公式，到处套，

不分析，是懒汉。

普遍性，特殊性，

两者间，相联系。

普遍中，含特殊，

特殊中，有普遍。

复杂事，头绪多，

有矛盾，许多种。

矛盾多，怎么办？

分主次，找关键。

主矛盾，起规定，

次矛盾，受影响。

分缓急，分轻重，

抓主要，全带动。

主次间，能变换，

千万变，也无妨，

主要的，只一种。

一矛盾，有两面，

两方面，不均衡。

有主要，有次要，

主要面，起主导，

矛盾性，由它定。

主次间，能转化，

转化后，性质变。

矛盾有，诸方面，

其中含，同一性。

同一性，作何解？

第一点，讲依存：

没有生，不见死，

没有死，生不见。

弱与强，败与胜，

祸与福，逆与顺，

缺一方，两不存。

第二点，讲转化：

一矛盾，两方面，

各自向，对方变。

生变死，下变上，

败为胜，弱为强，

祸转福，逆转顺。

何时变，怎么变，

这需要，看条件。

斗争性，作何解？

矛与盾，是对头，

不调和，不融合，

相对立，相排斥，

一方败，一方胜，

到最后，不共存。

斗争性，同一性，

两者间，怎关联？

斗争性，绝对在，

贯始终，无条件。

同一性，相对存，

是过渡，是暂时。

斗争中，有同一，

同一中，寓斗争。

"既相反，又相成"，

此古语，原辩证。

有矛盾，名"对抗"，

根本点，相敌对。

是对抗，非对抗，

两矛盾，不一样。

对抗性，大冲突，

能爆发，成战争。

非对抗，不剧烈，

有斗争，要团结。

对抗性，非对抗，

两性质，能转变。

此界线，莫混淆，

更不能，弄颠倒。

要区别，要细辨，

认清楚，才好办。

《矛盾论》，道理深，

跨进门，要细钻。

不实践，读不懂，

最重要，是运用。

（原载 1965 年 8 月 24 日《羊城晚报·思想战线》，署名丁点）

后 记

在此书行将出版的时候，我感到有必要对其中的部分篇章简单作些说明。

——《论高校政治课教学》一文，是我1962年2月对广州高校全体政治课教师的一次讲话记录稿。当时是针对高等院校政治课教学中存在的带有普遍性的问题讲的，主要是鼓吹学理论，这样的问题自然是有一谈的必要。我们讲学理论，首先要解决要不要学的问题，这应当是肯定无疑的。不学理论，没有正确的理论作指导，我们的事业就没有希望，就会被葬送。要不要学的问题解决之后，就要确定学什么。要学马列，学毛泽东思想。毛泽东同志的《实践论》《矛盾论》，讲唯物论、辩证法，不学怎么行？我这篇文章现在还有多大的作用，这话我不敢讲，但马列主义、毛泽东思想还有用，还是灵的，这我敢讲，并且深信不疑。所以，我十分同意把这篇文章收了进去。现在强调学习《邓小平文选》，小平同志关于建设有中国特色社会主义的理论，也是毛泽东思想在新的历史时期的创造性发展。小平同志本人就多次强调要牢牢把握关于实事求是这个毛泽东思想的精髓。十分值得高兴的是，在当今，马列主义、毛泽东思想有了新的发展，它必将指引我们国家沿着有中国特色社会主义的道路前进。

——《面向群众》等几篇有关办报的文章，是我从事新闻工作实践多年的一点记录，对今天如何办好省市级党报，也许还有一些参考作用。其中《面向群众》一文，是我在主持《南方日报》的工作时关于办报所强调的一些主要观点和方法。后来在参与创办《羊城晚报》时，我仍然强调报纸要面向群众，当然这要结合晚报的特点来做。

刘逸生同志的《唐诗小札》，对于古典文学、诗词的普及以及文史方面的启蒙工作，都起了一定的作用，日子久了，越来越觉得这项工作有它的意义。

——《康有为的大同社会主义》一文，是我在延安时写的，发表于《解放日报》上。那时我在延安中央研究院当研究员，感到这个问题很有意思，就写了这篇文章。后来，我参加延安《中国近代社会思想史》的编辑工作，负责康梁思想部分。不久以后，延安整风运动开始，接着我又上了前方，有关梁启超的部分，虽已写好初稿（研究他的民主主义思想），但初稿在行军途中丢失，就剩下这篇文章了。

——《写在<杜国庠文集>后面》一文，主要阐述杜老这位朴素严谨的革命学者，为什么要研究中国古代哲学思想史，如何应用马克思主义观点去研究中国古代思想史，和他在这个领域里所取得的巨大成就，同时突出地介绍了他的值得称道的治学方法。

——《二连纪事》，是根据我在行军途中向战士们采访来的素材写成的。过去在前方采访，比较注重跑军队指挥部，报道战况的进展，而向战士"采访"则较少。其实，只要有心，也可以从战士中听到许多有意思的材料。

——关于诗词部分，我向来认为自己不会写诗，所以写得不多，发表的更少。现在要整理过去的诗文，只好"逼上梁山"，将过去所写诗词挑选一些出来，很可能笑话百出，希望诗家予以赐正。

此书最终能够编印出版，应当感谢东莞市委的倡议和支持，感谢出版界同志们的帮助，感谢为此书写序言的林若同志和我的中学老师邓白同志，以及许多老战友、老朋友。我觉得还有一点要郑重说明一下，本书所收进的诗文，从时间跨度来说前后长达50年，岁月悠悠，事过境迁，情况的变化是很大的。以今天的观点来看，书中一些篇章所存的疏漏，肯定是不少的。但我认为还是应当用唯物主义的态度对待此事，因此，对于这些诗文，我就悉仍其旧，不加增删了。

本书取名"长明斋诗文集"，"长明斋"，是我居住在梅花村37号时读书写字的地方。因为自觉学识不足，加上也习惯了，经常读书至深夜。当时有的同事讲我房里那盏灯长夜不熄，我就把书房命名为长明斋。这次出版过去的诗文集，叫做"长明斋诗文集"，可以说，这个名字是我的同事、同学、同行给它定的。

王 匡
1993 年 11 月

王匡生平年表

1917年8月24日

出生于广东省东莞县虎门南栅乡西头村。

1925年9月

在海南栅乡启明小学（南栅小学的前称）读书。

1931年9月

到东莞县立中学入读初一。

1937年11月至1938年1月

进入陕西中共中央青委主办的"云阳青训班"学习。

1938年1月至6月

进入延安抗日军政大学学习。

3月，加入中国共产党。

1939年1月至1940年12月

在延安中共中央马列学院教育科任科员。

1940年9月1日

在延安与田蔚结婚。

1940年12月至1942年7月

在延安中共中央文化工作委员会任张闻天、艾思奇秘书。

1943年9月至1944年11月

在中共中央党校学习。

1944年11月至1945年3月

以随军记者身份随八路军三五九旅南下支队从延安到中原解放区。

1945年3月至1946年6月

任中原军区襄南分区宣传科科长、中共南京办事处秘书兼新华社南京分社采访主任。

1947年7月至12月

以新华社前线特派记者身份任刘邓野战军前线报道委员。

1947年12月至1949年3月

任新华社江汉分社社长兼武汉分社特派记者。

1949年10月21日

任广州军管会文教接管委员会新闻出版处副处长。

1950年1月至1952年7月

任新华社华南总分社社长。

1952年7月至1955年6月

任中共中央华南分局宣传部副部长兼南方日报社社长。

1955年6月至1956年6月

任中共中央华南分局委员、宣传部部长。

1956年6月至1958年8月

任中共广东省委委员、宣传部部长。

1956年7月10日至23日

出席中共广东省第一次党代会，当选为省委常委。

1957年10月1日

参与创办的《羊城晚报》创刊。

1958年4月

在广州珠岛广东省委招待所受到毛泽东主席接见。

1959年1月中旬

随陶铸到虎门调研，考察整社工作，并在调研期间陪同陶铸接见在虎门参加教改和生产劳动的中山大学中文系师生。

1961年12月

组织整理出版《杜国庠文集》，并为文集写跋《写在〈杜国庠文集〉后面》，收录在《长明斋诗文丛录》一书。

1961年12月7日至14日

出席中共广东省第二次党代会，当选为候补书记、省委常委。

1962年6月至1966年10月

任中共中央中南局委员、宣传部部长。

1964年12月

个人文集《过门集》由广东人民出版社出版。

1966年7月

被下放到韶关新丰县农场劳动。

1972年

被任命为广东省革命委员会办事组副组长。

1977年4月

叶剑英元帅八十寿辰，王匡作诗，齐燕铭书写，王子野篆书刻于竹制笔筒之上作为"寿礼"。诗曰："近功垂宇宙，远望好文章。屡挽狂澜倒，重扶治国纲。琴心舒剑胆，磊落见肝肠。愿祝南山寿，千秋日月长。"

1977年5月

任国家出版事业管理局局长、党委书记。

1977年8月

当选为中共十一大代表。

1978年7月20日

赴香港任新华社香港分社第一社长。

1982年9月

当选中共十二大代表。

1983年6月

当选全国政协第五届委员会常务委员。

1983年8月

被任命为国务院港澳办公室顾问、党组成员。

1985年

受曾志委托主持整理编辑《陶铸文集》。

1987年2月

当选全国政协第六届委员会常务委员。

1987年8月

由习仲勋同志作序的《陶铸文集》由人民出版社出版。作诗纪之：天磨人炉两相因，文武才华聚一身。到底文章憎命达，上苍偏负有心人。（《参与〈陶铸文集〉编后》）

1988年3月

当选全国政协第七届委员会常务委员。

1990年4月

个人通讯选集《王匡通讯选》由新华出版社出版。

1994年1月

诗文选集《长明斋诗文丛录》由花城出版社出版。

1997年11月10日

出席由东莞市政府举办的"王匡捐赠书画展"活动。

2003年12月14日

在广州病逝。

2009年12月

在新闻出版总署、中国出版工作者协会和韬奋基金会、中国出版集团、光明日报社等单位共同举办的"新中国60年百名杰出出版人物"评选活动中当选为"新中国60年杰出出版家"。

编者后记

2017年，在王匡同志诞辰100周年之际，东莞市政协文化文史和民族宗教委员会与东莞市文化广电新闻出版局在东莞市博物馆共同主办《情系故土——王匡捐赠书画展》，以弘扬先生爱国爱乡之情。展览期间，我们与王晓吟女士晤谈，达成以下共识：王匡先生的《长明斋诗文丛录》由花城出版社于1994年出版，20多年过去，又陆续发现不少先生的著作，包括论文、散文、通讯稿、诗作等，有待补充整理。经过双方商议，达成一致意见，在原有著作基础上进行修订，命以《长明斋诗文集》重新出版。经过各方近两年的努力，诗文集即将付梓。在此对王晓吟女士的大力支持和配合，对广东人民出版社编辑们付出的努力，谨表谢忱。

由于原书出版于二十多年前，所以我们在编辑时作了部分修改，疏漏之处难免，还望各方人士批评指正。

编　者

2019年11月18日